Philipp Riedel

Das Vergessene Volk

Die Chroniken von Akranos

Der Drachenkrieg – Teil 1

Für meinen Vater

„Ein Junge braucht keinen Vater, wenn es kein guter Vater ist. Aber ein guter Vater ist unersetzlich"
- Stephen King, The Stand

Titelcover:
Sebastian Möller

Landkarte:
Philipp Riedel, mit AutoREALM erstellt

Lektorat:
Katrin Schürmann

Herstellung und Verlag:
BoD - Books on Demand, Norderstedt
ISBN 978-3-7386-3041-1

Vorwort

Ja... Da ist er nun. Mein erster Roman. Was soll ich groß sagen? Endlich fertig! Nach einem gefühlten Jahrzehnt (natürlich war es wesentlich weniger) in dem ich das ganze Konzept und die gesamte Rahmenhandlung mindestens ein halbes Dutzend Mal umgeworfen, verfeinert und mit etwas Glück sogar verbessert habe, bin ich endlich fertig geworden. Und was ist dabei heraus gekommen? Ein Fantasyroman.

Na, Herzlichen Glückwunsch. Das hat der Welt noch gefehlt. Da ist vor mir ja noch niemand drauf gekommen, einen Fantasyroman zu verfassen. Womöglich schreibt demnächst noch irgend jemand einen Krimi, das wäre noch innovativer.

Nein, im Ernst, wie kommt man darauf, in der heutigen Zeit, in der der Markt von phantastischer Literatur ziemlich gesättigt scheint, einen Roman über den ewigen Kampf zwischen Licht und Schatten, zwischen Gut und Böse, zu schreiben? Nun, in erster Linie hab ich das Buch für mich selbst geschrieben. Dass es nun vielleicht mehr Leute lesen, als diejenigen, die ich dazu nötige, indem ich ihnen solange davon erzähle, bis sie es mir völlig genervt aus der Hand nehmen, war anfangs gar nicht geplant.

Ein guter Freund hat mir geraten, die Entstehungsgeschichte des Romans und der Welt Akranos, in der die Geschichte spielt, für mich zu behalten, aber sonst wüsste ich überhaupt nicht, womit ich dieses Vorwort füllen sollte.

Denn eigentlich war alles nur aus einer Not heraus entstanden. Die Not war die, dass mir in der Welt des Pen & Paper Rollenspiels, dass ich mit einigen Freunden jahrelang gespielt habe, der nötige Raum und die nötigen Protagonisten fehlten, um eine Kampagne zu spielen, die mir schon die ganze Zeit im Kopf herum schwirrte. Also habe ich mir kurzerhand einen anderen, von der Redaktion des Rollenspiels noch nicht näher beschriebenen, Nachbarkontinent gekrallt und ihn nach meinen Wünschen ausgestaltet. Da er zu diesem Zeitpunkt nur als Zeichnung auf einer einzigen Landkarte existierte und mit noch keinem Satz konzipiert worden war, kann man also bestenfalls von geographischem Diebstahl sprechen, denn zunächst glichen die Umrisse meiner Welt 1 zu 1 denen auf der Karte.

Was anfangs nur eine rein zweckdienliche Maßnahme war, wurde schon bald zu einer kleinen Obsession. Nach und nach gewann Akranos immer mehr an Tiefe, immer mehr Völker siedelten sich in dem neuen Kontinent an und die Geschichte und Figuren wurden mit der Zeit immer komplexer. Außerdem entfernte ich mich fast vollständig vom ursprünglich „geklauten" Kontinent, so dass heute noch allenfalls die groben Umrisse der Landkarte eine Parallele darstellen. Aber das sollte kein großes Problem darstellen, Westeros sieht schließlich auch aus wie Großbritannien, nur ohne Irland.

Leider kam es so, dass wir die von mir ersonnene Kampagne niemals zu Ende spielen konnten, da aufgrund von Zeitmangel, privater und beruflicher Verpflichtungen (kann ja nicht jeder bis zur Rente studieren) und – Schande auf euer Haupt, garstiges Gewürm!! - fehlender Motivation einiger Mitspieler, schlichtweg keine gemeinsamen Termine mehr zu finden waren. Allerdings erschien mir die Welt zu komplex und die Idee für die Kampagne zu gut (ja, das ist praktizierte Selbstbeweihräucherung, ich bitte vielmals um Entschuldigung), um sie einfach in den Untiefen meiner Festplatte verschwinden zu lassen, wo dann eines Tages die große Systemwiederherstellung ihr Todesurteil aussprechen würde. Also hörte ich auf den Vorschlag eines anderen Freundes, der nach ein paar Bier (vielleicht waren es auch ein paar mehr...) meinte „na ja, schreib halt 'nen Buch draus, kannst doch schreiben."

Kann ich das wirklich? Ehrlich gesagt, ich habe keine Ahnung. Diejenigen, die ich mit Leseproben behelligt habe, waren zumindest so charmant, mir mein Geschreibsel nicht mit einem mitleidigen Kopfschütteln wieder auf den Tisch zu legen und mir zu einer anderen Profession zu raten. Dafür an dieser Stelle schon mal ein Dankeschön für diese Höflichkeit.

Dass ich nicht mittendrin einfach die Brocken hingeworfen

habe, ist ein Indiz dafür, dass ich mich auch selber bis zum Schluss für die Geschichte, für die Welt und für meine Figuren begeistern konnte. Einige behaupten, dass meine Protagonisten ziemlich autobiografisch angehaucht wären. Völlig falsch liegen sie damit vermutlich nicht, auch wenn ich leider weder zaubern noch mit dem Schwert umgehen kann. Ist vielleicht aber auch ganz gut so.

Aber nun, lieber Leser - ob freiwillig oder durch meine Drängelei geknechtet - will ich nicht länger herum schwatzen (auch wenn du selber schuld bist, wenn du dir tatsächlich das Vorwort durchliest, so etwas überblättert man doch eigentlich, ohne es auch nur eines Blickes zu würdigen) und statt dessen den Vorhang nach Akranos öffnen. Ich würde mich freuen, wenn es dir dort gefällt.

Philipp Riedel

„Ein seltsames Geschick, dass wir so viel Angst und Zweifel erdulden wegen eines so kleinen Dinges"

- Boromir,
Herr der Ringe - Die Gefährten

Das Rad der Zeit dreht sich, und die Zeitalter kommen und gehen, hinterlassen Erinnerungen, die zu Legenden werden, verblassen zu bloßen Mythen und sind längst vergessen, wenn dieses Zeitalter wiederkehrt

Robert Jordan, Das Rad der Zeit

Prolog: Vom Ende der Äonen

Säulen des Nordens,
im Jahr 1823 vor Ashibans Fall

Mit sorgenvoller Miene warf Harasszal einen Blick nach Süden. Die Sonne war vor nicht einmal einer Stunde untergegangen und die Dämmerung gerade erst hereingebrochen, doch die Dunkelheit am Himmel konnte es mühelos mit jeder mondlosen Nacht aufnehmen. Dicke, schwarze Rauchwolken hingen über dem Wald und bedeckten das Land wie ein riesiges Leichentuch, dass sogar die nahen Berge einzuhüllen drohte.

Im Grunde, dachte Harasszal verbittert, war es auch nichts anderes als das: ein Leichentuch, von den Menschen über die kläglichen Reste seines einst so stolzen Volkes ausgebreitet. Es war nur eine Frage der Zeit, bis es auch den letzten Dak'harr erstickte. Es schien, als stünde der ganze Wald in Flammen und er war sich sicher, dass die gottlosen Zauberer der Glatthäute dieses Feuer noch immer anfachten und nach Norden trieben.

Der kräftig wehende Wind trug den beißenden Geruch von Qualm und Asche zu ihm herüber und obwohl sein Volk ursprünglich von den Drachen abstammte und in grauer Vorzeit den geflügelten Giganten ähnlicher gewesen war als den Zweibeinern, fürchteten sie dieses Feuer. Ein normaler Waldbrand hätte sie nicht geschreckt, wenngleich sich niemand von ihnen in offene Flammen stürzen konnte, ohne ebenfalls zu verbrennen. Doch gegen große Hitze waren die Dak'harr überaus resistent. Dieses Feuer hingegen war unnatürlich. Die Zauberer hatten ein Inferno entfesselt, dass dem Drachenfeuer sehr nahe kam, denn es verbrannte selbst Gestein und vermochte massiven Stahl zum Schmelzen bringen.

Der Wind wurde stärker und wehte erneut eine Pestwolke aus

Brandgeruch und dem Gestank von brennendem Fleisch zu ihm herüber. Vielleicht bildete er sich Letzteres auch nur ein, denn er wusste ganz genau, dass dort drüben, keine drei Meilen von dem engen Tal entfernt, in dass man sie hinein getrieben hatte, hunderte und aberhunderte Männer und Frauen seines Volkes in den Flammen vergingen. Die Menschen hatten sich nicht damit zufrieden gegeben, ihre alten Feinde zu besiegen und aus ihren Ländern zu vertreiben. Länder, die den Dak'harr schon viele tausend Jahre vor dem

Erscheinen des ersten jämmerlichen Segelschiffs der Menschen gehört hatten. Nein, den Glatthäuten würde gelingen, was weder die fischköpfigen Ybb'lith noch die durchtriebenen Haghad mit ihrer zerstörerischen Magie jemals geschafft, nicht einmal angestrebt hatten: die Vernichtung der Dak'harr.

Sein Volk hatte so viele Kriege geführt, hatte die ganze bekannte Welt ihr Eigen genannt, seine Anführer hatten selbst ernannte Götter niedergeworfen und letztendlich sogar den Tod besiegt. Und nun kam ein schwaches, kurzlebiges Volk und zerschlug binnen weniger Jahrzehnte ein Imperium, dass ganze Zeitalter überdauert hatte. Wann und warum hatte die Große Mutter sich von ihnen abgewandt? Hatten sie der Göttin derart gefrevelt, dass sie ihre eigenen Kinder ins Verderben stürzen ließ? Waren sie schon so verzweifelt, dass sie die Hilfe, nein, die Gnade fremder Götter erflehen mussten, um sich vor der Auslöschung zu retten? Die Antwort lautete Ja.

Harasszal warf einen Blick ins Tal, das im Grunde nicht viel mehr war als eine langgezogene tiefe Schlucht, die sich in die Vorberge der Säulen des Nordens hinein gefressen hatte. Schroffe Felsen und kahle Bäume säumten den Rand der Talmulde und starrten teilnahmslos auf die dicht gedrängten Dak'harr hinab, die das Tal bis zum Bersten zu füllen schienen. Er schätzte ihre Zahl auf vielleicht fünftausend Männer, Frauen und Junge, die allesamt vollkommen verängstigt und verzweifelt waren. Nur die Wenigsten von ihnen waren in der Lage zu kämpfen. Sein Volk besaß keine Krieger mehr. Die Letzten waren in dem entsetzlichen Höllenfeuer zu Asche verbrannt. Er, Harasszal, letzter Hohepriester der Großen Mutter, letzter Statthalter der Gottgesandten, hatte sie in den Tod geschickt, um die kläglichen Reste seines Volkes zu beschützen. Vielleicht wäre es besser gewesen, die Anderen auch dort umkommen zu lassen. Ein schneller Tod war besser als ein qualvolles Dahinsiechen in der Sklaverei.

Aber er konnte sie immer noch retten. Die Wenigen, die der Vernichtung bisher entgangen waren, konnten eine neue Zuflucht finden, einen Ort, an dem sie vor dem Zugriff der Menschen sicher waren und sich erholen konnten. Neu gedeihen. Doch zu welchem Preis?

Sein Blick wanderte über die dicht gedrängten Dak'harr bis ganz zum Ende des Tals. Dort stand das Portal, dass ihnen der Dunkle geöffnet hatte. Ein Portal in eine andere Welt, unberührt von der fauligen Hand des Todes, die sein Volk im Würgegriff gefangen hielt. Unberührt und ungekannt von den Menschen, die in ihrer grenzenlosen Anmaßung Akranos für die einzig existierende Welt und sich selbst als Krone der Schöpfung eines Gottes namens Allvaters hielten, dessen zehn Avatare sie in ihren marmornen Tempeln und Palästen anbeteten.

Das Tor zu ihrer Rettung war ein flimmernder Bogen aus grünlichem Licht von der Größe eines Stadttores. Es war etwa zehn Meter breit und der Scheitelpunkt erhob sich etwa sechs Meter über dem kargen Erdboden, der von den schweren Füßen der Dak'harr vollkommen zerfurcht und aufgerissen war. Hinter dem Durchgang erkannte Harasszal ein schlauchartiges, helles Gebilde, dass sich wie eine Schlange durch eine lichtlose Finsternis wand und sich weit entfernt in der Unendlichkeit verlor. Es sah aus wie ein Korridor inmitten der Leere zwischen den Sternen und vermutlich war es auch nichts anderes. Ein Tunnel zwischen den Welten, den der Dunkle für sie geöffnet hatte.

Trotz der beklemmenden Enge in dem Talkessel hielten die Dak'harr Abstand von dem flackernden Portal, dass ihre Rettung bedeuten mochte, aber so abschreckend und furchteinflößend wirkte wie der Schlund des Großen Abgrunds. Sie warteten auf seine Anweisungen. Würde er sein Volk in den endgültigen Untergang führen oder brachte ihm der Pakt mit dem Gestaltlosen Gott die ersehnte Erlösung? Eine Exilheimat für das einstmals mächtigste Volk dieser Welt.

Aber er hatte keine Wahl. Das unheilige Feuer der Menschenzauberer war näher gekommen und was die Flammen nicht schafften, würden die gewaltigen Heere der Glatthäute erledigen. Keine zehn Meilen entfernt lagerten beinahe einhunderttausend Bewaffnete, die nur darauf warteten, dass die Feuer niederbrannten und sie ihre Blutgier an den Überlebenden stillen konnten. Nicht einmal die längst vergangenen Gottgesandten hätten diese von Hass und Mordlust angetriebenen Legionen aufhalten können. Nein, er musste versuchen, sein Volk zu retten. Sollte es eine Falle sein und sollte der Dunkle seinen Teil des Paktes nicht erfüllen, konnte dies auch nicht schrecklicher sein als der langsame Tod in der Schlucht.

Es ist an der Zeit.

Als hätte er seine Gedanken gelesen, erklang die leise Stimme des Dunklen in Harasszals Kopf. Sie war kalt und schien weit entfernt, doch sie vibrierte vor Macht und Alter, dass es ihn schauderte. Der Gestaltlose Gott war eine Urgewalt, so alt wie die Schöpfung selbst und den Sterblichen so fremd, dass sie niemals wagen konnten, seine Beweggründe nachzuvollziehen. Die Menschen kannten ihn ebenfalls und sie nannten ihn den „Erstgeborenen", denn angeblich war er sogar noch vor ihren

Zehn Göttern von Allvater erschaffen worden. Harasszal wusste nicht, was davon der Wahrheit entsprach, doch er hatte die Gegenwart dieser Entität ein einziges Mal gespürt und niemals zuvor in seinem Jahrhunderte zählenden Leben hatte er sich so hilflos, so klein und so unbedeutend gefühlt. Wie ein ersterbendes Kerzenlicht im Angesichts eines Orkans.

Du fürchtest dich vor dem, was jenseits dieses Korridors auf dein Volk wartet, flüsterte der Gestaltlose Gott in seinem Verstand. *Das ist keine Schande. Doch hier und jetzt wartet nur der Tod. Und vor dem Tod kann nicht einmal ich euch retten, Hohepriester.*

Harasszal nickte. Der Dunkle hatte Recht. Er warf einen letzten Blick auf die majestätischen Säulen des Nordens, deren höchste Gipfel unbeeindruckt von den Scherereien der Sterblichen jenseits der dünnen Wolkendecke den allmählich erwachenden Sternen zusahen, warf einen letzten Blick auf den schier endlosen dunklen Wald, dem selbst das magische Feuer der Menschen auf Dauer keinen nennenswerten Schaden zufügen konnte. Seine Heimat. Seine Welt.

Dein Volk wird wiederkehren, Harasszal. Halte Ausschau nach meinem Zeichen. Die Vergangenheit wird Euch die Zukunft weisen.

Harasszal wusste nicht, was der Dunkle damit meinte, doch seine Zuversicht wuchs, dass dieser ihn nicht betrügen würde. Er mochte ein unheimlicher, ein unbegreiflicher Gott sein, aber er war keine Kreatur des Großen Abgrunds, dessen war sich Harasszal sicher.

Er hob die Hände und auf seinen Befehl hin begannen die letzten Überlebenden der Dak'harr, durch das Portal zu marschieren und Akranos zu verlassen. Harasszal ging als Letzter und als er unter dem flimmernden Torbogen hindurch schritt und sich auf den Weg in eine fremde Welt machte, tat auch das Vierte Zeitalter seinen letzten Atemzug.

Kapitel 1: Ganz normale Arbeit

Kylaria, Hauptstadt von Cathuria,
Monat Alathyia, Frühling im Jahre 1104 nach Ashibans Fall

Mit einem letzten Blick auf den schlafenden Jungen verließ Lares das Zimmer. Sorgfältig schloss er die Tür hinter sich, damit der Bengel nicht wieder ausbüxen konnte. Er hatte keine Lust wieder die halbe Nacht durch die Stadt zu irren, um seinen kleinen Bruder zu suchen. Und, dachte er grinsend, um ihn nachher aus den Klauen eines nicht unattraktiven Straßenmädchens zu entreißen, die plötzlich ihre mütterlichen Instinkte für die kleine Nervensäge entdeckt hatte.

Als Lares seinen Bruder, dem seine Eltern den angeblich albischen Namen Akilion gegeben hatten, wiedergefunden hatte, war die Dame gerade dabei gewesen, ihm von den fernen Freien Inseln und ihrer unberührten paradiesischen Natur vorzuschwärmen. Wäre Akilion älter gewesen, hätte ihn die Natur der leicht bekleideten Dame wahrscheinlich eher interessiert, dachte Lares amüsiert.

Abgesehen davon, dass sie wahrscheinlich noch niemals auch nur in der Nähe der Freien Inseln gewesen war, lag sie auch schlichtweg falsch mit ihren Erzählungen. Die Inseln waren übersät mit kleinen Nestern, die hauptsächlich von Piraten bewohnt waren. Sie nannten sich selbst natürlich nicht so, der offizielle Titel war „Freihändler" oder „wehrhafter Kauffahrer". Der Rest war Dschungel, voll von Giftschlangen, Riesenspinnen und schlecht gelaunten Raubkatzen. Von wegen Paradies. Ein einziger Besuch dort hatte Lares das Gegenteil bewiesen.

Wie dem auch sei, eine derartige Odyssee durch die Gassen von Kylaria konnte er sich heute nicht leisten. Schließlich hatte er Großes vor. Seine Informanten hatten ihm gesteckt, dass das Objekt seiner Begierde heute völlig unbewacht war. Die Besitzer des Anwesens, auf das er es abgesehen hatte, waren heute Abend in der Staatsoper im Marktviertel zugegen und für eine ständige Bewachung durch bezahlte Söldner fehlte anscheinend das nötige Kleingeld.

Außerdem konnte man diesen Wachsöldnern noch weniger trauen als ihm. Er war ein Dieb und jeder, der dies wusste, konnte sich dementsprechend vorbereiten: Geld verstecken, Wertsachen in Sicherheit bringen und möglichst auf ein lohnenderes Objekt verweisen. Einem Söldner hingegen konnte niemand trauen. Wie weit ging die Loyalität eines Mietlings denn wohl, wenn er einen Bukan Bezahlung bekam und dafür allerdings wertvolle Kunstschätze oder Ähnliches bewachen sollte, für die er mindestens zehn Ooth bekommen würde? Eine Summe, die er mit ehrlicher Arbeit in ein paar Monaten zusammen sparen konnte, sofern er auf jeglichen Luxus verzichtete. .

Lares hatte sich selbst einige Zeit als derart unloyaler Wachsöldner verdingt, doch die Auftraggeber waren zunehmend misstrauischer geworden. Manche hatten teilweise sogar Personal engagiert, das für die Überwachung der Wachsöldner zuständig waren – was Lares für ziemlich paranoid hielt. Und diese derart um sich greifende Paranoia hatte seine Arbeit nur unnötig erschwert, weswegen er sich bald wieder auf seine alten Fähigkeiten besonnen hatte. Es war einfacher, in Häuser einzubrechen, als sie zu bewachen, so verrückt das auch klingen mochte.

Als er die Haustür des Häuschens öffnete, in dem er mit seinem kleinen Bruder lebte, seit ihre Eltern vor Jahren ums Leben gekommen waren, schlug ihm der gewohnte Geräuschpegel der Metropole entgegen. Obwohl längst die Nacht hereingebrochen war, pulsierten die Straßen von Kylaria noch von Leben. Das würde sich auch so schnell nicht ändern, wie Lares aus langjähriger Erfahrung wusste. Erst kurz vor Morgengrauen gab es in der größten Stadt der Welt ein oder zwei Stunden, in denen Ruhe auf den Straßen herrschte. Und bis dahin musste er mit seiner Arbeit fertig sein, denn in dieser Dämmerzeit machte man sich höchst verdächtig, wenn man auf den Straßen der Stadt unterwegs war. Und das Allerletzte, was er gebrauchen konnte, war eine aufmerksame und übereifrige Patrouille der Stadtwache, die ihn mit Taschen voller Schmuck und Münzen aufgriff.

Lares bog von der kleinen Seitenstraße, in der sein Haus stand, auf die große Hauptstraße ab und folgte ihr mindestens zehn Minuten Richtung Süden. Auf der breiten Straße kamen ihm unzählige Personen der unterschiedlichsten Rassen und Völker entgegen: kleine, wuselige Haghad, die selbst spät in der Nacht noch ihren Geschäften nachgingen, klobige Rantazil, deren ausdruckslose Fischgesichter ihm immer noch nicht ganz geheuer waren und natürlich Menschen aller Größen, Rassen und sozialen Hintergründe.

Und zwischen all diesen Zweibeinern krochen die Erschaffenen umher:

Monströse ameisenartige Kreaturen zogen überdimensionale Kutschen durch die Straßen, zu groß geratene Käfer trugen enorme Lasten hin und her und über den Dächern flatterten greifenartige Wesen, die menschliche und nicht-menschliche Frachten beförderten.

An der nächsten Straßenkreuzung angekommen, kramte Lares einen Terul aus seiner Tasche und warf sie dem Lenker einer Großkutsche zu, die bis zu zwanzig Personen befördern konnte. Gezogen wurde das Gefährt von vier riesigen Ameisen, die fast so groß waren wie ausgewachsene Pferde.

Es dauerte noch einige Minuten, bis sich genügend Mitreisende eingefunden hatten, um loszufahren. Die Fußgänger und anderen Fahrzeuge machten, soweit dies in den verstopften Straßen eben möglich war, dem großen Gefährt Platz, sodass sie vergleichsweise zügig vorankamen.

Die Fahrt führte sie am pompösen Nashttempel vorbei. Obwohl Lares dem Kriegsgott Nasht nicht allzu viel abgewinnen konnte, zollte er ihm doch Respekt, indem er sein Haupt kurz gegen den Tempel neigte. Fast alle Gäste in der Großkutsche taten es ihm gleich, denn niemand wollte sich den Unmut eines Gottes zuziehen, indem er ihn missachtete.

Der Tempel war in alt – cathurianischem Stil errichtet: eine große Treppe führte hinauf zum Portal, dass von zwei mächtigen Marmorsäulen flankiert wurde. Das leicht abgeschrägte Dach stand ein wenig über, so dass man im Schatten stand, sobald man die Säulen passierte. Die Säulen und der Dachgiebel waren mit kunstvollen Fresken verziert und auf einem Sockel auf der abgeflachten Spitze des Daches stand eine bronzene Statue des Kriegsgottes in dreißig Schritt Höhe: mindestens drei Schritt groß, gewandet in eine silberne Plattenrüstung und mit Schwert und Kriegslanze bewaffnet. Die Statue wirkte erstaunlich lebensecht und zeugte von der hohen Kunstfertigkeit der einheimischen Bildhauer.

Um diese Zeit waren die Tore jedoch verschlossen und vier Novizen in Kettenrüstung hielten Wache vor dem Tempel, dessen Vorplatz mit großen Fackeln erleuchtet war. Die Kutsche bog um eine Ecke und der Tempel des Kriegsgottes verschwand aus Lares' Blick.

Kurz darauf hatten sie den ersten Kontrollpunkt erreicht. Die Viertel der Stadt waren recht streng voneinander getrennt worden, indem man Mauern durch die Stadt gezogen hatte. Zwar gab es Dutzende von Durchgängen, dennoch spürte man die Trennung eigentlich überall, da man beim Übergang von einem Viertel in das Nächste jedes Mal von Gardisten kontrolliert wurde. Um in ein anderes Viertel zu wechseln, bedurfte es eines Passierscheins. Manche Leute hatten nur Scheine für bestimmte Gebiete, die meisten Bewohner hatten jedoch Zugang zu allen Teilen der Stadt.

Die Maßnahme hatte man eingeführt, als vor einigen Jahrzehnten der 'Pöbel' der Unterstadt immer wieder Übergriffe auf die betuchten Bürger der Stadt angezettelt hatte. Dabei waren mehrere hundert Menschen ums Leben gekommen und mehr als dreißig Villen und noble Wohnhäuser waren im Laufe der Unruhen niedergebrannt worden.

Seitdem wurde die Unterstadt säuberlich vom Rest getrennt, was dazu führte, dass sich das Elend dort immer weiter verschlimmerte. Die anderen Mauern hatte man errichtet, um einen eventuellen Überfall der Unterstädter so früh wie möglich bremsen zu können.

Wenn man das Geld, das man zum Schutz der Reichen ausgegeben hatte, den Armen in der Unterstadt gegeben hätte, dachte Lares bei sich, hätte man vielleicht heute gar kein Problem mit den Armen und Gesetzlosen im Süden der Stadt; weil es sie nämlich gar nicht gäbe.

Er selbst gehörte jedoch zu den Leuten, die sich wegen des Passierscheins keine Gedanken machen mussten. Er hatte Zugang zu allen Vierteln der Stadt. Schließlich war er auch ein braver Bürger, der friedlich die Gesetze der Stadt befolgte. Nun ja, zumindest hatte noch niemand das Gegenteil beweisen können.

Die Kontrolle durch zwei Gardisten erfolgte recht gewissenhaft und einer der Mitfahrer wurde auch unter lautem Protest aus der Kutsche entfernt, da er keine Berechtigung hatte, das Marktviertel zu betreten. Lares registrierte dies allerdings nur am Rande. Zwar empfand er die Regelung als unsinnig und hochgradig überflüssig, aber es hatte auch keinen Zweck, dagegen zu protestieren oder den Mann zu unterstützen. Dadurch würde er sich nur verdächtig machen, und zwei

Gardisten, die sich später an sein Gesicht erinnern konnten, waren seinem Ansinnen überaus abträglich. Hatten die beiden schlechte Laune, warfen sie ihn womöglich gleich mit hinaus. Nein, so ungerecht er diese Behandlung auch fand, er tat es dem Rest der Insassen gleich und ließ den kleinen Vorfall unkommentiert.

Als die Überprüfung der Fahrgäste abgeschlossen war, setzte sich die Großkutsche wieder in Bewegung und durchquerte das Tor ins Marktviertel. Die Straße wurde etwas breiter, was sich jedoch kaum bemerkbar machte, da am Straßenrand rechts und links bereits die ersten Marktstände aufgebaut worden waren.

Abseits des eigentlichen Marktplatzes wurde hauptsächlich Essbares und Trinkbares angeboten, meistens jedoch nicht von der allerbesten Qualität. Hier kauften diejenigen ein, die weniger Geld hatten als der Durchschnittsbürger von Kylaria. Lares mochte jedoch das Einkaufen an den etwas außerhalb des Zentrums gelegenen Ständen, da hier die Händler noch mit Herzblut bei der Sache waren, stundenlang um ein Dutzend Fische feilschen konnten und man als Kunde noch umgarnt und umschwärmt war. Auf dem Großen Markt hingegen waren die reichen Händler beinahe schon herablassend und empfanden es als Beleidigung, wenn man es wagte zu handeln oder genauer nachzufragen.

Und während die fetten und dekadenten Händler sich auf ihrem Reichtum ausruhten, dachte Lares, steige ich in ihre Häuser ein und erleichtere sie um ihre schwere Last. Denn obwohl die Reichen der Stadt im Grunde auch seine eigene Kapitalanlage waren – hätte er doch ohne sie nichts auszurauben - hasste er die Bonzen von ganzem Herzen. Nichts konnte er weniger ausstehen, als faule oder selbstgefällige Kaufleute und Adlige, die auf die ärmeren Schichten herabblickten. Deshalb sah es Lares auch nur als gerecht an, dass er sie das ein oder andere Mal um ein wenig Besitz und Reichtum erleichterte.

Allerdings war sein Edelmut nicht derart ausgeprägt, dass er seine Beute mit den Armen geteilt hätte. Jeder war seines eigenen Glückes Schmied. So oder so ähnlich ging dieses Sprichwort seiner Mutter, die unzählige solcher Weisheiten zum Besten gegeben hatte. Die Meisten waren Geschwätz gewesen, aber Dieses hatte er sich zu eigen gemacht.

Wäre er doch nur ein wenig sparsamer gewesen in den letzten Jahren, dann hätte er sich auch schon eine schmucke Villa mit einem großen Garten und privaten Söldnern leisten können. Schließlich ging ein halbes Dutzend der spektakulärsten Einbrüche der letzten Jahre auf sein Konto. Doch er hatte das Geld stets mit vollen Händen wieder ausgegeben. Daher langte es lediglich zu einem sorgenfreien Leben in dem kleinen Häuschen, das er und sein Bruder von ihren Eltern geerbt hatten. Und im Grunde reichte das Lares auch völlig aus. Hätte er sich ein großes Anwesen errichtet, müsste er jetzt nur ständig in Angst leben, dass einer seiner Brüder im Geiste ihm das Haus leer räumen würde, wenn er mal nicht da war. Und da er darauf keine Lust hatte, stand er lieber auf der anderen Seite des Gesetzes und genoss das aufregende Gefühl, in den Kostbarkeiten anderer Leute zu schnüffeln.

Sie fuhren über den Großen Markt, der heute Abend natürlich genauso verstopft war, wie jeden anderen Abend auch. Hier war selbst mit der Großkutsche kaum noch ein Vorankommen, weswegen Lares auch nur noch bis zum nächsten Haltepunkt mitfuhr. Die Kutsche hielt neben dem Stand eines Pelzhändlers, der ganz offensichtlich aus Lengan kam – war er doch für diese Jahreszeit und diese Gegend viel zu warm gekleidet. Lares stieg zusammen mit drei weiteren Fahrgästen aus und wandte sich dann zunächst ins Zentrum des Großen Marktes.

Während der nächsten halben Stunde erblickte er mehrere Dutzend Gelegenheiten, seine paar Ooth, die er in der Tasche hatte, für allerlei lustiges Zeug auszugeben; und wäre er nicht gerade auf dem Weg zur Arbeit gewesen, hätte ihn dieser Besuch auf dem Markt wohl wieder um einiges ärmer gemacht. Zwar machte er um die Waffenhändler einen Bogen – der Umgang mit allem, was größer war als ein Langdolch, war ihm zuwider, was auch ein Grund gewesen war, wieso er das Söldnergewerbe nicht lange ausgeübt hatte. Er mochte einfach keine plumpen Waffen – doch konnte er sich an den Ledermänteln und den Hüten nur sehr mühsam vorbei zwängen, ohne etwas zu kaufen.

Vielleicht, dachte er, bin ich ja schnell genug fertig, so dass hier noch was los ist. Dann kaufe ich mir einen neuen Hut. Der Alte war doch mittlerweile arg ausgefranst. Zwar behauptete Lares gegenüber seinen Freunden, es wäre stilvoll, einen abgetragenen Hut spazieren zu führen, doch mittlerweile hatte er selbst von diesem abgenutzten Schlapphut genug. Etwas Neues musste dringend her. Daher beschloss er, sich später für den erfolgreichen Bruch mit einem neuen Hut zu belohnen. Und morgen früh gäbe es für ihn und die kleine Nervensäge Akilion dann ein besonders gutes Frühstück.

Doch zunächst musste er den Bruch auch erst mal hinter sich gebracht haben. Daher wandte er seinen Blick von den ausgebreiteten Schätzen der Händler ab und richtete ihn stur geradeaus. So versuchte er, auf dem schnellsten Weg, den Markt in Richtung Südosten wieder zu verlassen. Vielleicht hatte der abwesende Hausherr ja einen ganz passablen Geschmack was Hüte anging, sodass er sich ein wenig in dessen Garderobe bedienen konnte.

Bei dem Gedanken fiel ihm ein, dass er eine größere Tasche hätte mitnehmen sollen, dann hätte er Liliana vielleicht auch etwas aus der Garderobe der Dame des Hauses mitbringen können. Allerdings hätte er ihr nicht sagen dürfen, woher er die Sachen beschafft hatte – immerhin war die Kleine Novizin im Tempel der Iyamis, der Herrin der Jugend und Schönheit.

Und schön war Liliana in der Tat. Nirgends hätte sie besser aufgehoben sein können, als bei den Priestern der jungen Göttin. Aber leider war sie von Grund auf ehrlich und rechtschaffen. Wenn Lares wirklich etwas Ernsthaftes mit ihr anfangen wollte, musste er wohl oder übel einen etwas göttergefälligeren Beruf ausüben.

Oder anfangen zu sparen, dachte er schelmisch. Dann würde er in zwei, drei Jahren genug auf die Seite gelegt haben, um den Rest seines Lebens sicher und sorgenfrei leben zu können – sogar mit Frau und Kindern. Aber das waren natürlich nur Hirngespinste. Lares glaubte weder, dass Liliana ihn eines Tages zum Mann nehmen würde, noch glaubte er, dass er auf das Einbrechen und auf das Verprassen der Beute im Kasino oder in der Kneipe verzichten konnte. Allein schon bei dem Gedanken an eine ehrliche Arbeit graute es ihm. Und eigene Kinder? Er war mit seinem kleinen Bruder schon gestraft genug, da brauchte er nicht noch eigenen Nachwuchs.

Aber was das Geschenk für Liliana anging, musste er nach etwas Anderem Ausschau halten. Es würde sich schon irgendetwas finden lassen.

Die Gegend war ruhig und lag friedlich schlafend vor ihm. Dies war eines der wenigen Viertel der Stadt, wo nach Einbruch der Dunkelheit tatsächlich nicht mehr so viel los war, denn das eigentliche Nachtleben spielte sich im Zentrum von Kylaria ab. Hier, im Universitätsviertel, gab es kaum Möglichkeiten, sich der Zerstreuung oder dem Frohsinn hinzugeben, weswegen die Heerscharen von Novizen und Scholaren nach dem Ende ihres Unterrichts das Zentrum heimsuchten.

Neben der großen Akademie der Wissenschaften und der Schule des arkanen Feuers konnte man in diesem Viertel auch den strahlenden Tempel des Skai bewundern. Skai, der Gott der

Magie und der Wissenschaft, war in Kylaria hoch angesehen, so dass sein Haus an Pracht dem Tempel des Kriegsgottes in Nichts nachstand.

Doch weder an den Lehranstalten noch an dem prächtigen Gotteshaus hatte Lares Interesse, ganz abgesehen davon, dass er niemals auf die Idee käme, sich den Zorn eines Gottes oder einer Horde Feuermagier zuzuziehen. Keine Beute war ein solches Risiko wert.

Sein Interesse galt vielmehr der schmucken Villa, die etwas abseits der Akademie der Wissenschaften und in unmittelbarer Nachbarschaft zum großen Zentralarchiv der Stadt lag. Sie lag in einem kleinen Park, umgeben von einer etwa vier Schritt hohen Mauer aus weißem Kalkstein. Sollte jemand auf die Idee kommen, das Grundstück einfach mit brachialer Gewalt zu betreten, dachte Lares, würde die Mauer wohl kein allzu großes Hindernis darstellen. Aber dafür war sie ganz hübsch gemacht und hob sich recht geschmackvoll vom Grün des Parks ab.

Wer genau hier wohnte, wusste Lares nicht, ging jedoch davon aus, dass einer der altgedienten Dozenten der Akademie hier seine Zelte aufgeschlagen hatte. Ansonsten wohnten nur wenige Nichtgelehrte in diesem Viertel. Andere reiche Bürger zogen es vor, im Stadtzentrum zu leben und die ganz Reichen besaßen gar eine Residenz im Palastviertel. Dahin hatte Lares zwar Zugang, aber ein Einbruch im Palastviertel grenzte an Wahnsinn.

Er bevorzugte die kleineren Anwesen, das war mit weitaus weniger Risiko verbunden. Zwar würde er so nie den ganz großen Bruch landen, aber man würde ihn auch nicht so leicht erwischen. Die spektakuläreren Aufgaben lagen allesamt schon eine Weile zurück und mehr als einmal war er nur mit knapper Not entkommen. Eine Erfahrung, die er bei allem Nervenkitzel doch nicht allzu oft machen wollte. Er würde nichts davon haben, einen Bruch zu wagen, der in die Geschichtsbücher einging, wenn er dafür zehn Jahre seines Lebens im Kerker verbringen musste. Der Verrückte, der in den Palast des Großfürsten eingebrochen war. Nein, danke.

Er warf einen kurzen Blick die Straße entlang und stellte zufrieden fest, dass außer ihm niemand in der Nähe unterwegs war, was sich aber in Kylaria schnell ändern konnte. Mit ein, zwei schnellen Schritten war er an der Mauer, setzte seinen Rucksack ab und kramte seine Ausrüstung hervor: ein schlichter brauner Umhang, den er sich überwarf, ein Paar scheinbar normale Lederhandschuhe und einen Dietrich. Obwohl alles sehr gewöhnlich aussah, hatten es alle drei Sachen in sich, jedenfalls hoffte er das. Er hatte den kompletten Erlös seiner letzten Arbeit in diese Ausrüstung investiert. Ein Novize der hiesigen Zauberschule hatte sie ihm angefertigt, da er Schulden bei einem seiner Mitschüler hatte.

Lares hatte ihm angeboten, seine Schulden zu begleichen, wenn er ihm dafür seine magischen Spielereien anfertigte. Der Novize mit Namen Nayin Dargatil hatte ihm diese drei Gegenstände angefertigt und ihm versprochen, dass sie einwandfrei funktionieren würden. Wenn nicht, dachte Lares, würde er Nayin den Fischen im Meer der Dämmerung zum Fraß vorwerfen. Und in dem unheimlichen Binnenmeer fand sich eigentlich immer irgendetwas, das Hunger auf Menschenfleisch hatte.

Doch wie es schien, hatte der Zauberlehrling gute Überlebenschancen. Der Dietrich öffnete das Tor ohne Schwierigkeiten und Lares schlüpfte lautlos hindurch. Dann schloss er das Tor genauso problemlos wieder ab, damit niemand, der zufällig des Weges kam, Verdacht schöpfte.

Bis zum Haus waren es ungefähr dreißig Schritte. Vom Tor führte ein sauber angelegter, weißer Kiesweg zum Haupteingang. Dieser Weg war hell mit Fackeln erleuchtet und somit für Lares tabu. Daher schlich er an der Mauer entlang, im

Schutz von kleinen Hecken und sauber gepflanzten Büschen, bis er in den hinteren Teil des Gartens gelangt war, der nur spärlich beleuchtet war.

Bis auf ein Zimmer war das Haus dunkel, doch von seiner jetzigen Position aus drohte ihm keine Entdeckung von Leuten, die sich in diesem Zimmer aufhielten. Allerdings verriet ihm das Licht der Laterne, dass er extrem leise vorgehen musste, damit er die Bediensteten nicht aufscheuchte. Und es gab nichts Schlimmeres als übereifrige Dienerschaft, die ihr Leben für den Besitz ihrer Herren geben würden, obwohl sie dafür keinen Bukan mehr bekämen.

Mit einem kurzen Blick durch den Park vergewisserte er sich, dass er alleine hier draußen war, dann eilte Lares mit einigen schnellen Schritten an die Hausmauer. Das Gebäude hatte neben dem Erdgeschoss noch zwei weitere Stockwerke. Die Wände waren sehr glatt und boten selbst einem geübten Kletterer fast keine Möglichkeiten, an ihnen empor zu steigen.

Allerdings, dachte Lares grinsend, haben die wenigsten Kletterer einen verschuldeten Zauberer zum Freund. Lares zog die Handschuhe über, die Nayin für ihn angefertigt hatte, und strich sich mit den Handflächen über die Sohlen seiner Stiefel. Zum Glück musste man keinen albernen Spruch aufsagen, damit sich die Wirkung entfaltete, dachte er kurz. Er wäre sich schon ziemlich dämlich vorgekommen, wenn er nachts in einem fremden Park gestanden und mit seinen Händen und seinen Füßen geredet hätte.

Nachdem er die unscheinbaren Handschuhe noch einen Moment lang skeptisch betrachtet und an die gefräßigen Fische im Meer der Dämmerung gedacht hatte, legte er die Hände an die Hauswand und begann einfach zu klettern.

Die Wirkung war erstaunlich. Es fühlte sich an, als könne er überall festen Halt finden und nach nur wenigen Sekunden hing er wie eine Spinne in vier Metern Höhe an einer nahezu glatten Hauswand. Erstaunt blickte er nach unten, dann wieder völlig begeistert auf seine Hände. Mit diesen Dingern würde er sogar an der Palastmauer hochklettern können. Schade, dass es nicht noch viel mehr verschuldete Magier gab... Er konnte nur hoffen, dass die Dinger in zehn Metern Höhe nicht plötzlich den Geist aufgaben. Dann müsste man ihn wahrscheinlich vom feinen Kies kratzen.

Doch die Handschuhe taten weiterhin ihren Dienst, aber Lares wollte seine neue Ausrüstung nicht überstrapazieren und begab sich so schnell wie möglich aufs Dach. Er hatte Glück, dass es sich um ein Flachdach handelte, denn so konnte er problemlos nach einem offenen Fenster oder einer anderen guten Einstiegsmöglichkeit Ausschau halten. Notfalls würde er ein Fenster aufbrechen müssen.

Als er dann an der Hauswand hinunterblickte, machte sein Herz einen freudigen Sprung. Zwar waren alle Fenster geschlossen, doch sie waren nicht mit Riegeln, sondern mit Schlössern versperrt. Nayin hatte ihm erklärt, dass es völlig genügte, den Mechanismus des Schlosses mit dem Dietrich zu berühren, um es zu öffnen. Dies funktionierte sogar, wenn das Schloss eigentlich auf der anderen Seite lag. So musste er jetzt nicht einmal etwas kaputt machen, um ins Haus zu gelangen. Ein Riegel hätte ihn vor weitaus größere Schwierigkeiten gestellt. Lares beschloss, dass er den Zauberer dringend auf ein Glas Wein einladen musste, wenn diese Arbeit getan war.

Mit den Handschuhen war es kein Problem, zu einem der Fenster zu gelangen. Er zog den Dietrich aus seiner Tasche und berührte mit der Spitze das Schloss. Mit einem leisen Klicken sprang das Schloss auf und das Fenster ließ sich öffnen.

Mit einem zufriedenen Lächeln schwang sich Lares in das Zimmer.

Selten war es so leicht gewesen.

Der verzauberte Dietrich war ein wundervolles Spielzeug, denn obwohl ein Großteil der Türen verschlossen war, kam er ungehindert überall herein. Zudem war der Besitzer doch vermögender, als er angenommen hatte. Längst bedauerte er es, dass er keine größere Tasche mitgebracht hatte.

Aus fast jedem Zimmer konnte er wertvolle Kunstgegenstände einheimsen, von Götterstatuetten bis hin zu exotischen Jademasken, die ein halbes Vermögen wert sein mussten, vorausgesetzt, er fände einen Käufer dafür. Da er jedoch schon oft Probleme mit dem Verkauf von Kunstschätzen gehabt hatte, war er noch auf der Suche nach dem Barvermögen des Hausherrn. Und seine Garderobe hatte er auch noch nicht gefunden. Angesichts des Einrichtungsstils glaubte Lares jedoch nicht, dass ihm ein Hut in die Hände fallen würde, der ihm gefiele. Obwohl sich hier allerlei extravagante Accessoires fanden, war der Großteil der Villa doch sehr bieder eingerichtet.

Wenn er sich nicht täuschte, dann musste er so langsam in den Bereich des Hauses kommen, in dem vorhin noch Licht gebrannt hatte. Vorsichtig öffnete er die nächste Tür und blickte in einen dunklen Flur. Der Flur war etwa fünfzehn Meter lang und an seinem Ende führte eine große Wendeltreppe nach unten. Rechts und links des Flures gingen jeweils zwei Türen ab, die zu anderen Zimmern führten. Und in dem hinteren Zimmer auf der linken Seite schien noch jemand wach zu sein, denn ein schwacher Lichtschein drang unter der Tür hervor.

Lares nahm sich gleich die erste Tür auf der rechten Seite vor. Sie war ebenfalls abgeschlossen, doch eine Berührung mit dem Dietrich entriegelte das Schloss genauso problemlos und leise, wie es zuvor schon mehrfach geklappt hatte. Die Tür schwang auf und Lares huschte hindurch.

Da er jetzt anscheinend in den Wohntrakt des Hauses

gekommen war, wollte er kein unnötiges Risiko eingehen und legte sich den Umhang um, den Nayin ihm ebenfalls gefertigt hatte. Wenn der junge Zauberer Recht hatte, würde ihn der Mantel vor zufälliger Entdeckung schützen, da ein möglicher Betrachter ihn gar nicht bemerken würde. Lares hoffte jedoch, dass er es nicht auf einen Versuch ankommen lassen musste.

Als er sich in dem Zimmer umsah, erkannte er, dass er gleich mit der ersten Tür ins Schwarze getroffen hatte. Heute war wirklich sein Glückstag!

Er stand in einem geräumigen und luxuriösen Schlafzimmer. Zu seiner Rechten befand sich ein großer Kleiderschrank, den Lares in seiner eigenen Wohnung nirgendwo hätte unterbringen können, so wuchtig war er. An der dem Schrank gegenüberliegenden Wand stand ein großes Himmelbett aus dem wertvollem, dunklem Holz von den Freien Inseln. Auf kleinen Nachtschränkchen standen allerlei Tiegel und Phiolen, mit deren Inhalt Lares nicht wirklich etwas anfangen konnte. Anscheinend waren es irgendwelche Pflegeprodukte für ältere Herrschaften.

Ohnehin interessierte sich Lares weniger für die Einrichtung. Sein Interesse galt dem großen Gemälde, das wohl den Hausherren und seine Familie zeigte. Es hing über dem Kopfende des Bettes und war das einzige Gemälde in dem Zimmer.

Mit schnellen Schritten war er bei dem Gemälde und hob es von der Wand. Dahinter kam, für Lares wenig überraschend, ein kleiner Tresor zum Vorschein. Er schüttelte resignierend den Kopf. Jeder Amateur wusste doch, das die privaten Schließfächer hinter Gemälden verborgen waren und trotzdem waren viele Wohlhabende immer noch so naiv und glaubten, so ihre Wertsachen schützen zu können.

Es dauerte keine zehn Sekunden, bis der gut behütete Schatz des Hausherrn offen vor ihm lag und darauf wartete, von ihm mitgenommen zu werden.

Er fand neben einer Schmuckschatulle und einer kleinen Schließkassette noch einen großen Beutel mit Münzen und ein Bündel mit Wertscheinen. Die Scheine waren zwar alle auf den Namen des Hausherrn ausgestellt, doch fragte niemand beim Bezahlen nach dem Namen, da es einfach viel zu viele Wertscheine gab, die bereits im Umlauf waren. Und da die Scheine selbst auch getauscht wurden und als Zahlungsmittel wesentlich praktischer waren als Münzen, war es sogar durchaus möglich, legal an Wertscheine eines Anderen zu kommen. Früher oder später würden die Münzen vermutlich nur noch eine untergeordnete Rolle im Handel spielen. Ein grober Überblick offenbarte Lares, dass er hier etwa 500 Ooth in den Händen hielt. Bei diesem Anblick leuchteten seine Augen förmlich auf. Zusammen mit dem Schmuck, den Kunstwerken und der seltsamen Schließkassette konnte sich diese Arbeit zu seinem erfolgreichsten Bruch der letzten Jahre mausern.

Jetzt musste er nur noch wieder aus dem Haus rauskommen, ohne erwischt zu werden. Auf eine Durchsuchung der anderen Zimmer wollte er verzichten, um kein unnötiges Risiko einzugehen. Irgendwann kamen schließlich auch die hohen Herrschaften zurück und dann wollte er sich längst aus dem Staub gemacht haben.

Ein lautes Poltern aus dem Erdgeschoss riss ihn aus seinen Gedanken. Es klang, als ob jemand eine Tür gewaltsam aufgebrochen hätte. Verdammt! fluchte er innerlich. Ausgerechnet heute Konkurrenz. Und sie schienen weitaus weniger vorsichtig zu sein, als er selbst.

Hastig packte er seine Sachen zusammen und zog die Kapuze seines Umhangs über den Kopf. Er betete erneut, dieses Spielzeug würde genauso funktionieren, wie die anderen Dinge, die Nayin für ihn gemacht hatte.

Als er auf den Flur trat, sah er, dass bei einem Zimmer die Tür weit offen stand. Es war das Zimmer, in dem eben noch Licht gebrannt hatte. Dann blickte er zur Treppe und sah eine Gestalt, die bereits einige Stufen hinabgestiegen war. Die Gestalt war offensichtlich weiblich, trug ein langes Nachthemd und eine kleine Öllampe in der Hand. Sie drehte ihm zwar den Rücken zu, doch trotzdem drückte er sich sofort wieder in Türöffnung hinein, um nicht gesehen zu werden.

Aus dem Erdgeschoss war wieder lautes Poltern zu hören.

„Mein Herr?", fragte die Frau unsicher. „Seid ihr schon zurück?"

Lares musste aufpassen, um nicht entgeistert aufzustöhnen. Wie naiv konnte man denn sein? Der Hausherr würde wohl kaum solch einen Lärm veranstalten, wenn er wieder nach Hause käme.

„Mein Herr? Gnädige Frau? Seid ihr das?" fragte die Frau erneut. Ihrer Stimme nach zu urteilen, schätzte Lares sie auf Mitte Zwanzig, also etwa sein Alter. Sie tat ihm fast leid, aber er war ebenso unangemeldeter und unerwünschter Besuch, wie die Leute unten im Erdgeschoss. Daher konnte er ihr weder helfen, noch konnte er sie warnen.

Dann waren schwere Schritte auf der Treppe zu vernehmen. Lares hörte, wie die Frau erschrocken aufschrie und versuchte, die Treppe wieder nach oben zu hasten. Dann erklang ein dumpfer Aufprall und kurz darauf ein leises Lachen.

„Falsch, Kleines, weder der werte Herr noch die gnädige Frau sind zurück gekehrt" Die Stimme des Mannes war tief und eigentlich wohlklingend, wäre da nicht dieser sadistische Unterton gewesen. „Du brauchst jedoch keine Angst zu haben, wenn du uns sagst, wo die Maske ist!"

Lares hörte weitere Schritte auf der Treppe. Da sich die Gestalt auf die Frau konzentrierte, wagte Lares einen vorsichtigen Blick um die Ecke. Er sah die Frau zitternd an der Treppe liegen, die Lampe aber noch in der Hand. Über ihr stand ein Mann mittleren Alters. Sein Gesicht konnte Lares nicht erkennen, denn er trug eine dunkelblaue Kutte mit einer Kapuze. Über der Kutte trug er einen matt silbernen Brustpanzer. Sowohl Kutte als auch der Brustpanzer waren mit seltsamen Symbolen versehen. In der Hand hielt der Mann eine Art Zepter, an seiner linken Seite hing ein Langschwert.

„Wer, wer seid ihr...?" stammelte die Frau hilflos.

„Das ist nicht von Belang. Wüsstest du es, müsste ich dich töten, also erbitte besser keine Antwort auf deine Frage! Für dich ist nur wichtig, was wir hier suchen."

Während er dies sagte, machte der Mann seinen beiden Kameraden Platz, die mittlerweile auch oben angekommen waren. Sie waren ebenfalls in dunkelblaue Kutten und silberne Brustpanzer gehüllt, trugen jedoch kein Zepter, sondern lediglich Langschwerter. Der erste Mann musste also der Anführer sein.

Lares dachte verzweifelt nach. Gegen drei Kämpfer hatte er keine Chance, sollten sie ihn entdecken. Also musste er zusehen, dass er so schnell wie möglich hier raus kam. Lautlos, so hoffte er, öffnete er die Tür ins Schlafzimmer wieder und schlüpfte hinein. Er lauschte kurz, doch niemand schien ihn bemerkt zu haben. Er eilte zum Fenster, zog den Dietrich aus der Tasche und lies das Schloss aufspringen.

„Sag uns sofort, wo die verdammte Maske ist, sonst wirst du dir wünschen, niemals geboren worden zu sein!" Die Stimme des Anführers schnitt durch die Stille und die Frau brach in lautes Schluchzen aus.

„Ich weiß es nicht", schniefte sie. „der Herr pflegt seine Wertsachen immer im Tresor im Schlafzimmer aufzubewahren."

Verdammter Mist, dachte Lares. Jetzt musste er sich beeilen. Und da er weder die Zeit hatte, den Tresor zu schließen, noch das Fenster wieder zu verriegeln, würden die Drei sofort mitbekommen, dass ihnen jemand zuvorgekommen war. Warum bei allen Schrecken der Außenwelt wusste ein einfaches Dienstmädchen überhaupt wo der 'werte Herr' seine Kostbarkeiten versteckte?

Schon hörte er schwere Schritte näherkommen. Mit einem Satz sprang er auf die Fensterbank, schickte ein Stoßgebet zu Nitoq, dem Schutzpatron der Diebe und Händler, und kletterte die Hauswand herunter.

Die Wirkung der Handschuhe war noch nicht verflogen, so dass er nicht wie ein Stein in die Tiefe stürzte. Es dauerte nur Sekunden, bis er unten ankam, doch kaum hatte er wieder festen Boden unter den Füßen, ertönte aus dem Haus ein zorniger Schrei.

Ohne nachzudenken sprintete Lares los und warf sich hinter die nächstbeste Hecke. Ein Gesicht erschien oben in dem Fenster und blickte in den Garten herunter.

Eigentlich hätte der Mann ihn sehen müssen, denn die Hecke konnte keinen ausreichenden Schutz bieten, doch nach kurzer Zeit verschwand das Gesicht wieder aus dem Fenster. Lares beschloss, Nayin eine ganze Karaffe des edelsten Weins zu spendieren, denn auch der Umhang schien zu funktionieren.

Er sprang auf, hastete zur Mauer, warf sich regelrecht an die Wand und kletterte sofort an ihr hoch. Als er oben angekommen war, warf er einen kurzen Blick zurück zum Haus. Für einen Moment, glaubte er, einen kurzen Lichtblitz zu sehen, wandte dann aber den Blick wieder ab und richtete ihn auf die Straße.

Hier war alles ruhig. Anscheinend waren die anderen Eindringlinge tatsächlich nur zu dritt gewesen. Er hatte befürchtet, dass sie bei einem derart brachialen Vorgehen Wachen am Tor oder auf der Straße zurückgelassen hätten, um frühzeitig gewarnt werden zu können.

Da dem glücklicherweise nicht so war, konnte Lares unbemerkt von der Mauer klettern. Dann schulterte er seine Tasche, verstaute hastig seine Ausrüstung und machte sich auf den Weg zurück ins Zentrum.

Kapitel 2: Von Zauberern gehetzt

Kylaria, Hauptstadt von Cathuria,
Monat Alathyia, Frühling im Jahre 1104 nach Ashibans Fall

„Bist du dir ganz sicher?" Die Stimme des Zauberers klang sehr aufgeregt und Lares war überzeugt, dass es nicht nur am Wein lag, dem sie schon recht ausgiebig zugesprochen hatten.

„Ja, Nayin, bei allen Göttern, wie oft soll ich es noch sagen! Es waren Männer mit blauen Roben und silbernen Brustpanzern. Was ist daran so wichtig?"

Der Zauberer gestikulierte wild mit den Armen. „Wenn ich Recht habe mit meiner Vermutung, waren es Mitglieder der Sternengarde", sagte er geheimnisvoll. „Und das bedeutet nichts Gutes."

Lares verdrehte die Augen. Nayin sprach gerne in Rätseln oder vergaß regelmäßig, die notwendigen Informationen hinzu zu fügen.

„Und was ist daran so schrecklich? Wer ist die Sternengarde?" Kaum hatte er die Frage gestellt, bereute er es sofort wieder, als er sah, wie Nayin mit weit ausgebreiteten Armen ausholte, um einen seiner berüchtigten Vorträge zu halten.

„Die Kurzfassung, bitte!" sagte Lares rasch.

Nayin spießte ihn für einen Augenblick regelrecht mit Blicken auf, dann schüttelte er resignierend den Kopf und murmelte etwas von Ungeduld und Unwissenheit, was Lares aber nicht genau verstand. Vielleicht war das auch besser so. Der Zauberer griff noch einmal nach dem Weinglas, nahm einen Schluck und blickte eine halbe Sekunde andächtig auf den Rand des Glases. Dann stellte er es wieder auf den Tisch und begann zu erzählen.

„Die Sternengarde ist die Armee des Magierreichs Amras im hohen Norden, am Rande der Welt. Ihre Mitglieder werden rekrutiert aus all Jenen, die es nicht geschafft haben, einen Abschluss an einer Zauberschule zu erlangen, wohl aber über gute Kenntnisse im Umgang mit der Magie verfügen. Sie werden noch einige Zeit in den Kasernen der Magiermetropole ausgebildet und dann ihren Einheiten zugeteilt. Ihre Rekrutierungsoffiziere halten an jeder Akademie der Zauberkünste Ausschau nach potentiellen Kandidaten. Und fast jeder angehende Magier, der einen gewissen Grad des Studiums erreicht hat, wird von den Sternengardisten angesprochen. Teilweise werben sie sogar direkt Schüler der Akademie ab, um ihre Reihen zu erweitern. Gerne auch solche, die gute Chancen hätten, die Prüfungen leicht zu schaffen. Sie locken mit Macht und Geld, Dinge die jedem Magier nach acht Jahren des harten Studiums natürlich gefallen würden."

„Dann waren es also Zauberer, die mir den Bruch beinahe verdorben hätten?", fragte Lares.

Nayin nickte. Dann beugte sich der Magier leicht vor und sah dem Einbrecher tief in die Augen.

„Und du solltest hoffen, dass sie gefunden haben, was sie gesucht haben. Denn ansonsten befindet es sich wahrscheinlich bei deiner Beute. Und früher oder später findet die Sternengarde immer, was sie sucht."

Lares dachte an den zornigen Aufschrei, den er aus dem Zimmer gehört hatte. Wahrscheinlich war die Sternengarde nicht fündig geworden und leider konnte er auch nicht sagen, welches seiner Beutestücke für die Magier nun von Interesse war.

Sie hatten etwas von einer Maske gebrüllt und er hatte insgesamt vier Masken erbeutet. Die Chance, dass das Objekt ihrer Begierde dabei war, war also recht hoch. Und zu allem Überfluss ließen sich die Dinger verdammt schlecht verkaufen.

Außerdem musste er höllisch aufpassen, dass er nicht mit dem Einbruch in Verbindung gebracht wurde, denn die Sternengarde war nicht zimperlich gewesen. Die Hausherren hatte man später erschlagen im Foyer der Villa gefunden, eine Bedienstete, sowie die Enkelin waren nur noch verkohlte Überreste gewesen. Bei dem Gedanken daran, wie knapp er selbst wahrscheinlich einem solchen Schicksal entkommen war, lief ihm ein kalter Schauer über den Rücken.

„Nein, ich fürchte, sie haben es nicht gefunden. Sie klangen nicht sehr angetan, als sie den offenen Tresor gesehen haben." sagte Lares nachdenklich.

„Dann solltest du alles, was kein Bargeld war, schnell wieder loswerden. Notfalls versenke es im Meer der Dämmerung. Das hat noch nie wieder etwas frei gegeben."

„Versenken?", fragte Lares ungläubig. Schließlich war das Zeug ein Vermögen wert.

„Besser es landet im Meer der Dämmerung als in den Händen der Sternengarde." antwortete Nayin. „Die Magier von Amras haben seit einem Jahr einen neuen Herrscher, den Schattenmagier Menac Jadek. Es heißt, er habe einen Pakt mit dem Erstgeborenen geschlossen, um das Magierreich zum größten Machtfaktor des Nordens zu machen. Und er hasst die Feuermagier."

„Was hat das Ganze mit mir zu tun?" fragte Lares. Nayin funkelte ihn zornig an.

„Verstehst du denn gar nichts, du Tölpel?" polterte der Zauberer. „Wenn die Sternengarde bereit ist, ein derartiges Aufsehen zu erregen, nur um an dieses Artefakt zu kommen – was immer es auch sein mag – dann solltest du auf gar keinen Fall auf ihre Abschussliste kommen. Und wenn Jadek seine Leute bis nach Kylaria schickt, um ein Artefakt zu stehlen, dann muss es etwas ganz Besonderes sein."

Lares verstand, was der Zauberer meinte und musste ihm

widerwillig Recht geben. Auf keinen Fall durften die Sternengardisten ihn mit dieser Sache in Verbindung bringen und erst Recht nicht die Maske bei ihm finden.

Doch wegwerfen konnte er die Sachen auch nicht. Er würde sie verstecken, bis Gras über die Sache gewachsen war. In einigen Monaten würde sich weder der Magistrat noch die Sternengarde um den Vorfall der vorletzten Nacht scheren. Dann konnte er die Sachen wieder hervorholen und an den Mann bringen. Bis dahin konnte er von dem erbeuteten Bargeld ja auch ganz gut leben.

„Du hast recht, Nayin", sagte er. „Ich werde die Sachen verschwinden lassen. Ich kann ja nicht zulassen, dass diese Verrückten mir und der kleinen Nervensäge das Leben zur Hölle machen."

„Endlich siehst du es ein", sagte der Zauberer erleichtert. „Wurde ja auch Zeit. Apropos Nervensäge, wie geht es dem kleinen Ausreißer denn so?"

Lares winkte genervt ab und lehnte sich in seinem Stuhl zurück, nicht ohne vorher sein Glas vom Tisch zu nehmen. „Du müsstest mal hören, was er in der letzten Zeit für einen Schwachsinn zusammen spinnt. Er will unbedingt zu den Freien Inseln segeln..."

Nayin begann schallend zu lachen. Die bisher recht angespannte Stimmung löste sich nun sehr schnell von den Beiden.

„Tja", meinte der Magier, „du hättest ihn halt nicht in die Arme einer hübschen und fantasievollen Hure entkommen lassen dürfen... Aber sei froh, dass er zu den Freien Inseln will und nicht wieder zurück zu der guten Fee vom Hinterhof."

„Bei allen Göttern, das hätte mir noch gefehlt. Ich hoffe, es dauert noch einige Jahre, bis Matayas Kuss ihn trifft und er anfängt hinter den Weiberröcken herzulaufen."

„Wie alt ist er eigentlich?" fragte Nayin.

„Zehn" antwortete Lares. „Mit ein bisschen Glück bleiben mir solche Querelen also noch drei, vier Jahre erspart."

„Wenn er nach dir kommt, wirst du weniger Zeit haben." grinste Nayin.

Lares griff blitzschnell nach dem ungenutzten Kerzenleuchter, der auf dem Tisch stand und schleuderte ihn zielsicher an Nayins Schulter vorbei gegen die Wand.

„Hey, du Barbar!", lachte der Zauberer. „Lass das gute Mobiliar heile. Kannst doch nur die Wahrheit nicht ertragen!"

Lares fiel in das Lachen mit ein und stand auf, um den Kerzenleuchter wieder aufzuheben. Als er an Nayin vorbei ging, duckte dieser sich instinktiv weg, so dass Lares' halbherziger Klaps in den Nacken sein Ziel verfehlte. Lares grummelte etwas Unverständliches vor sich hin, hob den Kerzenleuchter auf und machte sich auf zum Schrank, um eine neue Flasche Wein zu holen.

„So, nun aber genug über finstere Zauberer und frühreife Bengel geredet.", sagte er. „Jetzt wird erst einmal meine erfolgreiche Arbeit gefeiert."

Dem konnte dann auch Nayin nicht widersprechen.

Der nächste Morgen begann mit der Feststellung, dass die dritte Flasche Wein eine ziemlich dämliche Idee gewesen war. Sein Schädel dröhnte, als stampfe eine ganze Herde Hornbestien hindurch und sein Magen protestierte schon bei dem Gedanken an Nahrung aufs Allerschärfste.

Eigentlich, dachte Lares verstimmt, hatte es gar nicht an der letzten Flasche Wein gelegen. Vielmehr hätten sie zwischendurch einfach die Finger von dem Branntwein lassen sollen, den Nayin mitgebracht hatte. Ein ziemlich fürchterlicher Fusel, an dessen Geschmack und Geruch man sich jedoch nach ein paar Gläsern durchaus gewöhnt hatte. Und wenn erst einmal ein Drittel der Flasche geleert war, glaubt man sogar, das einem das Zeug wirklich schmecken würde.

Tückisch, dachte Lares und quälte sich vorsichtig aus dem Bett. Als er sich auf die Bettkante setzte, durchfuhr ihn ein Schwindelgefühl, das ihn sofort wieder auf sein Bett niedersinken ließ.

Erst als nach ein paar Minuten die Welt wieder aufgehört hatte sich zu drehen, wagte er einen neuen Versuch, aus dem Bett zu kommen. Dieses Mal erhob er sich noch behutsamer, doch sowohl Schwindelgefühl als auch Übelkeit meldeten sich sofort wieder. Allerdings war Beides dieses Mal nicht stark genug, um ihn erneut niederzuwerfen. Er widerstand dem Drang, sich wieder hinzulegen und einfach bis morgen durchzuschlafen, um es dann noch mal mit dem Aufstehen zu versuchen, und schleppte sich mühsam zum Waschzuber, der neben dem Fenster stand.

Der Weg dorthin schien eine Ewigkeit zu dauern. Das kühle Wasser weckte jedoch ganz langsam seine Lebensgeister. Viel öfter als sonst ließ er sich das erfrischende Nass über den Kopf laufen, bis er glaubte, halbwegs wieder auf dem Damm zu sein.

Etwas orientierungslos blickte er sich in seinem Zimmer um, fand Hose und Hemd neben dem Schrank liegend auf einem Stuhl. Wieso der dazugehörige Gürtel am anderen Ende des Raumes lag, konnte er sich nicht so genau erklären, erschien ihm aber auch nur bedingt von Interesse. Die Hauptsache war, dass alle Sachen noch da waren und er sich nicht wieder eine neue Hose kaufen musste, wie nach dem letzten Besäufnis.

Was die Vollständigkeit seiner Sachen anging, musste er dann doch einen entscheidenden und empfindlichen Abstrich machen. Seine Stiefel waren nirgends zu sehen.

Verdammter Mist, dachte er, jetzt kann ich mir schon wieder neue Schuhe kaufen.

Die Letzten hatte er nach einem Fehltritt in Pferdemist wegwerfen müssen, obwohl sie gerade erst drei Wochen alt gewesen waren. Wenigstens, so dachte er sarkastisch, waren die neuen Stiefel nicht so teuer gewesen.

Kurze Zeit später fand er sie dann doch. Nachdem er seine Haare notdürftig gerichtet hatte und nach der Hose auf seinem Stuhl griff, fiel sein Blick auf seine Füße. Nach einigen Sekunden verwirrten Schweigens brach er in schallendes Gelächter aus, denn seine Füße steckten in genau jenen Stiefeln, die er gerade noch vergeblich gesucht hatte. Er hatte sich zwar des Nachts seiner Beinkleider entledigt, aber für die recht aufwändige Schnürung der Stiefel war er dann wahrscheinlich entweder zu faul oder zu betrunken gewesen, auch wenn es ihm seltsam vorkam, dass es ihm so gelungen war, die Hose trotzdem auszuziehen. Vermutlich wollte er aber auch gar nicht so genau wissen, wie er das angestellt hatte.

Was auch immer, dachte er grinsend, zog seine Hose und sein Hemd wieder an, schnallte sich den Gürtel um und verließ leicht kopfschüttelnd das Schlafzimmer.

Als er die Stufen der Treppe hinabstieg, erblickte er im Wohnraum seinen Saufkumpanen, der ungefähr so frisch und munter aussah, wie Lares sich eben noch gefühlt hatte. Nayin erkannte seinen Freund und versuchte zu lächeln. Es misslang gründlich und wurde zu einer überaus leidvollen Miene. Langsam richtete sich der Zauberer in seinem Sessel auf, wobei er hastige Bewegungen besonders vermied.

„Na, auch schon fit?" fragte Lares. Nayin nickte gequält.

„Blendend", antwortete er. „ich könnte Bäume ausreißen."

„Übermorgen..." fügte er Sekunden später hinzu. „Heute wäre schon ein Grashalm ein unüberwindbarer Feind."

Lares lachte und schaute sich um. „War Akilion schon hier?" fragte er.

„Keine Ahnung", grunzte Nayin schlecht gelaunt. „Ich war zu sehr damit beschäftigt, die Schmerzen in meinem Kopf zu ertragen, als das ich auf andere Menschen hätte achten können.

Außerdem hätte ich ihn wahrscheinlich umgebracht, wenn ,Onkel Nayin' wieder spannende Zaubergeschichten hätte erzählen müssen."

„Tja, Onkel Nayin, wenn du seinerzeit gar nicht erst davon angefangen hättest, bliebe dir dieses Schicksal erspart." frotzelte Lares. Nayin warf ihm einen finsteren Blick zu.

„Eigentlich darf ich gar nicht mehr vorbeikommen." erwiderte er. „So langsam aber sicher gehen mir die Geschichten aus und der Kleine ist leider nicht so dumm, das er Wiederholungen nicht erkennen würde."

„Dann wirst du wohl mal etwas flotter studieren müssen, damit du ein paar neue Geschichten auf Lager hast. Es schickt sich auch nicht für einen Zauberer, mit gewöhnlichen Sterblichen sinnlose Besäufnisse zu veranstalten."

Nayin brummelte irgendwas Unverständliches in sich hinein. Dann stand er auf, richtete sein Gewand und bürstete sich mit den Fingern durch das kurze, dunkle Haar.

„So", sagte er, „das muss reichen als Morgentoilette. Wozu gibt es in der Akademie denn fließendes Wasser. Zu irgendwas muss diese Zauberei schließlich Nutze sein."

„Kannst du dich noch grob an unseren Heimweg erinnern?" fragte Lares. Nayin sah ihn kurz an, kratzte sich grübelnd am Kopf und nickte schließlich.

„Ja, so in etwa krieg ich das noch halbwegs zusammen..." antwortete er schließlich. „Wieso sind wir eigentlich nicht einfach bei mir geblieben?"

Lares zuckte mit den Schultern. „Keine Ahnung, wir wollten noch irgendwo hin, glaube ich..." Nayin sah ihn stirnrunzelnd an, dann winkte er ab.

„Ist auch egal", sagte der Magier. „Hauptsache, wir haben nicht wieder die halbe Stadt auf den Kopf gestellt."

„Wenn dir auf dem Rückweg ein Frauenzimmer eine Schelle verpasst, solltest du dir Gedanken machen.", lachte Lares.

Nayin stimmte in das Lachen ein, während er sich auf dem Weg zur Kochecke machte, um etwas Essbares zu finden.

„Vergiss es!" sagte Lares.

„Hast du nichts oder krieg ich nichts?", fragte Nayin irritiert. Man sah ihm deutlich an, dass sein Hunger über die Übelkeit gesiegt hatte und er nun schwer enttäuscht war, dass es nichts gab.

„Ich habe nichts da. Wir müssen uns was holen.", antwortete Lares. „Und ein bisschen frische Luft tut uns bestimmt gut." Nayin blickte ihn zweifelnd an.

„Frische Luft? In Kylaria? Das glaubst du doch wohl selbst nicht. Eher trocknet das Meer der Dämmerung aus!"

Lares musste lachen.

„Entweder", fuhr der Magier fort. „stinkt es nach Pferdemist oder den Ausdünstungen der Erschaffenen. Und wenn man von Beidem einmal verschont wird, schüttet dir jemand seinen Nachttopf vor die Füße." Nayin verzog angewidert das Gesicht.

„Es sprach der wahre Patriot" lästerte Lares. „Du platzt ja förmlich vor Stolz, in diesem beschaulichen Städtchen zu leben"

„Oh ja, ganz dringend..." maulte Nayin. Lares wusste, das dem Magier die Metropole überaus zuwider war. Er kam aus einem Dorf vierzig Meilen westlich der großen Stadt, in dem nicht mehr als zweitausend Seelen gelebt hatten. In Kylaria lebten mehr als zweihundert Mal so viele Leute, von denen ein nicht zu verachtender Teil Nichtmenschen waren.

Nayin hatte zwar keine direkte Abneigung gegen nicht-menschliche Völker, wie die Rantazil oder die Haghad, doch ähnlich wie Lares waren sie ihm dennoch nicht ganz geheuer. In seinem kleinen Dorf abseits der Hauptstadt hatten nur Menschen gelebt und Horden von Erschaffenen hatte es dort auch nicht gegeben.

Als man jedoch Nayins magische Begabung entdeckt hatte,

war ein Umzug nach Kylaria unvermeidlich gewesen, denn in der Provinz wurden keine Zauberer ausgebildet. Für eine Ausbildung im fernen Thalarion hatte Nayins Familie nicht das nötige Geld gehabt. Und so musste der junge Mann in die größte Stadt der Welt ziehen und bis heute hatte er sich nicht wirklich an den Moloch von Kylaria gewöhnt.

„So, wenn du aufhörst, die Wand anzustarren, können wir dann auch los.", sagte Nayin. „Ich habe Hunger!"

Lares schüttelte den Kopf. Der Zauberer war unausstehlich, wenn er Hunger hatte. Ein schlecht gelaunter Silberskorpion war dagegen eine angenehmere Gesellschaft.

„Also dann, du alter Nörgler, auf zum Markt." Lares schritt an dem Magier vorbei und öffnete die Haustür. Er hielt die Tür für den Magier weit auf, machte eine tiefe Verbeugung und deutete mit dem rechten Arm nach draußen.

„So muss das sein.", grinste Nayin. „Ehre, wem Ehre gebührt!" Lares verdrehte die Augen, verbiss sich aber jeglichen Kommentar. Dann ging er hinter dem Magier durch die Tür und trat auf die Straße.

Sie waren mehrere Stunden über den Markt geschlendert. Lares hatte einen Teil seiner Beute schon wieder in, wie er fand, stilvolle Kleidung umgesetzt. Nayin hatte sich eines Kommentars bezüglich Lares' neuen Hutes jedoch enthalten, um auch weiterhin mal bei dem Einbrecher übernachten und mit ihm fuseligen Branntwein vernichten zu dürfen. Er hatte befürchtet, dass ihm dieses Privileg genommen würde, wenn er seine Meinung geäußert hätte, nämlich, dass er den Hut überaus hässlich und für Lares viel zu groß fand.

Lares hingegen wusste ganz genau, das der Magier weder mit dem schicken neuen Hut noch mit dem großartigen Reitmantel etwas anfangen konnte. Zauberer hatten eben einfach keinen Geschmack. Zu dem Mantel und dem Hut hatte sich noch ein hübscher Zierdolch gesellt, der im Kampf wahrscheinlich kaum etwas aushalten würde, sich aber ganz hervorragend auf seiner Kommode machen würde.

Mittlerweile war der Abend hereingebrochen. Nayin war wieder zurück in die Akademie gegangen und Lares war gerade dabei, die Beute von seinem letzten Einbruch zu sortieren. Mit etwas wehmütigem Blick stopfte er die vier erbeuteten Masken in einen schmucklosen und abgegriffenen Rucksack. Sie würden bestimmt einen ganzen Batzen Ooth einbringen, doch der Zauberer hatte Recht gehabt; es war zu gefährlich, sie zu behalten oder jetzt zu verkaufen, denn so konnte die Sternengarde zu schnell auf die Idee kommen, dass er etwas mit ihrem Verschwinden zu tun hatte.

Zwar konnte er sich unter der Sternengarde immer noch nicht allzu viel vorstellen, doch wenn nur die Hälfte von dem stimmte, was Nayin gesagt hatte, sollte man ihr wohl besser nicht in die Quere kommen. Und Nayin war in diesen Dingen immer erstaunlich gut informiert.

Nachdem er alles Notwendige eingepackt hatte, ging er runter ins Erdgeschoss und betrat die Abstellkammer. Unter unzähligem Gerümpel brachte er schließlich eine große Kiste zum Vorschein. Mit einem klobigen Schlüssel öffnete er die Kiste und holte ein schmuddeliges Bündel heraus.

Es bestand aus einer alten, zerrissenen Hose, einem Hemd, das er bei der letzten Renovierung gründlich kaputt gemacht hatte, und einer alten Lederjacke, die in einem ähnlich desolaten Zustand war. Er hasste es, diese gammeligen Fetzen anzuziehen, doch bei seinem Vorhaben war es angebracht, dass er so schäbig wie möglich aussah, um nicht aufzufallen. Er stopfte das Bündel in einen größeren Beutel, der ebenfalls schon ziemlich abgenutzt aussah. Zum Glück musste er die Sachen nicht sofort anziehen, sondern hatte später noch die Möglichkeit, sich umzuziehen.

„Wo willst du schon wieder hin?"

Lares fuhr erschrocken zusammen, als die Kinderstimme direkt hinter ihm ertönte. Der Bengel war verdammt leise, wenn er sich anschleichen wollte. Er drehte sich zu Akilion um und funkelte ihn böse an.

„Erschrecke mich nicht so, du Zwerg! Ich muss gleich noch arbeiten."

„Du warst erst gestern arbeiten!" beschwerte sich sein kleiner Bruder empört. „Und wann krieg ich endlich mal wieder was Richtiges zu essen?"

„Hör auf, mir die Ohren voll zu heulen, du Kröte!" fauchte Lares. „Nayin und ich waren eben auf dem Markt und ich habe den Vorratsschrank wieder voll gemacht. Mach dir selber was zu essen!"

„Ich kann nicht kochen!" erwiderte Akilion, von Lares' barschem Ton völlig unbeeindruckt. Lares verdrehte die Augen, konnte seinen Zorn aber unterdrücken.

„Dann lernst du es eben jetzt." sagte Lares. „Nur hätte ich gerne, dass unser Haus noch steht, wenn ich wiederkomme."

„Mama hätte mir immer was gekocht!", beschwerte sich sein kleiner Bruder weiter. Lares' Geduldsfaden begann zu reißen.

„Mama und Papa sind aber tot! Und wenn sie noch leben würden, müsste ich dich kleine Nervensäge nicht ertragen und könnte in Ruhe meine Arbeit machen!" Schon während er das aussprach, wusste er, dass er zu weit gegangen war. Und das nicht zum ersten Mal.

Der trotzige Blick des Jungen wich einem erschrockenen und verstörten Ausdruck. Dann füllten sich seine Augen mit Tränen und er begann zu schluchzen. Schlagartig fiel jeglicher Zorn von Lares ab. Er ging vor seinem kleinen Bruder in die Hocke und nahm ihn in die Arme.

„Entschuldige, Akilion, das wollte ich nicht sagen." Akilion schluchzte nun lauter und Lares hätte sich ohrfeigen können. Er selbst hatte den Tod seiner Eltern überraschend gut verkraftet, doch der Kleine litt immer noch darunter, dass seine Eltern nicht mehr da waren. Und Lares konnte weder Vater noch Mutter halbwegs ersetzen.

Er schob den Jungen wieder ein Stück von sich weg, kramte ein Tuch aus seiner Tasche hervor und trocknete seinem kleinen Bruder die Tränen aus dem Gesicht. Als er weitersprach, war seine Stimme viel ruhiger und sanfter.

„Es tut mir leid, was ich gesagt habe.", begann er. Er war ganz mies im Entschuldigen, musste er sich wieder eingestehen. „Ich hatte es nicht so gemeint."

Doch, hatte er, und zwar genau so, wie er es gesagt hatte. Und das lag daran, das er häufig erst redete und dann anfing nachzudenken, was er da eigentlich für einen Unfug faselte. Damit hatte er sich schon mehr als einmal in Schwierigkeiten gebracht oder Leuten vor den Kopf gestoßen, die ihm wichtig waren.

„Pass mal auf. Ich bin beim letzten Mal nicht fertig geworden und muss das noch zu Ende machen. Aber dann haben wir erst mal so viel Geld, das ich ein paar Wochen nicht mehr arbeiten muss." Akilions Gesicht hellte sich ein wenig auf. Jetzt konnte Lares seinen größten Trumpf ausspielen. „Und wenn du magst, nehmen Nayin und ich dich nächste Woche mit in die Arena, da ist das große Pferderennen."

Von einer Sekunde auf die Andere war Akilions Trauer wie weggeblasen. Seine Augen strahlten vor Freude.

„Echt? Ihr nehmt mich mit in die Arena?"

Lares nickte bedeutsam.

„Danke, großer Bruder!" jubelte Akilion und fiel Lares um den Hals. Der konnte sich ein Grinsen nicht verkneifen.

„Ja, ist ja schon gut" lachte er. „Und jetzt geh los und mach dir was zu essen. Es ist reichlich Brot und Aufschnitt da, du wirst schon nicht verhungern."

Akilion sprang wie ein aufgescheuchtes Huhn durchs Haus und trällerte laut und falsch ein Lied vor sich hin. Lares musste lachen. Auch wenn er gerne anders tat und auch wenn ihn die Kröte regelmäßig in den Wahnsinn trieb – er liebte seinen Bruder über alles und er konnte es nicht ertragen, wenn der Kleine traurig war; schon gar nicht, wenn es seine Schuld war. Wie er Nayin allerdings beibringen sollte, dass der Zwerg mit in die Arena kam, wusste er noch nicht.

Nachdem Akilion in der Vorratskammer verschwunden war, warf Lares einen letzten kritischen Blick in sein Bündel. Dann verschloss er die Truhe wieder und mit einem „Wehe, du schläfst noch nicht, wenn ich wiederkomme!" und einer kurzen Umarmung verabschiedete sich Lares von seinem kleinen Bruder und verließ das Haus.

Sein Weg führte ihn erneut durch die halbe Stadt, doch dieses Mal musste er zu Fuß gehen. Es wäre zu auffällig gewesen, in diesem Aufzug mit einer der Großkutschen zu fahren. Jemand mit seinem Aussehen konnte unmöglich so viel Geld haben, sich eine Fahrt durch die Stadt leisten zu können. Und wenn dann ein misstrauischer Gardist sein Bündel durchsuchte, hätte Lares wahrscheinlich mehr als nur ein Problem.

So dauerte es dann fast eine Stunde, bis er am Ziel war. Zunächst musste er sich wieder einmal durch das überfüllte Marktviertel zwängen. Dieses Mal kam er jedoch gar nicht erst in die Versuchung, etwas zu kaufen, denn vorsichtshalber hatte er nur eine Handvoll Bukan mitgenommen. Dies war zu wenig, als dass sich ein Raubüberfall auf ihn gelohnt hätte und ebenso zu wenig, um etwas Ordentliches einzukaufen. Außerdem hatte er sich heute Nachmittag erst neu eingekleidet.

Vom Marktviertel ausgehend orientierte er sich dann Richtung Meer der Dämmerung. Er musste jedoch zunächst durch ein Wohnviertel, das allerdings längst nicht so wohlhabende Leute beherbergte wie das Viertel, in dem er in der vorherigen Nacht unterwegs gewesen war. Es entsprach vielmehr der Gegend, in der Lares selber lebte. Hier wohnten Handwerker, Arbeiter und Besitzer kleinerer Geschäfte. Einfache und hart arbeitende Leute, die für ihren kleinen Wohlstand einiges leisten mussten. Oder Leute wie Lares, die es jenseits der Legalität zu etwas gebracht hatten und sich eine Wohnung außerhalb der Unterstadt leisten konnten. Die Straßen waren noch recht belebt, so dass er nicht sonderlich auffiel.

Schließlich erreichte er den Frachthafen, der sowohl an das Wohnviertel als auch im Süden an die Unterstadt angrenzte. Die Wachen am Tor nahmen ihm den Hafenarbeiter ohne Weiteres ab und ließen ihn passieren.

Während er sich auf den Weg zu einem bestimmten Lagerhaus machte, fiel sein Blick immer wieder auf das Meer der Dämmerung, das dunkel und friedlich vor ihm lag. Doch der Frieden, der von dem Gewässer ausging, täuschte gewaltig.

Die östliche Küste des Meeres war von den unheimlichen Ybb'lith bewohnt, jener Amphibienrasse, die schon alt gewesen war, als die Menschen begannen, Akranos zu besiedeln und die ihnen so fremd war, dass es keine Möglichkeiten der Annäherung gab. Sie hatten angeblich auf dem Meeresgrund absurde Städte errichtet, in denen sie ihren urzeitlichen Götzen huldigten.

Doch nicht nur die Ybb'lith waren eine Gefahr, die vom Meer der Dämmerung ausging. Die meisten Schiffe segelten ausschließlich in Sichtweite zur Küste, da sich die Seeungeheuer, die in den Tiefen des Meeres hausten, selten so nah ans Land heranwagten. Auf offener See waren schon unzählige Schiffe einfach verschwunden.

Wie viel davon letztendlich stimmte und wie viel nur Seemannsgarn war, konnte Lares nicht einschätzen. Nicht abstreiten konnte er jedoch, dass das Meer ein beklemmendes

Gefühl bei ihm verursachte. Wenn man allzu lange auf das ruhig daliegende Gewässer blickte, bekam man das Gefühl, von irgendetwas beobachtet zu werden.

Das Meer der Dämmerung war heute jedoch nicht sein Problem. Vielmehr galt es, in dem Wirrwarr und der monotonen Einheit des großen Hafens das richtige Gebäude zu finden. Die Arbeit im Hafen war um diese Uhrzeit größtenteils zum Erliegen gekommen, nur auf einer Handvoll Schiffe herrschte noch emsige Betriebsamkeit. Diese Schiffe stachen wahrscheinlich im Morgengrauen wieder in See und mussten deswegen über Nacht beladen werden. Der Großteil der Schiffe war jedoch nur spärlich beleuchtet und die Planken waren eingeholt worden.

Im Gegensatz zu den ruhigen und dunklen Gassen des Frachthafens herrschte in den wenigen Hafenkneipen großer Trubel. Musik, Gesang und Gelächter drangen durch die geschlossenen Türen ins Freie und der ein oder andere Blick durch ein Fenster gewährte Lares einen Blick auf die ausgelassen feiernden Seeleute.

Viel war durch die schmutzigen Fenster nicht zu sehen, doch was er sah, genügte völlig, um ihn ein wenig sehnsüchtig zu machen. Viel lieber würde er jetzt dort drin mit diesem rauen Menschenschlag ein paar Krüge heben, anstatt sich in der Unterstadt herum zu treiben, um dort seine kostbare Diebesbeute für unbestimmte Zeit zu verstecken.

Vielleicht, dachte er, genehmige ich mir hier nachher noch ein paar Bierchen, wenn ich das Zeug schnell untergebracht habe. Aber zunächst musste er dieses Lagerhaus wiederfinden.

Die Suche gestaltete sich so schwierig, wie er befürchtet hatte. Nicht nur, weil hier alles irgendwie gleich aussah - die Gebäude unterschieden sich allenfalls geringfügig in ihrer Größe - sondern auch, weil er schon seit Jahren nicht mehr hier gewesen war. Seit die Stadtgarde damals den gut florierenden

Schmugglerring zerschlagen hatte, vermied er, in irgendeiner Form Kontakt mit der Unterstadt zu knüpfen.

Er selbst hatte damals Glück gehabt, dass sie ihn nicht auf frischer Tat ertappt hatten, aber viele seiner damaligen Kumpanen schmorten heute noch in den Kerkern der Festung. Hoffentlich haben bis heute alle dicht gehalten, dachte Lares. Wenn irgendeiner seiner Leute damals den Standort des Tunnels preisgegeben hatte, konnte er seinen Ausflug in die Unterstadt vergessen.

Schließlich hatte er den südlichsten Zipfel des Frachthafens erreicht. Es dauerte jedoch noch fast eine halbe Stunde, bis er sich schließlich sicher war, das richtige Haus gefunden zu haben.

Prüfend sah er sich um. Die Straßen waren leer und das Licht der nächsten Fackeln drang nur schwach bis hierher. Es wäre ungünstig, wenn ihn jemand beim Betreten des Lagerhauses beobachtete, aber es schien niemand hier unterwegs zu sein. Er warf einen letzten Blick in die Richtung, aus der er gekommen war und betrat dann das Gebäude.

Kaum dass er in dem Lagerhaus verschwunden war, löste sich eine dunkle Gestalt aus den Schatten des gegenüber liegenden Gebäudes. Die Gestalt zog eine Kapuze über den Kopf und ging gemächlichen Schrittes auf das Haus zu, das Lares soeben betreten hatte.

„So, die Sternengarde ist anscheinend auf der Suche nach einer wertvollen Kostbarkeit für ihren neuen Herren."

Die kalte und alterslose Stimme schien von überall her zu kommen und dröhnte in dem völlig abgedunkelten Raum von allen Wänden.

Obwohl Namuras das Phänomen nicht neu war, so war er doch immer wieder beeindruckt von der Macht seines Meisters. Der Alte befand sich mehr als tausend Meilen entfernt in einer uneinnehmbaren Festung am Rande der bekannten Welt und dennoch vermochte er seine Stimme zu hören, als stünde er neben ihm - und das ganz ohne einen magischen Fokus, wie andere Zauberer ihn für solche Dinge stets zu nutzen pflegten.

„Ja, Herr" antwortete er. „Und, mit Verlaub, sie gehen dabei vor wie eine tollwütige Hornbestie. Ein renommierter Gelehrter wurde mitsamt seiner Familie und seinen Bediensteten umgebracht und das Haus völlig verwüstet. Nicht gerade unauffällig, will ich meinen."

„In der Tat" antwortete die körperlose Stimme aus dem Nichts. „Es muss schon etwas sehr Wichtiges sein, wenn sie eine derartige Aufmerksamkeit in Kauf nehmen. Konntest du schon etwas in Erfahrung bringen?"

„Vielleicht, mein Herr…" erwiderte Namuras zögerlich. „Ich bin eben aus besagtem Gebäude zurückgekommen und fand Spuren magischer Artefakte, die ich bei der Sternengarde nicht erwarten würde. Einige Fenster und Türen wurden mittels Magie aufgebrochen und auch der Tresor ist nicht mit Gewalt, sondern mit Magie geöffnet worden."

Die Stimme aus dem Nichts begann spöttisch zu lachen.

„Ein kleiner Dieb hat der Sternengarde einen Strich durch die Rechnung gemacht." höhnte er. „Allerdings wird er nicht viel Freude an seiner Beute haben. Wenn der Anführer der Garde nicht gerade ein totaler Narr ist, wird er die magischen Spuren zurückverfolgen können, sobald er heraus gefunden hat, mit welchen Mitteln er um seine Beute gebracht wurde."

„Wie lauten Eure Befehle, Meister!" fragte Namuras. Die Stimme aus dem Nichts schwieg eine Weile, bevor sie antwortete.

„Wenn die Sternengarde einen solchen Aufwand betreibt und so ein großes Risiko eingeht, um ein Objekt zu beschaffen, dann wäre es wünschenswert, wenn sich dieses Objekt alsbald in unserem Besitz befindet. Du wirst die Spur der Magie zurückverfolgen und den momentanen Besitzer dieses Artefakts aufspüren. Wie dies vonstattengeht, ist mir gleich, doch ich wäre dankbar, wenn niemand von unserem Eingreifen erfährt, weder die Sternengarde noch die Obrigkeit von Kylaria."

„Jawohl, Meister!" entgegnete Namuras demütig und hatte sich schon halb umgedreht, als sein Herr noch einmal das Wort ergriff.

„Mit der Ernennung eines Schattenmagiers zum Magiermogul von Amras scheint das sensible Gleichgewicht der Staaten ein wenig ins Wanken zu geraten. Und die Geister flüstern mir von einer Zeit des Umbruchs. Ein Sturm zieht auf, Namuras, und ich möchte gewappnet sein, wenn er losbricht. Enttäusche mich daher nicht!"

Er hatte Glück. Das Lagerhaus war noch genauso wenig genutzt wie damals und offensichtlich hatte niemand die Lage ihres geheimen Tunnels ausgeplaudert.

Nachdem er einige leerstehende Kisten und einen Stapel alter Seesäcke zur Seite geräumt hatte, kam unter dem Staub eine kaum erkennbare Falltür zum Vorschein. Lares stellte sein Bündel an der Wand ab und kramte ein Brecheisen hervor. Wenige Sekunden später war die Falltür geöffnet und vor ihm gähnte ein Loch im Boden, das schräg in die Tiefe führte. Er legte das Brecheisen zur Seite und holte die Lumpen aus dem Bündel. Hastig zog er sich um und verstaute dann seine Sachen zusammen mit dem Brecheisen wieder in der Tasche, in der sich auch immer noch die vier Masken verbargen. Dann band er sich die Tasche um die Hüften und ließ sich langsam in das Loch hinunter sinken. Als er beinahe vollständig darin verschwunden war, griff er nach der Falltür und zog sie wieder zu. Es war zwar unwahrscheinlich, dass heute Nacht jemand zufällig hier hereinkam, doch man sollte sein Glück nicht herausfordern.

Kaum hatte er die Klappe über sich geschlossen, war er in vollkommener Finsternis gefangen. Und obwohl er diesen Gang damals öfter benutzt hatte und auch heute noch in der Dunkelheit zu arbeiten pflegte, überkam ihn sofort ein leichtes Gefühl von Unbehagen. Von Platzangst oder gar Panik war er allerdings noch weit entfernt, so dass er sich rasch auf den Weg machte.

Nach ein paar Metern wurde der Gang enger, so dass er zunächst gebückt und kurze Zeit darauf nur noch kriechend vorwärtskam. An einer Stelle war Schutt und Dreck von der Decke gefallen, so dass er sich auf dem Bauch liegend vorwärts robben musste, das wertvolle Bündel an den linken Fuß gebunden.

An dieser Stelle wurde ihm zum ersten Mal wirklich bewusst, dass er sich gerade in einem, seit Jahren nicht mehr genutzten und entsprechend nicht instand gehaltenen, Tunnel befand, der ihm jederzeit über dem Kopf zusammenbrechen konnte. Für einen kurzen Moment drohte ihn dann doch die Panik zu übermannen, als die Dunkelheit von allen Seiten auf ihn eindrang und die vielen Tonnen Sand und Gestein über ihm ihn schier zu ersticken drohten. Dann riss er sich wieder zusammen, kroch langsam vorwärts und nach wenigen Metern weitete sich der Tunnel wieder.

Der Gang machte nach etwa hundert Metern einen leichten Bogen nach Westen und kurz darauf glaubte Lares einen sanften Lichtschein zu erkennen. Es dauerte noch eine Weile, bis er wieder aufrecht gehen konnte, aber irgendwann begann der Tunnel wieder aufwärts zu führen und einige Minuten darauf fand er sich in einem verlassenen und völlig verstaubten Kellerraum wieder.

Lares blickte sich kurz suchend um, bis sein Blick auf eine eingefallene Tür fiel. Dahinter musste sich die Treppe nach oben befinden. Er stellte seine Tasche neben sich und putzte sich den gröbsten Dreck aus der Kleidung. Zwar achtete in der Unterstadt niemand auf Sauberkeit, aber man musste ihm ja auch nicht sofort ansehen, dass er gerade durch einen stillgelegten Schmugglertunnel gekrochen war.

Als er sich für ausreichend heruntergekommen befand, um nicht großartig aufzufallen, griff er nach seinem Bündel und begab sich nach oben. Die Treppe führte in ein großes Zimmer, das ebenso verlassen und verstaubt war wie der Keller. Hier wohnte seit Jahren schon niemand mehr, was Lares einigermaßen erstaunte. Leerstehende Gebäude wurden in der Regel sehr schnell von jenen in Besitz genommen, die selbst in der Unterstadt kein Dach über dem Kopf gefunden hatten. Oder hatte es wieder eine Säuberungsaktion der Garde gegeben, so dass es im Moment wieder mehr Häuser als Bewohner im Elendsviertel von Kylaria gab?

Zielstrebig ging er zur Eingangstür, öffnete sie vorsichtig und warf einen Blick nach draußen. Die Gasse, die vor ihm lag, war ruhig und es war niemand zu sehen. Am Ende der Straße konnte er eine beinahe komplett herunter gebrannte Fackel flackern sehen, aber ansonsten war es ruhig. Mit einem entschlossenen Schritt trat er durch die Tür.

Kaum hatte er das Gebäude verlassen und sich nach Süden gewandt, schlug ihm der typische Gestank des Elendsviertels entgegen. Abfälle und Unrat vermengten sich zu einem Geruch, der für feine Nasen nicht zu ertragen war und der selbst in ihm Übelkeit hervorrief. Der Regen der letzten Tage hatte die Straßen in matschige Schlammgruben verwandelt, denn natürlich war hier nicht ein Rechtsschritt Weg gepflastert.

Die Häuser, an denen er vorbeikam, verdienten eine solche Bezeichnung kaum. Die meisten waren aus Brettern und Schrott zusammengezimmert worden und wurden teilweise nur dadurch zusammengehalten, dass sie sich gegenseitig stützten.

Die Dächer waren windschief und überall klafften große Lücken in den Wänden, so dass man einen Blick in das Innere der „Gebäude" werfen konnte.

Auch die Menschen, denen er begegnete waren in einem ähnlich beklagenswerten Zustand wie die Häuser, die sie bewohnten. Viele trugen nur noch Lumpen am Leib und manch einer auch nur noch einen verdreckten Lendenschurz oder ein ‚Kleid' aus zusammen genähten Säcken. Überall liefen verwilderte Hunde, Katzen und sogar Schweine umher und in manchen Hinterhöfen teilten sich Mensch und Tier gar die Schlafplätze.

Das Elend der Unterstadt hatte sich um ein Vielfaches verschlimmert, seit Lares das letzte Mal hier gewesen war. Während er völlig entsetzt auf eine Gestalt blickte, die an einer Hauswand in ihrem eigenen Erbrochenen lag und bereits von den ersten Fliegen umschwirrt wurde, bekam er einen unsanften Stoß in den Rücken. Er taumelte ein paar Schritte nach vorne und drohte auf dem schlammigen Untergrund auszurutschen. Nur mit großer Mühe konnte er sein Gleichgewicht halten und sich umdrehen.

Der Mann, der ihn angerempelt hatte, war kaum älter als er selbst, aber das Leben in der Unterstadt hatte ihn so sehr gezeichnet, dass er mindestens dreißig Jahre älter wirkte. Sein Gesicht war gerötet, die letzten noch verbliebenen Zähne waren zu gelben Stumpen in seinem Mund verkümmert. Die Augen des Mannes zuckten wirr hin und her und schienen Lares gar nicht wahrzunehmen.

Eigentlich erwartete Lares, dass der Mann einfach wortlos weiter torkeln würde, ohne ihn überhaupt wahrzunehmen, doch zu seiner großen Überraschung brachte die Gestalt ein mühsam genuscheltes „'schulligung" zustande, bevor sie weiter ihres Weges ging.

Lares war völlig benommen. Wie konnte sich das Elend dieser

Gegend so rasend schnell ausgebreitet haben? Vor nicht einmal drei Jahren, als er und seine Schmugglerkumpanen in der Unterstadt regelmäßig ein und aus gegangen waren, hatte es hier beileibe nicht schön oder gar wohnlich ausgesehen, doch war die Gegend eher ein Unterschlupf für Gesetzlose und Arbeitsscheue gewesen, die sich aber einen gewissen Stolz bewahrt hatten und versucht hatten, die Gegend nicht völlig verkommen zu lassen. Die Unterstadt, die sich ihm jetzt präsentierte, war nur noch ein Dreckloch, ein Sammelplatz verlorener Seelen, die alle auf ihre eigene Art und Weise dem Ende entgegensehnten.

Mit einem Anflug kalter Wut dachte er an diejenigen, die dies zugelassen hatten. Besorgt um ihre eigene Sicherheit hatten die Reichen von Kylaria dafür gesorgt, dass die Unterstadt komplett vom Rest der Welt abgeschottet worden war. Die Bewohner dieses Viertels waren völlig auf sich alleine gestellt. Dies hatte zu einer katastrophalen Degenerierung der Menschen hier binnen weniger Jahre geführt. Sie waren schlimmer geworden als Tiere, denen sämtliche moralischen Werte abhandengekommen waren.

Er dachte noch eine Weile über die schlimmen Zustände in der Unterstadt nach, während er sich weiter seinen Weg durch den Schlamm bahnte. Dann plötzlich stutzte er.

Er hatte instinktiv den Weg zu ihrem alten Quartier eingeschlagen und er war sicher, sich nicht verlaufen zu haben. Dennoch befand er sich nun plötzlich in einem Hinterhof, der an drei Seiten durch hohe Bretterwände abgegrenzt war. Eigentlich, dachte Lares verwirrt, müsste doch hier gleich eine Abzweigung kommen. Aber anscheinend hatte sich in den letzten Jahren einiges mehr verändert, als nur der Zustand der Häuser und Bewohner des Elendsviertels. Es war bei Nebengassen zwar nichts Ungewöhnliches in der Unterstadt, dass sie kurzerhand zugebaut wurden, aber dies war so etwas wie eine Hauptstraße gewesen.

Was solls, dachte Lares. *Dann geh ich eben außen herum. Oder noch besser: ich verstecke das Zeug einfach in dem Haus, wo ich reingekommen bin, dann verlauf ich mich beim Abholen auch nicht wieder.* Er starrte noch einen Moment missmutig auf die Bretterwand, wandte sich mit einem Schulterzucken um und erstarrte…

Hinter ihm in der Gasse waren drei Gestalten aufgetaucht. Sie trugen allesamt weite, abgetragene Mäntel, doch Lares glaubte, darunter blauen Stoff zu erkennen und Metall aufblitzen zu sehen.

„Sieh mal einer an, da ist ja unser kleiner Dieb. Und gerade dabei, die kostbare Beute verschwinden zu lassen."

Lares erkannte die Stimme sofort. Sie hatte einen kalten und erbarmungslosen Klang und gehörte dem Anführer der Sternengardisten, denen er letzte Nacht nur mit knapper Not entkommen war. Er hatte nicht erwartet, dass die Zauberer ihn *so* schnell finden konnten.

Gehetzt blickte er sich um, doch er fand keinen Fluchtweg. Die Wände waren mindestens drei Meter hoch und es gab keine Möglichkeit an ihnen empor zu klettern. Jedenfalls nicht schnell genug, um den Männern zu entkommen. Die Handschuhe, die ihm gestern noch so gute Dienste geleistet hatten, lagen verbraucht und nutzlos in einer Schublade seiner Kommode.

Nayin hatte angedeutet, dass man sie wieder aufladen könne, aber dies würde einige Zeit erfordern. Der einzige Weg aus dem Hinterhof hinaus (der anscheinend nur errichtet worden war, um ihn hier in die Falle zu locken, dachte er missmutig) wurde von den Sternengardisten versperrt, von denen die beiden Äußeren mittlerweile bedächtig ihre Schwerter gezogen hatten, während der Anführer selbstzufrieden grinsend die Arme in die Hüfte gestemmt hatte.

„Also gut" sagte Lares ruhig. „Ihr könnt die Sachen haben. Mir liegt nicht an einem Kampf und ich habe genug Beute gemacht, um auf die Masken verzichten zu können."

„Sehr vernünftig", sagte der Anführer, während seine Männer mittlerweile an ihm vorbeigegangen waren und langsam auf Lares zukamen. „Doch leider, leider bist du ein lästiger Zeuge und unser Herr mag es ganz und gar nicht, wenn es Mitwisser gibt, die womöglich ein wenig zu viel plappern. Von daher…" Der Mann ließ den Satz unvollendet und begann leise zu lachen.

Als die beiden Sternengardisten ihre Schwerter hoben und auf Lares losgingen, wurde das Lachen des Anführers noch ein wenig lauter - und brach plötzlich ab.

Die beiden Männer wandten sich irritiert um und auch Lares vergaß für einen Moment die gefährliche Lage, in der er sich befand, denn der Anblick war grotesk. Noch immer stand der Anführer in seiner selbstgefälligen Pose mitten auf der Straße, doch sein Blick war zu einer Grimasse aus Schmerz und Erstaunen geworden. Sein Wams färbte sich langsam rot und aus seiner Brust ragte eine silberne Klinge hervor. Mit einem Ruck wurde die Klinge wieder herausgezogen und der Körper des Mannes nach vorne gestoßen. Der Anführer torkelte zwei Schritte nach vorne und brach dann blutüberströmt zusammen.

Hinter ihm stand eine Gestalt, ganz in eine schwarze Kutte gehüllt und mit einem schmalen, bluttriefenden Schwert in der Hand.

„Wenn hier jemand zu viel plappert, dann wohl eher du." sagte die Gestalt. Die männliche Stimme war ausdruckslos aber nicht wirklich furchteinflößend. Und sie sprach in einem Tonfall, als würde sie über das schlechte Wetter reden.

„Außerdem hat sowieso die halbe Stadt mitbekommen, was gestern Abend abgelaufen ist. Und wenn man dann morgen drei tote Sternengardisten in der Unterstadt findet, nun ja... kein großer Verlust, will ich meinen."

Mit diesen Worten sprang die Gestalt vor und bevor die beiden verbliebenen Sternengardisten überhaupt realisiert hatten, was geschah, lag einer von ihnen mit durchgeschnittener Kehle röchelnd im Schlamm des Hofes.

Der Dritte versuchte erst gar nicht, sich dem Unheimlichen entgegen zu stellen. Er schleuderte sein Schwert in Richtung des Angreifers und ergriff panisch die Flucht. Fast beiläufig wich die Kuttengestalt dem Schwert aus, griff in aller Seelenruhe an seinen Gürtel und zog einen kleinen, schmalen Dolch hervor. Er wog ihn kurz in der Hand, griff die filigrane Waffe an der Schneide und warf sie dem Flüchtenden hinterher. Noch bevor der Mann zehn Schritte fortgelaufen war, traf ihn der Dolch zwischen die Schulterblätter, drang tief in sein Fleisch ein und durchtrennte Sehnen und Nerven. Wie vom Blitz getroffen brach der Mann keuchend zusammen. Mit wenigen anmutigen Schritten war die Kuttengestalt bei ihm, drehte ihn herum und stach ihm das Schwert in die Kehle. Der Mann war sofort tot.

Der Unheimliche zog in aller Seelenruhe seinen Dolch aus dem Nacken des Mannes, wischte das Blut von seinen Waffen ab und wandte sich dann Lares zu. Dieser stand noch immer völlig vor Schreck erstarrt da und blickte entsetzt auf die drei Toten.

„Ein Jammer, dass ich sie hier liegen lassen muss" bemerkte die Gestalt. „Sie gäben mit Sicherheit hervorragende Bedienstete für unseren Herrn ab, aber ihr Verschwinden dürfte mehr Aufsehen erregen als ihr Tod hier in der Gosse."

Lares verstand kein Wort, aber es war ihm auch egal. Er glaubte ohnehin, dass sein letztes Stündchen geschlagen hatte. Wenn jemand drei gestandene Krieger im Handumdrehen töten konnte, würde er allein mit Sicherheit keine Chance gegen den Unheimlichen haben.

Zu seiner großen Überraschung steckte der Mann jedoch seinen

Dolch wieder zurück in den Gürtel und auch sein Schwert wanderte wieder in die Schwertscheide an seiner Seite.

„Glaubst du wirklich, ich wollte dich töten?" lachte der Mann leise, als er seinen erstaunten Blick sah. „Dann hätte ich auch warten können, bis diese drei Versager dich erledigt haben. Ein wenig mehr Dankbarkeit gegenüber deinem Retter wäre angebracht"

„Danke..." brachte Lares nach einigen Sekunden mühsam hervor. „Aber... aber wieso hast du... habt Ihr... ich meine..." Stotternd brach er ab.

„Warum ich dich gerettet habe?" fragte der Mann. „Ehrlich gesagt, keine Ahnung. Ich wollte verhindern, dass die Häscher von Amras besagtes Artefakt in die Hände bekommen. Zum einen, weil ich es ihnen nicht gönne und zum anderen, weil mein Meister ebenfalls daran interessiert ist. Darum steht auch noch nicht fest, ob ich dich wirklich gerettet habe. Wenn du mir das Bündel da nicht gibst, werde ich es mir wohl oder übel holen müssen."

Der Mann deutete auf die Tasche, die während des Tumults in den Schlamm gefallen war. Lares wurde undeutlich bewusst, dass die ganze Sache bisher nur wenige Minuten gedauert hatte.

„Und bevor du fragst, wer mein Meister ist..." fuhr die Kuttengestalt fort. „Das möchtest du nicht wissen, denn manchmal ist Wissen auch gefährlich. Mein Meister wünscht unerkannt zu bleiben. Ich versichere dir jedoch, dass ich dich laufen lasse, wenn du mir die Tasche gibst. Mir und meinem Herrn liegt nichts an deinem Tod."

Lares glaubte ihm. Wenn der Mann ihn hätte töten wollen, wäre allein in den letzten zwei Minuten reichlich Gelegenheit dazu gewesen. Und für ein paar wertvolle Masken einen Kampf riskieren wollte er nun wirklich nicht, schon gar nicht gegen einen derart übermächtigen Gegner.

„Also gut, du bekommst die Masken. Und du lässt mich wirklich gehen?"

„Ja, habe ich doch schon gesagt." In diesem Moment klang die Gestalt wie ein genervter Lehrer, der mit einem begriffsstutzigen Kind redete.

„Würde ich mir sonst die Mühe machen, mit dir zu palavern?" Lares schüttelte den Kopf, immer noch völlig verwirrt und überfordert mit den Ereignissen der letzten Minuten. Dann bückte er sich nach seiner Tasche und kramte die Masken hervor, die er sorgfältig in Lumpen eingewickelt hatte.

Als er aufblickte, stand der Mann direkt neben ihm. Lares zuckte erschrocken zusammen, hatte sich aber genug in der Gewalt, nicht aufzuschreien. Der Fremde war völlig lautlos neben ihn getreten, was in diesem Matsch eigentlich unmöglich war.

„Ich weiß nicht, welche Maske das Artefakt ist." sagte er vorsichtig. „Nehmt am besten alle mit."

„Eine gute Idee!" sagte der Mann. „Wer weiß, vielleicht schick ich dir sogar die anderen Masken wieder zurück, sobald wir die Richtige gefunden haben. Dann hast du sogar noch was davon. Wo du wohnst, weiß ich ja schließlich."

Lares fühlte sich, als hätte man ihm einen Eimer eiskaltes Wasser ins Gesicht geschüttet. Dieser Unheimliche wusste, wo er wohnte! Aber wenn ein Feind der Sternengarde das schon herausgefunden hatte, dann würden die Soldaten von Amras das ganz bestimmt auch bald in Erfahrung bringen. Oder sie wussten es bereits und waren schon auf dem Weg zu ihm.

Der Unheimliche schien seine Gedanken zu lesen.

„Es ist nicht schwer, eine magische Spur zurück zu verfolgen, wenn man selber der Zauberei mächtig ist. Wenn die Sternengarde hiervon Wind bekommt, wird sie dir sicher einen Besuch abstatten, also sieh zu, dass du dich und deinen Bruder in Sicherheit bringst. Amras ist nicht sehr verständnisvoll und nachsichtig, was das Töten seiner Leute angeht."

Lares sprang auf und wollte gerade davoneilen, als ihn die Gestalt noch einmal am Arm festhielt.

„Du wirst nichts von mir erzählen, mein Freund. Wenn du schweigst, kannst du vielleicht sogar auf meine Hilfe hoffen, ich werde noch eine Weile in der Stadt bleiben. Solltest du plaudern, um deine Haut zu retten, werde ich dich in Scheiben schneiden, wenn das die Sternengarde nicht schon für mich erledigt." Der Mann schwieg einen kurzen Moment, dann fuhr er fort. „Falls du mich suchen solltest... mein Name ist Namuras. Merk ihn dir gut, aber behalte ihn für dich! Mit etwas Verstand solltest du fähig sein, mich zu finden. Und jetzt sieh zu, dass du hier verschwindest, du hast Wichtigeres zu tun, denke ich."

Lares blickte die Gestalt, deren Gesicht immer noch von einer Kapuze verborgen war, noch einige Sekunden verstört an. Dann raffte er seine Sachen zusammen und rannte wie von Dämonen gehetzt davon.

Kapitel 3: Das Flüstern der Äonen

Magierreich Amras, am Totenwasser,
Monat Alathyia, Frühling im Jahr 1104 nach Ashibans Fall

Mit jeder Minute, die verstrich, wurde seine Laune schlechter. Längst hätten seine Boten aus Kylaria wieder zurück sein müssen und die Tatsache, dass Shiyaz sich immer noch nicht bei ihm gemeldet hatte, ließ nicht gerade Optimismus bei ihm aufkommen. Irgendetwas hatte die Mission in der fernen Metropole entscheidend gestört oder zumindest verzögert. Und es gab nichts mehr, was er mehr hasste als Verzögerungen oder Aufschübe.

Menac Jadek, Magiermogul von Amras und Großmeister der Schattenmagie, blickte aus der gläsernen Kuppel, welche die Spitze seines Turms zierte, hinunter auf die Stadt. Der Großteil der Metropole verbarg sich hinter einem trüben Schleier aus Nebel und gelegentlichem Nieselregen. Dennoch vermochte er die ganze Pracht und Herrlichkeit seiner Stadt erkennen, zum einen, weil er jeden Tag diesen atemberaubenden Anblick genoss und zum anderen, weil nicht einmal dichtester Nebel den Blick eines Schattenmagiers zu trüben vermochte. Nebel war sein Element und hinter seinem Schleier fühlte er sich wohl.

Sein Blick streifte die Türme der Akademie, die Kuppel der Sternenfestung und schließlich den Sternenturm - das einzige Gebäude, das seinen eigenen Turm noch um einige Dutzend Schritt überragte, war er doch einzig zu dem Zweck errichtet worden, den Nachthimmel zu erforschen.

Gedankenverloren schweifte sein Blick weiter und blieb kurz an dem spitzen Turm der Kathedrale hängen. Hier hatten die

Schreine und Tempel der Zehn Götter ihren Sitz. Die Kirchen der Zehn waren Jadek ein Dorn im Auge, doch er konnte es sich nicht erlauben, die Priester und ihre Lakaien aus der Stadt zu jagen. Noch nicht...

Er hob den Blick und wandte sich gen Westen. Unmittelbar hinter den Stadtmauern begann der Sumpf und dahinter lag das Totenwasser, ein unheilvolles und von Kriegen vergangener Zeitalter verseuchtes Binnenmeer, an dessen Nordküste die Laqhua ihre düstere Heimat im Zwielicht errichtet hatten.

Die Laqhua waren ein Volk von Ausgestoßenen, einstmals Menschen, doch nun halbe Untote, die in den Schatten hausten und das Sonnenlicht fürchteten. Sie hatten die Nekromantie bis zu einem Grad gemeistert, der jeden menschlichen Totenbeschwörer vor Neid erblassen lies. Doch der Fluch, der sie vor Jahrhunderten getroffen hatte, lastete schwer auf ihnen. Kaum einer von ihnen kam ohne schwerste Deformierungen oder Mutationen zur Welt und ihr Anblick konnte einfache Gemüter in Angst und Schrecken versetzen.

Vor vielen Generationen hatten die Magier von Amras sich des verstoßenen Volkes angenommen, dass von allen anderen Menschenvölkern gehasst und gefürchtet wurde - vielleicht, weil sie der schreckliche Beweis waren, wozu menschliche Grausamkeit und Machtgier imstande waren. Die Zauberer von Amras halfen den Todespriestern der Laqhua, die schlimmsten Deformierungen zu behandeln oder Schmerzen zu lindern. Im Gegenzug weihten die Nekromanten der Verlorenen - denn das bedeutete ihr Name in der Alten Sprache - die Zauberer von Amras in die hohe Kunst der Totenbeschwörung ein.

Zudem belieferten die Laqhua das Magiermogulat mit wertvollen Metallen aus den Steinbrüchen der Totenmauer, einem kahlen und finsteren Gebirge, dass die Gebiete der Verlorenen im Norden von der endlosen Einöde von Lomar abgrenzte.

Er schob den Gedanken an die düsteren Länder der Laqhua beiseite und schaute nach Süden, wo sich die Säulen des Nordens undeutlich am Horizont abzeichneten. Ihre Ausläufer reichten bis zu den Ufern des Totenwassers und bildeten eine natürliche Grenze zum mächtigen Cathuria und seiner fernen Hauptstadt Kylaria, aus der er immer noch auf Nachrichten wartete.

Die Säulen des Nordens, das höchste Gebirge innerhalb von Akranos, waren die Heimat unzähliger Mysterien und Legenden. In einem abgelegenen Tal soll sich das mythische Albenreich von Galanduir befinden, dessen weiße Mauern uneinnehmbar sein sollen.

Allerdings, dachte Jadek spöttisch, war Galanduir auch noch niemals einer wirklichen Bedrohung ausgesetzt gewesen. Fest stand jedoch, dass die Alben meisterhafte Krieger und vollendete Zauberer waren, deren Künste und Fertigkeiten auf beiden Gebieten unter den Menschen ihresgleichen suchten. Und da sich die Eisigen auch weitestgehend aus menschlichen Angelegenheiten heraushielten, sah Jadek auch keine Notwendigkeit, die Kampfkraft der Eisigen auf die Probe zu stellen.

Und auch Cathuria war für die expansiven Pläne des Schattenmagiers noch nicht von Interesse. Immerhin verfügte das Zentralreich über das größte stehende Heer des Kontinents und der dauerhafte Kriegszustand mit Baharna sorgte dafür, dass die Truppen stets bestens gerüstet und ausgebildet waren.

Als Jadek an Baharna dachte, überkam ihn ein leichtes Schaudern. Er selbst hatte sich der Schattenmagie verschrieben, der vielleicht finstersten Spielart der Magie, neben der Nekromantie. Doch dies waren beides Zweige der Zauberei, die irgendwie noch in dieser Welt verwurzelt waren und sich an die Gesetze des Kosmos hielten. Was auf Baharna geschah, war jenseits aller Regeln, Normen und Gesetze.

Die Tote Insel, wie Baharna auch genannt wurde, galt als Sinnbild des Chaos auf Erden und war ein Hort jener Kreaturen von jenseits der Sterne, die in Ermangelung eines besseren Namens einfach nur „Dämonen" genannt wurden. Zwar lebten auch Menschen auf Baharna, doch sie waren nur Knechte der Dämonen und ihres grausamen Kaisers, dem Zauberer Kuranes.

Dieser Dämonenkaiser Kuranes war ein direkter Nachfahre des Weltenschänders Ashiban, der vor etwas mehr als tausend Jahren die Welt in eine beispiellose Finsternis gestürzt hatte und dessen letztendlicher Sturz die neue Zeitrechnung „nach Ashibans Fall" herbeigeführt hatte. Ashiban selbst war damals gefallen, doch sein Fluch dauerte bis heute an und sorgte dafür, dass jede Generation aufs Neue einen Krieg mit den Schrecken von Baharna austragen musste.

Glücklicherweise, dachte Jadek, war Baharna von Amras so weit weg, wie es in Akranos überhaupt möglich war. Die Tote Insel lag weit im Süden, im Nebelmeer, fast dreitausend Meilen entfernt. Dazwischen lag ein ganzer Kontinent.

Bevor ihm der Gedanke an Baharna auch noch den Rest seiner Laune verderben konnte, wandte er sich nach Osten.

Sein den Nebel durchdringender Blick gewahrte das Land Lengan. Uralt und riesig dehnten sich die weiten Ebenen vor ihm aus. Lange vor den Menschen hatten hier schon große Völker ihre Kultstätten errichtet und nachdem all diese uralten Zivilisationen vom Antlitz der Welt verschwunden waren, hatte es noch mehrere Jahrtausende gedauert, bis der erste menschliche Siedler die Ufer des Elt überschritten hatte.

Dieses Land hatte Völker wachsen und sterben sehen, hatte Kriege gesehen, die in Zeitaltern stattgefunden hatten, in denen der Mensch nicht viel mehr als ein Gedanke im großen Plan Allvaters gewesen war. Und all diese Völker hatten Relikte zurückgelassen, deren wahre Bedeutung kaum jemand verstand und noch weniger Menschen zu nutzen vermochten.

Das Land selbst war dünn besiedelt. Die meisten seiner Bewohner tummelten sich am Schattenwasser, dem großen Fluss, der das Land speiste und den Süden von Lengan zur Kornkammer des Kontinents machte, bevor er letztendlich ins Meer der Dämmerung mündete.

Lediglich Tarildan, die Hauptstadt des Landes und drittgrößte Metropole der Welt, nach Kylaria in Cathuria und Bakurin im fernen Thalarion, lag inmitten der sanft wogenden Grasebenen des Nordens.

Und genau dort sollte sein Schlag zuerst treffen. Tarildan musste fallen und dann würde sich der Rest des Landes kampflos seiner Herrschaft unterwerfen. Lediglich die Hafenstädte am Meer der Dämmerung mochten ihm vielleicht noch Widerstand leisten, doch diesen würde er schnell brechen können.

Wenn Lengan ganz seiner Herrschaft unterstand, konnte er endlich darangehen, die magischen Geheimnisse des Landes zu erforschen und sich zunutze machen. Die Machtverhältnisse in Akranos würden sich zu Gunsten von Amras verschieben und die Magokratie würde zur beherrschenden Kraft des Kontinents werden. Cathuria und selbst das reiche und mächtige Thalarion im Süden würden die neue Ordnung anerkennen müssen, wenn es Jadek gelang, sich der uralten Magie zu bedienen, die in Lengan schlummerte. So hatte sein Meister es ihm vorhergesagt.

Bei diesem Gedanken wanderte sein Blick unwillkürlich nach Norden und eine Mischung aus Angst und Ehrfurcht bemächtigte sich seiner Gedanken. Das Land war in diese Richtung kahl und trostlos und selbst sein magischer Blick vermochte es nicht komplett zu durchdringen.

Je weiter man nach Norden kam, desto allumfassender wurde das Zwielicht, bis man sich letztendlich in Lomar wiederfand, der endlosen und einsamen Ebene, in die schon das Steinvolk von Lengan und die Riesen vergangener Äonen verschwunden waren, um niemals wieder zurück zu kehren.

Als letzte Bastion der Sterblichen fand der Reisende am Rande der Welt die Steinerne Stadt, eine verlassene Metropole, deren Dimensionen zu groß waren als das Menschen sie bewohnt haben können. Jadek wusste, dass einst das Steinvolk des dritten Zeitalters diese monströse Stadt errichtet hatte, um sie eines Tages völlig leer zurückzulassen. Jahrtausende waren die Steinbauten unbewohnt gewesen, ohne auch nur das geringste Anzeichen von Alter oder Verwitterung zu zeigen. Dann hatte ein Wesen sich dort niedergelassen, dass Jadek genauso unbegreiflich war wie sein eigener Meister.

Der todlose Priester, der Prophet hinter dem seidenen Schleier, bewohnte nun die Steinerne Stadt. Niemand hatte jemals sein Gesicht gesehen, doch es hieß, sein Wissen wäre allumfassend. Und so waren im Laufe der Jahrhunderte die Mutigen und Weisen der Welt aufgebrochen, um Rat vom todlosen Priester einzuholen. Selbst Fürsten und Könige hatten sich auf den weiten Weg an den Rand der bekannten Welt gemacht, um dem Propheten Fragen stellen zu können. Jadek selbst hatte dies bisher vermieden, doch würde auch er eines Tages zu den gigantischen Mauern der steinernen Stadt pilgern, um seinem Schicksal zu begegnen.

Hinter der Steinernen Stadt des gesichtslosen Propheten begann das Land der Götter. *Sein* Land.

Inmitten der ewigen Dämmerung erhoben sich aus kahlen und zerklüfteten Bergen die Mauern von Ungaloth, der Festung des Erstgeborenen Gottes. Größer als alle Metropolen der Welt waren die oberirdischen Anlagen von Ungaloth. Seine Mauern waren hundert Schritt hoch und seine Türme durchbrachen die Wolken. Die unterirdischen Teile der titanischen Festung waren so groß und gewaltig wie ganze Königreiche und reichten

Gerüchten zufolge bis unter die Säulen des Nordens und zum fernen Kadirath im östlich gelegenen Tassiath, wo sie sich mit der sagenumwobenen Unterwelt von Ang'Baraar verbanden.

Und in den Tiefen der Erde, nahe am Urfeuer, residierte *Jener* auf seinem unvorstellbaren Thron, den man in Ermangelung einer gebührenden Beschreibung den Erstgeborenen nannte, den dunklen und schwermütigen ersten Sohn Allvaters.

Ausgestoßen aus dem Kreis der Götter von jenen Zehn, die ihm nachgefolgt waren. Die Zehn waren ebenfalls Kinder Allvaters, doch hatten sie *Jenen*, der bei der Erschaffung der Welt dabei gewesen war, nicht bei sich haben wollen. Sie waren im Schutz der kosmischen Ordnung geboren worden, während *Er* als einziges Kind Allvaters die Schrecken der Außenwelt und das Chaos, das sie alle umgab, gesehen und gespürt hatte. Und so hatte *Er* sich hinab begeben zu den Sterblichen und sich in jenem düsteren Zwielicht, das seinem Gemüt gleicht, einen Palast errichtet.

Jadek wusste all dies aus den Visionen die ihn seinerzeit jeden Tag in seinen Träumen heimgesucht hatten und die ihn letztendlich auf den Pfad des Erstgeborenen geführt hatten. Der Dunkle Gott hatte ihm die Geheimnisse dieser Welt offenbart und ihm gezeigt, dass nur die Einheit der Sterblichen unter einer starken führenden Hand und unter dem Banner des Erstgeborenen die Bedrohung abwehren konnte, die dereinst von jenseits der Sterne über sie hereinbrechen würde. Und er, Menac Jadek, Magiermogul von Amras und höchster Schattenmagier von Akranos, war vom Erstgeborenen auserkoren worden, die Sterblichen unter dem Banner der Macht zu vereinen.

Dieser Gedanke führte ihn wieder zu seiner ursprünglichen Überlegung zurück. Er wartete nun schon seit mehreren Tagen auf Nachricht aus Kylaria. Mit der Maske standen und fielen seine Pläne bezüglich der Feuermagier. Sie waren ein ernstzunehmender Machtfaktor, der ausgeschaltet werden musste, wenn die Invasion von Lengan erfolgreich sein sollte. Es galt, die geballte magische Kraft des Nordens gegen Tarildan zu senden und dabei konnte Jadek beim besten Willen keine aufmüpfigen Feuermagier gebrauchen.

Zwar hockten die nichtsnutzigen Flammenspieler größtenteils in Kylaria, doch da Cathuria gute Beziehungen zu Lengan pflegte, konnten die Magier auf die törichte Idee kommen, den Invasoren von Amras in die Quere zu kommen. Um derartige Einmischungen zu vermeiden, sollte den selbstgefälligen Brüdern von der feurigen Hand das Symbol und die Quelle ihrer Macht genommen werden, von denen diese Narren nicht einmal wussten, dass es überhaupt existierte.

Mit einem wütenden Knurren wandte sich der Magiermogul von Amras von dem ehrwürdigen Panorama des Nordens ab, bedachte die Kathedrale der Zehn mit einem letzten finsteren Blick und begab sich die schmale Treppe hinab, die von der Kuppel in seine private Bibliothek führte.

Wenn man nicht alles selber machte, dachte er missmutig.

„Der neue Herr der Stadt scheint mir in letzter Zeit ein wenig ungehalten."

Talamar Lammath drehte sich zu der Frau um, die hinter ihm auf dem prächtigen Diwan saß und gedankenverloren auf ein Pergament starrte.

Ebenso wie er selbst, trug sie eine schwarze enganliegende Robe mit goldenen und blauen Stickereien, die astrale Runen und Symbole zeigten: die zeremonielle Robe des Großmeisters vom Orden der Sathari Bruderschaft.

Als die Frau nicht antwortete, klatschte Talamar laut in die Hände. Erschrocken fuhr sie zusammen und blickte ihn schuldbewusst an.

„Verzeih, Bruder, ich war in Gedanken." sagte sie lächelnd.

„Das ist mir nicht entgangen, verehrte Laîra" sagte er spöttisch. „Wo bist du mit deinen Gedanken, dass du deinem Zwillingsherrscher über die Dunkle Bruderschaft nicht die nötige Aufmerksamkeit schenkst?"

Laîra Tua-Rendaar ignorierte die übertrieben gestellte Selbstherrlichkeit ihres Bruders und setzte ihr freundlichstes Lächeln auf.

„Im Moment beschäftigt mich die alte Hepahnir und ihre seltsamen Visionen. Sie sind beunruhigend."

„Ja, in der Tat. Allerdings muss man auch berücksichtigen, dass die gute Hepahnir langsam in ein ehrwürdiges Alter kommt, wo hin und wieder der Geist ein wenig in Mitleidenschaft gezogen wird." erwiderte Talamar.

„Sie ist schon seit fast zehn Jahren nicht mehr ganz bei Trost aber ihr seniles Geschwätz und die Visionen, die ihr immer noch zuteilwerden, weiß ich sehr wohl zu unterscheiden, Bruder! Und bisher sind all ihre Visionen und Prophezeiungen auch eingetreten. Es gibt also wenig Grund, daran zu zweifeln."

Laîra erhob sich von dem Diwan, geschmeidig und grazil wie eine Katze. Talamar musste erneut anerkennen, wie schön und anmutig die schwarzhaarige Frau war, die gemeinsam mit ihm über die Bruderschaft der Sathari herrschte. Sie bemerkte seinen prüfenden Blick und lächelte verheißungsvoll.

„Na, mein Lieber, du wirst doch nicht schon wieder an etwas Anderes denken als deine Arbeit", säuselte sie spöttisch.

„Außerdem wäre das sehr ungehörig, *Bruder.*

„Ich muss dich wohl nicht daran erinnern, dass unsere ‚Verwandtschaft' rein spiritueller Natur ist" grinste er verschwörerisch.

„Nein, das musst du nicht." lächelte sie. „Aber du *musst* jetzt dieses Pergament hier lesen, bevor wir zum privaten Teil unserer Besprechung übergehen können."

Sie stand jetzt direkt vor ihm, so dass er ihren Atem im Gesicht spüren konnte. Während sie ihn aus ihren tiefen, unergründlichen Augen anblickte, hielt sie ihm plötzlich das Pergament direkt unter die Nase. Talamar griff nach ihrer Hüfte, um sie an sich zu ziehen, doch sie entwand sich lachend seinem Griff und wedelte grinsend mit dem Schriftstück vor seinem Gesicht her.

„Erst die Arbeit, mein Freund!", sagte sie zuckersüß. Talamar verdrehte die Augen, tat einen resignierenden Seufzer und griff nach dem Zettel. Mussten sie den angenehmen Teil eben auf später verschieben.

Der Großmeister des Ordens überflog die ersten Zeilen des Pergaments und blickte dann fragend zu seiner Gefährtin hinüber.

„Was soll mir das Gestammel hier denn sagen? Dafür muss ich auf Matayas Freuden verzichten?"

Laîra machte zwei Schritte auf ihn zu und nahm ihm mit tadelnden Blick das Pergament wieder aus der Hand.

„Zum einen, mein Lieber, musst du nicht verzichten, sondern dich nur gedulden und zum anderen ist das die Mitschrift, die von Hepahnirs letzter Vision gemacht worden ist. Bedauerlicherweise kann man sie nach einer solchen Eingebung ja nicht mehr nach dem Inhalt befragen, da sie nichts mehr davon weiß."

„Ja, leider…" brummelte der Großmeister. „das würde vieles einfacher machen."

„So verhält es sich nun einmal mit Visionen. Nur Wenige, die als Medium höherer Mächte auserkoren sind, können sich später noch an die Botschaften erinnern, die sie übermittelt haben. Und deswegen…" sie wedelte erneut mit dem Pergament, „müssen kluge Köpfe wie wir uns mit dem Gestammel auseinandersetzen und sinnvoll zusammenfügen." Sie maß ihn mit einem abschätzenden Blick. „Sofern du im

Moment in der Lage bist, deinen Kopf zu benutzen." fügte sie süffisant hinzu.

„Nicht umsonst durchläuft ein Sathari eine jahrelange Schule der Meditation und Selbstdisziplin." erwiderte er gespielt beleidigt.

„Schon, aber in deinem Fall scheint das nicht zu wirken, wenn du mich siehst." sagte sie anzüglich und mit einem strahlenden Lächeln auf dem Gesicht. Er hasste es, wenn sie recht hatte. Aber er musste sich zusammenreißen, umso interessanter würde nachher der „private Teil" der Unterredung aussehen.

Talamar setzte seinen finstersten Blick auf, der gewöhnliche Sterbliche tatsächlich in Angst versetzt hätte - immerhin war er der Großmeister der Dunklen Bruderschaft, jenem finsteren Sathari Orden, der nur flüsternd erwähnt wurde und vor dem selbst gestandene Krieger und Zauberer schauderten.

Bei Laîra Tua-Rendaar, der Zwillingsherrscherin des Ordens und gleichzeitig Geliebten des Großmeisters, löste dieser Blick jedoch nur ein glockenhelles Lachen aus, das kaum vermuten ließ, dass sie ebenso kaltblütig und gewissenlos handeln konnte, wie es der Ruf besagte, der den Sathari vorauseilte.

In ganz Akranos gab es kaum jemanden, der ihr mit dem Schwert das Wasser reichen konnte. Sie war von ihnen beiden der Klingenmeister, während er die Beherrschung der Dunklen Magie perfektioniert hatte. Sie war eine Darath der Klingen, er war ein Darath der Schatten, vom Hohen Rat der Sathari zu Zwillingsherrschern auf Lebenszeit gewählt und somit Herrscher über den mächtigsten und am meisten gefürchteten Geheimbund des Kontinents.

Als ihm dies wieder einmal bewusst wurde, musste er unwillkürlich grinsen.

„Was ist so lustig, Bruder?" fragte sie ein wenig verwirrt.

„Ach, nichts Besonderes", antwortete er lachend. „Ich musste nur gerade daran denken, ob die Menschen noch genauso große

Angst vor uns Sathari hätten, wenn sie wüssten, dass ihre Großmeister genauso herumalbern und turteln wie gewöhnliche Sterbliche."

Laîra stimmte in sein Lachen mit ein.

„Nun ja", antworte sie. „wahrscheinlich würde der Mythos, der uns anhaftet, ziemlich bröckeln. Aber andauernd finstere Pläne schmieden und Umstürze planen macht zu ernst. Und andauernd ernst aus der Wäsche zu gucken verursacht langfristig Falten im Gesicht. Und du willst doch wahrscheinlich kein faltiges Weib an deiner Seite, oder?"

„Mataya bewahre!" rief er aus. „Bevor ich mir das antue, lache ich doch lieber hin und wieder mit dir und genieße die großzügige Freiheit, die uns Amras' neuer Herrscher in seinen Mauern gewährt hat. Auch wenn man nicht weiß, wie lange der Burgfrieden halten wird."

„Großartig" sagte Laîra lächelnd, während sie es sich wieder auf dem Diwan bequem machte. „und jetzt setz dich zu mir und wir zwei finsteren Herrscher überlegen uns, was die alte Hepahnir uns mit ihrem Gebrabbel hat sagen wollen. Und je eher wir damit fertig sind…"

Sie ließ den Satz unvollendet, aber zwinkerte verführerisch mit den Augen. Talamar lachte, setzte sich zu seiner Angebeteten auf den Diwan und warf einen erneuten Blick auf das Pergament.

Im Schatten der schwarzen Pyramide
Naht die neue Zeit
Auf den Schwingen des Drachen
Der Goldene , Das alte Volk
Verraten und vernichtet
Wiedergeboren und doch immer da gewesen
Wie Verloren, vergangen, vergessen
Die Welt brennt

Eine neue Zeit
Eine neue Macht
Die Schwarze Pyramide
Die schwarzen Türme
Der Goldene

In der vergangenen Stunde hatte er diese seltsamen abgehackten Sätze mindestens fünfzig Mal studiert, doch so recht schlau wurde Talamar nicht aus ihnen. Damit war er allerdings nicht alleine.

"Also entweder hat sich der Hohe Rat bei unserer Wahl entscheidend geirrt oder das Ganze ergibt tatsächlich keinen Sinn." murmelte Laîra resignierend.

"Das meiste davon kann man wahrscheinlich ignorieren." antwortete Talamar. "Neue Zeiten und brennende Welten gehören nun einmal in jede anständige Vision, die etwas auf sich hält. Interessant wäre der Grund für einen derart drastischen Umbruch des Weltgefüges."

Laîra nickte zustimmend.

"Richtig…" bestätigte sie ihn. "Und was das angeht haben wir nur diffuse Angaben von einer Pyramide, einem Drachen und einem alten Volk."

"Was mich stutzig macht, ist der 'Goldene', der zweimal erwähnt wird. Das erinnert mich an die Legende von diesem Kriegsherrn, der vor Ewigkeiten ganz Akranos beherrscht hat und schließlich von einer Rebellenarmee gestürzt wurde."

"Das ist keine Legende, sondern Tatsache, mein Lieber" antwortete Laîra. "Aber von derartigen Eroberern hatte es in den letzten Jahrtausenden Unzählige gegeben. Und warum sollte gerade dieser etwas mit unserer heutigen Zeit zu tun haben? Und in welchem Zusammenhang steht dann der Drache und die schwarze Pyramide. Von den schwarzen Türmen ganz zu schweigen."

"Nun, die schwarzen Türme sind so ziemlich das Einzige, worauf ich mir einen Reim machen kann." meinte Talamar.

"Und das wäre?"

"Es gibt zwei Möglichkeiten und beide sind ziemlich abgedroschen: die erste wäre - mal wieder - die Bedrohung, die von Baharna ausgeht und die zweite Variante, die mir einfallen würde, ist das gute alte Ungaloth weiter nördlich." Seine Stimme hatte einen resignierenden Unterton. "Aber wie gesagt, beides nicht sonderlich erträglich, denn von Baharna geht seit Ashibans Regentschaft eine dauerhafte Bedrohung aus und der Erstgeborene in seinen Katakomben im Zwielicht von Lomar hat in diesem Zeitalter noch nicht ein einziges Mal versucht, in den lichteren Gefilden Fuß zu fassen. Und dass, obwohl die Legionen von Ungaloth - Traumreisenden zufolge - derart gewaltig sind, dass keine sterbliche Armee einem Angriff aus der Dunklen Festung gewachsen wäre. Warum also sollte er gerade jetzt über uns herfallen wollen?"

Laîra nickte zustimmend.

"Hinzu kommt noch, dass er die Menschen beherrschen will und nicht vernichten. Außerdem steht der Herr dieser Stadt unter seinem besonderen Schutz. Sollte der Erstgeborene seine Klauen nach der Menschheit ausstrecken, dürften wir hier recht sicher sein."

"Ich fürchte…" murmelte Talamar. "ich fürchte, wir werden uns dieses Mal in Geduld üben müssen und abwarten."

"Das gefällt mir gar nicht" entgegnete die Schwertmeisterin nachdenklich. "Der Orden von Sathari hat die Jahrhunderte der Verfolgung und des Versteckens nur überlebt, weil wir immer einen Schritt voraus waren und immer wussten, was der Feind plante."

"Die Frage hier ist allerdings, ob diese Umwälzung uns überhaupt schaden würde oder ob wir nicht sogar Nutzen daraus ziehen können?"

"Wie meinst du das?" Laîra klang neugierig.

"Nun, wenn - durch wen auch immer - eine Umwälzung der Verhältnisse in Akranos stattfinden wird, vielleicht geht sie dieses Mal ja zu Lasten der Zehn und somit auch ihrer lichtgläubigen Kriecher, die es sich zur Aufgabe gemacht haben, uns auszulöschen."

"Du meinst…" sagte Laîra, aber Talamar ließ sie nicht ausreden. Seine Stimme war kalt und berechnend geworden.

"Ja! Wenn diese lästigen Lathi zu sehr damit beschäftigt ist, eine Bedrohung von außen abzuwehren, verlieren sie uns vielleicht ein wenig aus den Augen und wir könnten den Spieß umdrehen!"

Laîras Züge umspielte ein kaltes Lächeln.

"Wenn die Welt sich wandelt, werden wir zu Jägern!"

"So ist es immer gewesen." antwortete Talamar. "Und es wird Zeit, dass wir diesen sogenannten Hütern des kosmischen Gleichgewichts, die mittlerweile genauso verblendet sind wie alle anderen Diener der Zehn, endlich mal wieder ihre Grenzen aufzeigen. Was immer da kommen mag, wir werden es zu nutzen wissen."

"Genau deswegen hat man dich zum Oberhaupt unseres Ordens gewählt, mein Lieber." sagte Laîra schnurrend. "Du weißt aus jeder Situation Kapital zu schlagen - für den Orden oder für dich selbst"

Sie schlang den Arm und seine Schulter und biss ihm zärtlich ins Ohr. Der private Teil der Besprechung hatte angefangen.

Er befand sich nun tief in den Gewölben unter seinem Palast, in einem Teil der Stadt, der den meisten Einwohnern unbekannt war und selbst unter den Magiern nicht viel mehr als ein Gerücht darstellte. Und so sollte es auch bleiben, wenn es nach seinem Willen ginge.

Der Raum war kreisrund und hatte einen Durchmesser von

annähernd 15 Schritt. An den Wänden hingen im Abstand von etwa zwei Metern brennende Fackeln an der Wand, ansonsten war der Raum völlig leer.

Der Fußboden war mit dunklen Onyxplatten ausgelegt und im Zentrum war ein großes Pentagramm eingraviert worden, dessen Linien mit weißer Kreide nachgezeichnet wurden. Überall, wo sich Linien des Fünfsterns kreuzten und an seinen fünf Spitzen standen Kerzen aus schwarzem Wachs, deren Licht zusätzlich den Raum erhellten und in ein diffuses Flackern hüllte. Das Pentagramm war umschlossen von einem Kreis von etwa sieben Schritt Durchmesser.

Um den Fünfstern herum waren fremdartige und unleserliche Schriftzeichen und Symbole in den Onyx eingraviert - Zeichen, die selbst ein guter Schriftgelehrter kaum hätte entziffern können, denn es waren Symbole einer Sprache, die nicht von Menschenhand geschrieben und nicht von Menschenzungen gesprochen worden war.

Im Zentrum des Pentagramms stand ein marmorner Sockel von etwa eineinhalb Schritt Höhe, auf dem eine nachtschwarze, kopfgroße schimmernde Kugel lag.

Und eben jene Kugel erregte gerade erneut seinen Groll.

Menac Jadek betrachtete schlecht gelaunt das Artefakt, das es ihm ermöglichte, mit seinen Dienern Kontakt aufzunehmen, egal wie weit sie von ihm entfernt waren. Eigentlich…

In den letzten Stunden hatte er mehrfach erfolglos versucht, seinen Vasallen in Kylaria zu kontaktieren. Aber entweder ignorierte Shiyaz sein Rufen - was er für schlichtweg unmöglich hielt, denn der Hauptmann der Sternengarde hatte viel zu viel Angst vor ihm, als dass er so etwas wagen würde - oder irgendetwas störte die magische Verbindung zwischen den beiden Artefakten.

Die letzte Möglichkeit, die es gab, gefiel ihm jedoch am wenigsten. Wenn Shiyaz nicht antwortete, mochte es durchaus sein, dass er nicht antworten *konnte,* womit seine Pläne in Cathurias Hauptstadt vorerst zum Scheitern verurteilt wären. Wenn die verdammte Maske tatsächlich von einem kleinen, dahergelaufenen Dieb gestohlen und weggeschafft worden war und wenn Shiyaz etwas zugestoßen war (oder, wenn dieser schlicht und ergreifend unfähig war…), dann würde die Maske für ihn lange Zeit unerreichbar bleiben. Und sollte sie nicht gerade zufällig die Stadt verlassen, dann behielten die Feuermagier ihre Macht und mochten zu einem ernsthaften Problem für seine Pläne werden.

Doch seine Pläne konnten keinen allzu langen Aufschub gebrauchen. Wenn er die Maske nicht in die Finger bekam, musste er etwas inszenieren, womit er die Feuermagier beschäftigen konnte, so dass sie erst gar nicht auf die Idee kamen, sich in Lengan in irgendwelche Konflikte einzumischen.

Ein letztes Mal begann er, seine magischen Kräfte in die Kugel fließen zu lassen. Mit geschlossenen Augen näherten sich seine Finger dem Artefakt, bis sie nur noch wenige Millimeter davon entfernt waren. Dabei ließ er ein tiefes monotones Summen erklingen. Doch abgesehen von einem schwachen Leuchten, dass die Kugel erfüllte, geschah nichts. Als er die Augen wieder öffnete, musste er feststellen, dass der Kontakt zu seinem Untergebenen wieder nicht zustande gekommen war.

Mit einem zornigen Grummeln zog er seine Hände von der Kugel zurück und verbarg sie in den Ärmeln seiner dunklen Kutte. Beiläufig blies er sich eine Strähne seiner weißen Haare aus dem Gesicht und starrte böse auf das Artefakt herab.

Irgendetwas war in Kylaria ganz entscheidend schief gelaufen. Er hasste Versagen. Und was er noch mehr hasste war die Ungewissheit. Musste er jetzt seine Pläne ändern oder musste er sich weiter in Geduld üben? Schließlich könnte schon morgen Shiyaz mit der Maske vor seinem Palast stehen und sich herausstellen, dass lediglich eine magische Störung den Kontakt verhindert hat. Und wenn nicht? Wenn Shiyaz und seine Männer gescheitert waren, den Dieb nicht ausfindig gemacht hatten oder die Maske längst auf einem Schiff nach Thalarion unterwegs war?

Je mehr er darüber nachdachte, desto wütender wurde er. Er musste sich einen neuen Schlachtplan ausdenken, in dem die Maske der Feuermagier keine Rolle spielte. Und wenn sie dann doch ihren Weg nach Amras finden sollte, umso besser. Doch ein neuer Plan bedeutete weitere Verzögerungen, die er sich eigentlich nicht leisten konnte.

Jadek zog ein schwarzes, besticktes Seidentuch aus seinem Gewand, um die Kugel wieder abzudecken, als er bemerkte, dass der schwache Glanz immer noch das Artefakt umspielte, obwohl er längst aufgehört hatte, seine magischen Kräfte darauf zu fokussieren.

Aber die *Augen* besaßen kein Eigenleben, so dass sie von sich aus hätten leuchten können. Sie waren nur Werkzeuge, die mit Magie gefüttert werden mussten, um zu funktionieren. Umso erstaunlicher war es, dass anscheinend immer noch Magie in dem *Auge* wirkte.

Plötzlich durchzuckte es den Schattenmagier. Jemand benutzte das Auge, um ihn zu kontaktieren. Vielleicht war es Shiyaz? Oder aber…

Bevor er den Gedanken zu Ende denken konnte, brach aus der Kugel ein gleißendes Licht hervor, dass den Raum taghell erleuchtete. Erschrocken und geblendet taumelte Jadek einige Schritte zurück, stieß dabei zwei der schwarzen Kerzen um und hielt sich die Hände vors Gesicht.

Ein Sturmwind fegte durch den Raum und alle anderen Lichter erloschen schlagartig. Eisige Kälte kroch aus allen Ecken des Raums und binnen weniger Sekunden bildete Jadeks Atem kleine Wölkchen.

Langsam verblasste das Licht wieder, doch es wurde nicht wirklich dunkel. Auch die eisige Kälte blieb und sein Körper überzog sich mit einer Gänsehaut. Jadek nahm die Hände runter und blickte erschrocken auf das *Auge*, das bis eben nur eine große schwarze Kugel auf einem Sockel gewesen war.

Jetzt schwebte das *Auge* einen halben Meter über dem Marmorsockel und pulsierte in einem hellen, kalten Licht wie ein machtvoll schlagendes Herz. Die Luft um das *Auge* herum schien zu vibrieren und auf seine Brust legte sich ein unsichtbarer Druck, der es ihm schwer machte, zu atmen.

"Lange hast du geschwiegen, Jadek." flüsterte eine emotionslose, uralte Stimme und sie schien direkt aus dem Auge zu kommen. Ihr Klang ließ den Schattenmagier erstarren und eine namenlose Furcht keimte in ihm auf, fraß sich in seine Gedanken.

"Daher habe ich beschlossen, dich aufzusuchen. Es sollte dir eine Ehre sein!"

Der letzte Satz hatte einen deutlich drohenden Unterton.

"Ja… Ja, oh Herr" stammelte Jadek, "Es ist mir eine große Ehre und Freude, aber…" er suchte nach den passenden Worten. Doch was sagte man, wenn man von einem Gott aufgesucht wurde?

"Es überrascht mich, dass ihr einen unwürdigen Diener wie mich persönlich beehrt." Jadek hoffte, dass seine Stimme nicht so zittrig klang, wie er sich fühlte. Doch sofort fiel ihm ein, mit wem er da gerade sprach: niemand konnte seine Gefühle und Gedanken vor *Ihm* verbergen.

Doch **ER** ging nicht auf das Gestammel des Magiers ein.

"Deine kurzsichtigen Pläne sind zum Scheitern verurteilt, Jadek. Ein einfacher Sterblicher wird sie vereiteln. Deine Männer haben versagt und du wirst sie nicht einmal dafür strafen können. Doch deine kleinen Machtgelüste sind Teil eines größeren Plans, der nicht scheitern darf. Meines Plans!

Deswegen werde ich dir einen Gesandten zur Seite stellen, der dich unterstützt und überwacht. Du wirst deinen Krieg führen dürfen."

Jadek war völlig verwirrt. Ein Aufpasser für ihn? Wer um alles in der Welt sollte das sein? Und wie sollte er seinen Krieg führen, wenn er die Maske nicht hatte?

"Den Krieg wirst du auch ohne die Maske gewinnen, doch sorge dafür, dass sie in deinen Besitz gelangt. Sie ist nicht nur wichtig für deine kleingeistigen Pläne, sondern auch ein Schlüssel für mich. Es gilt, ein Tor weit aufzustoßen. Enttäusche mich nicht ein weiteres Mal, Jadek!"

Bevor er antworten konnte, spürte er, dass die unheimliche und machtvolle Präsenz die Gewölbe verlassen hatte. Das Leuchten und das pulsierende *Auge* waren allerdings noch da. Und das *Auge* wuchs.

Der Kristall, dass bis vor wenigen Minuten nur ein minderwertiges Artefakt war, wie es sie an jeder Akademie zuhauf gab, war nun fast auf Menschengröße angewachsen. An seinen Rändern begann es zu flackern und sich zu verformen. Gleichzeitig erschien in seinem Zentrum ein grell leuchtender Wirbel, der rasch anwuchs und schließlich das ganze Gebilde auszufüllen schien.

Jadek starrte gebannt und entsetzt auf das Szenario. Mittlerweile hatte das Ding seine ursprüngliche Gestalt vollkommen verloren und schien sich zu einem Halbkreis zu formen.

Nein, dachte der Schattenmagier verstört, kein Halbkreis... ein Torbogen!

Das Leuchten im Innern des Wirbels wurde stärker. Jadek konnte die kosmischen Entfernungen, die dahinter verborgen lagen, die ewigen Weiten des Äthers, förmlich spüren, doch er wagte es nicht, einen Blick in den Strudel zu werfen.

Aus dem Augenwinkel nahm er Schemen und Visionen

fremder Welten und vergangener Äonen war, die alle Teil des gewaltigen Kosmos waren, den Allvater einst allein durchwandert hatte. Und durch diese Unendlichkeit hatte **ER** einen Tunnel erschaffen, dessen Ursprung sich hier in den Katakomben von Amras befand. Wohin der Durchgang führte, vermochte Jadek nicht einmal erahnen. Vielleicht bis in die tiefsten Abgründe der Außenwelt.

Dann zeichnete sich ein Schatten in dem Wirbel ab, der langsam aber stetig anwuchs. Längst hatte das Portal die vier Schritt hohe Decke des Raums erreicht und füllte ihn im Durchmesser komplett aus. Noch war der Schatten nicht mehr als ein diffuser dunkler Fleck vor der Helligkeit des Tores, doch er nahm zunehmend Gestalt an.

Mit einer gewaltigen Kraftanstrengung richtete Jadek seinen Blick direkt in das Zentrum des Wirbels und auf den nahenden Schemen. Was immer dort in seine Welt kam, es war überaus mächtig - das konnte er jetzt schon spüren, obwohl das Ding noch weit weg war. Und je näher es kam, desto mehr wurde der Schattenmagier von Furcht erfasst. Mehrere Minuten konnte er nichts Anderes tun, als gebannt auf das Tor zu starren.

Als die Gestalt schließlich durch das Portal trat und Jadek erkennen konnte, was er da vor sich hatte, weiteten sich seine Augen vor Überraschung und Unglauben. Die Sprache sollte er für einige Zeit nicht wiederfinden. Der Andere jedoch schien keine Schwierigkeiten damit zu haben.

"Ich bin Goroth, Heerführer des Drachen. Viele werden mir durch dieses Portal folgen und Du wirst mit deinem Leben dafür sorgen, dass es bestehen bleibt. Dies ist **SEIN** Wille und **SEIN** Wunsch ist Gesetz."

Kapitel 4: Die Sternengarde

Kylaria, Hauptstadt von Cathuria,
Monat Alathyia, Frühling im Jahr 1104 nach Ashibans Fall

Weder jetzt noch später konnte Lares sich erinnern, wie er den Weg in sein Viertel zurückgefunden hatte. Die heillose Flucht aus der Unterstadt erschien ihm wie ein Fiebertraum. Er wusste noch, dass er völlig verwahrlost und schmutzig aus dem Tunnel herausgekrochen war und die Wachen am Hafentor ihn nur haben passieren lassen, weil er ihnen gar keine Gelegenheit gegeben hatte, ihn anzuhalten. Sie hatten noch überrascht hinter ihm her gebrüllt, aber er war zu schnell außer Sicht.

Die Straßen waren schon wieder recht belebt gewesen und mehr als einmal war er mit empörten Bürgern zusammengestoßen, die jedoch meist schnell einen Bogen um ihn gemacht hatten. Er musste in seinen zerrissenen Klamotten und dem gehetzten Blick einen ziemlich abschreckenden Anblick geboten haben. Im Nachhinein war es ein mittelschweres Wunder, dass er nicht spätestens am zweiten Kontrollpunkt aufgehalten worden war.

Doch Lares hatte keinen Kopf, sich über solch glückliche Umstände Gedanken zu machen. Alles, woran er denken konnte, war seinen Bruder in Sicherheit zu bringen. Wenn dieser Namuras Recht hatte - wer immer er auch gewesen war - dann hatten sie nicht viel Zeit.

Endlich an seiner Haustür angekommen, brauchte er wertvolle Sekunden, um seinen Schlüsselbund aus der Tasche hervor zu kramen. Mit zitternden Fingern öffnete er die Tür und stolperte in den Wohnraum. Er wollte geradewegs die Treppe hinauf stürmen, als hinter ihm eine höhnische Stimme erklang.

„Wozu die Eile?"

Lares erstarrte.

Aus dem Schatten hinter dem massiven Schrank löste sich eine Gestalt. Der Mann war Mitte dreißig, hatte kurzes, dunkles Haar und einen sauber ausrasierten Kinnbart. Seine stechenden Augen waren leicht unterlaufen, als hätte er lange nicht geschlafen. Gekleidet war der Mann in eine schlichte Lederrüstung, über der er einen blau-silbernen Wappenrock trug, auf dem ein schlanker Turm dargestellt war. In seiner rechten Hand hielt der Mann ein elegantes Langschwert, seine Linke spielte scheinbar beiläufig mit einer dunkelblauen Kugel, die von innen heraus leicht schimmerte.

Mit gemächlichen Schritten und einem herablassenden Blick auf Lares' Kleidung durchschritt er den Raum und machte es sich auf dem großen Sofa bequem, auf dem in der Nacht zuvor noch Nayin seinen Rausch ausgeschlafen hatte.

„Erstaunlich, dass ein Straßenköter wie Du uns solchen Ärger machen konnte." sagte der Mann. „Umso erstaunlicher, dass Du meinen Männern in der Unterstadt doch entwischt bist."

Immer noch starr vor Entsetzen brachte Lares keinen Ton hervor. Die Sternengarde war hier in seinem Haus - die Götter mochten wissen, wie lange schon! Und vor allem…

„Aber wo Du nun schon mal hier bist..." fuhr der Mann im Plauderton fort. „kannst du mir auch die Maske persönlich übergeben. Sicherlich dürftest du bereits festgestellt haben, dass wir ein gesteigertes Interesse daran haben."

Während er sprach, legte der Mann das Schwert neben sich und warf einen gedankenverlorenen Blick in die kleine Kugel in seiner Linken. Als Lares sich weder rührte, noch etwas sagte, blickte er wieder auf.

„Nun…?" fragte er, dieses Mal nicht mehr gelassen und freundlich, sondern eindeutig fordernd und ungeduldig. „Gib mir die Maske und vielleicht lasse ich dich sogar am Leben.

Wir haben schon mehr als genug Aufmerksamkeit auf uns gezogen. Und wer glaubt schon einer Töle wie dir?"

Endlich fand Lares seine Sprache wieder.

„Wo ist Akilion?" brachte er mühsam hervor.

„Akilion?" fragte der Mann ernsthaft erstaunt. Dann schien er zu begreifen. „Ach, die kleine Nervensäge von eben. Keine Bange, dem Bengel geht es gut. Jedenfalls noch…"

„Was habt ihr mit ihm gemacht? Wo ist er?" Lares gewann langsam seine Fassung wieder und Zorn machte sich in ihm breit. Wenn sie dem Kleinen etwas angetan hatten…

„Das sage ich Dir, wenn du mir endlich die verdammte Maske gibst. Ich habe weder Interesse daran, mich hier länger als nötig mit dir abzugeben, noch daran, diese lästige Kröte am Hals zu haben. Aber im Gegensatz zu dir, ist er wesentlich gesprächiger, auch wenn seine Manieren zu wünschen übrig lassen, will ich meinen."

Lares war kurz davor, sich auf den Mann zu stürzen, doch dieser schien das zu ahnen.

„Das würde ich lassen. Erstens bin ich bewaffnet, zweitens bin ich ein Zauberer, der dich in eine lodernde Fackel verwandelt hat, bevor du auch nur halb hier angekommen bist. Wäre doch schade um die guten Möbel." Der Mann lachte böse. „Und drittens stirbt der Junge, wenn ich nicht in zwei Stunden wieder von meinem kleinen Hausbesuch zurück bin."

Der Mann erhob sich mit einer geschmeidigen Bewegung, griff nach seinem Schwert und machte einen schnellen Schritt auf Lares zu.

„Zum letzten Mal, mein Freund, …gib mir die Maske!"

„Ich… ich… hab sie nicht mehr." stotterte Lares, dessen Zorn nun einer beklemmenden Angst gewichen war.

Wütend sprang der Sternengardist vor und ließ ihn mit einem Stoß seines Schwertknaufs gegen den Türrahmen taumeln. Für einen Moment wurde ihm sämtliche Luft aus den Lungen getrieben und er sackte keuchend zusammen. Grob riss ihn der Mann wieder auf die Füße und presste ihn gegen das Holz.

„Du nichtsnutziger Wurm!" zischte der Sternengardist. „Dann gehen wir beide jetzt in die verdammte Unterstadt und holen die Maske. Ich habe schon genug Zeit mit dir vergeudet!"

„Das … geht nicht" keuchte Lares. „Sie ist mir abgenommen worden."

Der Sternengardist starrte ihn für einige Sekunden entgeistert an, dann ließ er ihn wieder los. Lares sackte in sich zusammen und röchelte hilflos und nach Luft schnappend. Der Andere wandte sich von ihm ab und begann, ihm Raum hin und her zu gehen. Dabei ballte er mehrmals die linke Hand zu einer Faust, als wolle er irgendetwas zerquetschen. Dann wandte er sich wieder dem keuchenden Lares zu.

„Erzähl!" befahl er. „Wo ist die Maske und wer hat sie dir abgenommen?" Seine Stimme war wieder völlig emotionslos. „Und bleib bei der Wahrheit, ansonsten wird dein kleiner Bruder einen langen und qualvollen Tod sterben."

Mühsam rappelte Lares sich wieder auf. Der Hieb mit dem Schwertknauf hatte ihn völlig außer Gefecht gesetzt, obwohl er nicht einmal sonderlich hart gewesen war. Der Sternengardist hatte recht gehabt, als er meinte, Lares hätte im Kampf keine Chance gegen ihn. Der Fremde deutete auf den einen Stuhl, während er sich wieder auf dem Sofa niederließ.

„Setz dich und rede."

Mühsam und stockend begann Lares zu erzählen, wie er vom Hafen in die Unterstadt gelangt war. Er berichtete, wie die einst bekannte Straße sich mittlerweile in einen Hinterhof verwandelt hatte, wo er dann von den Sternengardisten gestellt worden war. Als er schließlich zu dem Punkt kam, wo die Kuttengestalt in den Kampf eingegriffen hatte, stockte er. Namuras' Drohung war ihm noch in Erinnerung.

„Und dann?" fragte der Fremde ungeduldig. „Wieso bist du

dann hier und wo sind meine Männer?" Lares glaubte, einen Hauch von Unsicherheit in seiner Stimme zu erahnen, doch konnte er nichts mit diesem Wissen gewinnen. Diese Männer hatten seinen Bruder in der Gewalt. Er musste reden. Andererseits war da noch die Drohung des Unheimlichen, die er ebenso ernst nahm. Er versuchte, so nah wie möglich an der Wahrheit zu bleiben, ohne allzu viel preis zu geben.

„Dann tauchte plötzlich diese maskierte Gestalt hinter Euren Männern auf und bevor ich wusste, wie mir geschah, lagen die Drei tot auf dem Boden. Dann schlug er mich nieder, nahm meine Tasche und verschwand."

Der Blick des Fremden entgleiste für einen Moment, aber er hatte sich rasch wieder in der Gewalt. Es dauerte jedoch einige Sekunden, bis er antwortete.

„Und das soll ich dir jetzt glauben? Ein Maskierter tötet drei Männer und lässt Dich am Leben, obwohl du derjenige mit der Beute bist. Mit derartigen Märchen wirst du deinen Bruder nicht retten können, mein Freund."

„Aber es ist die Wahrheit!" schrie Lares flehentlich. Wie sollte er den Mann davon überzeugen? Er konnte es ja selbst kaum glauben, dass dieser Namuras ihm nicht auch einfach kurzerhand die Klinge in den Hals gerammt hatte. Stattdessen hatte er ihm sogar noch geholfen und ihn nach Hause geschickt. Doch er war zu spät gekommen und jetzt war Akilion in der Gewalt dieser Männer, die nicht vor Überfall und Mord zurückschreckten, um ihre Ziele zu erreichen.

„Fest steht, dass du die Maske nicht mehr hast." Der Mann schien laut zu denken, denn er sah Lares beim Sprechen nicht an, sondern blickte aus dem Fenster, wo bald das Sonnenlicht hindurch scheinen würde, wenn die Sonne hoch genug am Himmel stand.

„Und du weißt auch nicht, wo sie ist, sehe ich das richtig?" Der Sternengardist wandte den Blick und sah Lares jetzt direkt in die Augen. Der Einbrecher nickte nur stumm.

„Du sagst mir nicht die ganze Wahrheit, aber der Kern der Geschichte stimmt. Jemand hat meine Männer umgebracht, dir die Maske genommen, dich aber laufen lassen."

Wieder konnte Lares nur nicken. Immerhin glaubte dieser Mann ihm endlich, wobei er nicht wusste, ob das die Situation wesentlich besser machte. Was, wenn er sich jetzt als völlig nutzlos erwies oder gar als lästiger Zeuge. Was geschah dann mit ihm und vor allem, was geschah dann mit Akilion?

„Dann haben wir ein ernsthaftes Problem." murmelte der Fremde. „Doch du hast noch Glück. Dein Tod oder der Tod deines kleinen Bruders wäre für mich zurzeit eher von Nachteil. Ihr bleibt am Leben."

Lares öffnete den Mund, doch der Mann gebot ihm mit einer herrischen Geste, zu schweigen.

„Ihr werdet leben… vorerst. Doch der Bengel bleibt in meiner Obhut. Du wirst mir die Maske zurückbringen, denn sie ist von immenser Bedeutung für meinen Herrn und ich kann es mir nicht leisten, ohne sie nach Hause zurück zu kehren. Ich denke, du weißt mehr, als du mir gesagt hast, daher dürfte es dir leichter fallen, die Maske zu finden, als mir."

Der Mann schwieg eine Weile und blickte Lares durchdringend an. Dann erhob er sich aus dem Sofa und schritt in Richtung Tür. Lares sah überrascht auf und erhob sich ebenfalls. In der Tür drehte sich der Sternengardist noch einmal zu ihm um und lächelte böse.

„Du hast einen Monat, um mir die Maske zu bringen. In einem Monat werde ich dich hier wieder aufsuchen. Hast du die Maske dann hier, werde ich deinen Bruder freilassen und du kannst auch meinetwegen machen, was du willst. Solltest du nicht hier sein oder die Maske nicht haben, werde ich mir etwas Amüsantes für deinen Bruder ausdenken. Ich hoffe, wir haben uns verstanden."

Dann wandte er sich um und ohne Lares noch irgendeine Art von Aufmerksamkeit zu schenken verließ er das Haus.

Lange Zeit starrte Lares auf die offene Haustür. Auf der Straße herrschte schon wieder reger Betrieb. Menschen gingen an seinem Haus vorbei, lachten und schimpften, Kutschen fuhren ratternd in Richtung Stadtzentrum und ein ameisenähnlicher Erschaffener trug einen riesigen, prall gefüllten Getreidesack in einer atemberaubenden Geschwindigkeit durch die volle Gasse, ohne auch nur einen Passanten zu bedrängen.

Schließlich ging er langsam zur Tür und zog sie vorsichtig zu. Als dass Schloss einrastete, drehte er sich um, lehnte sich an die Tür und starrte mit leerem Blick in seine Wohnung.

Was, bei allen Göttern, hatte sich das Schicksal für einen grausamen Scherz erlaubt, als er vor zwei Nächten in eine gewöhnliche Villa eingebrochen war, wie es sie zu Hunderten in der Stadt gab?

Als er sich des ganzen Ausmaßes seines eigentlich harmlosen Bruchs gewahr wurde, begann er zu zittern. Sein Bruder befand sich in der Gewalt von skrupellosen Mördern und er sollte ein Artefakt von einem Mann zurückholen, der in der Lage war, drei Menschen im Vorbeigehen abzustechen - und von dem er nicht mehr wusste als einen Namen.

Der Schock, unter dem er bisher noch gestanden hatte, fiel von ihm ab. Am ganzen Leib bebend sackte er an der Tür zusammen, schlug die Hände vors Gesicht und begann hilflos zu schluchzen.

Während Passanten, Fuhrwerke und Erschaffene teilnahmslos an ihm vorbeizogen und er sich durch die Gassen von Kylaria zu seinem Quartier begab, konnte Shiyaz sich nicht entscheiden, welches Gefühl überwog.

Zum einen kochte er vor Wut. Wut auf diesen törichten Einbrecher, der sich - wenn auch unwissend - in ihre Pläne eingemischt und sie mühelos durchkreuzt hatte. Ebenso wütend war er auf die Unfähigkeit seiner Männer. Mehr als einmal hatte Shiyaz versucht, seinen Vorgesetzten klar zu machen, dass die neue Art der Rekrutierung den edlen Charakter der Sternengarde zerstören würde.

Die jüngste Welle der Rekruten bestand hauptsächlich aus gewalttätigen Schlägern, denen eher zufällig Magie innewohnte und die nicht einmal ansatzweise in der Lage waren, diese sinnvoll einzusetzen. Diese Männer waren loyal, sicherlich. Aber was nutzte die größte Loyalität, wenn sie in etwa so intelligent wie hundert Schritt Feldweg waren und einem Befehl nicht Folge leisten konnten, der komplexer war als 'Suche und töte diese Person'.

Shiyaz selbst war noch ein Zögling der alten Schule, ein echter Magier, dem man die Künste der Kriegsführung beigebracht hatte. Diese Neuen waren Barbaren, denen man die einfachsten Zauber in jahrelanger Geduldsarbeit ins Hirn prügeln musste, damit sie diese vielleicht auch sinnvoll anwenden konnten. Vielleicht…

Das zweite Gefühl, dass seine Gedanken beherrschte war Angst. Nicht so sehr vor dem Unbekannten, der nun im Besitz der Maske war. Gewiss, ein Mann, der drei Sternengardisten mit Leichtigkeit töten konnte, war ein ernstzunehmender Gegner, doch Shiyaz hatte genug Vertrauen in sein magisches Können, dass er einen Schwertschwinger nicht zu fürchten brauchte, ganz egal, wie gut dieser auch war. Eine Handbewegung würde den Dieb in eine Fackel verwandeln.

Nein, die Angst, die er verspürte, hatte einen anderen Grund. Sollte er versagen, sollte es ihm nicht gelingen, die Maske in seinen Besitz zu bekommen, dann würde ihn in Amras eine Strafe erwarten, die weitaus schlimmer war als alles, was er sich vorstellen konnte. Die Angst vor seinem Herrn Menac Jadek war so groß, dass er sich bisher sogar davor gedrückt hatte, seinem Meister Meldung zu machen.

Im Moment war er noch sicher vor dem Zorn des Schattenmagiers, zumal dieser über tausend Meilen entfernt weilte und dringende politische Geschäfte zu erledigen hatte. Sollten diese allerdings abgeschlossen und Shiyaz immer noch nicht mit der Maske zurück sein, dann würde der Zorn des Magiermoguls grenzenlos sein. Und selbst wenn Shiyaz floh, wusste er genau, dass er eines Tages gefunden werden würde. Und dann möge ihm der Erstgeborene gnädig sein.

Nein, egal was geschah, er *musste* diese Maske in die Hände bekommen. Und wenn er dafür zu solch widerwärtigen Methoden greifen musste wie Entführung und Folter.

Shiyaz war zwar durch und durch seinem Herrn treu ergeben, doch der neue Stil der Sternengarde gefiel ihm ganz und gar nicht. Vor wenigen Jahren war jedes Mitglied der Garde noch ein Zauberer von Ehre und Respekt gewesen, sie hatten einen beispiellosen Ruf in der ganzen Welt. Doch mit der Zeit waren die Kommandanten gewissenloser und die Methoden brutaler geworden.

Natürlich sah Shiyaz die Notwendigkeit, in solchen Zeiten hart durchzugreifen. Es standen große Veränderungen bevor und Jadek hatte oft genug betont, wie wichtig es für das Schicksal des Magierreichs und der ganzen Welt sein würde, dass die Zauberer von Amras die Herrschaft über den gesamten Norden übernahmen. Aber musste man dafür jeglichen Respekt und jegliche Moral fahren lassen?

Als er dem lästigen Dieb vorhin mit Folter und Qual gedroht hatte, hatte er nur zum Teil die Wahrheit gesagt. Er empfand keine Freude daran, Menschen zu quälen, aber wenn es notwendig sein sollte, so konnte er es kaum vermeiden.

Doch zurzeit sah er noch keinen plausiblen Grund, warum er ein kleines Kind foltern sollte. Erfahren würde er dadurch gar nichts. Der Junge war ein Druckmittel, mehr nicht. Shiyaz hatte kein Interesse daran, ihm Leid zuzufügen, aber mit seiner Drohung hatte er diesem Lares am meisten Angst einflößen können.

Er hatte schnell gemerkt, dass Lares' Sorge mehr seinem Bruder als seinem eigenen Leben galt. Dieses Wissen hatte er ausgenutzt, doch das hieß noch lange nicht, dass er seine Drohung wahrmachen musste. Nur, wenn er zum Äußersten gezwungen wurde…

Denn Eines war sicher, Lares wusste mehr, als er zugegeben hatte. Sehr wahrscheinlich ging es dabei um die Identität des anderen Angreifers, der Shiyaz immer noch ein Rätsel war. Wer konnte zum einen von der Maske wissen und zum Anderen ein derartiges Interesse daran haben, dass er sich mit der Sternengarde anlegte?

Shiyaz zog die Stirn kraus, während er von einer weniger belebten Seitenstraße auf eine der Hauptstraßen der Stadt abbog. Den Lärm, der sofort anschwoll, bemerkte er kaum, zu sehr war er in seine Gedanken versunken.

Wer mochte der ominöse Maskierte sein? Ein Sathari? Er traute der Dunklen Bruderschaft nicht, obwohl sein Herr ihnen Asyl in Amras gewährt hatte und sie noch nichts getan hatten, um Misstrauen zu erwecken und sich allesamt brav an die Gesetze der Stadt hielten. Dennoch traute Shiyaz ihnen nicht.

Der Sathari Orden, das finstere Gegenstück zu den lichtgläubigen Lathi, existierte nun schon seit vielen Jahrhunderten und immer wieder war seine Geschichte geprägt von Verrat und falschem Spiel. Was, wenn sie irgendwie von der Maske erfahren hatten und beschlossen hatten, die Macht des Artefakts für sich selbst zu nutzen? Aber würden sie ihre neu gewonnene Sicherheit so leichtfertig aufs Spiel setzen?

Shiyaz wechselte die Straßenseite und bog nach einigen Schritten wieder in eine Seitengasse ein. Sofort wurde es wieder ruhiger um ihn herum. Doch auch die neue Stille konnte seine Gedanken nicht entwirren.

Wer sonst außer den Sathari könnte ein Interesse an der Maske haben? Überhaupt erschien es ihm unwahrscheinlich, dass ein Sathari drei Sternengardisten tötete, aber einen Zeugen am Leben ließ. Einen Zeugen, der ihn auffliegen lassen könnte. Das wäre nicht nur hochgradig tölpelhaft, sondern widersprach auch dem normalen Vorgehen der Sathari. Sie töteten zwar niemals grundlos oder aus bloßem Vergnügen, doch sie waren absolut skrupellos, wenn es um die Wahrung ihrer Interessen ging - und wenn Herrscher und Hohepriester ihr Leben dafür lassen mussten, war ihnen das gleich. Kein Sathari ließ einen gefährlichen Zeugen am Leben.

Doch wenn es kein Sathari war, wer bei allen Schrecken der Außenwelt, soll es sonst gewesen sein? Shiyaz konnte sich niemanden vorstellen, der so verwegen war, sich der Sternengarde entgegen zu stellen. Amras war zwar weit entfernt, doch die Hand des Magiermoguls reichte weit. Niemand, der halbwegs bei Verstand war, tötete einen Sternengardisten. Es sei denn, er hatte ebenso mächtige Verbündete. Doch wer dies sein sollte, darauf konnte sich Shiyaz beim besten Willen keinen Reim machen.

Natürlich gab es noch die Möglichkeit, dass dieser Lares ihm das Blaue vom Himmel vorgelogen hatte, aber der kleine Dieb hatte viel zu viel Angst um sein Leben und das Leben seines Bruders, um ihn derart abgebrüht auszutricksen.

In Gedanken versunken, betrat er schließlich ein unscheinbares Gebäude, welches in einem Wohnviertel etwas abseits des Stadtkerns lag. Dort oben in der ersten Etage warteten die verbliebenen vier Männer der Garde auf ihn, zusammen mit einem kleinen Jungen, der ihm wahrscheinlich in den folgenden Wochen noch einige Schwierigkeiten bereiten würde.

Er klopfte an die Tür und es dauerte einen Moment, bis sie

geöffnet wurde. Ein Mann in einer dunkelblauen Uniform mit kurzen blonden Haaren trat in sein Blickfeld. Shiyaz wusste nicht, wie der Gardist hieß, doch vermeinte er sich zu erinnern, dass er nicht ganz so tumb und unfähig war, wie die drei Männer, die er Lares hinterhergeschickt hatte, damit sie ihm die Maske abnahmen. Bei dem Gedanken kochte die Wut wieder in ihm hoch. Er hätte selbst gehen sollen.

Der Gardist schien seine schlechte Laune zu bemerken, denn er deutete stumm eine Verbeugung an, trat einen Schritt zur Seite, sagte aber nichts. Shiyaz nickte ihm zu und trat in den Raum ein. Der stumme Gardist wartete, bis Shiyaz die Treppe hinaufging, warf danach noch einen kurzen Blick nach draußen und schloss dann die Tür.

Weder Shiyaz noch der Gardist hatten die Gestalt bemerkt, die an einer Hauswand auf der anderen Straßenseite im Schatten gelehnt hatte. Jetzt löste sich die Gestalt aus dem Halbdunkel und machte ein paar Schritte auf das Gebäude zu, in dem Shiyaz eben verschwunden war.

"Mir scheint, der Herr Hauptmann ist wenig erfreut über den Verlauf der Dinge." murmelte die Gestalt. Dann lies sie ein leises Lachen ertönen. "Gewöhne dich schon mal dran, kleiner Zauberer, denn bald werden viele Dinge nicht so verlaufen, wie Du und dein Meister sie geplant haben."

Namuras lachte noch einmal, dann zog er eine unscheinbar wirkende Maske aus seinem Mantel und betrachtete sie einige Sekunden gedankenverloren. Die Maske zeigte einen stilisierten Drachenschädel und war zum Teil aus Bronze gefertigt worden. Namuras hatte es am ehesten noch für ein Kunstwerk primitiver Urwaldstämme gehalten: eher exotisch als wirklich schön und filigran.

"So nah, und doch so unerreichbar fern, als wäre sie in den tiefsten Dämonenschlund von Baharna gestürzt."

Mit einem fröhlichen Grinsen steckte er die Maske wieder

zurück und zog die Kapuze seines Reitmantels über den Kopf. Sofort verschwand sein Gesicht hinter einem Schleier und wenige Sekunden später war er wieder mit den Schatten verschmolzen, als wäre er niemals da gewesen.

"Und wie gehen wir jetzt vor, Hauptmann?"
Der Mann, der ihm eben die Tür geöffnet hatte, stellte diese Frage, während die anderen ein wenig verunsichert ihren Befehlshaber ansahen. Auch sie fürchteten den Zorn des Magiermoguls, auch wenn sie nicht unmittelbar verantwortlich gemacht werden würden, sollte die Mission scheitern.
"Wir werden warten müssen", antwortete Shiyaz düster. "Ich habe die magische Spur der Maske verloren, es scheint, als würde man sie vor mir abschirmen. Dieser Einbrecher dürfte noch am ehesten eine Chance haben, den Maskierten zu finden."
Shiyaz hatte seine Männer in wenigen knappen Sätzen über die neue Situation aufgeklärt. Ausreichend genug, damit sie im Bilde waren. Seine eigenen Befürchtungen über die Herkunft des Attentäters hatte er verschwiegen. Warum sollten sich seine Männer über etwas den Kopf zerbrechen, wovon er selbst nur vage und haltlose Vermutungen hatte.
"Aber wir werden nicht tatenlos hier herumsitzen und darauf warten, dass ein nichtsnutziger Taschendieb uns die Maske zurück bringt. Wir werden selbst Nachforschungen anstellen."
Die Männer blickten ihn fragend an und im Stillen verfluchte er den neuen Kurs der Sternengarde zum wiederholten Male. Säßen hier ausgebildete Magier und nicht vier Bauerntölpel mit magischen Fähigkeiten, müsste er nicht jeden einzelnen Schritt vorbeten und auswendig lernen lassen.
"Ihr werdet euch in der Stadt umhören, ob es irgendwo verstärkte magische Aktivitäten gibt. Oder vielleicht das Gegenteil. Wenn die Feuermagier eine Einschränkung ihrer

Fähigkeiten beklagen, so ist dies ein Indiz, dass die Maske die Stadt verlassen hat."

Shiyaz warf einen Blick in die Runde, doch es schien, als würden alle seine Anweisungen nachvollziehen können. Immerhin etwas, dachte er angefressen.

"Und noch was..." fügte er hinzu. "Verhaltet euch so unauffällig wie möglich. Derjenige, der einen der Feuermagier ausfragt oder sich lauthals in einer Schenke nach magischen Aktivitäten erkundigt, wird von mir höchstpersönlich im Meer der Dämmerung ertränkt."

Die Männer nickten stumm und Shiyaz seufzte innerlich. Vor wenigen Jahren wäre so eine Ansprache nicht nur unnötig, sondern geradezu lächerlich gewesen. Aber es machte keinen Sinn, der Vergangenheit nachzutrauern. Er hatte hier und jetzt ein akutes Problem und er musste es mit den Mitteln lösen, die ihm zur Verfügung standen, auch wenn diese Mittel äußerst beschränkt waren, sowohl auf quantitativer wie auch auf qualitativer Ebene.

Er blickte sich zu dem Blonden um, den er noch für den Intelligentesten der vier Männer hielt. "Wie ist dein Name?" fragte Shiyaz.

"Rekhar, Herr Hauptmann!" antwortete der Blonde.

"Gut, Rekhar..." Shiyaz überlegte einen Moment. "Ich habe eine besondere Aufgabe für Dich. Sie betrifft unseren Gast." Shiyaz deutete mit einem Blick nach oben, wo sich das verschlossene Zimmer befand, in dem sie den Jungen gefangen hielten.

"Du und der Bengel, ihr werdet eine kleine Reise machen. Sollte dieser Lares auf die Idee kommen, seinen Bruder zu befreien, anstatt sich auf die Suche nach der Maske zu begeben, will ich ihn aus der Stadt haben. Ihr werdet noch heute Abend nach Amras aufbrechen."

Stundenlang war er ziellos durch die Stadt geirrt, ohne auch nur die geringste Ahnung zu haben, wo er sich gerade aufhielt. Seine Gedanken tobten in einem beispiellosen Chaos und mündeten jedes Mal aufs Neue in tiefer Verzweiflung, die ihm die Tränen in die Augen getrieben hatte.

Kurz vor Sonnenuntergang hatten ihn seine Schritte in jenes Viertel gelenkt, in dem auch das Anwesen stand, in das er vor zwei Tagen eingebrochen war. Es war ein Bruch wie jeder andere gewesen, doch eine zufällige Beute hatte sein ganzes Leben ins Unheil gestürzt.

Wie versteinert starrte Lares auf die Mauer, die er in besagter Nacht durch die Hilfe von Nayins kleinen magischen Spielzeugen so mühelos erklommen hatte. Es waren nur wenig Leute hier auf der Straße, aber diejenigen, die an ihm vorbeigingen, bedachten ihn mit seltsamen Blicken.

Lares wusste, dass er bald Ärger mit der Garde bekommen würde, wenn er sich nicht schleunigst aus dem Staub machen würde, doch es war ihm im Grunde egal. Nur das Wissen, dass sein Bruder auf jeden Fall sterben würde, wenn er hier und jetzt gefangen genommen würde, ließ ihn schließlich seine Schritte von dem unheilvollen Haus fortbewegen.

Doch wo sollte er jetzt hin? Zurück nach Hause? Früher hatte er die Einsamkeit geliebt und genossen, wenn Akilion mal nicht da war und er das Haus ganz für sich hatte. Doch eben diese Einsamkeit hatte ihn vor Stunden - Lares wusste nicht, wie lange er schon unterwegs war - aus seiner Wohnung vertrieben. Die Einsamkeit und das Wissen, dass er ganz allein schuld am Schicksal seines Bruders war.

Bevor ihn die Verzweiflung erneut übermannen konnte, schritt er schneller aus. Seine Füße schmerzten und er hatte Hunger. Seit gestern Abend hatte er keinen Happen mehr gegessen. Ihm war auch eigentlich nicht im Geringsten nach Essen zumute, doch sein Magen protestierte schmerzhaft gegen den Entzug.

Aber nach Hause konnte er nicht.

Als er an der nächsten Kreuzung einen Blick auf die prachtvolle Magierakademie werfen konnte, die sich einige Straßen weiter über die Dächer der Stadt erhob, wusste er schließlich, wo er hingehen konnte.

Er wechselte die Straßenseite, ignorierte die abschätzigen Blicke einiger Passanten und machte sich auf den Weg zu den Unterkünften der Novizen. Die Zauberschüler waren in einem großen Gebäude untergebracht, in dem zwar jeder sein eigenes kleines Reich hatte, aber doch eine Art Gemeinschaft gepflegt wurde. Mehr als fünf Dutzend Novizen lebten in dem großen Wohnkomplex, der im Anschluss an die Akademie errichtet worden war.

Und so beeindruckend allein der Wohnblock der Novizen war, so sehr verblasste er gegen die größte Zauberschule Cathurias.

Die Akademie war ein Gebilde, dass eher aussah als wäre es gewachsen und nicht gebaut worden. In Zentrum erhob sich ein sicherlich siebzig Schritt hoher Turm mit einer spektakulären gläsernen Kuppel, die bei Sonnenaufgang und -untergang in allen möglichen und unmöglichen Farben leuchtete. Die Bürger von Kylaria hatten sich an dieses Spektakel schon gewöhnt, doch Fremde, die es zum ersten Mal sahen, kamen aus dem Staunen nicht mehr heraus.

Um den zentralen Turm herum war ein siebeneckiges Gebäude errichtet worden, dass mehr wie eine Mauer wirkte, denn wie ein Haus. An der breitesten Stelle war das Heptagon, wie es genannt wurde, fünf Schritt breit. Es war dreißig Schritt hoch und war von verschiedenen Seiten und von verschiedenen Ebenen aus über schmale Wehrgänge und Balustraden mit dem zentralen Turm verbunden.

Östlich des Heptagons war ein wuchtiger Klotz aus massivem Gestein errichtet worden. Das Gebäude war sehr schlicht gehalten und wirkte mehr wie eine Festung denn wie eine

Akademie. Dieser Teil der Schule wurde von den Novizen als "Kaserne" oder "Bunker" bezeichnet. Was genau dort geschah oder aufbewahrt wurde, wusste Lares nicht.

Westlich des Heptagons konnte er auch in der wachsenden Dunkelheit ohne Probleme die Bibliothek der Akademie ausmachen. Die Front war im neu-cathurianischem Stil prunkvoll und pompös ausgestattet mit feinen Marmorfresken und Bildhauereien. Kunstvoll gefertigte Statuen zeigten den Gott des Wissens und der Zauberei, den geheimnisvollen Skai. Die meisten Abbildungen des Gottes zeigten ihn als weisen Gelehrten mit einem Buch oder einer Schriftrolle. Jedoch die Statue, die auf einem Sockel über dem Eingang thronte, trug stattdessen einen Säbel und einen Stab.

Der Rest des Gebäudes war jedoch in einem enttäuschend schlichten Stil gehalten. Da Besucher lediglich die Front der Bibliothek zu sehen bekamen, hatte man es nicht für nötig befunden, die restlichen Seiten ebenfalls ansehnlich zu gestalten. Lares erinnerte sich schwach, dass sich Nayin einmal ausgiebig über diese offensichtliche Oberflächlichkeit der neuen Architektur beschwert hatte.

Nördlich des Heptagons, und für Lares zum Teil durch den großen Kuppelturm verdeckt, befand sich die eigentliche Akademie. Das Gebäude, in dem die Novizen in die hohe Kunst der Magie eingeweiht wurden, stammte offensichtlich aus einer Zeit, als in ganz Akranos der liebevolle spielerische Stil des ehrwürdigen Thalarion imitiert wurde. Unzählige kleine Zwiebeltürmchen zierten die Dächer des verschachtelten, hellen Bauwerks. Jeder größere Baukomplex wurde von einer kleinen Kuppel gekrönt und auf diversen Dachterrassen wuchsen gar Palmen und andere exotische Pflanzen. Das Gebäude wirkte mehr wie der Palast eines thalarianischen Würdenträgers und nicht wie eine Schule.

Irgendwie fand es Lares als unnötig, den Stil eines fremden

Landes zu imitieren. Cathuria hatte selbst eine äußerst geschichtsträchtige Tradition und es gab keinen Grund, sich vor anderen Reichen zu verstecken. In einer ruhigen Minute hatten er und Nayin sich schon oftmals über solcherlei Gegebenheiten unterhalten, doch heute stand Lares nicht im Geringsten der Sinn danach.

Ohne die Schönheit der mächtigen Akademie weiter zu würdigen, lenkte er seine Schritte auf das Gebäude zu, dass etwas abseits der Bibliothek errichtet worden war: Das Novizenhaus.

Er war noch nicht einmal in die Nähe des Eingangs gekommen, als die zwei Novizen, auf den Treppenstufen vor dem Haus gesessen hatten, sich erhoben und zielstrebig auf ihn zukamen.

Im Schein der Kohlebecken, die rechts und links vom Eingang flackerten, konnte er die Gesichter der beiden Magier ausmachen. Beide sahen aus, als wären sie noch nicht lange hier, denn das Mannesalter hatten sie garantiert noch nicht erreicht. Dennoch las er in ihren Gesichtern schon den gleichen hochnäsigen Blick, den die meisten Magier gegenüber normalen Sterblichen aufzusetzen pflegten.

Dann fiel ihm seine momentane Erscheinung wieder ein und er korrigierte seine Meinung über die beiden ein wenig. So wie er aussah, konnte er wohl nirgendwo erwarten, respektvoll behandelt zu werden.

"Darf man fragen, was Euch hierher führt?" fragte der Linke der beiden. Er hatte schulterlange schwarze Haare und schien der ältere der Beiden zu sein. Er sprach mit einem süd-cathurianischem Dialekt, vermutlich stammte er aus einer der Hafenstädte an der Nebelmeerküste. Sein Blick war skeptisch, aber auch ein wenig verunsichert.

Lares räusperte sich.

"Ich weiß, wie meine Erscheinung wirken muss, doch bin ich weder zum Betteln noch zum Unfrieden stiften hergekommen.

Ich suche einen guten Freund, sein Name ist Nayin Dargatil."
Die beiden Novizen schienen überrascht und wechselten einen kurzen Blick. Sowohl seine Ausdrucksweise als auch sein Anliegen schienen nicht zu seinem Äußeren zu passen. Lares lächelte gequält. Nicht nur bei der Architektur schien in Magierkreisen eine große Oberflächlichkeit zu herrschen.

"Du kennst Nayin?" fragte der Dunkelhaarige schließlich. Eine, wie Lares fand, ziemlich überflüssige Frage. Aber er verkniff sich seinen bissigen Kommentar und nickte nur stumm.

Der Novize schien nachzudenken. Dann wandte er sich an seinen Kameraden.

"Geh los und hole ihn, er wird seinen Freund sicherlich erkennen." Das Wort ‚Freund' betonte er in einer Art und Weise, die Lares ärgerte, aber er musste seinen Unmut zurückhalten. Während der Jüngere sich abwandte und zum Eingang des Wohngebäudes zurückging, wandte sich der Dunkelhaarige wieder Lares zu.

"Es mag Euch vielleicht unhöflich vorkommen, doch kann ich Euch nicht erlauben, alleine durchs Novizenhaus zu gehen. Vorschriften, Ihr versteht…"

"Selbstverständlich", entgegnete Lares, obwohl er ganz genau wusste, dass der Novize ihn anlog. Wenn sich Cathuria nicht gerade im Krieg befand, konnte hier jeder Gast ein- und ausgehen, wie es ihm beliebte. Schließlich hatte er Nayin schon öfter besucht, ohne auch nur schief angesehen zu werden. Nur bei den vorherigen Malen war er deutlich besser angezogen gewesen.

Unter anderen Umständen hätte er sich jetzt einen lebhaften Disput mit diesem Schnösel geliefert, aber hier und jetzt hatte er keine Kraft dazu. Er konnte sich kaum auf den Beinen halten, sein Magen knurrte wie ein schlecht gelaunter Schwarzbär und seine Gedanken drehten sich immer wieder um das Schicksal seines kleinen Bruders. Und so wartete er mehrere Minuten schweigend neben dem Novizen auf die Rückkehr des anderen Zauberlehrlings.

Als der andere Novize schließlich zurückkehrte, hatte er einen äußerst missmutig wirkenden Nayin im Schlepptau. Entweder hatte der Magier schon geschlafen oder er war bei wichtigen Studien gestört worden. Als er jedoch Lares erkannte, verschwand der genervte Blick sofort und machte wachsendem Entsetzen Platz.

"Bei den Zehn! Wie siehst du denn aus??" Nayin stürmte auf ihn zu, schob den Dunkelhaarigen grob zur Seite und ergriff Lares am Arm.

"Was ist passiert?" fragte er, doch bevor Lares eine Antwort geben konnte, sprach der Magier schon weiter. "Du kommst sofort mit rein!" Dann wandte er sich an den älteren Novizen. "Und das nächste Mal lasst ihr ihn gefälligst sofort zu mir durch, anstatt euch mit lächerlichen Verdächtigungen aufzuhalten. Verstanden?" fuhr er den Jungen an. Der Novize zuckte zusammen und wirkte plötzlich nicht mehr halb so hochnäsig wie noch vor ein paar Minuten. Offenbar schien er gehörigen Respekt vor dem Magier zu haben.

"Jawohl, Adeptus…" brachte er schließlich hervor.

"Gut!", schnaubte Nayin verächtlich. "Dann seht zu, dass ihr euch anderweitig irgendwo nützlich macht, anstatt hier herumzulungern" Die beiden Novizen nickten nur stumm und beeilten sich, möglichst rasch davon zu kommen. Nayin blickte ihnen abschätzend nach.

"Manchmal ist es doch von Vorteil, einen höheren Lehrrang zu haben. Vor Schülern, die kurz vor der Abschlussprüfung stehen, haben selbst diese Schnösel noch Respekt." Lares hatte vorher gar nicht gewusst, dass es auch unter den Schülern der Akademie eine Hierarchie gab, aber es war ihm in diesem Fall nur recht. Nayin wandte sich wieder ihm zu.

"Lass uns hochgehen, du siehst aus, als wäre eine Horde Skarut über dich hergefallen."

Damit lag er gar nicht mal so völlig falsch, dachte Lares düster, als er dem Magier ins Gebäude folgte.

Nachdem Lares seine Geschichte erzählt hatte, hatte Nayin ihn kurzerhand ins Bad befördert. Den schwachen Protest seines Freundes hatte er schlichtweg ignoriert. Während der Einbrecher sich vom Dreck der Unterstadt befreite, suchte Nayin ihm neue Kleider heraus, die halbwegs passten.

Dann hatte er seinem Freund befohlen, sich schlafen zu legen. Obwohl er auch hier zunächst protestiert hatte, dauerte es keine fünf Minuten, bis Lares eingeschlafen war. Und Nayin hatte dafür gesorgt, dass er in den nächsten zwölf Stunden auch nichts Anderes machen würde. Hin und wieder erwies sich seine Magie doch als ganz brauchbar.

Anfangs hatte er regelrechte Angst vor den Kräften gehabt, die ihm innewohnten und er hatte sich schlichtweg geweigert, sie zu nutzen. Als sie jedoch einige Male ihren Weg selbstständig ins Freie gefunden hatten (glücklicherweise, ohne allzu großen Schaden anzurichten), hatte er beschlossen, dass er diese Macht zu kontrollieren lernen musste, wenn es nicht zu einer Katastrophe kommen sollte.

Zunächst nur sehr widerwillig hatte er sich dann mit der Magie beschäftigt und gelernt, wie man sie in kontrollierte Bahnen lenken konnte. Mittlerweile akzeptierte er seine Gabe und sah sie nicht mehr als Fluch oder Belastung an. Hin und wieder erkannte er sogar einen durchaus praktischen Nutzen.

Allerdings konnten ihm seine magischen Kräfte jetzt nicht wirklich weiterhelfen. Er hatte dafür sorgen können, dass Lares sich ausschlief und erholte, doch er glaubte nicht, ihm irgendwie anderweitig helfen zu können. Die Sache war mehrere Nummern zu groß, denn immerhin hatte Lares sich die berüchtigte Sternengarde zum Feind gemacht.

Und die Sternengarde war nicht das einzige Problem. Die Identität der mysteriösen dunklen Gestalt, die Lares das Leben gerettet hatte und ihm aber gleichzeitig die Maske abgenommen hatte, war Nayin ein völliges Rätsel. Wer tötete derart skrupellos drei Sternengardisten und lies dann einen Zivilisten am Leben?

Diesen Gedanken hing Nayin nach, als er durch die nächtlichen Straßen von Kylaria spazierte. Er befand sich auf dem Weg zu Lares' kleinem Häuschen. Der Einbrecher hatte deutlich gemacht, dass ihn nichts in der Welt wieder dorthin zurückbringen konnte, doch er brauchte einen Teil seiner Sachen. Und da Nayin in den nächsten Stunden sowieso nichts machen konnte, was irgendwie nützlich gewesen wäre, hatte er beschlossen, die nötigsten Dinge aus dem Haus zu holen.

Während die Häuser an ihm vorüber zogen und das Lachen und Lärmen der Stadt an sein Ohr drang, kehrten seine Gedanken immer wieder zu der unheimlichen Gestalt zurück, die anscheinend über sämtliche Vorgänge informiert war und nun auch noch im Besitz des Objekts der Begierde war: eine Maske aus dem Besitz eines altgedienten Akademielehrers, den Nayin allerdings niemals kennen gelernt hatte.

Wer, bei allen Göttern, war dieser Mann? Zunächst hatte er auf einen Sathari getippt, doch ein solcher hätte Lares niemals am Leben gelassen und ihm schon gar nicht seine Hilfe angeboten. Und sofern die Gerüchte stimmten, die in Magierkreisen kursierten, genossen die Sathari in Amras Asyl und standen unter dem Schutz des neuen Magiermoguls, und somit auch unter dem Schutz der Sternengarde. Warum also sollten sie es sich mit ihren neuen Verbündeten verderben wollen? Außerdem hatte ihn irgendetwas an der Beschreibung des Vermummten stutzig gemacht, doch er konnte sich nicht erinnern, was genau ihn daran störte. Lares' Erzählung war größtenteils konfus gewesen und es hatte Nayin einige Mühe gekostet, überhaupt die groben Zusammenhänge zu erfahren.

Immer noch in Gedanken versunken, betrat er schließlich Lares' kleines Häuschen. Die Wohnung hatten der Einbrecher und sein kleiner Bruder von deren verstorbenen Eltern geerbt, doch Lares hatte im Laufe der Jahre ein kleines, bescheidenes Schmuckstück daraus gemacht. Viele der Wertgegenstände, die sich überall an Wänden, auf Kommoden und Tischen fanden, hatten vormals anderen Besitzern gehört, das ein oder andere Teile hatte Lares aber auch selbst gekauft.

Nayin begab sich zielstrebig ins obere Stockwerk, wo die beiden Schlafzimmer lagen. Nach kurzem Suchen fand er eine größere Ledertasche, in der er Lares' Sachen verstauen konnte. Er förderte einige Kleidungsstücke zu Tage, fand ein weiteres Paar leichte Stiefel und sah sich schließlich noch nach einigen persönlichen Gegenständen um, die er seinem Freund mitbringen wollte.

Sein Blick fiel auf den Nachttisch, auf dem neben einer geschnitzten Holzfigur ein kleines, schlichtes Amulett mit dem Symbol des Händlergottes Nitoq lag. Nayin wusste, dass Lares diese Kette von seinem Vater geerbt hatte und sie sozusagen sein Glücksbringer war. Diese durfte er auf keinen Fall vergessen.

Nachdem er die Kette in seiner Manteltasche verstaut hatte, packte er noch einige belanglose Kleinigkeiten und eine nicht unbeträchtliche Summe an Ooth ein. Wenn Lares in den nächsten Wochen nicht nach Hause gehen konnte oder wollte, so brauchte er doch zumindest etwas Geld.

Als Nayin sich sicher war, dass er nichts allzu Wichtiges vergessen hatte (obwohl ihm wahrscheinlich auf halber Strecke etwas einfallen würde), verließ er das Haus wieder. Er zog die Tür hinter sich zu verriegelte sie. Lares hatte ihm den Schlüssel gegeben, kurz bevor er in seinen tiefen und hoffentlich traumlosen Schlaf gefallen war.

Zufällig fiel Nayins Blick auf ein kleines, ärmlicheres Gebäude, das wenige Dutzend Meter entfernt auf der anderen Straßenseite lag. Dem Gebäude war deutlich anzusehen, dass seine Bewohner nur noch mit äußerster Mühe das Geld aufbringen konnten, um es notdürftig instand zu halten. Das Dach wies kleinere Löcher auf und die ehemals bestimmt hübsch anzuschauende Fachwerkkonstruktion war im Laufe der Zeit zusehends in die Brüche gegangen oder verwittert.

Die Haustür stand weit offen und im Eingang stand eine ältere Dame in einem schlichten, schwarzen Kleid und einem dunklen Schleier vor dem Gesicht. Trauergewänder, dachte Nayin abwesend und wollte sich gerade abwenden, als er etwas Auffälliges bemerkte.

Noch etwas weiter am Straßenrand stand ein schmuckloser, dunkler Planwagen. Auf dem Kutschbock saß eine Gestalt in einer dunkelbraunen Kutte. Eine zweite Gestalt, ebenfalls in eine dunkle Kutte gehüllt, stieg gerade ab und ging auf das verfallene Häuschen zu. Bei der Haustür angekommen verbeugte er sich kurz vor der Dame. Die Beiden wechselten ein paar Worte, die Nayin über diese Distanz natürlich nicht verstehen konnte. Dann nickte die Frau dem Mann zu und diese drehte sich zu dem Planwagen herum, um seinen Kumpanen zu sich herüber zu winken. Dieser stieg gemächlich von der Kutsche und gesellte sich schließlich zu den zwei Personen im Hauseingang. Ein kurzes Gespräch folgte, dann verschwanden die beiden Kuttenträger im Haus.

Als die beiden nach wenigen Minuten das Haus wieder verließen, trugen sie ein großes, schweres Bündel bei sich, dass vorsichtig sie in den Planwagen verluden. Nayin konnte den Blick der Frau auf diese Entfernung nicht eindeutig ausmachen, doch ihre gebeugte Haltung verriet den Schmerz, den sie empfand.

Eine der Gestalten kehrte anschließend noch einmal zu der Frau im Hauseingang zurück. Und als er ihr einen kleinen braunen Beutel überreichte, wusste Nayin plötzlich, was ihm an Lares' Beschreibung der unheimlichen Gestalt so seltsam vorgekommen war.

Szenen wie diese dort drüben gab es jeden Tag dutzendfach in Kylaria, doch irgendetwas in Nayins Gehirn schien plötzlich eingerastet zu sein, als hätte jemand einen Hebel umgelegt. Es war so offensichtlich gewesen, dass er sich ärgerte, nicht viel früher darauf gekommen zu sein. Anscheinend waren seine Studien in den letzten Jahren doch nicht so erfolgreich gewesen.

Nicht unbedingt etwas, wie der Maskierte in der Unterstadt ausgesehen oder was er gemacht hatte, sondern was er *gesagt* hatte, war des Rätsels Lösung auf seine Identität gewesen.

Nayin schulterte die schwere Ledertasche und schritt eilig aus, um wieder zur Akademie zurück zu kommen. Es gab reichlich Dinge, die er nachforschen musste, bevor Lares wieder aufwachte.

Kapitel 5: Falsches Spiel

Magierreich Amras,
Monat Alathyia, Frühling im Jahr 1104 nach Ashibans Fall

In den vergangenen drei Tagen hatte Menac Jadek die meiste Zeit in den Katakomben unter der Stadt verbracht. Als die ersten Ratsmitglieder anfingen, zu murmeln und zu tuscheln, hatte er die Gewölbe kurzerhand abriegeln und die Nachricht von einem Unfall verbreiten lassen, dessen Aufklärung seine persönliche Anwesenheit erforderte.

Von ihm selbst natürlich abgesehen, war es jedem Bewohner der Stadt bei Strafe verboten worden, die Katakomben zu betreten. Der besagte Unfall, über den sich die halbe Stadt wahrscheinlich das Maul zerriss, hatte natürlich nicht stattgefunden, aber magische Katastrophen waren immer ein hervorragendes Mittel gewesen, um allzu neugierige Mitglieder seiner Kaste von etwas fernzuhalten.

Kein Magier ließ sich von Geistern, Elementaren oder gar Dämonen wirklich abschrecken, aber die Angst, seine Fähigkeiten zu verlieren, war bei jedem Zauberer derart ausgeprägt, dass er ‚Zonen astraler Verzerrungen' weiträumig mied. Und es war von absoluter Priorität, dass niemand außer ihm von dem erfuhr, was unter der Stadt vor sich ging. Jedenfalls im Moment.

Er hielt sich in der großen Kammer auf, in der vor wenigen Tagen das Portal erschaffen worden war. Aus der Welt, die am anderen Ende des kosmischen Tunnels lag, war ihm vom Erstgeborenen Unterstützung geschickt worden - in Form eines grotesken Wesens, dass Jadek nicht einmal aus Büchern kannte. Das Ding nannte sich selbst Goroth und bezeichnete sich als

Heerführer des Drachen, wer oder was auch immer dieser Drache sein mochte.

Die Kreatur sah aus wie eine Kreuzung aus einem Menschen und einem Norddrachen. Goroth maß beinahe fünf Schritt, sein muskulöser menschenähnlicher Körper war mit dunkel schimmernden Panzerplatten bedeckt, die wie Drachenschuppen aussahen. Sein Schädel hatte Ähnlichkeit mit einem Drachenkopf, das Gesicht wirkte jedoch auf beängstigende Weise menschlich. Aus seiner Stirn wanden sich zwei geschwungene Hörner und zwei mächtige Schwingen entfalteten sich aus den Schultern des unheimlichen Wesens.

Mittlerweile waren außer dem Heerführer noch andere Kreaturen durch das Portal nach Amras gekommen. Diese sahen Goroth sehr ähnlich, nur, dass sie mit ungefähr drei Schritt um einiges kleiner waren. Außerdem fehlten ihnen die Schwingen, so dass sie weitaus menschlicher wirkten als der Gigant.

Ein anderer wichtiger Unterschied für Jadek war, dass er diese Wesen durchaus einordnen konnte, auch wenn ihn die Erkenntnis um deren Herkunft zutiefst entsetzt hatte. Denn eigentlich galt jenes Volk, dass die Geschichtsschreiber Dak'harr nannten, seit Beginn des fünften Zeitalters als ausgestorben. Dennoch waren diese Kreaturen, die auch Drachenmenschen genannt wurden, jetzt hier in seinen Gewölben und Jadek schauderte angesichts dessen, was Goroth ihm prophezeit hatte.

Es würden noch weitaus mehr von ihnen kommen und auf Geheiß des Erstgeborenen gemeinsam mit den Magiern von Amras und den unheimlichen Laqhua die Völker des Nordens unterwerfen. Da der Erstgeborene höchstpersönlich ihm den mächtigen Drachenkrieger zur Seite gestellt hatte, zweifelte er nicht an den Worten des Dak'harr.

Dennoch fürchtete er sich insgeheim vor der Rückkehr eines

Volkes, dass seinerzeit von den Menschen so gut wie ausgerottet worden war. Zwar war er weit davon entfernt, die Entscheidungen und Pläne des Erstgeborenen in Frage zu stellen - **ER** war das mächtigste Wesen innerhalb der Schöpfung und **SEIN** Wissen überragte das aller Wesen, auch der sogenannten Götter - viel eher fürchtete er einen Verrat der Dak'harr.

Ein tiefer, brummender Ton und das Aufflackern des Portals riss ihn aus seinen Gedanken. In dem formlosen Wirbel manifestierten sich mehrere Schatten und Jadek musste seine ganze Konzentration darauf verwenden, das Tor aufrecht zu erhalten. Als die Gestalten schließlich hindurchgetreten waren, drei weitere Drachenmenschen, von denen einer in ein dunkelrotes Gewand gehüllt war, konnte er seine geistigen Fühler wieder aus dem Wirbel heraus nehmen. Der Drachenmensch in dem Gewand trat an ihm vorbei, ohne ihn zu beachten und verbeugte sich vor Goroth. Dieser nickte ihm kurz zu und wandte sich dann an Jadek.

„Der Tunnel ist instabil, wir müssen ihn von beiden Seiten stärken." Die Stimme des Heerführers klang wie ein fernes Donnergrollen, machtvoll und bedrohlich. „Der Drache wird Flammenmeister schicken, um das Tor auch von dieser Seite zu festigen, doch damit seine Krieger schneller den Weg hierher finden, muss das Tor größer und stärker werden."

„Und was können wir tun?" fragte Jadek. Er fühlte sich deutlich unwohl in der Nähe der gigantischen Drachenkreatur, schon allein weil er ihm praktisch als Aufpasser vor die Nase gesetzt wurde. Doch auch diese Entscheidung des Erstgeborenen musste er hinnehmen, wenngleich es ihn schmerzte, derart in dessen Gunst gesunken zu sein. Er würde sich in Zukunft weitaus mehr beweisen müssen.

„Es wird nicht ohne die Hilfe deiner Zauberer gehen, Jadek." antwortete Goroth grollend. „Wir werden deine und unsere

Pläne preisgeben müssen und es wird deine Aufgabe sein, fähige Gehilfen auszuwählen und Abweichler auszusortieren."

„Ich soll dem Hohen Rat erzählen, dass ich gedenke, Lengan mit Hilfe der Dak'harr anzugreifen?" erwiderte Jadek verwirrt.

„Genau das.", antwortete der Heerführer. „Erzähl ihnen meinetwegen, du wärst in den Weiten des Kosmos auf eine fähige Kriegerrasse gestoßen, die sich deinem Willen unterworfen hat. Ihr Menschen hört doch gerne Geschichten von eurer eigenen Macht und Größe. Solange sie glauben, wir wären hier, um Dir zu dienen, werden sie dir folgen."

Für einen kurzen Moment glaubte Jadek, einen Hauch von Zynismus in der Stimme des gewaltigen Drachenmenschen zu vernehmen, eine Regung die er bei dem Kriegsfürsten bisher noch nicht vernommen hatte und auch nicht für möglich gehalten hätte. Offensichtlich war der Gigant doch weitaus mehr als nur ein kraftstrotzendes Ungeheuer. Außerdem gefiel ihm die Wortwahl des Heerführers ganz und gar nicht.

„Dennoch wird es Misstrauen gegen diese Pläne geben.", erwiderte Jadek skeptisch. Und das war noch freundlich formuliert. Das Streben nach mehr Macht war in Amras zwar durchaus ausgeprägt, aber im Namen des Erstgeborenen und mit Hilfe einer eigentlich ausgestorbenen Rasse ganze Länder zu unterwerfen, würde mehr als nur ein paar kritische Fragen aufwerfen. Seine Expansionspläne waren dem Hohen Rat zwar durchaus bekannt und wurden grundsätzlich auch gefördert, doch über die Mittel und Wege herrschte noch ziemliche Uneinigkeit.

„Ich dachte, du wärst hier der Herrscher?" fragte Goroth misstrauisch. Der Riese schien tatsächlich etwas irritiert. „Befiehl ihnen einfach, dir zu folgen, wie es sich für einen Fürsten oder einen Mogul gehört."

„Das ist hier nicht ganz so einfach." antwortete Jadek. „Der Hohe Rat hat dennoch einen großen Einfluss und ohne seine

Zustimmung werde ich keinen Krieg führen können."

Goroth schüttelte verärgert den Kopf.

„Ich habe euch Menschen nie verstanden. Ihr betet zu Göttern, die euch nicht helfen, ihr habt Herrscher die nicht befehlen können, ohne Andere um Rat zu fragen. Wie, bei der Großen Mutter, ist es euch eigentlich gelungen, diesen Kontinent für euch zu unterwerfen?"

Jadek setzte zu einer Antwort an, doch der Drachenmensch brachte ihn mit einer herrischen Geste zum Schweigen.

„Einerlei. Dann werden wir halt Gerüchte über deine Kriegspläne streuen und uns umhören, wer arge Probleme damit zu haben scheint. Und wenn du dann offiziell deinen Plan dem Hohen Rat darlegst, sollten sämtliche namhaften Gegner die Stadt verlassen haben. Wie du das anstellst, ist mir gleich."

Jadek sah den Drachenmenschen völlig erstaunt an. Eine politische Intrige war so ziemlich das Letzte gewesen, was er von einem Koloss wie Goroth erwartet hätte. Anscheinend hatte er den Dak'harr tatsächlich vollkommen unterschätzt.

„Und wie genau soll ich innerhalb weniger Tage mehr als ein Dutzend Mitglieder des Hohen Rats verschwinden lassen, ohne dass es auffällt?" fragte Jadek missmutig. Goroth verlangte da ziemlich Unmögliches.

Der Drachenmensch zuckte jedoch nur mit den Achseln; eine Geste, die ziemlich grotesk aussah, angesichts eines fünf Meter großen Kriegers in einer mächtigen Panzerrüstung. Um das Ganze noch zu steigern, grinste der Kriegsfürst plötzlich breit, wenn auch nicht gerade fröhlich dreinblickend.

„Lass dir was einfallen, Mensch. Wer von uns beiden ist schließlich der Politiker? Dir werden schon Wege und Mittel bekannt sein, um unliebsame Gegenspieler aus dem Weg zu räumen. Wie sonst sollte ein Schwächling wie Du an die Macht gekommen sein?"

Jadek erstarrte angesichts der Beleidigung. Noch nie hatte jemand gewagt, so mit ihm zu sprechen. Doch er durfte diesem überraschend schlauen Riesen nichts antun. Schließlich war Goroth ein direkter Bote des Erstgeborenen und dieses ominösen Herrschers, den der Kriegsfürst nur den ‚Drachen' nannte.

Anstatt also dem Drachenmenschen Manieren beizubringen, funkelte er ihn nur böse an, machte auf dem Absatz kehrt und verließ eilig die Kammer mit dem Portal.

Kaum war Jadek verschwunden, verschwand das Grinsen auf Goroths Zügen und er wandte sich zu der Gestalt in der Robe um, die eben durch das Portal gekommen war und dem Disput schweigend und regungslos beigewohnt hatte.

„Sei gegrüßt, Fahdan, der Drache sei gepriesen in seiner Weisheit, dich zu mir zu schicken."

Der Angesprochene nickte kurz.

„Ehre dem Drachen." Seine Stimme war sanft und leise und passte nicht so recht zu seinem animalischen Äußeren. „Ich wurde gesandt, um das Tor zu stärken und um einige Probleme vor Ort zu lösen. Ich stehe dir zu Diensten, Kriegsherr!"

„Das ist gut.", antwortete Goroth, „auch wenn ich einem der Größten unter den Zauberern kaum Befehle zu erteilen vermag."

„Zuviel der Ehre, mein Freund, meine bescheidenen Künste liegen ganz in der Hand des Drachen.", sagte Fahdan.

Goroth nickte und warf einen Blick an Fahdan vorbei durch das Portal. Fast glaubte er, die gewaltige Pyramide zu sehen, auf welcher der Drache thronte und über sein Volk herrschte. Doch es war nur eine Erinnerung. Zu groß war die Distanz zwischen ihrer neuen Heimat und Akranos, das einst ebenfalls ihnen gehört hatte.

„Und deine Dienste werden dringend gebraucht, mein Freund. Das Tor ist instabil und dieser Mensch ist ein Risiko. Wir brauchen ihn, aber er vermag in seiner Einfältigkeit und seiner maßlosen Gier die Pläne des Meisters zu durchkreuzen."

„Dein Plan ist gut.", antwortete Fahdan. „und ich werde mich derer annehmen, die ihm im Wege stehen."

„Genau darum wollte ich dich bitten. Wir können es uns nicht leisten, dass eine Handvoll närrischer Menschen unsere Pläne durchkreuzt. Der Zorn des Drachen wäre fürchterlich." prophezeite Goroth.

Fahdan blickte ihn nachdenklich an.

„Wir werden nicht scheitern, Kriegsherr. Diese Stadt ist nur der Anfang. Wir haben Jahrtausende auf diesen Moment gewartet. Endlich können wir uns zurückholen, was uns gestohlen wurde. Und wenn wir das Portal erst einmal soweit gefestigt haben, dass Er hindurchtreten kann, wird nichts und niemand die erneute Herrschaft der Dak'harr anzweifeln können."

Mit diesen Worten wandte sich der Zauberer ab und verließ ebenfalls die Portalkammer. Mit jedem Schritt schrumpfte er ein wenig, seine Gestalt und seine Züge verschwammen und veränderten sich. Als er schließlich aus Goroths Sichtfeld verschwand, war Fahdan rein äußerlich nicht mehr von einem der Magier aus Amras zu unterscheiden. Der Gestaltwandler, der Assassine des Drachen, war angekommen und würde seine Arbeit verrichten.

Goroth lächelte böse und wandte sich wieder dem Portal zu. Erneut ertönte ein tiefes Brummen, die Ränder des Wirbels flackerten und vier weitere Gestalten traten hindurch. Sie alle waren in schwere Rüstungen gepanzert und trugen mächtige, archaische Waffen mit sich. Sie salutierten kurz vor ihrem Kriegsherrn und verschwanden schweigend in den Untiefen der Katakomben. Das Heer wuchs.

Finster dreinblickend und leise Flüche vor sich hinmurmelnd schritt Jadek die Stufen zum Eingang hinauf, der von einem

Dutzend Sternengardisten abgeriegelt worden war - die ebenfalls nicht wussten, was in den Katakomben geschehen war.

Und jetzt, grübelte Jadek, sollte er der ganzen Stadt doch erzählen, was dort unten vor sich ging. Genauso gut könnte er versuchen, seinen Untertanen ein Bündnis mit Baharna schmackhaft zu machen oder eine Wiedereingliederung in das benachbarte Lengan.

Als er oben ankam, salutierten die Gardisten respektvoll, doch er würdigte sie nicht einmal eines kurzen Blickes. Wortlos ging er an ihnen vorbei und bog nach wenigen Metern in einen Seitengang ein, der zur öffentlichen Bibliothek der Akademie führte. Hier begegnete er auch wieder anderen Menschen, die allesamt ehrfurchtsvoll (oder ängstlich?) zur Seite wichen und den Kopf neigten. Doch auch das merkte Jadek nicht, denn immer noch hing er seinen finsteren Gedanken nach.

Zuerst hatte die Unfähigkeit seiner Leute in Kylaria seine Pläne empfindlich gestört und dann hatte der Erstgeborene ihm das Vertrauen entzogen, indem er ihm diesen Drachenkrieger vor die Nase gesetzt hatte, der sich sogar erdreisten konnte, ihm, dem Magiermogul von Amras, Befehle und Anordnungen zu erteilen.

Doch er würde seinem Meister beweisen, dass er würdig war, das Reich der Magier in eine neue Zeit zu führen und dann würde auch dieser Goroth sein Haupt vor ihm neigen müssen. Allerdings war da dann immer noch dieser mysteriöse Drache, dem Goroth diente. Welchen Platz in der Hierarchie sollte er einnehmen, von dem Jadek mittlerweile fest überzeugt war, dass er der Herrscher der Dak'harr sein musste. Welche Rolle hatte der Erstgeborene für dieses Wesen ersonnen?

In seine Grübeleien versunken, bemerkte Jadek die Gestalt erst, als sie unmittelbar neben ihm stand. Unwillkürlich zuckte er zusammen, ein Zeichen von Unachtsamkeit und Schwäche, was ihn ärgerte und was er sich als Herr der Stadt nicht leisten konnte.

„Verzeiht, Herr, ich wollte euch nicht stören.", sagte die Gestalt mit einem leichten Lächeln auf dem Gesicht. Erst jetzt erkannte Jadek den Mann. Es war Talamar Lammath, der Zwillingsherrscher der Sathari. Der Mann war der Schattenkunst ebenso mächtig wie er selbst und vermochte sich beinahe lautlos und unsichtbar in der Dunkelheit bewegen.

Jadek hatte sich die Loyalität der Sathari gesichert, indem er dem gejagten Orden Asyl in den Mauern von Amras gewährt hatte, doch er war sich nicht sicher ob er diesen Männern und Frauen, die keine weltlichen Herrscher akzeptierten und nur dem Ruf der Stärke folgten, hundertprozentig trauen konnte. Nur mühsam konnte er sich zu einem Lächeln zwingen.

„Ihr stört nicht, Darath der Schatten, was kann ich für euch tun?" fragte er und war selbst erstaunt, wie leicht er seine diplomatische Sicherheit zurückgewonnen hatte. Jahrelanges Intrigieren zahlte sich anscheinend doch in der Politik aus.

„Oh, nichts Besonderes.", antwortete Talamar. „Der Bruderschaft ist lediglich zu Ohren gekommen, dass sich in den Katakomben ein magischer Unfall ereignet hat und wir wollten - als Gegenleistung für die großzügige Aufnahme - unsere Hilfe bei der Lösung dieses Problems anbieten. Sofern es unserer bescheidenen Hilfe überhaupt bedarf."

Der Großmeister lächelte unverbindlich und Jadek musste eingestehen, dass er hier auf einen gleichwertigen Diplomaten getroffen war. Niemand hatte den Orden der Sathari offiziell informiert und dass sie sowohl von den Katakomben als auch von dem Unfall wussten, war für Jadek Beweis genug, dass sie bereits bestens über die Ereignisse in der Stadt informiert waren. Ein Umstand, den er liebend gern so lange wie möglich vermieden hätte.

Zudem stand er jetzt vor einem Problem: Schlug er das

Angebot des Sathari aus, so würde der Orden erst recht misstrauisch werden und wahrscheinlich auf eigene Faust Nachforschungen anstellen. Nahm er die Hilfe Lammaths jedoch an, so erfuhren ausgerechnet seine unberechenbarsten Verbündeten als Erste von seinen Plänen mit den Dak'harr. Früher oder später würden die Sathari aber ohnehin Bescheid wissen, was unter der Stadt vor sich ging. Und dann würde sich zeigen, wie groß ihre Loyalität wirklich war und ob sie bereit waren, für ihren Beschützer auch in den Kampf zu ziehen. Doch vorerst versuchte er es mit einem Mittelweg.

„Euer Angebot ehrt mich, Talamar, doch zurzeit sehe ich keine Möglichkeit, die Hilfe Eures ehrwürdigen Ordens sinnvoll nutzen zu können. Ohnehin wird das Problem bald gelöst sein und ich werde bekannt geben können, was vorgefallen ist."

Er machte eine kurze Pause und sah den Sathari forschend an. Der jedoch ließ sich seine Regung nicht anmerken und lächelte nur weiter sein belangloses Lächeln. Wahrlich ein würdiger Gegner, dachte Jadek anerkennend. Dann fuhr er fort.

„Ohnehin wird sich die halbe Stadt jetzt schon das Maul zerreißen, was wohl Schreckliches geschehen sein mag. Sie werden enttäuscht sein, wenn sie erfahren, wie belanglos das Unglück eigentlich ist."

Talamar Lammath lachte pflichtschuldig.

„Da mögt Ihr recht haben, mein Herr. In diesem Fall unterscheiden sich Magier wohl kaum von normalen Bürgern und Bauern. Klatsch und Tratsch ist überall gleichsam verbreitet."

Jadek nickte zustimmend.

„Dann verzeiht noch einmal die Störung, Meister Jadek." fuhr Talamar höflich fort. „Ich will Euch nicht weiter aufhalten. Und falls Ihr dennoch die Hilfe der Sathari benötigen solltet, wisst ihr ja, wo ihr die Bruderschaft finden könnt."

„Ich danke Euch für Euer Angebot und werde sicherlich darauf zurückkommen, sofern Bedarf besteht." antworte Jadek. Talamar nickte kurz, deutete eine Verbeugung an und verabschiedete sich förmlich vom Herrn der Stadt. Dann wandte er sich ab und verschwand in die Richtung, aus der Jadek eben gekommen war.

Misstrauisch blickte der Magiermogul von Amras dem Darath der Schatten hinterher. Er konnte sich nicht helfen, aber irgendwie vermutete er, dass er in nächster Zeit besser ein Auge auf die Dunkle Bruderschaft werfen sollte.

Kaum, dass der Herr der Stadt außer Sichtweite war, tauchte Talamar wieder in die Schatten ein, die in den verwinkelten Gängen zuhauf zu finden waren. Nur wenig Sonnenlicht drang durch die kleinen Glasfenster, so dass der Darath der Schatten sich völlig unbemerkt von allen Anwesenden durch das Gebäude bewegen konnte. Nur ein Magier wie Jadek, der ebenfalls die Schattenkunst gemeistert hatte, wäre in der Lage gewesen, ihn zu erblicken - und selbst dann nur, wenn er gezielt nach ihm suchen würde.

Talamar hatte sofort gemerkt, dass der Magiermogul von Amras abwesend und ungehalten gewesen war. Irgendetwas beschäftigte den Schattenmagier und es hatte zweifellos mit den Geschehnissen in den Katakomben unter der Stadt zu tun. Und da Jadek ihm nicht ganz zu trauen schien, musste er selbst einmal nachschauen, was dort so vor sich ging. Ein Spaziergang für jemanden, der sich nahezu unsichtbar in der Dunkelheit fortbewegen konnte.

Nach wenigen Minuten erreichte er den Eingang in die Katakomben. Die Treppe wurde zwar gut bewacht, doch keiner der Sternengardisten wäre in der Lage gewesen, ihn überhaupt wahrzunehmen. Mit Leichtigkeit schlüpfte er an den Wächtern vorbei, wobei er sich nur wenige Zentimeter entfernt von einem der Männer an der Wand entlang schob. Doch keiner der Männer bemerkte ihn, ganz so, wie er es erwartet hatte.

Er war ein Meister seines Fachs und schon in ganz andere, angeblich bestens bewachte, Gebäude eingedrungen. Eines der spektakulärsten Attentate der letzten zwanzig Jahre hatte ihm schließlich zu seinem Rang als Herrscher der Sathari verholfen. Seit jener legendären Nacht war das Fürstenhaus von Scorath, an der südlichen Nebelmeerküste von Cathuria gelegen, ohne Erben. Bis heute rätselten Garde und Magierschaft, wie es dem Attentäter wohl gelungen sein mochte, an einer halben Hundertschaft Wachen und diversen magischen Sicherungen vorbei zu kommen.

Und nicht nur deswegen war Talamar Lammath, Zwillingsherrscher der Sathari, einer der meistgesuchten und gefürchtetsten Männer des Kontinents.

Schnell hatte er die Wachmannschaft hinter sich gelassen und drang tiefer in die spärlich beleuchteten Gänge und Hallen vor. Die Katakomben stammten aus der Gründerzeit der Stadt und hatten eine zweifelhafte Vergangenheit.

Amras war schon immer eine Stadt der Zauberei gewesen, doch bevor die Metropole von Lengan annektiert worden war, hatte hier eine ziemliche Zügellosigkeit geherrscht, was Moral und Gewissenhaftigkeit anging. Über die Experimente, die in den Hallen unter Stadt durchgeführt worden waren und auch über diverse magische Praktiken schwiegen die heutigen Stadthistoriker gerne.

Folter, chimärologische Versuche und Dämonenbeschwörung waren hier unten an der Tagesordnung und das Blut vieler Unschuldiger war seinerzeit in dem groben Gestein der Katakomben versickert. Auch über die wüsten Orgien zu Ehren lüsterner und blutrünstiger Götzen und Dämonen würde man in den Chroniken der Stadt keine Zeile zu lesen finden.

Mit der Eingliederung in das altehrwürdige Lengan wurde Amras von Grund auf umgekrempelt und die Katakomben gesäubert und verriegelt. Nach der erneuten Unabhängigkeit der Stadt waren die Katakomben der Stadt zwar wieder geöffnet worden, doch waren sie nur wenigen Ratsmitgliedern zugänglich. Einfachen Magiern, normalen Bürgern und Gästen der Stadt war der Aufenthalt hier unter schwerer Strafe verboten.

Das hatte Talamar und andere Schattenmeister der Sathari jedoch nicht davon abgehalten, sich hier unten ausgiebig umzuschauen. Und Jadek hätte eigentlich auch klug genug sein müssen um zu wissen, dass er diesen Teil der Stadt nicht lange vor seinen neuen Verbündeten geheim halten konnte. Zumal es auch keinen Grund gab, irgendetwas geheim zu halten, denn im Großen und Ganzen waren die Katakomben der Stadt ziemlich unspektakulär: Ein Labyrinth aus Gängen und Räumen mit geschichtsträchtiger Vergangenheit aber nur noch wenigen Relikten aus alten Zeiten.

Einige Bereiche waren dauerhaft versiegelt worden, hier und da sogar einfach nur zugemauert. Nicht sehr subtil aber überaus effektiv, denn selbst ein Darath der Schatten vermochte nicht durch massive Wände zu gehen.

Mit raschen Schritten stieg er eine weitere Treppe hinab, die spiralförmig in die Tiefe führte. Er hatte hier unten nicht mit Menschen gerechnet, deswegen stieß er beinahe mit einer Gestalt zusammen, die ihm von unten entgegenkam.

Hastig presste er sich an die Wand und versank ganz in der spärlich beleuchteten Finsternis. Der Andere, ein Mann in der Robe eines Ratsmitglieds ging an ihm vorbei, ohne ihn zu bemerken.

Talamar wollte sich schon wieder aus den Schatten hervorwagen und weiter hinunter steigen, als der Mann plötzlich stehen blieb. Talamar erstarrte.

Der Magier drehte sich auf der Treppenstufe um und blickte ziemlich genau in seine Richtung. Der Schattenmeister konnte das Gesicht des Mannes nicht gut erkennen, denn es war unter einer roten Kapuze verborgen. Einige Sekunden lang blickte der Magier direkt zu ihm herüber, schien ihn aber nicht zu sehen. Dann legte er den Kopf schief und sog auffällig laut Luft durch die Nase ein.

Talamar blickte den Mann verdutzt an, blieb aber weiter regungslos in den Schatten verborgen. Wenn der Andere kein Schattenmagier war, *konnte* er ihn gar nicht sehen.

Es schien eine Ewigkeit zu dauern, die der Magier in die Schatten starrte und etwas darin suchte. Dann kam ein seltsamer Zischlaut über seine Lippen, der wie ein Wort klang, dass nicht für Menschenzungen gedacht war. Dann zuckte er mit den Schultern, wandte sich ab und ging die Treppe hinauf.

Talamar wartete fast eine Minute, bis er es wagte, sich wieder zu bewegen. Der Magier hatte ihn irgendwie gespürt, was an sich schon ziemlich ungewöhnlich war. Aber vielleicht war er auch nur unvorsichtig gewesen, weil er hier unten nicht mit Menschen gerechnet hatte.

Viel verstörender war das auffällige Schnüffeln und das seltsame Geräusch, das der Zauberer von sich gegeben hatte. Fast, als hätte er etwas gewittert, aber die Fährte wieder verloren.

Ihm schauderte, als er an das unheimliche Geräusch zurückdachte, das wie ein fremdartiges Wort geklungen hatte. Gleichzeitig hatte es seine Neugier geweckt. Was mochte dort unten vorgehen, wenn derart seltsame Gestalten hier ein und aus gingen und was wollte Jadek vor dem Rest der Stadt geheim halten?

Mehrere Minuten wanderte er durch die Gänge und Hallen der Katakomben, ohne ein weiteres Anzeichen von Leben zu finden. Dann jedoch nahmen seine scharfen Sinne ein ganz leichtes Vibrieren und ein leises Brummen wahr.

Talamar bog in einen der Seitengänge ab, der weiter abwärts führte. Das monotone Brummen wurde lauter und das

Vibrieren war nun deutlich zu spüren. Eine schmale Treppe führte schließlich schräg in die Tiefe und was er am Fuß der Treppe sah, verschlug ihm die Sprache.

Der Raum war nahezu rund und maß im Durchmesser etwa zwanzig Schritt. Ein dunkelrotes Leuchten erfüllte den Raum, er konnte jedoch keine Lichtquelle ausmachen. Im Zentrum der ansonsten leeren Halle waberte ein dunkler Riss in der Realität, von einem angedeuteten Torbogen begrenzt. Der Bogen flackerte und in dem Riss zeichnete sich ein Wirbel ab.

Doch viel mehr als das magische Portal, um das es sich ganz offensichtlich handelte, erschütterte Talamar die Gestalt, die davor kniete.

Ein Ungetüm von sicherlich fünf Schritt Höhe und von annähernd menschlicher Gestalt. Der Schädel war der eines Drachen und ein Paar lediger Schwingen entfaltete sich aus seinen Schultern. Der Oberkörper war in massive Plattenpanzer gehüllt und in seiner Linken trug das Wesen eine mächtige Axt, die länger war als ein aufrecht stehender Mensch.

Das Ungetüm schien leise Worte zu murmeln, die Talamar nicht verstehen konnte. Es war eine Sprache, die es auf dieser Welt nicht gab, denn auch seine magischen Fähigkeiten vermochten das monotone Kauderwelsch nicht zu entschlüsseln. Sie glich jedoch auf erschreckende Weise dem verstörenden Zischlaut, den der Mann auf der Treppe ausgestoßen hatte.

Lautlos drückte er sich an die Wand und näherte sich langsam dem unheimlichen Szenario. Je näher er kam, desto mehr wurde ihm bewusst, dass die Kreatur eine Art Beschwörung rezitierte, denn obwohl er den Sinn der Worte nicht verstand, erkannte er dennoch, dass sich die Laute regelmäßig wiederholten.

Was, bei allen Dämonen der Außenwelt, tat dieses Ding dort? dachte er gerade, als er auch schon eine Antwort bekam.

Der Wirbel in dem Portal wurde stärker, doch es war kein Sog, wie er insgeheim erwartet hatte, sondern es schien, als würde ihm ein heftiger Wind entgegen wehen. Dann erschienen wie aus dem Nichts zwei rot leuchtende Augen in dem Wirbel, die ausdruckslos auf den unheimlichen Drachenkrieger blickten. Und plötzlich konnte Talamar verstehen, was das Wesen sprach.

„Herr und Meister, ich bin geehrt, Eure Anwesenheit spüren zu dürfen." Die Stimme des Ungetüms klang bedrohlich und machtvoll, doch zugleich war sie von einer gewissen Angst erfüllt. Lange Zeit geschah gar nichts.

Und als das Wesen in dem Wirbel antwortete, glaubte der Sathari, von einem Orkan erfasst zu werden. Die Macht, die von dieser Präsenz ausging, erschien ihm wie die eines Gottes.

„Wie lange werde ich noch warten müssen, Goroth?"

Wie Donnerschläge hallten die Worte des Wesens durch die Katakomben und Talamar konnte den Impuls, sich die Ohren zuzuhalten, nur schwer unterdrücken. Auch der mächtige Krieger am Portal zuckte zusammen. Es dauerte auch einige Sekunden, bis das Drachenwesen antwortete.

„Das Portal verlangt mehr Magie als befürchtet, oh Herr. Ich schätze, wir werden ohne die Zauberer der Menschen nicht genug Energie aufbringen, um es so zu festigen, dass ihr in Eurer Größe und Herrlichkeit hindurchtreten könnt." Der Drachenkrieger war mittlerweile so tief in die Knie gegangen, dass er schon fast auf dem Boden lag, und seine Stimme war derart unterwürfig, wie die eines Sklaven im Angesicht seines Königs.

Talamar verachtete derart kriecherisches Gehabe, doch kam er nicht umhin, dem Wesen auf der anderen Seite eine enorme Macht zuzusprechen. Auch in ihm war für den Bruchteil einer Sekunde der Wunsch entstanden, nieder zu knien, als er die Stimme des Wesens vernommen hatte.

„Es darf nicht scheitern. Du haftest mit deiner Seele für den Tunnel, Kriegsherr. Ich habe Jahrtausende gewartet und ich werde diese Welt erneut betreten. Und wenn es sein muss, auch mit der Hilfe dieser kurzlebigen Glatthäute. Und wenn dieser Mensch Jadek Unsere Pläne zu durchkreuzen versucht, vernichte ihn."

Der angesprochene Kriegsherr nickte unterwürfig und kroch ein Stück von dem Portal zurück, so dass Talamar jetzt komplett freien Blick auf den Wirbel und die darin lodernden Augen hatte. Was er spürte, als er direkt in die Augen sah, ließ ihn erschaudern.

Ungezügelte Macht und ein nahezu grenzenloser Hass schlugen ihm entgegen. Beinahe fürchtete er, einem der gefürchteten Fürsten der Außenwelt gegenüber zu stehen. Starr vor Schreck vermochte er sich nicht mehr zu bewegen. Dann sprach das Ding in dem Wirbel weiter.

„Die Zeit der Menschen ist abgelaufen und das Volk der Dak'harr soll erneut über Akranos herrschen. Welch Ironie, dass ausgerechnet ein Menschenreich den Untergang seiner ganzen Rasse einleiten wird"

Ein dröhnendes Lachen erfüllte die Katakomben, so laut, dass man es selbst oben in der Stadt hätte hören müssen.

„Und um dich bei deiner Aufgabe zu unterstützen, werde ich dir weitere Flammenmeister schicken. Sie werden das Portal festigen, gemeinsam mit diesen erbärmlichen, nichtsahnenden Menschenzauberern. Und wenn es soweit ist, werde ich das Tor ganz aufstoßen und der Sturm mag beginnen. Und für Jadek hoffe ich, dass er alsbald den Schlüssel bringt. Denn ansonsten ist er für unsere Pläne belanglos."

„Bevor ihr geht, großmächtiger Drache, erlaubt mir eine Frage." sagte der Kriegsherr, den das Ding in dem Wirbel eben Goroth genannt hatte.

„Sprich!"

„Wieso unterhalten wir uns in der Zunge der Menschen? Ich weiß, Ihr seid aller Sprachen dieser Welt mächtig, doch ich bin verwundert."

Talamar erstarrte. Deswegen also konnte er die beiden seltsamen Wesen plötzlich verstehen. Sie hatten seine Sprache gesprochen, ohne dass er sich dessen bewusst gewesen war. Irgendetwas hatte seinen Geist ziemlich verwirrt. Oder irgendjemand. Voller Entsetzen sah er zu dem Wirbel hinüber. Wusste das Ding etwa…?

In diesem Moment blickten die Augen auf und sahen ihn direkt an. Und er spürte sofort, dass das Ding auf der anderen Seite ihn so gut sehen konnte, als würde er im gleißenden Sonnenlicht stehen. Als die Augen des Drachen (so hatte Goroth seinen Herrn eben genannt) auf ihm ruhten, war er vollkommen hilflos. Das Ding blickte in seine Innerstes, las mühelos seine Gedanken und krempelte sein ganzes Bewusstsein in Sekundenbruchteilen um.

„Nun, Goroth, wahrscheinlich, weil wir nicht ganz unbeobachtet sind." dröhnte die Stimme des Drachen. *„Und unser Gast sollte doch schließlich mithören können, alles andere wäre unhöflich gewesen"*

Der Drachenkrieger wirbelte herum und sah in die Richtung, wohin auch sein Meister blickte, doch schien er nichts zu sehen.

„Talamar Lammath, Herrscher der Sathari, du wirst mir dienen oder hier und jetzt dein jämmerliches Leben aushauchen!" fuhr der Drache donnernd fort.

Alles in dem Sathari krampfte sich zusammen, instinktiv schottete er sich gegen die magische Attacke ab, die nun folgen würde.

Was dann über ihn herein brach, übertraf alles, was er jemals erlebt hatte. Eine Flutwelle hypnotischer Energien strömte auf ihn zu und warf ihn nieder. Wahnsinn erfasste seine Gedanken, grausige Visionen und scheußliche Zerrbilder umspülten seinen Geist und brandeten gegen die ächzenden Schutzwälle seiner Wahrnehmung. Taumelnd stürzte er in einen Strudel aus Angst und Alpträumen, der erbarmungslos an seinem Verstand riss und zerrte. Der Schatten, der stets sein Verbündeter gewesen war, wandte sich gegen ihn und drohte ihn zu verschlingen. Ein kreischendes Orchester verlorener Seelen, all jene denen er den Tod gebracht hatte, dröhnte in seinem Schädel und er glaubte Blut aus seinen Ohren sickern zu spüren.

Aber gerade dieser Schmerz bewahrte ihn davor, den Verstand zu verlieren.

Nur unter Aufbietung seiner letzten Kräfte gelang es ihm, sich aus dem Griff des Irrsinns zu befreien. Mit einem animalischen Schrei schleuderte er die Magie zurück auf das Portal mit den beiden lodernden Augen.

Das Ding auf der anderen Seite schrie überrascht auf. Nicht wirklich getroffen, aber irritiert, dass ein Sterblicher es geschafft hatte, seinen Angriff abzuwehren.

„TÖTE IHN!!"

Das hasserfüllte Gebrüll des Drachen lies die Katakomben erbeben, doch der völlig verwirrte Goroth schien Talamar immer noch nicht wahrzunehmen. Der Darath der Schatten nutzte diesen Bruchteil einer Sekunde, in dem der Drache seine Konzentration verlor und befreite sich endgültig aus seinem hypnotischen Würgegriff.

Das Ding jenseits des Wirbels schrie wütend auf, doch Talamar konnte sich rechtzeitig abschotten, bevor die Magie des Ungeheuers wieder über ihn hereinbrach. Erneut brandete eine Woge unglaublicher Macht heran, doch dieses Mal umspülte sie ihn nur, anstatt ihn hinfort zu reißen.

Als die Welle abgeklungen war, entsandte er einen Impuls reiner Schattenmagie auf das Portal. Der Torbogen begann unheilvoll zu flackern und Goroth schrie erschrocken auf. Auch der Drache brüllte überrascht und zog seine Magie augenblicklich von Talamar zurück, um das Portal zu schützen. Diesen Moment nutzte der Sathari, um sich erneut in den Schatten zu verkriechen und ergriff die Flucht nach oben.

Als er die Treppe erreicht hatte und aus dem Sichtfeld der unheimlichen Augen entschwunden war, hallte ein zorniger Schrei durch die Katakomben, so machtvoll wie das Gebrüll eines wütenden Gottes.

Ein Schrei, der ihn noch viele Nächte in seinen Träumen verfolgen sollte.

Drei Stunden nach seiner heillosen Flucht aus den Katakomben unter der Stadt hatte Talamar Lammath nicht nur seine Ruhe und Fassung wiedergefunden, sondern auch den kompletten inneren Zirkel der Sathari um sich versammelt.

Dem inneren Zirkel gehörten die fünf mächtigsten und weisesten Sathari an, die der Orden aufzubieten hatte. Dazu gehörten neben ihm selbst und seiner Zwillingsherrscherin Laîra Tua-Rendaar noch der Großmeister der Schatten Mendos und der Großmeister der Klingen Salman. Die Fünfte im Bunde war eigentlich die Seherin Hepahnir, die jedoch nur noch selten klare Momente hatte und somit von solchen Treffen weitestgehend ausgeschlossen wurde. Ihre Visionen waren von großer Bedeutung, doch abgesehen davon war sie nicht mehr zu viel zu gebrauchen.

Talamar bedauerte dies, denn vor ihrer fortschreitenden geistigen Umnachtung war Hepahnir eine stets vorausschauende Beraterin für die Herren des Ordens gewesen.

Die vier Sathari hielten sich in Talamars Privatgemächern auf und waren in eine sorgenvolle Debatte vertieft. Der Großmeister hatte den Zirkel grob über die Ereignisse in den Katakomben informiert und nun galt es, für den Orden der Sathari die notwendigen Schlüsse zu ziehen.

„Was genau wissen wir über diese Dak'harr?" fragte Mendos gerade. Talamar blickte kurz zu seiner Geliebten, die ihm wortlos zunickte und sich langsam und grazil erhob. Während sie zu einer Landkarte schritt, begann sie bereits zu erzählen.

„Das Volk der Dak'harr, von einigen Chronisten auch einfach Drachenmenschen genannt, existierte wahrscheinlich schon seit dem zweiten Zeitalter auf Akranos, also noch vor den Rantazil und sehr lange vor den Menschen. Im dritten Zeitalter wurden sie zur beherrschenden Rasse des Kontinents und es gelang ihnen, gemeinsam mit den hohen Drachenvölkern, das Insektenvolk aus den Säulen des Nordens auszurotten. Im vierten Zeitalter herrschten die Dak'harr vom Süden Thalarions bis hin zu den Säulen des Nordens über die uns bekannte Welt. Das heutige Lengan mieden sie, wohl aus Angst vor dem mittlerweile ebenfalls verschwundenen Steinvolk."

Laîra hatte die Landkarte erreicht und deutete auf den Fluss Elt, der noch heute die natürliche Grenze zwischen Cathuria und Lengan bildete.

„Jenseits des Elt konnten die Dak'harr niemals richtig Fuß fassen, doch als sie erfuhren, dass die Steinmenschen verschwunden waren und dafür ein kleines, schwaches Volk sich auf dieser Seite des Flusses breitgemacht hatte - die Haghad - beschlossen ihre Herren, auch diesen Teil der Welt zu unterwerfen. Doch die Haghad waren damals noch mächtige Zauberer und wussten sich gegen die Truppen der Drachenmenschen zu wehren. Die Dak'harr wurden zurückgeschlagen und bevor sie erneut in den Krieg ziehen konnten, wurden sie im Süden von den Ybb'lith angegriffen. Angeführt von ihrem Halbgott Tsatoth trugen die Amphibienwesen aus dem Meer der Dämmerung den Krieg bis nach Ningâri, der Hauptstadt der Dak'harr. Nur die versammelte Macht der Gottgesandten, die damals herrschende Magierkaste der Drachenmenschen, konnte den Angriff zurückschlagen und es gelang ihnen sogar, den schlangenhäuptigen Tsatoth gefangen zu nehmen. So sicherten sie sich die Frondienste der Ybb'lith und zwangen deren Meister dazu, mit ihnen in den Krieg gegen die Haghad zu ziehen.

Mit Hilfe der Magie des Halbgottes konnten die Dak'harr den Elt überqueren und bis zu den Tanarischen Bergen vordringen, die das Zentrum des Haghad - Reiches bildeten. Doch in der letzten Schlacht verriet Tsatoth seine Peiniger. Die Ybb'lith wandten sich gegen die Dak'harr und Tsatoth selbst vernichtete die gesamte Herrscherkaste der Gottgesandten."

Laîra machte eine kurze Pause, um die Informationen sacken zu lassen. Sie selbst hatte dies in den letzten zwei Stunden aus diversen Chroniken zusammengetragen, einiges hatte sich auch noch aus ihrer Lehrzeit gewusst. Als sie sah, dass ihr alle noch folgen konnten, fuhr sie fort.

„Das Volk der Dak'harr war besiegt und ihre Herren waren vernichtet. Von nun an führten die Hohepriester die Drachenmenschen, doch aus den Dak'harr wurde ein Volk von Bauern und Jägern. Die große Ära der Krieger war vorbei. Dennoch herrschten sie noch mehrere Jahrhunderte über das Kernland von Akranos.

Zum Ende des Vierten Zeitalters jedoch erschienen die Menschen auf der Bildfläche und errichteten im Süden ihre ersten Städte. Anfangs lebten Menschen und Dak'harr noch friedlich nebeneinander, doch das Volk der Menschen wuchs rasend schnell und brauchte immer mehr Lebensraum.

Nun, das Ende vom Lied ist kaum verwunderlich: es kam zu einem Krieg, bei dem die Menschen das Volk der Dak'harr immer weiter nach Norden zurückdrängten. Am Fuß der Säulen des Nordens kam es zu einer großen Entscheidungsschlacht, bei der das Volk der Dak'harr komplett ausgelöscht wurde. Jedenfalls dachte man das bis heute…"

Sie hatte ihren kurzen Vortrag beendet, umrundete den Tisch und nahm sich eine Karaffe Rotwein und einen Kelch, bevor sie sich wieder auf das Sofa neben Talamar setzte. Der Darath der Schatten warf seiner Geliebten einen dankbaren Blick zu und schaute dann erwartungsvoll in die Runde.

Der Klingenmeister Salman ergriff zuerst das Wort.

„Nun, wie es scheint, sind die Dak'harr doch nicht so ausgerottet, wie es geschrieben steht. Und wenn ich den Worten des Darath Glauben schenken kann, werden sie von einem Wesen angeführt, dass an Macht einem der Himmlischen gleichkommt."

„Irgendwie müssen einige von ihnen den Krieg damals überlebt haben und in eine andere Welt geflohen sein." sagte Mendos. „Ansonsten würden sie jetzt kein magisches Portal benötigen, um wieder hierher zu kommen."

„Die Frage, woher sie kommen, ist im Grunde unwichtig." sagte Talamar. „Wichtig ist nur, was wir gegen sie machen. Und wie dieser verblendete Jadek zu den Plänen dieses Drachen steht."

„Das Jadek einen Krieg führen will, ist ja nun nichts Neues." wandte Laîra ein. „Es stellt sich nur die Frage: ist er so vermessen zu glauben, dass er die Dak'harr und ihren Herrn unter Kontrolle hat oder ist er in die Pläne des Drachen eingeweiht und nimmt die Rückkehr eines zornigen und rachsüchtigen Volkes billigend in Kauf?"

„In beiden Fällen dürften wir kaum etwas erreichen." meinte Mendos mürrisch. Die anderen blickten ihn fragend an.

„Nun", begann der Schattenmeister. „wenn Jadek glaubt, er hat die Drachenmenschen unter Kontrolle, wird er uns bestenfalls ob unserer Bedenken auslachen. Schlimmstenfalls können wir unsere neu gewonnene Sicherheit hier gleich wieder aufgeben." Mendos machte eine kurze Pause. „Und wenn Jadek so verrückt ist, den Dak'harr Einlass in unsere Welt zu gewähren, obwohl sie einen derartigen Hass auf unser Volk haben, dann machen wir uns zu seinen Feinden und können froh sein, wenn er uns nicht an dem nächsten Baum aufknüpft."

„Zumindest wissen wir jetzt jedenfalls, was die Prophezeiung der alten Hepahnir zu bedeuten hatte." warf Laîra ein. „Die Frage nach dem alten, vergessenen Volk und dem Drachen dürfte sich jetzt erübrigt haben."

„Also sind uns die Hände gebunden und wir können zusehen, wie dieser Irre den Dak'harr den Weg zu ihrer Rache ebnet?" fragte Salman erbost.

„Offiziell werden wir gar nichts machen.", sagte Talamar. „Jadek wird früher oder später seine Pläne bekannt geben müssen und die Anwesenheit der Drachenmenschen wird nicht unbemerkt bleiben. Dann werden wir abwarten, wie der Hohe Rat die Sache sieht und sollte er den Mogul unterstützen, dann werden wir uns auch offiziell auf eine Seite schlagen müssen. Aber bis dahin werden wir nicht untätig sein."

Die drei anderen Sathari sahen ihren Herrn erwartungsvoll an.

„Ich will jedes Mitglied der Bruderschaft in Amras haben.", fuhr der Darath der Schatten fort. „Die geballte Macht der Kinder Satharis wird vor Ort sein, wenn Jadek seine neuen Verbündeten vorstellt. Und wenn es zum Schlimmsten kommt, werden wir den Magiermogul seines Amtes entheben und selbst das Zepter hier in die Hand nehmen müssen."

Die Anderen lächelten zufrieden. Schon lange hatte es kein Reich mehr unter der Herrschaft der Sathari gegeben. Es war wieder einmal an der Zeit.

Menac Jadek schäumte vor Wut. Hatte er bis vorgestern geglaubt, dass sich seine Laune angesichts diverser Misserfolge und Demütigungen kaum noch verschlechtern ließe, so hatte ihn ein erneuter unerklärlicher Zwischenfall eines Besseren belehrt.

Irgendetwas war vor zwei Tagen in den Katakomben vorgefallen, kaum dass er nach seiner Unterredung mit Goroth von dort verschwunden war. Doch der Kriegsherr der Dak'harr schwieg sich beharrlich dazu aus, obwohl es nicht zu leugnen war. Die halbe Stadt hatte das unheimliche Brüllen und Toben mitbekommen, dass aus den Katakomben nach oben gedrungen war und dies hatte dazu geführt, dass er sofort eine Erklärung hatte verbreiten lassen müssen, um eine Panik zu verhindern.

Und so hatte in den folgenden Stunden die Nachricht die Runde gemacht, ein mächtiger Dämon habe sich in den Katakomben eingenistet und sei nun aber von den Zauberern der Akademie aufgehalten und verbannt worden. Dem einfachen Volk konnte er eine solche Lüge mühelos auftischen, doch dem Hohen Rat würde er jetzt etwas Anderes erzählen müssen. Denn die Anwesenheit eines Dämons, der die ganze Stadt zusammen brüllen konnte, wäre keinem der Zauberer verborgen geblieben.

Und selbstverständlich hatte der Hohe Rat nach diesem Vorfall sofort eine Sondersitzung einberufen und ihn als Herrn und Beschützer der Stadt herbeizitiert, um eine vernünftige Erklärung abzugeben. Und von dieser Erklärung hing nun alles ab.

Zähneknirschend musste der Magiermogul dem Kriegsherrn der Dak'harr Recht geben. Es wäre deutlich einfacher, wenn er seinen „Kollegen" schlichtweg befehlen könnte, ihm zu folgen, anstatt sich für seine Pläne jedes Mal vor einem Haufen Bürokraten rechtfertigen zu müssen. Verfluchte Demokratie, dachte er.

Der Sitzungssaal hatte sich alsbald bis auf den letzten Platz gefüllt und als das allgemeine Gemurmel sich langsam legte und sich die meisten Blicke ihm zuwandten, erhob sich der Magiermogul von seinem Stuhl und blickte erwartungsvoll und bedächtig in die Runde. Als er sich auch der ungeteilten

Aufmerksamkeit des letzten Anwesenden sicher sein konnte, begann er:

„Geschätzte Mitglieder des Hohen Rates, werte Kollegen! Jedem dürfte der Grund unserer spontanen Zusammenkunft geläufig sein und so will ich mich nicht damit aufhalten, die Gerüchte und das Geschwätz des Volkes hier auszubreiten."

Jadek warf einen kurzen Blick in die Runde und erntete hier und da zustimmendes Gemurmel oder ein Nicken. Selbst wenn jemand hier saß, der nicht informiert war, würde er sich diese Blöße nicht geben wollen. Der Schattenmagier lächelte leicht, bevor er fortfuhr.

„Die Bekanntmachung, ein Dämon sei in die Katakomben eingedrungen und besiegt worden, diente in erster Linie der Beruhigung des Volkes. Ich weiß durchaus, dass niemandem hier im Saal die Anwesenheit einer Kreatur der Außenwelt in unserer Stadt verborgen geblieben wäre."

„Was war es dann?" wollte ein Zwischenrufer wissen. Jadek sah verärgert in die Richtung des Störenfrieds und seine Laune verschlechterte sich weiter, als er ihn erkannte.

Naoth Arkosh, ein Meister der Elementarmagie und sein ewiger, persönlicher Rivale. Arkosh war bei der Wahl zum Magiermogul seinerzeit gegen ihn angetreten und hatte nur knapp verloren. Sein Wort hatte großes Gewicht im Hohen Rat und er bildete zusammen mit einigen anderen älteren Vertretern der Magierkaste eine Opposition innerhalb des Rates. Immer wieder versuchten sie, Jadeks Pläne und Visionen mit ihren konservativ reaktionären Ideen auszubremsen. Gerade Arkosh musste er frühzeitig den Wind aus den Segeln nehmen, damit er gar nicht erst die Chance erhielt, Stimmung gegen ihn zu machen.

„Werter Kollege Arkosh, gerade um Jenes zu berichten, bin ich doch extra herbeigeeilt. So habt noch ein wenig Geduld, zu viel Hektik mag euch in eurem hohen Alter auch nicht gut bekommen!" antwortete er leicht süffisant, wofür er einige leise Lacher im Auditorium erntete.

Arkosh schien zu einer Antwort anzusetzen, behielt diese aber dann doch für sich, was Jadek beinahe bedauerte. Hätte er sich jetzt zu einer Entgegnung hinreißen lassen, wäre es Jadek ein Leichtes gewesen, ihn bloßzustellen. Aber vielleicht bekam er dazu noch die Gelegenheit.

Mit einem Lächeln wandte er sich von seinem Rivalen ab und richtete das Wort wieder an die Allgemeinheit.

„Nun, wo war ich stehengeblieben? Ah, natürlich. Wie bereits erwähnt, diente die offizielle Verkündung lediglich der Beruhigung des einfachen Volkes. Auch wenn ich dabei der Wahrheit recht nahegekommen bin."

Wieder begegneten ihm viele fragende Blicke, doch dieses Mal ergriff niemand im Saal das Wort.

„Ich will ein wenig ausholen", begann Jadek. Seine Rechte beschrieb einen Halbkreis, der das ganze Publikum einschloss.

„Mit meiner Wahl zum Herren über diese Stadt, habe ich versprochen, Amras zu neuem Glanz und ungekannter Größe zu verhelfen. Diese Expansion ist sowohl wissenschaftlich als auch territorial zu sehen, auch wenn Letzteres nicht nötig wäre, wenn die Lenganer unsere Forschungen nicht permanent durchkreuzen würden."

Zustimmendes lautes Gemurmel antwortete ihm. Viele der hier Anwesenden waren erzürnt darüber, dass die Herren von Lengan ihnen den Zugang zu den Relikten und Artefakten uralter Magie verwehrten, die man überall im Norden finden konnte. Völlig ungenutzt und unerforscht brüteten uralte Geheimnisse vor sich hin, zum Greifen nahe, doch durch die Sturheit der lenganischen Behörden unerreichbar.

„Jahrzehnte der Diplomatie blieben fruchtlos." fuhr der Magiermogul fort. „Im Gegenteil: die Lenganer haben ihre lächerlichen Gesetze sogar verschärft und keinem von uns ist es seitdem gestattet, die magischen Stätten auch nur zu besichtigen. Damals bin ich angetreten, mit dem Versprechen, uns diese Dinge zugänglich zu machen, sei es durch Diplomatie oder durch Feuer und Stahl. Nun, da Verhandlungen und lukrative Angebote in Tarildan anscheinend auf taube Ohren stoßen, wird man vielleicht auf das Klirren von Waffen hören."

Aufgeregtes Gemurmel machte sich breit, hier und da bildeten sich kleine Gruppen, die emsig miteinander tuschelten. Jadek nahm aus dem Augenwinkel wahr, wie Arkosh sich erneut von seinem Sitz erhob und das Wort ergriff.

„Schön und gut, eure kriegstreiberischen Visionen sind dem Hohen Rat schon seit Längerem bekannt. Doch zum einen verfügen wir nicht über ein entsprechendes militärisches Potential, um Lengan ernsthaft drohen zu können, und zum anderen: was hat das Ganze nun mit dem Vorfall in den Katakomben zu tun?"

Sein Rivale wirkte ziemlich gereizt, wie Jadek mit Genugtuung registrierte. Immer wieder hatte Arkosh dem neuen Magiermogul vorgeworfen, er würde seinen großspurigen Reden keine Taten folgen lassen. Nun schien es, als hätte sich das Blatt ein wenig gewandelt und Arkosh sah sich nun einem Gegner gegenüber, der durchaus in der Lage war, seine Visionen zu realisieren.

Das Gemurmel war wieder verstummt, nachdem Arkosh sich laut geäußert hatte und alle Blicke waren wieder auf Jadek gerichtet. Dieser strich sich eine schneeweiße Strähne aus dem Gesicht und wandte sich mit einem Lächeln an Arkosh.

„Nur Geduld, werter Kollege, genau dazu wollte ich gerade kommen. Ihr scheint es in der Tat im Alter plötzlich eiliger zu haben. Mit diesem Elan wäret ihr seinerzeit sogar ein respektabler Konkurrent gewesen."

Wieder erntete er einige Lacher, doch er durfte es nicht

übertreiben. Den alten Magier ins Lächerliche ziehen zu wollen, war nicht ungefährlich. Die Stimmung in diesem Saal war schon wegen ganz anderer Kleinigkeiten umgeschwenkt.

„Wie mein werter Kollege bereits richtig festgestellt hat, verfügte Amras bisher nicht über die nötige Schlagkraft, eine kriegerische Auseinandersetzung zu überstehen. Die Sternengarde in allen Ehren, doch zählt sie bei Weitem nicht genug tapfere Männer und Frauen, um einen langwierigen Konflikt zu führen. Auch unsere Allianz mit den Laqhua scheint nicht gefestigt genug, um einem Krieg standzuhalten.

Daher habe ich mich dazu entschlossen, auf anderem Wege Verbündete zu suchen. In den Katakomben unter der Stadt gibt es einige halb vergessene Kammern mit einer besonderen Affinität zu den Weiten des Kosmos, will sagen: diese Hallen sind speziell geeignet für Sphärenreisen.

Und auf meinen Traumreisen zwischen den Welten sind mir mehrere Rassen begegnet, die durchaus Potential hätten, uns in unserem Kampf zu unterstützen, doch deren räumliche Entfernung einen Übergang in diese Welt schlichtweg unmöglich macht. Aber vor einer Woche stieß ich auf ein Volk, dass nicht nur geeignet ist für unsere Zwecke, sondern auch greifbar nahe ist.“

Jadek machte eine kurze Pause, bereits auf Anfragen oder Protest vorbereitet. Doch niemand wagte es, einen Zwischenruf zu äußern, nicht einmal Naoth Arkosh. Die meisten seiner Zuhörer starrten ihn nur interessiert an und warteten auf eine baldige Enthüllung.

„Das Volk, dass ich auf meinen Reisen entdeckt habe, dürfte einigen unter uns nicht ganz unbekannt sein. Es handelt sich hierbei um die Nachfahren der Dak'harr, jenem Volk von Drachenmenschen, welches das Vierte Zeitalter von Akranos beherrschte.“

Ungläubiges Staunen machte sich breit. Vielen war das Volk

der Dak'harr ein Begriff, doch - ähnlich wie Jadek noch vor wenigen Wochen - gingen die Meisten davon aus, dass die Drachenmenschen seinerzeit ausgerottet worden waren. Bevor jedoch das allgemeine Chaos ausbrechen konnte, hob Jadek gebieterisch die Hand und sorgte somit für Ruhe.

„Ich verstehe Eure Verwirrung, ich war selbst nicht gelinde überrascht. Doch wie es scheint, konnte ein Teil der Dak'harr dem Morden damals entkommen und sich über den Drachenwall flüchten."

Dieser Teil war glatt erlogen. Goroth hatte ihm berichtet, dass sie in eine fremde Welt gerettet worden waren und dass der Erstgeborene höchstpersönlich sie dorthin geführt hatte. Goroth hatte das Reich auf der anderen Seite des Tunnels Akenaur genannt, was Jadek noch nie zuvor gehört hatte, wenngleich ihm die Ähnlichkeit des Namens zu Akranos natürlich nicht entgangen war. Doch die Flucht einiger Überlebender erschien ihm glaubwürdiger als das direkte Eingreifen des Dunklen Gottes.

„Die Dak'harr haben sich in das sagenhafte Land jenseits des Drachenwalls geflüchtet und konnten sich dort erholen. Jedoch waren sie nunmehr nicht viel zivilisierter als Tiere und ohne geistige Führung degenerierten sie alsbald. Ein Wesen, dass sie auf der anderen Seite angetroffen haben, nahm sich schließlich ihrer an und schwang sich zu ihrem Herrscher auf. Sie nennen diese Kreatur den ‚Drachen' und es mag durchaus sein, dass es sich um einen leibhaftigen Drachen handelt."

„Es mag sein?", fragte Arkosh. „Ihr wisst also nicht genau, von wem diese Wesen heute beherrscht werden?"

„Doch, dass weiß ich ganz genau." antwortete Jadek gelassen. „Was ihr vorgestern gehört habt, war das Gebrüll der Niederlage, als ich dem Herrscher der Dak'harr meinen Willen aufgezwungen habe und mir somit sein Volk unterworfen habe. *Ich* beherrsche die Dak'harr."

Ungläubiges Schweigen folgte. Lange Zeit sagte niemand ein Wort. Wie Jadek jedoch erwartet hatte, fand Arkosh seine Sprache als Erster wieder.

„Ihr wollt allen Ernstes behaupten, der Herr dieses Volkes, stünde nun unter Eurer Herrschaft?" fragte er bissig. Seine Stimme triefte vor Hohn.

„Ja.", antwortete Jadek lakonisch und ohne jegliche Überheblichkeit in der Stimme. „Überzeugt euch selbst, wenn ihr mir nicht glaubt. Der Herr der Dak'harr gehorcht meinem Willen und mit der Hilfe der Drachenmenschen werden wir Lengan in die Knie zwingen können. Noch heute werde ich die magischen Schutzvorkehrungen bei den Katakomben entfernen lassen und jedem Mitglied dieses ehrwürdigen Rates steht es frei, sich von der Glaubwürdigkeit meiner Worte zu überzeugen.

In drei Tagen werde ich in meiner Funktion als Mogul dieser Magokratie den Rat erneut einberufen und meine genauen Pläne vorlegen. Es gilt dann, über einen Feldzug zu entscheiden, der Amras zu bis dato ungekannter Pracht erblühen lassen wird. Bis dahin mag sich jeder der Anwesenden ein Bild machen."

Er blickte noch einmal aufmerksam in die Runde, doch selbst Arkosh war zu perplex, um noch irgendetwas zu erwidern. Diese Schlacht ging eindeutig an Jadek.

„Da anscheinend keine weiteren Fragen zu klären sind, beende ich die Sitzung hiermit. Die werten Kollegen müssen entschuldigen, doch es gibt diverse Vorbereitungen zu treffen, angesichts eines zu führenden Krieges."

Menac Jadek verbeugte sich kurz vor den versammelten Magiern des Hohen Rates. Dann wandte er sich ab und verließ mit raschen Schritten den Saal durch einen der Seiteneingänge. Kaum hatte er den Raum verlassen, brach unter den Mitgliedern des Rates ein heilloses Durcheinander aus. Nur zwei Gestalten blieben von dem allgemeinen Aufruhr unbeeindruckt. Beide hatten den Worten des Magiermoguls stumm gelauscht. Doch während sich die eine Gestalt - wenn auch immer noch wortlos - unter die anderen Magier mischte, verbarg sich die Zweite in den Schatten und machte sich so schnell wie möglich davon.

Naoth Arkosh war wenig begeistert von der Entwicklung, die sich in der Politik seines Widersachers anbahnte. Bisher hatte Jadek viel geredet, aber wenig Greifbares geleistet. Wenn er jetzt allerdings tatsächlich derart mächtige Verbündete aus dem Hut gezaubert hatte, dann konnte er seine Passivität der vergangenen Monate sogar noch zu seinem Vorteil nutzen, indem er behauptete, die intensiven Vorbereitungen für den großen Schlag hätten ihn derart in Anspruch genommen. Und die Allermeisten würden ihm glauben und sich letztendlich seinem Plan anschließen.
Der Grundgedanke, Amras zu größerem Glanz zu verhelfen, war auch für Arkosh nicht befremdlich. Im Gegenteil, er empfand es selbst als unwürdig, die Lenganer oder die Regenten von Tassiath jedes Mal beinahe auf Knien anbetteln zu müssen, um Forschungen in deren Ländern betreiben zu dürfen. Seine eigenen Ziele und die des Magiermoguls waren sich im Grunde sehr ähnlich - nur Arkosh war kein Freund roher Gewalt und ein Krieg sollte immer die letzte Option sein. Und Wissen zu erlangen auf Kosten von Blut war ihm zutiefst zuwider.
Diese friedfertige Position war es letztendlich auch gewesen, die ihn den Sieg gegen Jadek gekostet hatte. Jahrzehntelang hatten die Herren von Amras versucht, auf diplomatischem Weg Einigungen mit ihren Nachbarn zu erzielen. Doch die Herren von Lengan fühlten sich anscheinend immer noch in ihrem Stolz verletzt, weil sich die Magier-Metropole vor

einigen Generationen abgespalten hatte und einen eigenen Staat ausgerufen hatte.

Und was Tassiath anging… seit der Katastrophe mit dem *Schatteninferno*, die das Land fast völlig ausgelöscht hatte, war in dem alten Land im Nordwesten jegliche Form von Wissenschaft und Magie derart verhasst, dass man als Gelehrter kaum einen Fuß über die Grenze setzen konnte. Die Herrscherkaste des Landes verbot sogar die einfachsten technischen Errungenschaften wie Schleusen oder Mühlräder. Während in anderen Teilen der Welt der Fortschritt wieder unaufhaltsam vorwärtsging, war die Zeit in Tassiath seit Jahrhunderten stehen geblieben und Bildung und Kultur degenerierten von Jahr zu Jahr mehr.

Somit verweigerten beide Reiche den Magiern von Amras den Zutritt. Jadek hatte sich die Herrschaft der Magokratie über den gesamten Norden auf die Fahnen geschrieben und hatte so die Gemüter der frustrierten Zauberer berührt und sie hinter sich geschart. Die mahnenden Worte Arkoshs waren in den flammenden Reden von Macht und Größe untergegangen. Darum war auch jetzt dieser unberechenbare Schattenmagier Herr über die Stadt und nicht ein besonnener Diplomat, wie Arkosh es gewesen wäre.

Er hatte sich recht schnell von der Versammlung zurückgezogen, als er feststellen musste, dass seine Besorgnis ob der neuen Verbündeten nur auf wenig Verständnis gestoßen war. Er wusste auch, dass jetzt nicht der passende Zeitpunkt war, eine Opposition zu Jadek aufzubauen. Morgen, wenn die erste Euphorie gewichen sein würde, konnte er versuchen, seine Bedenken an den Mann zu bringen. Heute würde er wahrscheinlich selbst bei seinen treusten Anhängern - die nicht gerade Wenige zählten - kaum Gehör finden.

Nachdem er einen kurzen Umweg über die Bibliothek gemacht hatte, in der er sich eine alte Geschichtschronik über das Vierte

Zeitalter geliehen hatte, befand er sich nun in jenem Teil der Akademie, in der die höher dekorierten Lehrer ihre Schreibstuben und Privaträume hatten.

Neben seiner Rolle als Oppositionsführer im Hohen Rat hatte Naoth Arkosh noch den Posten des Obersten Elementarmagiers inne, der ihm neben reichlich Ruhm und einem guten Einkommen auch jede Menge Arbeit und Papierkram einbrachte.

Arkosh hasste diesen Teil seines Berufs. Am wohlsten fühlte er sich in einem der vielen Hörsäle dieser Akademie, wo er wissbegierigen Schülern die hohe Kunst der elementaren Zauberei näher bringen konnte. Bürokratie war ihm ein Graus, aber er wusste um die Notwendigkeit dieses lästigen Übels. Zwar hätte er jemanden einstellen können, doch er verließ sich nicht gern auf andere Leute, schon gar nicht wenn es sich dabei um derartige Dinge handelte. Er musste sowieso alles überprüfen und gegenlesen, da konnte er es auch gleich alles alleine machen.

Heute jedoch würde er den ganzen Schreibkram liegen lassen und sich der entliehenen Chronik widmen. Es war wichtig, dass er so viel wie möglich über diese Dak'harr in Erfahrung brachte, damit er in den nächsten Tagen effektiv gegen Jadeks Pläne vorgehen konnte.

Als er schließlich an seinen Privatgemächern angekommen war, zog er einen Schlüssel hervor, musste jedoch feststellen, dass die Tür zwar geschlossen, aber nicht verriegelt war. War er derart nachsichtig gewesen?

Mit einem kurzen Schulterzucken öffnete der alte Magier die Tür und warf einen Blick in seine Wohnstube. Alles sah ganz normal aus. Er runzelte verwirrt die Stirn und trat mit entschlossenen Schritten ein. Niemand schien hier zu sein. Womöglich werde ich tatsächlich langsam alt, dachte Arkosh sarkastisch, dann zog er die Tür hinter sich zu, wobei er genau darauf achtete, sie zu verriegeln. Seine Privatsphäre war ihm heilig.

Als er sich wieder umwandte, saß an seinem Schreibtisch am großen Fenster ein Mann in einem dunkelroten Gewand, gleich dem, dass er selbst trug. Die Gestalt schien Arkosh gar nicht wahrzunehmen, denn sie blätterte achtlos in einigen Unterlagen, die auf dem Tisch verteilt lagen. Dabei sah der Mann halb aus dem Fenster.

Arkosh keuchte erschrocken und der Mann in dem bequemen Lehnsessel sah auf.

„Ah, Meister Arkosh, da seid ihr ja endlich." Seine Stimme war leise und unangenehm und es schien, als würde der Mann in einer Sprache sprechen, die nicht seine Muttersprache war. „Ihr habt es lange auf der Versammlung ausgehalten". Der Blick des Fremden fiel auf das Buch, das Arkosh unter den Arm geklemmt hatte.

„Nein, ich sehe, ihr wollt euch bilden. Das ist gut. Wissen hat nur selten jemandem geschadet." Er machte eine kurze Pause. „Aber zuweilen kann es sehr lästig sein, wenn manch einer zu viel weiß."

„Wer seid ihr?" ereiferte sich Arkosh, der seine Fassung schnell wiedergefunden hatte. „Und was erdreistet ihr Euch, unbefugt in meine Gemächer einzudringen?"

Zuerst war er erschrocken gewesen, dass ihn jemand hatte täuschen können, doch jetzt überwog der Zorn über eine derartige Unverschämtheit.

„Und überhaupt…" fuhr er mit lauter werdender Stimme fort. „Was soll dieses lächerliche Geschwätz?"

Der Andere sah in lange abschätzend an, sagte aber kein Wort. Arkosh versuchte, das Gesicht des Mannes zuzuordnen, doch es gelang ihm nicht. Ungewöhnlich, wenn man bedachte, wie lange er schon an der Akademie lehrte und wie viele Generationen Schüler und Lehrer er schon hatte kommen und gehen sehen. Schließlich erhob sich der Fremde provozierend langsam aus dem Sessel und ging gemächlichen Schrittes auf Arkosh zu.

„So viel Fragen..." murmelte er. „welche soll ich Euch zuerst beantworten?"

Der Mann sprach immer noch sehr leise und Arkosh hatte alle Mühe, die Worte überhaupt zu verstehen. Auf irgendeine Weise machte der Mann ihm Angst. Er war einer der mächtigsten Magier der Stadt und dennoch begann er, diesen seltsamen Fremden zu fürchten.

Das Unheimliche daran war, dass Arkosh nicht einmal sagen konnte, was so furchteinflößend an ihm war. Irgendetwas umgab ihn wie ein unsichtbarer Schleier, der den wahren Schrecken noch verbarg.

Arkosh merkte erst, dass er den Magier lange angestarrt haben musste, als dieser seine eigene Frage beantwortete.

„Nun, da ihr euch nicht entscheiden könnt, werde ich die Fragen nacheinander beantworten, so gut es mir möglich ist."

Die Stimme war noch mal um einiges kälter geworden und die Augen des Magiers funkelten boshaft.

„Zunächst will ich Euch über meine Identität aufklären. Mein Name ist unwichtig, doch sollt ihr wissen, dass ich ein unbedeutender Gesandter des neuen Herrn dieser Stadt bin."

Der Mann wollte weiter reden, doch Arkosh fiel ihm ins Wort.

„Also schickt euch Jadek?" polterte er. „Will er mich jetzt schon bedrohen, um seine Pläne durchzusetzen? Dann scheint er nicht sonderlich überzeugt zu sein von dem, was er da tut."

„Jadek?" Der Andere wirkte ehrlich irritiert. Dann schien er zu begreifen, denn sein Gesicht hellte sich kurz auf, wurde dann aber sofort wieder zu einer kalten Maske.

„Ach, ihr meint den Magiermogul?" Dann lachte er gehässig.

„Nein, nein, der gute Jadek weiß nichts von meiner Aufgabe und meiner Anwesenheit hier. Ich rede von dem *wahren* Herrn der Stadt."

„Dem wahren Herrn?" echote Arkosh verwirrt. Der Andere lachte leise.

„Ja, dem wahren Herrn. Jadek glaubt diesen ganzen Unfug tatsächlich, den er da eben von sich gegeben hat, doch schon bald wird er einsehen müssen, dass er nicht mehr als eine Marionette ist." Der Fremde machte eine kurze Pause. „Schon bald wird der wahre Herr dieser Stadt und dieser Welt hier erscheinen."

„Und wer soll das sein?" fragte Arkosh verunsichert. Dieser Fremde jagte ihm mehr Angst ein, als ihm lieb war.

„Ich hatte Euch für klüger gehalten, Arkosh." antwortete der Andere verächtlich. „Vielleicht seid ihr für unsere Pläne doch gar nicht so gefährlich, wie ich angenommen hatte."

Mit langsamen Schritten näherte sich der Fremde. Arkosh wich instinktiv zurück, doch sofort spürte er die geschlossene Tür im Rücken.

„Jadek und seine Spießgesellen werden unserem Volk die Rückkehr in diese Welt ermöglichen und wenn der Drache durch das Tor schreitet, wird diese Welt wieder uns gehören."

Der Andere starrte Arkosh böse an. „Allerdings ist es höchst fraglich, wie viel Ihr davon mitbekommen werdet, Meister Arkosh.

„Aber…" begann Arkosh stammelnd. „Aber ihr seid doch genauso ein Mensch wie ich… ich meine… wieso verratet ihr euer eigenes Volk?"

Der Fremde begann lauthals zu lachen.

„Ihr seid ja noch beschränkter, als ich gehofft hatte. Zu dumm, dass ich schon so viel geplaudert habe, ihr wäret niemals eine Gefahr gewesen."

Die Stimme wurde lauter und Arkosh meinte einen zischenden Unterton zu vernehmen, wie ein Mensch ihn nicht erzeugen könnte.

Ganz allmählich dämmerte ihm, was sich hier abspielte. Sekunden später sollte sich seine Ahnung bewahrheiten. Der unheimliche Fremde machte einen raschen Schritt auf ihn zu und packte ihn am Hals.

„Sieh her, Mensch, und erblicke die Zukunft dieser Welt!" Für einen kurzen Augenblick verschwand der magische Schleier, der sich um den Fremden gehüllt hatte und den Arkosh die ganze Zeit über gespürt hatte. Und Arkosh sah, was der Fremde *wirklich* war.

Eine gewaltige Kreatur von beinahe vier Schritt Höhe, die in eine dunkelrote Robe gehüllt war, die von einem flackernden Schein umspielt wurde. Gewaltige Pranken lugten aus den Ärmeln, ein langer Schwanz peitschte unter der Kutte hervor, wie der Schweif einer Echse. Der schlimmste Anblick war jedoch das Gesicht. Es war, als hätte man das Antlitz eines Menschen mit der Fratze eines Drachen verschmolzen. Die Augen loderten vor gnadenloser, boshafter Intelligenz und das Maul sah aus, als könnte es einem Menschen ohne Schwierigkeiten den Unterarm abtrennen. Dort wo Haut hätte sein müssen, sah er nur dunkelgrüne Schuppen.

Ein Drachenmensch, einer jener legendären Dak'harr, die er bis vor wenigen Stunden für ausgestorben gehalten hatte. Und die im Begriff waren, zurück zu kehren - erfüllt von einem unglaublichen und alles vernichtenden Hass.

Bevor Arkosh noch mehr Details erkennen konnte, schrumpfte die Gestalt wieder zusammen und er hatte wieder einen menschlichen Magier vor sich. Doch jetzt, nachdem er wusste, was für einer Kreatur er gegenüberstand, flößte ihm das harmlose Aussehen noch mehr Angst ein. Der Fremde wich langsam einige Schritte von ihm zurück und blickte den alten Magier abschätzend an.

Arkosh wollte etwas sagen, doch der Dak'harr in Menschengestalt schnitt ihm das Wort mit einer befehlenden

Geste ab. Dann spürte der alte Gelehrte, wie sich ein leichter Druck auf seine Kehle legte. Der Dak'harr hatte die Rechte gehoben und deutete auf Arkoshs Gesicht.

„Wenn ihr mich tötet… wird das Jadeks Vorhaben eher schaden." würgte er mühsam, während der Druck stetig zunahm.

„Für wie dumm hältst du mich eigentlich, Menschlein?" blaffte der Drachenmagier. „Dich einfach zu töten wäre in der Tat völlig sinnlos."

Während er den Druck weiter verstärkte, kam der Dak'harr wieder einen Schritt näher und stand nun beinahe direkt vor dem röchelnden Magier, der sich nur mühsam auf den Beinen halten konnte, unfähig seine magischen Kräfte einzusetzen. Der Drachenmagier hatte anscheinend völlig unbemerkt seine ganze Zauberkraft neutralisiert.

„Es wäre mir zwar ein ausgesprochenes Vergnügen, dich hier und jetzt sterben zu lassen, doch zu meinem Bedauern brauche ich dich lebend."

Der Dak'harr starrte ihm nun direkt in die Augen und erhöhte den Druck auf Arkoshs Lungen noch weiter. Der alte Mann brach keuchend zusammen. Böse starrte der Dak'harr auf ihn herab.

„Dein Tod nützt mir gar nichts, doch du wirst unwissentlich unsere Pläne weiter vorantreiben. Denn deine Meinung zu Jadeks Plänen wird sich in den nächsten Minuten radikal ändern."

Der Drachenmagier lachte leise und Arkosh lief ein kalter Schauer über den Rücken. Er wollte seinen Willen brechen, ihn ebenfalls zu einer geistlosen Marionette machen. Das musste er verhindern.

Instinktiv schirmte er seinen Geist gegen jeglichen magischen Einfluss ab, doch der Dak'harr lachte nur wieder böse.

„Aber, aber, warum sollten wir genauso plumpe Mittel wie

unsere Feinde anwenden. Marionetten sind zu riskant, mein Lieber. Oftmals funktionieren sie nicht perfekt und wenn die Fäden erst einmal verknotet sind, sind sie nutzlos." Der Dak'harr in Menschengestalt schmunzelte, doch für Arkosh sah es aus, als würde ein Raubtier die Zähne fletschen.

„Nein, mein lieber Zauberer, wenn man etwas bewegen möchte, sollte man es selber machen. *Sieh her!*" Die beiden letzten Worte hatte er geflüstert, doch sie drangen wie ein gebrüllter Befehl in den Geist des alten Magiers und er wurde gezwungen, dem unheimlichen Fremden direkt ins Gesicht zu sehen.

„Ich bin der Assassine des Drachen." sagte der Dak'harr bedrohlich. „Vollstrecker seines göttlichen Willens und Meister der Täuschung." Er machte eine kurze Pause. „Manch einer nennt mich auch einen Gestaltwandler…"

Dann begann sich die Gestalt erneut zu verändern. Sie schrumpfte ein wenig, wirkte gebeugter und gebrechlicher. Unter der Kapuze quoll hellgraues Haar hervor, die Züge wandelten sich, alterten und bekamen tiefe Falten und Furchen. *Wie ein Spiegel*, dachte Arkosh zutiefst entsetzt, bevor sein Geist für lange Zeit von ewiger Nacht umspült wurde.

Weit fernab von Amras, ja sogar weit fernab dieser Welt, jenseits der endlosen Abgründe von Raum und Zeit, blickten machtvolle Augen zufrieden in einen kosmischen Wirbel. Alles verlief nach Plan. Bald schon würde das Portal groß und stabil genug sein, ihn und seine Legionen hinüber zu bringen in jene Welt, die einst ihnen gehört hatte.

Der Blick des Drachen wanderte von dem Portal hin zu einem Punkt weit unter ihm. Er befand sich auf der Spitze einer monumentalen schwarzen Pyramide. Eine kolossale Treppe führte hinauf zu seinem Thron. Von hier oben herrschte er nun schon seit Jahrhunderten über diese Welt, die ihnen der Herr des Zwielichts gezeigt hatte. Und schon bald sollte er über zwei Welten herrschen. Ningâri würde sich aus dem Staub erheben und die Königsstadt der Gottgesandten würde in neuem Glanz erstrahlen. Und seinen Thron in Akranos werden Menschen errichten müssen.

Am Fuße der Pyramide erhob sich eine Metropole, dem alten Ningâri nachempfunden. Von hier oben konnte er das emsige Treiben sehen, dass sich in der Stadt abspielte. Die Truppen sammelten sich und wenn das Tor endlich bereit war, würde das Heer der Dak'harr wie eine Flutwelle über die Menschenwelt hereinbrechen.

Die Gestalt des Gottgesandten, den alle nur den ‚Drachen‘ nannten, begann zu flackern. Dann wuchs er, veränderte sich. Schwingen brachen aus seinem Rücken, ein goldenes Geflecht aus Drachenschuppen überzog seine Haut. Das Gesicht wurde länglicher und zwei mächtige Hörner entwuchsen seiner Stirn. Und er wuchs weiter, groß wie ein Haus, groß wie ein Segelschiff und noch immer wuchs er weiter. Als er schließlich zu voller Größe angewachsen war, entfaltete er die Flügel. Das Sonnenlicht reflektierte in den goldenen Schuppen und dass Strahlen, dass nun von dem Drachen ausging, badete die gesamte Pyramide in gleißendes Licht.

Dann tat er einen gewaltigen Flügelschlag und erhob sich mit einem donnernden Brüllen in den Himmel. Mit wenigen Flügelschlägen hatte er die Stadt hinter sich gelassen und zog über den unberührten Dschungel von Akenaur hinweg. Es galt noch viel vorzubereiten, denn Amras war nicht der einzige Ort in Akranos, an dem seine Pläne begannen, Früchte zu tragen.

Kapitel 6: Pfad zur Verdammnis

Kylaria, Hauptstadt von Cathuria,
Monat Alathyia, Frühling im Jahr 1104 nach Ashibans Fall

Je länger er sich damit befasste, desto mehr gewann er den Eindruck, dass dieses verfluchte Ding ihn verhöhnte.

Scheinbar harmlos und unauffällig lag die wenig kunstfertige Bronzemaske auf einem kleinen Tisch inmitten des Raumes. Rings umher hatte Namuras allerlei magische Gerätschaften aufgebaut, die ihm bei der Entschlüsselung des Artefakts behilflich sein sollten. Eigentlich.

Bisher hatte er noch jedes magische Objekt identifizieren können. Nicht umsonst war er einer der besten Schüler seines Herrn gewesen. Doch diese vermaledeite Maske wollte ihre Geheimnisse nicht preisgeben.

Namuras spürte die unglaublichen Energien, die in dem Artefakt eingeschlossen waren, doch weder hatte er die Art der Magie feststellen können, noch hatte er die Schutzzauber zuordnen können. An ein Umgehen oder gar Durchbrechen der magischen Barrieren war nicht einmal ansatzweise zu denken gewesen. Er würde wohl oder übel mit der Maske zu seinem Herrn zurück kehren müssen. Sein Meister würde sicherlich mehr erreichen können.

Er fluchte ungehalten, warf der Maske einen letzten vernichtenden Blick zu und wandte sich dann schnellen Schrittes zur Tür.

Drei Tage waren vergangen, seit Lares sich notdürftig bei Nayin einquartiert hatte. Die meiste Zeit davon hatte Lares mit

Schlafen verbracht, woran der junge Zauberer alles andere als unschuldig war. Sein Freund war mit den Nerven völlig am Ende gewesen und hätte in diesem Zustand mehr Schaden angerichtet als dass er von Nutzen gewesen wäre. Also hatte Nayin ihn in schöner Regelmäßigkeit in einen traumlosen Schlaf versetzt, so dass sich Körper und Seele seines Freundes langsam von den Schrecken erholen konnte.

In der Zwischenzeit war Nayin alles andere als untätig gewesen. Er hatte sich von seinen Studien beurlauben lassen und konnte somit seine ganze Energie in seine Nachforschungen stecken. Zwar wäre seine Familie nicht sonderlich angetan, wenn sie ein teures Jahr an der Akademie bezahlten und er diese Zeit unnütz verstreichen ließ. Aber zum einen war es noch einige Zeit hin bis zu den Prüfungen und zum anderen war ihm das Wohl seines Freundes wichtiger als irgendwelche Abschlüsse. Die konnte er im nächsten Jahr immer noch machen.

Seine Nachforschungen waren relativ ergiebig gewesen. Über die ominöse Maske, hinter der die halbe Welt her zu sein schien, hatte er kaum etwas herausgefunden. Sie war jahrelang im Besitz des ermordeten Lehrers gewesen, von dem er erfahren hatte, dass er ein großer Kunstsammler gewesen war. Als vor etwa vier Jahren im städtischen Museum einige alte Ausstellungsstücke aussortiert und verkauft worden waren, hatte er eine Handvoll exotischer Gegenstände erworben. Diese waren alle nicht von besonders nennenswertem Wert gewesen, so dass er anscheinend keine Veranlassung gesehen hatte, sie besonders zu schützen. Dies war ihm nun zum Verhängnis geworden, wobei Nayin ernsthaft bezweifelte, dass bessere Vorkehrungen und eine eventuelle Wachmannschaft die Sternengarde aufgehalten hätten.

Eben jene Sternengarde, der Lares die Maske quasi vor der Nase weggeschnappt hatte, war ein weiterer Gegenstand seiner

Erkundungen gewesen. Zurzeit hielten sich kaum Mitglieder der Garde von Amras in Kylaria auf. Zudem waren die letzten Werber schon vor mehreren Wochen an der Akademie gewesen.

Normalerweise tauchte jede Woche ein Rekrutierungsoffizier der Sternengarde an der Zauberschule auf, um potentielle neue Soldaten für Amras auszuspähen. Anscheinend waren die Sternengardisten zurzeit mit anderen Dingen beschäftigt. Bestärkt wurde Nayins Vermutung durch die Berichte verschiedener Kollegen und Lehrer, die er so unauffällig wie möglich nach dem Magiermogulat Amras befragt hatte.

Sein Mentor Aketh Savilas, ein Großmeister der Telepathie und Traumreisen, hatte ihm von seltsamen magischen Ereignissen im hohen Norden erzählt. Eine große Konzentration magischer Energien sammelte sich demnach direkt in Amras und es wurde für Traum- und Geistreisende zunehmend schwerer, sich jenseits der Säulen des Nordens auf der Astralebene zu bewegen. Irgendjemand oder irgendetwas blockierte sie. Savilas schien ob dieser Entwicklung höchst besorgt, gab es doch keine Möglichkeit, die Machenschaften des neuen Magiermoguls zu überprüfen, geschweige denn zu unterbinden. Seit sich Amras von den anderen Magiergilden losgesagt hatte, unterstand die Magierstadt auch nicht mehr den Gesetzen und Bestimmungen der Zauberei, wie sie im Rest von Akranos gültig waren.

Die Meldungen aus dem Norden waren beunruhigend, doch hatten sie nur bedingt etwas mit Lares' Problemen zu tun. Die Politik der großen Reiche ging sie Beide nichts an.

Was jedoch wiederum sehr interessant war, waren die Dinge, die Nayin über Lares' Retter herausgefunden hatte. Der junge Zauberer hatte einiges über den mysteriösen Namuras in Erfahrung bringen können und versuchte diese Erkenntnisse gerade an den Mann zu bringen.

Allerdings mit eher mäßigem Erfolg, wie er bedauernd feststellen musste, während sie nebeneinander durch die engen Gassen der Hauptstadt gingen, umgeben vom Lärm der Menschen und eingehüllt in den unverwechselbaren Gestank einer Großstadt, deren Straßen dringend einen reinigenden Platzregen gebraucht hätten. Ein Ende des guten Wetters und somit ein Ende des stechenden Stadtgeruchs war jedoch alsbald nicht abzusehen.

"Ein Knochenjäger?" fragte Lares gerade zweifelnd, während er sich zwischen einem Verkaufsstand für Töpferwaren und einem Fuhrwerk hindurch schlängelte. Dabei maß er Nayin mit einem derart skeptischen Blick, dass man meinen müsste, der Magier wolle ihm gerade beibringen, der handgefertigte Nachttopf auf der Ablage des Töpferstandes wäre das kulturelle Zentrum des Kontinents.

Nayin wollte antworten, konnte aber nur abgehackt nicken, da er im nächsten Moment unter einem ausgestreckten Arm hindurch tauchen musste. Der Arm gehörte zu einem beleibten Mann jenseits der Fünfzig, der in einen heftigen Streit mit einem Händler verwickelt war. Dabei gestikulierte er derart wild umher, dass umstehende Kunden und Zuschauer vorsichtshalber in Deckung gingen.

Erst als es ein wenig ruhiger um sie herum geworden war, konnte er antworten.

"Ja, ein Knochenjäger. Und schau nicht so, als würde ich dir etwas über magische Arkaninterferenzen im kosmischen Subgefüge erzählen wollen."

Lares verzog das Gesicht, als hätte er in eine Zitrone gebissen und Nayin musste innerlich grinsen. Spätestens bei magischem Fachvokabular kapitulierte sein Freund jedes Mal - auch wenn Nayin selbst nicht die geringste Ahnung hatte, wovon er da eigentlich gerade sprach.

"Du willst mir also erzählen, dass einer von diesen

Leichenfledderern in der Lage ist, drei ausgebildete Soldaten zur Strecke zu bringen?"

"Genau das!" antwortete Nayin. "Und so gerne das auch überall propagiert wird: sie sind keine Leichenfledderer."

"Was denn bitteschön sonst?" fragte Lares erstaunt.

"Zugegeben…" erwiderte der Zauberer, während er einen Schritt zur Seite machte, um nicht von einem Erschaffenen nieder gewalzt zu werden. Die Kreatur war so groß wie ein Pony, hatte entfernte Ähnlichkeit mit einer Küchenschabe und war mit einer Unmenge großer Stoffballen beladen. Neben dem Ding schritten zwei übertrieben finster dreinblickende Söldner einher, die den Transport anscheinend überwachten.

"Zugegeben" begann er erneut. "ihre Arbeit ist nicht gerade delikat und nicht zu Unrecht verpönt. Aber alles, was sie machen, ist legal."

"Sie verdienen am Leid anderer Menschen." ereiferte sich Lares.

"Nein, nicht direkt." antwortete Nayin. "Die Knochenjäger sind eine Organisation, die in den großen Städten die sterblichen Überreste von jüngst Verstorbenen käuflich erwirbt. Meist von Menschen, die eine ordentliche Bestattung gar nicht bezahlen können. Und für viele Familien ist dieses Geld ein Segen, so makaber es auch klingen mag."

"Ja, aber was machen sie mit den Leichen?" fragte Lares.

"Das ist der Knackpunkt, weswegen die Knochenjäger so verhasst sind. Niemand weiß es so wirklich. Die Toten werden einbalsamiert und somit vor der Verwesung geschützt. Alle paar Tage verlässt ein kleiner Konvoi von Planwagen die Stadt in Richtung Süden. Man sieht diese Fahrzeuge der Knochenjäger überall südlich der Säulen. Aber solange sie keine Gräber entweihen, Totenfelder plündern oder selber dafür sorgen, dass sie mit Leichen versorgt werden, ist ihre Arbeit zwar fragwürdig, aber erlaubt."

Lares schüttelte angewidert den Kopf. "Es heißt, sie dienen dem Nekromanten von Shinhar, um ihn mit frischen Kadavern zu versorgen."

Nayin nickte. "Ja, das Gerücht hält sich hartnäckig, schon allein, weil sich die Spur der Konvois meist im Norden von Thalarion verlieren - eben genau in der Nähe der Shinhar Berge. Doch ein Zusammenhang ist nicht bewiesen." Er zuckte mit den Schultern. "Und selbst wenn dem so wäre, wäre es kaum möglich, sie eines Verbrechens anzuklagen."

"Gut, lassen wir das einmal außen vor" sagte Lares, während sie in eine etwas ruhigere Seitengasse abbogen. "Das erklärt immer noch nicht, wieso dieser Namuras ein derart guter Kämpfer ist. Und was er mit einer angeblichen Zaubermaske will - wo er doch nur ein einfacher Leichenhändler ist."

"Wenn die Knochenjäger wirklich dem Nekromanten von Shinhar dienen, wäre dies auch die Lösung dieses Rätsels." sagte Nayin geheimnisvoll. Lares verdrehte die Augen. Er hasste es, wenn sein Freund den Rätselhaften markierte. Eine Krankheit, die unter Zauberern allerdings weit verbreitet zu sein schien.

"Bitte…" seufzte er. "Tu einfach so, als könnte ich nicht Gedanken lesen und wäre kein Genie." Nayin grinste breit, wurde dann aber wieder ernst.

"Also gut. Der Nekromant ist ein uralter mystischer Magier, der in den Bergen von Shinhar residiert, umgeben von einer riesigen Armee Untoter. Seine Festung auf dem höchsten Gipfel des Gebirges ist nahezu uneinnehmbar und wird bewacht von einem Regiment Elitekrieger. Diese Elitekrieger werden auch *Shidai* genannt und es heißt, nur ein Lathi könnte es mit einem *Shidar* aufnehmen."

"Also ist dieser Namuras ein *Shidar*?" fragte Lares ungläubig.

"Es wäre möglich" antwortete Nayin. "Er sagte doch zu dir, dass er es bedauern würde, die drei Leichen liegen lassen zu müssen, weil sie hervorragende Diener für seinen Herrn abgeben würden."

Lares nickte. Er konnte sich noch gut an das Gespräch mit dem unheimlichen Krieger erinnern und diese Formulierung hatte ihn damals schon zutiefst irritiert, obwohl er seinerzeit ganz andere Sorgen gehabt hatte.

Nayin fuhr fort.

"Daraus schließe ich, dass er ein Knochenjäger ist, denn ich glaube tatsächlich, dass die Gerüchte über sie wahr sind. Warum sonst sollte man einbalsamierte Leichen quer durch den Kontinent transportieren, wenn nicht aus dem Grund, sie wieder auferstehen zu lassen?"

Lares zuckte nur mit den Schultern. Was Nayin sagte, klang logisch - obwohl es aus dem Mund eines Zauberers kam.

"Und aus der Tatsache, dass er derart gut kämpfen kann, schließt du, dass er einer dieser *Shidai* ist?"

"Genau das. Ansonsten wäre nur noch ein Lathi oder ein Sathari in der Lage, drei Sternengardisten derart leicht zu besiegen."

"Und wenn es ein Sathari war?" fragte Lares zweifelnd.

"Dann wärst du jetzt wahrscheinlich tot." antwortete Nayin trocken.

Lares verzog erneut das Gesicht. Wundervoll, dachte er sarkastisch.

Ihr Weg hatte sie schließlich in den Norden der Stadt geführt. Ihr Ziel war ein großes, ehemaliges Lagerhaus, das jetzt von einer massiven Mauer umgeben war. Es gab einen Eingang, der mit einem gusseisernen Tor versperrt war. Auf der anderen Seite der Mauer konnte Lares ein kleines Häuschen erkennen, vermutlich so eine Art Wachhütte. Etwas abseits standen eine Handvoll Planwagen. Von Pferden wie auch von Menschen fehlte jedoch jegliche Spur.

Lares warf einen Blick zurück in die Richtung, aus der sie gekommen waren. Sie befanden sich in einer Seitenstraße, doch er konnte von hier aus die belebte Hauptstraße noch sehen. Sein Blick schweifte nach links und über den Dächern konnte er den hohen schlanken Turm des Malkor - Tempels erkennen, der dieses Viertel überragte. Malkor, der Wächter über die Unterwelt und Herr über den Tod und den Schlaf - einer der finstersten Götter des heiligen Pantheons der Zehn. Ob es Zufall war, dass sich das Hauptquartier der Knochenjäger in unmittelbarer Nähe zum Tempel des Totengottes befand? Oder war es Provokation? Vielleicht duldete der Herr der Unterwelt das Treiben der Knochenjäger sogar. Wahrscheinlich, dachte Lares, denn ansonsten hätten die Priester des Malkor die Diener des Nekromanten längst aus ihrer Nähe vertrieben.

Lares zuckte mit den Schultern und holte zu Nayin auf, der ihm einige Schritte vorausgeeilt war und das Tor schon fast erreicht hatte.

"Sag mal, wie genau hast du dir das eigentlich hier vorgestellt?" fragte er den Zauberer, als er neben ihm angekommen war. "Sollen wir hier fröhlich rein spazieren und fragen 'Hey, wir suchen jemanden namens Namuras, der wahrscheinlich ein *Shidai* ist und der eine Zaubermaske hat, die wir gern wiederhätten, weil sonst mein kleiner Bruder umgebracht wird'?"

Nayin blickte seinen Freund zweifelnd an.

"Vielleicht hat der magische Schlaf auch Nebenwirkungen, von denen ich bisher nichts wusste." bemerkte er ein wenig abfällig. "Für wie dumm genau hältst du mich eigentlich?" Lares fuhr schuldbewusst zusammen. Natürlich hatte Nayin in den letzten zwei Tagen Zeit gehabt, sich einen etwas besseren Plan zurecht zu legen.

Der Zauberer schüttelte den Kopf und wandte sich dann wieder dem wuchtigen Gebäude zu.

"Wir kommen natürlich aus dem gleichen Grund hierher, wie jeder andere, der bei den Knochenjägern vorstellig wird. Nur dass wir eine persönliche Empfehlung haben." sagte Nayin nach einigen Augenblicken. Er ging nicht näher darauf ein und Lares hütete sich, noch mal nachzuhaken, wollte er doch nicht als völliger Trottel dastehen.

Nayin trat an das schwere Tor heran und sah sich suchend um. Einen Griff gab es von außen nicht, ebenso wenig irgendeine Vorrichtung, um sich bemerkbar machen zu können. Nach wenigen Augenblicken gewahrten sie jedoch eine Bewegung in dem kleinen Wachhaus abseits des Tores. Die Tür der Hütte öffnete sich mit einem leisen Knarren und ein Mann trat heraus.

Lares war überrascht. Bedachte man die Schauergeschichten, die man sich über die Knochenjäger erzählte, so hätte er einen alten, bleichen und vielleicht ausgemergelten Gesellen erwartet, dem der Tod schon fast ins Gesicht geschrieben stand. Stattdessen gewahrte er nun einen jungen Mann mit halblangen blonden Haaren, einem fein ausrasierten Kinnbart und freundlichen, wenn auch ernsten, Augen. Seine Lippen umspielte ein hauchdünnes Lächeln, das sich leicht spöttisch verzog, als er Lares' Blick streifte. Mit schnellen Schritten trat der Mann an das Tor heran und wandte sich Nayin zu.

"Malkor segne Euch, Fremde", sagte er mit angenehmer und ruhiger Stimme. "Und Malkor segne jenen, der von Euch gegangen ist." fügte er nach einer kurzen Pause hinzu.

Nayin sah ihn überrascht an. "Ihr wisst, warum wir hier sind?" fragte der Zauberer erstaunt. Nun zeichnete sich ein echtes Lächeln auf den Zügen des Mannes ab.

"Natürlich.", antwortete er. "Niemand sucht die Knochenjäger auf, wenn er nicht einen Verlust in seiner Familie zu beklagen hat." Der junge Mann berührte den massiven Knauf auf seiner

Seite des Tores und öffnete es mit einer erstaunlichen Leichtigkeit, die man angesichts des massiven Materials nicht erwartet hätte.

"Tanek mein Name, zu euren Diensten, Herrschaften." stellte sich der Mann mit einer leichten Verbeugung vor und bedeutete ihnen mit der rechten Hand, einzutreten.

Nach kurzem Zögern betrat Nayin den gepflasterten Weg, der zum großen Haus führte, Lares folgte ihm auf dem Fuße. Hinter ihnen schloss Tanek das Tor, nachdem sie hindurchgegangen waren. Er schritt gemächlich an ihnen vorbei.

"Folgt mir, meine Herren." sagte der Knochenjäger, ohne sich noch einmal nach ihnen umzusehen.

Lares und Nayin taten, wie ihnen geheißen wurde und so traten sie schon bald in den Schatten des mächtigen Gebäudes. Außer ihnen und dem jungen Knochenjäger hatten sie noch keine Menschenseele gesehen und als sie das Gebäude betraten, konnte Lares den Eindruck nicht vermeiden, von einem großen hungrigen Tier verschluckt zu werden.

Aber sie landeten mitnichten im Magen eines hungrigen Ungetüms. Hinter der großen Eingangstür lag lediglich ein dunkler Flur, von dem einige Türen abgingen, sowie am Ende des Flures ein Treppenhaus, dass in den ersten Stock und in den Keller führte. An den Wänden hingen kunstvolle Gemälde und Wandteppiche, die allesamt karge Gebirgslandschaften oder vom Mondlicht beschienene Wälder zeigten. Die Kunstwerke wirkten melancholisch und traurig, aber in ihrer Art zugleich schön und erhaben.

Lares konnte sehen, wie sein Freund, der weitaus mehr Sinn für Kunst hegte, als er, von den Darstellungen fasziniert war. Ansonsten waren die Wände leer. Ein schlichter, dunkelroter Teppich dämpfte ihre Schritte und nur wenige Öllampen warfen ein dämmriges Licht auf das Szenario.

Tanek ließ ihnen einen Moment Zeit, das Gesehene wirken zu lassen, dann trat er neben sie und deutete lächelnd auf die erste Tür links von ihnen.

"Meister Gilvas wird sich um eure Angelegenheit kümmern. Er hat sein Büro gleich nebenan." Der Knochenjäger deutete eine Verbeugung an und wandte sich zur Tür.

"Mich ruft die Pflicht am Tor, gehabt Euch wohl, ihr Herren." Nayin und Lares nickten ihm zu und der junge Mann verschwand wieder nach draußen.

Sie standen allein in dem dunklen Flur. Ein wenig unschlüssig sahen sie sich an, dann zuckte Nayin mit den Schultern und ging auf die Tür zu, die Tanek ihnen gewiesen hatte.

"Irgendwo müssen wir schließlich anfangen und dieser Gilvas wird uns sicher helfen können."

Mit diesen Worten hob er die rechte Hand und klopfte geräuschvoll an die gewiesene Tür. Er wartete einen Moment, dann öffnete er sie langsam und trat schließlich herein. Lares sah sich noch einen Augenblick ein wenig verunsichert um, dann folgte er seinem Freund.

Der Raum war überraschend hell und geräumig. Durch ein großes Fenster strahlte Licht herein und rechts von der Tür stand ein eleganter Schreibtisch aus dunklem Holz. Links von der Tür sah Lares einen großen, massiven Schrank, der fast die gesamte Wand einnahm. Davor war eine gemütliche Sitzecke mit drei kleinen Sesseln und einem dreieckigen Tisch eingerichtet worden. Auf dem Tisch stand eine Schale mit Obst und neben einem der Sessel stand eine mannshohe exotische Pflanze, eine Art Zierpalme, in einem großen Topf. Der Boden war ausgelegt mit einem feinen hell gemusterten Teppich und an den Wänden hingen einige Kerzenleuchter.

Am Schreibtisch saß ein älterer Herr in einer dunkelbraunen Robe. Sein Gesicht wirkte zerknittert, aber nicht unfreundlich und seine Augen umspielte ein gutmütiger Zug. Die wenigen

Haare auf seinem Kopf waren zu einem Scheitel gekämmt, was jedoch nicht verschleiern konnte, dass er wohl in einigen Jahren mit einem Kahlkopf leben musste.

Lares' Bild von den Knochenjägern bröckelte zunehmend weiter, hatte er doch den jungen Tanek für eine Ausnahme gehalten. Doch anscheinend waren die Knochenjäger nicht ansatzweise so finstere Gesellen, wie ihr Ruf glauben machte.

Als der Alte sie hereinkommen sah, lächelte er freundlich, erhob sich von seinem Stuhl und deutete auf die Sessel.

"Malkor zur Ehren." begrüßte er sie. "Bitte nehmt Platz, Herrschaften." Seine Stimme war klar und deutlich, sie hatte einen Unterton, der Selbstsicherheit und Autorität ausstrahlte. Mit raschen Schritten war der Alte bei den Sesseln und gebot ihnen, Platz zu nehmen. Etwas nervös setzten sie sich hin.

"Mein Name ist Gilvas" stellte der Alte sich vor. "Ich nehme an, Tanek hat Euch zu mir geschickt". Lares nickte und Nayin ergriff das Wort.

"Ja, mein Herr." begann der Zauberer. "Mein Name ist Nayin Dargatil und das ist mein Bruder Lares. Wir sind zu Euch gekommen, weil wir Eure Unterstützung benötigen." Er machte eine kurze Pause, als müsste er sich sammeln und sich passende Worte zurechtlegen. Dann fuhr er leicht stockend fort.

"Unser lieber Vater ist vor einigen Tagen verstorben und wir sind nicht in der Lage, eine würdige Bestattung zu bezahlen. Mein Bruder ist im Moment auf der Suche nach einer festen Arbeit, doch die Zeiten sind schlecht. Und ich befinde mich kurz vor meinem Abschluss zum Zauberer an der hiesigen Akademie und kann ebenfalls keine Arbeit annehmen, mit der wir eine Beisetzung bezahlen könnten."

Gilvas nickte bedächtig, so als ob er derartige Geschichten des Öfteren zu hören bekäme. Aber wahrscheinlich interessierte ihn das Schicksal seiner Kundschaft in den meisten Fällen äußerst wenig, so vermutete Lares.

"Ich muss euch darauf hinweisen" erwiderte der Knochenjäger, "dass der Verkauf eines Verstorbenen zu erheblicher gesellschaftlicher Missachtung führen kann. Wir sind nicht gerade beliebt, möchte ich so salopp formulieren. Zudem ist eine solche Entscheidung nicht wieder rückgängig zu machen, ist sie erst einmal getroffen."

Nayin tat so, als müsste er eine Weile über die Worte des Mannes nachdenken. Dann antwortete er.

"Dessen sind wir uns bewusst, mein Herr" sagte er leise. "Doch dieses Wagnis sind wir bereit einzugehen. Unser Vater hätte nicht gewollt, dass ich aus Geldmangel mein Studium an der Akademie abbreche und dass wir uns seinetwegen in hohe Schulden stürzen."

Der Alte nickte erneut und erhob sich aus seinem Sessel, um zu seinem Schreibtisch zu gehen. Bevor er ihn jedoch erreicht hatte, erhob Nayin erneut das Wort.

"Verzeiht mir die Frage, mein Herr, ich möchte nicht unhöflich erscheinen..." druckste er ein wenig herum. Gilvas drehte sich um, lächelte unverbindlich und forderte ihn auf, weiterzusprechen.

"Nun", sagte der Zauberer, "wir wurden von einem eurer Männer kontaktiert, der sagte, er würde die ganze Sache für uns regeln können und wir sollten hier nach ihm fragen."

Lares blickte seinen Freund verwundert an. Das war der grandiose Plan des Zauberers? Auch Gilvas wirkte ein wenig irritiert und ein verwirrtes Lächeln huschte über seine Züge.

"Kontaktiert?" fragte er skeptisch. "Das ist ungewöhnlich, denn eigentlich lassen wir unsere Kunden zu uns kommen und drängen uns nicht weiter auf. Es wird oft als Belästigung gesehen"

"Oh, bitte versteht mich nicht falsch, er hat sich nicht aufgedrängt, sondern lediglich kurz über die Möglichkeit eines Geschäfts mit Euch informiert. Alles Weitere würde dann hier geklärt werden, sagte er uns."

"Dennoch ein wenig seltsam.", murmelte Gilvas. "Hat er sich euch namentlich vorgestellt?" fragte er.

"Ja", antwortete Nayin. "Sein Name war Namuras und er wirkte recht freundlich und aufgeschlossen."

Lares war erstaunt, wie glatt dem Zauberer diese Lüge über die Lippen gekommen war. Anscheinend lernte man so was an der Akademie, dachte er.

"Nun, das ist in der Tat eigenartig." erwiderte der Knochenjäger. "Einen Mann diesen Namens haben wir nämlich nicht in unseren Reihen, soweit mir bekannt ist. Und ich bin schon viele Jahre hier vor Ort und unser Personal ist recht überschaubar. Ich muss euch leider enttäuschen, was diesen Namuras angeht. Bestimmt hat sich da jemand einen Scherz mit euch erlaubt."

Nayin nickte enttäuscht.

"So wird es dann wohl sein..." sagte er niedergeschlagen. Auch Lares war frustriert. Wenn es hier keinen Namuras gab, mussten sie wieder bei null anfangen mit ihrer Suche.

"Da Ihr diese Angelegenheit wahrscheinlich mit einer Vertrauensperson besprechen wollt", fuhr Gilvas fort, "schlage ich vor, wir vertagen dieses Gespräch auf morgen. Falls Ihr dann immer noch Interesse an einem Geschäft mit uns habt, bin ich gerne bereit, alle Angelegenheiten für Euch zu regeln."

Nayin sah zuerst zu Lares, dann zu dem Knochenjäger herüber.

"Einverstanden", sagte er schließlich. "Und verzeihen sie die Unhöflichkeit, aber…" Gilvas hob abwehrend die Hand.

"Kein Grund zur Entschuldigung." sagte der Alte. "Der Tod eines Anverwandten ist immer eine sehr persönliche und schmerzhafte Sache, die man nicht mit jedermann besprechen mag. Schon gar nicht mit einem Fremden, der den Ruf hat, ein Leichenfledderer zu sein." fügte er mit leichter Bitterkeit hinzu. Dann lächelte er wieder.

"Verbleiben wir einfach dabei, dass Ihr morgen um diese Zeit wieder vorbeikommt, wenn Euch immer noch nach einem Geschäft zumute ist."

"Einverstanden" sagte Nayin noch einmal und erhob sich. Auch Lares, der bisher noch kein Wort gesprochen hatte, stand aus seinem Sessel auf. Gilvas trat an ihnen vorbei, öffnete ihnen die Tür und verabschiedete sie mit einem Nicken und einem kurzen, kräftigen Händedruck. Als er die Tür wieder hinter sich geschlossen hatte, standen Lares und Nayin allein in dem düsteren Flur.

"Und was machen wir jetzt?" fragte Lares niedergeschlagen. Der Zauberer zuckte mit den Schultern.

"Wir werden von vorne beginnen müssen, fürchte ich." antwortete er. "Aber ohne diesen Namuras kommen wir weder an die Maske noch an die Sternengarde heran. Wir müssen ihn finden, bevor er sich vielleicht entschließt, die Stadt zu verlassen."

"Und bevor sich die Sternengarde entschließt, meinen Bruder umzubringen." murmelte Lares düster.

"Lass uns zur Akademie zurückgehen." schlug Nayin vor. "Zum einen brauche ich was zu essen und zum anderen finde ich dort am ehesten etwas, was ich übersehen haben könnte."

Lares nickte und folgte seinem Freund zum Ausgang. Er trat neben ihn nach draußen und blickte niedergeschlagen in die langsam untergehende Sonne.

So wie die Sonne bald hinterm Horizont versinken würde, so schwanden auch seine Hoffnungen, seinen Bruder zu retten, von seinem eigenen Leben ganz zu schweigen.

Wo sollte er diesen Namuras nun suchen? Und vor allem, würde ihm der unheimliche Krieger überhaupt helfen und konnte er überhaupt etwas gegen die gesamte Sternengarde ausrichten?

Verzweiflung machte sich in ihm breit. Wäre es nur um ihn

gegangen, hätte er längst aufgegeben. Die Sternengarde war eine Macht, der er nicht gewachsen war. Aber es ging nicht nur um ihn. Er hatte die Verantwortung für seinen Bruder und es war seine Pflicht, alles zu versuchen, egal wie unmöglich es ihm jetzt erscheinen mochte.

Neben ihm keuchte Nayin überrascht auf und stieß einen Schmerzensschrei aus. Aus dem Augenwinkel sah Lares, dass sein Freund röchelnd zu Boden ging. Er wirbelte herum, gewahrte aber nur einen schattenhaften Umriss nahe der Hauswand.

"Hatte ich nicht gesagt, dass ich die töten werde, wenn du meinen Namen ausplauderst?" zischte eine kalte Stimme in seinem Nacken. Dann spürte er einen stechenden Schmerz an seinem Hals und ihm schwarz vor Augen.

Mit jeder Stunde, die verstrich, wurde Shiyaz unruhiger. Seit Tagen hatte er sich nicht mehr bei seinem Herrn gemeldet und er fürchtete nichts mehr als den Zorn des Magiermoguls.

Er hatte Gerüchte gehört über die Aktivitäten, die im Norden des Landes vor sich gingen. Die Traumreisenden wurden abgeschmettert, die Blicke der anderen Magier für die Dinge im Norden wurden getrübt und verschleiert. Kosmologen und Magieforscher sprachen von einer Konzentration magischer Kräfte in und um Amras herum.

Hier in Kylaria vermochte sich keiner einen Reim auf die Geschehnisse im Norden machen, doch Shiyaz ahnte es zumindest. Die Pläne seines Meisters nahmen Gestalt an, die Vorbereitungen für den großen Schlag hatten begonnen. Und wenn sie an dem Punkt angelangt waren, dass Menac Jadek nach der Maske verlangte…

Shiyaz mochte sich nicht vorstellen, was der Schattenmagier mit ihm machen würde, wenn er nicht rechtzeitig mit dem Artefakt nach Amras zurückkehrte. Oder das vermaledeite

Ding zumindest aus Kylaria fortgeschafft hatte.

Die Chancen auf einen Erfolg standen jedoch schlecht. Seit Tagen hatte er keine Neuigkeiten erfahren. Er wusste lediglich, dass dieser unselige Straßendieb, der ihnen einen Strich durch die Rechnung gemacht hatte, nun bei einem Freund an der Magierakademie untergekommen war. Sein kleiner Bruder war zwar längst auf dem Weg nach Amras, doch der Magiermogul würde sich kaum mit einer Geisel zufrieden geben - schon gar, da diese mehr nervig als nützlich war.

Allerdings musste sich die Maske noch in unmittelbarer Nähe befinden, denn auch aus Magierkreisen hörte man keine Klagen. Hätte der unheimliche Dieb das Artefakt fortgeschafft, hätte man es aus den Reihen der Feuermagier erfahren müssen, denn die Maske war schließlich der Quell eines Großteils ihrer Macht. Wäre sie fort, wären die Zauberer der feurigen Hand erheblich geschwächt worden und es hätte unter den Zauberern einen Aufruhr gegeben.

Dieses Wissen nutzte ihm jedoch auch nicht sonderlich viel. Kylaria war riesig und die Suche nach einem Unbekannten in der größten Stadt der bekannten Welt war wie die berühmte Nadel im Heuhaufen.

Nervös wanderte Shiyaz, Hauptmann der Sternengarde von Amras, in seiner Kammer auf und ab. Er hasste es, tatenlos warten zu müssen, vor allem, wenn er dabei noch auf einen Haufen unfähiger Untergebener angewiesen war. Zwar hatte sich noch keiner seiner Leute derartig falsch verhalten, dass es einen Grund gegeben hätte, zornig zu sein, doch waren sie ihm auch keine große Hilfe. Zum wohl hundertsten Mal verfluchte er die neue Philosophie, die sich in der Sternengarde verbreitet hatte.

Aber da war noch etwas Anderes. Er fühlte sich beobachtet.

Wer oder was ihn belauerte, vermochte er nicht zu beurteilen, doch seine magischen Sinne waren fein genug, um die Präsenz eines ungewünschten Beobachters wahrzunehmen. Doch jedes Mal, wenn er versuchte, seine Sinne auf den unliebsamen Schatten zu konzentrieren, verflüchtigte sich die Spur wie von Geisterhand.

Fast war es, als spiele sein Beobachter mit ihm. Er ließ ihn wissen, dass er irgendwo in der Dunkelheit wartete, aber er ließ es nicht zu, dass er enttarnt wurde. Was Shiyaz zudem verwirrte, war, dass er nicht einmal sagen konnte, ob dieser Fremde ihm überhaupt feindlich gesonnen war. Er spürte seine Gegenwart immer wieder am Rande des Wahrnehmbaren, doch war es eher Interesse als Bosheit, die ihn beäugte. Dies machte Shiyaz' Verwirrung erst recht komplett und führte schon dazu, dass er nachts fast nicht mehr schlief, sondern gespannt und erwartungsvoll in die Schatten starrte, die ihn belauerten.

Der Hauptmann der Sternengarde schüttelte den Gedanken an einen heimlichen Beobachter ab und wandte sich der Zimmertür zu. In einigen Minuten müssten zwei seiner Leute zurück sein und er erwartete einen Bericht von ihnen. Inhaltlich würde er sich wahrscheinlich kaum von denen der letzten Tage unterscheiden, doch Shiyaz wollte die Disziplin seiner Leute so weit wie möglich aufrechterhalten, selbst wenn ihre Arbeit sinnlos erschien. Und ein nervöser Anführer war nicht gerade ein guter Anreiz für effektive und gewissenhafte Arbeit.

Entschlossen rückte er seine Uniform zurecht, verließ den Raum. Sorgfältig schloss er die Tür hinter sich und ging die Treppe hinab.

Und obwohl der Raum nun leer war, blieb eine schattenhafte Präsenz. Sie hatte geduldig und teilnahmslos gewartet und beobachtet. Noch einige Sekunden verblieb sie in dem Raum und spürte den Geist des Hauptmanns langsam verblassen, während er sich von ihr entfernte. Dann verschwand sie, unspektakulär und lautlos. Nur die Schatten im Raum verloren an Intensität, als die fremde Präsenz nicht mehr da war.

Lares träumte. Wirre, erschreckende Bilder flackerten durch sein Bewusstsein, doch kaum, dass er sie greifen wollte, verschwanden sie und wirbelten im Chaos seines entfesselten Unterbewusstseins davon. Immer wieder tauchten Visionen aus dem Nichts auf, brannten sich schmerzhaft in seine Gedanken, nur um sofort wieder zu verblassen. Zurück blieb nur ein kalter Schmerz in seiner Seele, dessen Ursprung er jedoch nicht zu ergründen vermochte. Hin und wieder drangen Stimmen an sein Ohr. Er konnte nicht verstehen, was sie sagten, denn es war eine Sprache, die ihm vollkommen fremd war.

Unendlich langsam beruhigte sich der Irrsinn, der ihn beherrschte und verblasste zu einem unruhigen Wechselspiel verwirrender Bilder, die ihn immer noch verstörten, aber nicht mehr schmerzten. Immer wieder tauchte ein Gesicht auf, das ihm seltsam bekannt vorkam, das er aber nicht zuordnen konnte. Das Gesicht war angsterfüllt und seine Augen starrten ihn anklagend und vorwurfsvoll an. Zwischen den abwechselnden Visionen erklangen immer wieder die Stimmen. Sie waren deutlicher geworden und er glaubte, zwei verschiedene unterscheiden zu können. Was sie sprachen, blieb ihm jedoch weiterhin verborgen.

Wieder später flachte das Chaos in seine Gedanken weiter ab und er glitt hinüber in einen unruhigen, konturlosen Traum. Seltsamerweise war er sich die ganze Zeit über bewusst, dass er träumte. Ein Umstand, der meist dafür sorgte, dass man erwachte, doch in diesem Fall funktionierte das nicht. Er schlief weiter, doch die Stimmen in seinem Traum wurden deutlicher. Einzelne Wortfetzen drangen an sein Ohr und einige zusammenhangslose Dinge vermochte er zwar zu verstehen aber nicht zu begreifen.

"...fort... Am Leben... Wichtige Rolle... Erbe..."

Dann verschwanden die Stimmen und er sank in einen tiefen, traumlosen Schlaf.

Als Lares erwachte, fand er sich in absoluter Finsternis wieder. Seine Gelenke waren mit Lederriemen auf eine harte Pritsche gefesselt und er vermochte sich kaum zu bewegen. Sein Rücken schmerzte höllisch und ein penetrantes Stechen im Nacken marterte ihn zusätzlich. Sein Kopf dröhnte, als wäre eine Herde Mammuts hindurch geprescht und seine Kehle war staubtrocken und schrie geradezu nach Flüssigkeit.

"Na endlich…" sagte eine ausdruckslose Stimme zu seiner Linken. "Ich dachte schon, du wirst überhaupt nicht mehr wach."

Lares erkannte die Stimme sofort, obwohl er sie erst zweimal in seinem Leben gehört hatte.

"Wo…" keuchte er mühsam, dann ging seine Frage in ein röchelndes Keuchen über, gefolgt von einem Hustenanfall.

"Im Keller unserer Residenz." antwortete Namuras aus der Dunkelheit heraus, von Lares' Leiden anscheinend völlig unbeeindruckt.

"Und du kannst dich glücklich schätzen, hier zu erwachen und nicht in Malkors ewigen Hallen."

Lares hörte, wie der Knochenjäger sich von einem Stuhl erhob und sich einige Schritte entfernte. Plötzlich glomm ein Licht am Rande seines Blickfeldes auf und stach sich in Lares' Augen. Hastig schloss er sie und öffnete sie behutsam nach einigen Sekunden wieder. Noch immer schmerzte der Lichtschein, doch es war nun auszuhalten. Außerdem erschien ihm alles angenehmer als die Dunkelheit, in der er vorhin erwacht war. Dennoch schloss er die Augen wieder, denn das sanfte Licht drang auch durch seine geschlossenen Lider, so dass er nicht wieder in völliger Finsternis versank.

"Wo… Nayin?" presste Lares langsam hervor. Das Sprechen bereitete ihm Schmerzen, sein Hals brannte bei jedem Wort.

"Dein Zaubererfreund?" fragte Namuras. "Der ist nebenan und erfreut sich ebenfalls unserer berühmten Gastfreundschaft.

Allerdings ist er schon etwas länger wach als du und hat es mittlerweile um einiges bequemer."

Mit langsamen Schritten näherte sich der Knochenjäger wieder dem Lager, auf dem Lares festgebunden war.

"Derartiger Luxus wird dir jedoch vorerst einmal verwehrt bleiben, bis wir Zwei uns ausreichend zum Thema Verschwiegenheit unterhalten haben."

Lares hörte, wie Namuras sich den Stuhl heranzog und sich direkt neben sein Lager setzte.

"Durst…" röchelte er.

"Das wundert mich nicht" antwortete Namuras ungerührt. "Du hast schließlich volle zwei Tage hier gelegen und geschlafen."

Trotz der gefühllosen Tonlage von Namuras' Stimme, spürte Lares wenige Sekunden später, wie ihm ein Krug an die Lippen gesetzt wurde. Gierig nahm er einen großen Schluck, doch er verschluckte sich keuchend und hustete den größten Teil des klaren Wassers wieder aus.

"Nicht so hastig." sagte der Knochenjäger tadelnd, dieses Mal aber nicht mehr ganz so herzlos. "Du liegst recht ungünstig, um so schnell zu trinken."

Lares gehorchte und als Namuras den Krug ein weiteres Mal ansetzte, trank er wesentlich vorsichtiger als zuvor. Er spürte, wie das köstliche Nass seine Kehle hinunterlief und wie das raue und kratzende Gefühl in seinem Hals nachließ.

"Besser?" fragte der Knochenjäger. Lares nickte, worauf sein Gegenüber den Krug wieder fortnahm und auf den Tisch zurückstellte, der etwas abseits stand und den Lares erst jetzt wirklich zur Kenntnis nahm.

"So", begann Namuras. "Nachdem du also ausreichend gesprächsfähig bist, könnten wir gleich zur Sache kommen."

Der Krieger erhob sich und ging gemächlichen Schrittes um Lares' unbequeme Lagerstätte umher. Lares hatte alle Mühe, ihm mit Blicken zu folgen, denn er war immer noch

festgebunden und konnte seinen Kopf nur sehr bedingt drehen.
"Welcher Teil von 'Erwähne meinen Namen nicht' war so unglaublich schwer zu verstehen?" fragte Namuras. Bevor Lares überhaupt antworten konnte, sprach der schattenhafte Krieger schon weiter.

"Das du deinem Freund Nayin die Geschichte erzählst, war mir von vornherein klar. Irgendjemandem musstest du dich anvertrauen, nachdem dein Bruder entführt worden war."

"Ihr wisst, dass…" begann Lares, aber er wurde sofort durch ein scharfes Zischen Namuras' unterbrochen.

"Ich weiß vieles, mein naiver Freund. Als wir in der Unterstadt aufeinandertrafen, wusste ich schon, dass diese Narren von der Sternengarde deinen Bruder entführen würden. Lediglich, dass sie so schnell sein würden, hatte ich tatsächlich nicht unbedingt erwartet." Er machte eine kurze Pause, als müsste er einen Moment über irgendetwas nachdenken.

"Doch darum geht es hier nicht." fuhr er fort. "Wie schon gesagt, dass du Nayin einweihst, war mir klar und ist zu verzeihen. Aber das du hier auftauchst und dem Erstbesten meinen Namen *und* meine möglichen beruflichen Tätigkeiten unter die Nase reibst, widerspricht ganz eindeutig der Abmachung, die wir beide haben."

Wieder machte der Krieger eine kurze Pause, dann trat er zwei rasche Schritte auf Lares zu und stand nun direkt neben ihm.

"Die entscheidende Frage ist nun…" sagte er lauernd. "Wem hast du sonst noch von mir erzählt? Und mach dir gar nicht erst die Mühe, zu lügen. Ich weiß Wahrheit und Lüge sehr gut zu unterscheiden."

"Niemandem sonst…" keuchte Lares nach einigen Sekunden. "Ich schwöre, dass außer Nayin und diesem Gilvas noch niemand Euren Namen aus meinem Mund gehört hat."

Namuras starrte ihn lange und durchdringend an. Lares kamen die Sekunden des Schweigens wie eine Ewigkeit vor. Angst stieg in ihm auf. Der Mann glaubte ihm nicht. Er würde ihn für einen Schwätzer halten, der überall nach ihm gefragt hatte und würde ihn kurzerhand hier und jetzt umbringen.

Seine Angst steigerte sich zu panischem Entsetzen, als er plötzlich in Namuras' Hand ein Messer aufblitzen sah. Blitzschnell zog der Krieger die Klinge aus seinem Gürtel, doch anstatt Lares nun die Kehle durchzuschneiden, durchtrennte er mit zwei schnellen Schnitten die Fesseln, die Lares' Arme an seiner Liege festhielten.

Erstaunt keuchte Lares auf und bevor er sich auch nur halbwegs aufrichten konnte, waren auch die Fesseln an seinen Füßen durchtrennt.

"Steh auf!" befahl der Knochenjäger. "Wir haben einiges zu besprechen."

"Ihr glaubt mir also?" fragte Lares überflüssigerweise. Der Blick, den Namuras ihm zuwarf, sprach Bände.

"Ich würde mir sonst kaum die Mühe machen, dich zwei Tage hier liegen zu lassen und zu versorgen, um dich dann umzubringen, oder?" fragte er spöttisch.

"Das heißt…" begann Lares irritiert, wurde aber gleich unterbrochen.

"Ja, das heißt, dass ich dich sowieso nicht getötet hätte." sagte Namuras lächelnd. "selbst wenn du meinen Namen überall in der Stadt herumerzählt hättest - dein Tod hätte es auch nicht wieder rückgängig gemacht."

Der Knochenjäger machte einen Schritt auf ihn zu und reichte ihm die Hand, als Lares sich von seiner Liege erhob und sich vorsichtig hinstellte. Er war ziemlich wackelig auf den Beinen und wenn Namuras ihn nicht leicht gestützt hätte, wäre er vermutlich nicht allzu weit gekommen, ohne hinzufallen.

"Außerdem", sagte Namuras, nachdem Lares die ersten Schritte getan hatte, "hast du vielleicht noch ein paar Informationen über diese Maske, hinter der alle her sind."

Lares nickte nur, weil er sich ganz auf seine Füße konzentrieren musste. Allerdings hatte er nicht die geringste Ahnung, was er dem *Shidar* noch über die Maske hätte sagen können. Bis zu ihrer Begegnung in der Unterstadt hatte er nicht einmal gewusst, welche der Masken das Objekt der Begierde gewesen war. Um ehrlich zu sein, wusste er es ja bis heute immer noch nicht.

Namuras führte ihn in den Nebenraum, der weitaus besser beleuchtet, aber genauso karg eingerichtet war. Der Raum maß etwa vier mal vier Meter und an seinen Wänden waren schmucklose Schränke und Regale zu erkennen. Zwischen den Möbelstücken waren Petroleumlampen angebracht, die den Raum in ein flackerndes Licht tauchten.

In der Mitte stand ein kleiner, runder Tisch um den drei Stühle herum angeordnet waren. Auf dem Tisch erkannte Lares einige seltsame Gerätschaften und Werkzeuge, deren Zweck sich ihm völlig entzog. Mittendrin lag völlig unscheinbar eine wenig kunstfertige, grobe Bronzemaske von exotischem Äußeren, die anscheinend irgendein Raubtier darstellen sollte.

Da lag sie also, diese verfluchte Maske, die in den letzten Tagen wie eine Sturmflut in sein Leben gebrochen war und alles fortgespült hatte, was er gekannt hatte und was ihm lieb und teuer gewesen war. Dieses kleine, harmlos wirkende Ding war ein gestaltgewordener Fluch für ihn, zugleich aber auch die einzige Hoffnung, sein Leben und das seines Bruders zu retten.

Zögernd schritt Lares auf den Tisch zu und verharrte einen Meter davor, unschlüssig, was er machen sollte. Namuras beobachtete ihn eine Weile, dann ging er an ihm vorbei, zog sich einen Stuhl heran und bedeutete dem jungen Einbrecher, sich ebenfalls hinzusetzen. Lares gehorchte zögerlich, es fiel ihm schwer, seinen Blick von der Maske abzuwenden.

"Erstaunlich, nicht wahr?" fragte Namuras schließlich in das Schweigen hinein. "so viel Aufregung und so viel Gewalt wegen einer unansehnlichen Tiermaske."

Lares nickte mühsam, immer noch war sein Blick auf die animalische Fratze gerichtet, welche die Maske darstellte.

"Was ist so Besonderes an ihr?" fragte er schließlich leise. "Was hat dieses hässliche Ding an sich, das es rechtfertigt, Menschen zu töten und Kinder zu entführen?" Zorn stieg in ihm auf und er hatte Mühe, nicht loszuschreien.

Namuras schien seine Wut zu spüren, denn er nahm die Maske an sich und brachte sie somit aus der Reichweite von Lares' Händen. Er sah sie einen Moment gedankenverloren an, dann schaute er wieder zu Lares herüber.

"Ich hatte gehofft, dass du ein wenig Licht in das Dunkel bringen könntest." antwortete er. Der Einbrecher sah den Krieger erstaunt an? Er sollte etwas wissen? Woher denn?

"Ich habe die Maske untersucht, doch alles, was ich herausgefunden habe, ist, dass sie magischer Natur ist." sprach Namuras nach einigen Sekunden weiter.

"Und dass ein mächtiger Zauber ihre wahre Natur vor der Entdeckung schützt." fügte er hinzu.

Lares nickte verwirrt. "Und ich soll mehr darüber wissen?" fragte er.

"Immerhin hast du sie von uns Beiden zuerst in der Hand gehabt. Wusstest du von den Masken in dem Haus oder hast du einfach nur mitgenommen, was wertvoll aussah?"

"Letzteres..." gab Lares ein wenig beschämt zu. Er hatte lediglich gewusst, dass der Besitzer der Villa recht wohlhabend war, aber nicht wohlhabend genug, um Wächter bezahlen zu können. Eine leichte Angelegenheit also. Eigentlich...

"Das ist schade, denn die Magie der Maske bleibt mir verborgen. Auch dein Freund Nayin konnte sie nicht entschlüsseln." sagte Namuras bedauernd.

"Nayin? Wo ist er?" Lares hatte seinen Freund für den Moment völlig vergessen gehabt.

"Keine Sorge, er ist oben und durchforstet unsere Bibliothek nach Hinweisen und Dingen, die ihn sonst noch interessieren." Plötzlich lächelte Namuras. "Er gäbe einen großartigen Schüler für meinen Herrn ab: talentiert, neugierig und mit ausreichend Skepsis gesegnet, dass er nicht jeden Humbug für voll nimmt. Aber das ist ein anderes Thema."

Der Knochenjäger setzte sich wieder gerade hin, betrachtete die Maske noch ein weiteres Mal und legte sie schließlich wieder auf den Tisch. Dann sah er Lares durchdringend an.

"Ich denke, wir Drei werden morgen einem gemeinsamen Bekannten einen kleinen Besuch abstatten. Ich hätte zu gerne gewusst, welches Geheimnis dieses Ding birgt und welches Interesse die Sternengarde und ihr Meister daran haben. Und bei der Gelegenheit holen wir auch deinen Bruder zurück - wo wir schon mal da sind, sozusagen."

Der Ernst in Namuras' Gesicht verschwand und machte einem Grinsen Platz, dass ihn wesentlich jünger erscheinen ließ.

"Es wird Zeit, dass dieser Shiyaz einen Denkzettel bekommt." spottete der *Shidar*. "und wenn wir den Hauptmann und seine restlichen Getreuen ein wenig getrietzt haben, dürfte die hiesige Zweigstelle der Sternengarde vorläufig indisponiert sein."

Zum ersten Mal seit vielen Tagen keimte in Lares wieder so etwas wie Hoffnung auf und ein vorsichtiges Lächeln stahl sich auf seine Züge.

"Was genau habt Ihr vor?" fragte er den *Shidar*

"Zunächst einmal ist mein Name Namuras, wie du ja schon weißt und herum geplaudert hast.", sagte der *Shidar*. "Wir sind jetzt sozusagen Verbündete und du brauchst mich nicht anreden, als wäre ich ein Höfling oder von Adel."

Der Krieger, der ihm vor nicht einmal einer halben Stunde mit dem Tod gedroht hatte, reichte Lares die Rechte hin. Nach kurzem Zögern ergriff der Einbrecher die Hand. Schließlich hatte er keine große Wahl und der *Shidar* bot ihm eine

Hoffnung. Außerdem, so musste er sich widerstrebend eingestehen, war ihm der unheimliche Kämpfer auf eine gewisse Art und Weise sympathisch, obwohl er einem finsteren Herrn diente und einem sehr zweifelhaften und nicht gerade götterfürchtigen Gewerbe nachging.

"Gut." sprach Namuras weiter. "Nachdem die Förmlichkeiten geklärt wären, hör mir zu."

Und Lares lauschte gespannt, als der *Shidar* ihm seinen Plan erklärte.

Die beiden ungleichen Männer hatten mehr als eine Stunde über den morgigen Tag gesprochen. Lares hatte nicht alles verstanden, was Namuras ihm erklärt hatte, doch was er begriffen hatte, machte ihm Mut. Der Plan des *Shidar* war gut und Lares glaubte jetzt wieder daran, seinen Bruder aus den Fängen der Sternengarde befreien zu können. Mehr noch. Wenn Namuras' Plan wirklich aufging, würde die Sternengarde sämtlichen Einfluss in Kylaria verlieren und die unheilvolle Maske würde an einen Ort kommen, weit weg von Amras.

Nachdem sie fertig gewesen waren, hatte Namuras ihn zu seinem Quartier geführt, wo er auch Nayin angetroffen hatte. Die beiden Freunde waren sich um den Hals gefallen und Lares war froh gewesen, den Magier gesund und wohlauf wiederzusehen. Die Art und Weise wie Namuras und Nayin miteinander sprachen, zeigte Lares außerdem, dass die beiden ebenfalls ein Bündnis geschlossen hatten, denn die beiden Männer unterhielten sich wie gute Bekannte.

Namuras hatte sich kurz nach Nayins Forschungen erkundigt, doch das Gespräch war wenig ergiebig gewesen. Was vielleicht auch daran liegen konnte, dass Lares nur ansatzweise etwas von dem Fachgespräch der beiden Männer verstand.

Was er jedoch sehr wohl heraus hörte und was er auch schon während des Gesprächs im Keller vermutet hatte war, dass

Namuras weitaus mehr war als nur ein gewöhnlicher Kämpfer. Der *Shidar* war von erstaunlich schneller Auffassungsgabe und konnte mit einem angehenden Magier auf gleicher Ebene kommunizieren. Dieser Mann war hochintelligent, was ihn nur noch gefährlicher machte. Lares war froh, auf seiner Seite zu stehen und den *Shidar* nicht zum Feind zu haben.

Dann hatte Namuras die beiden Freunde alleine gelassen. Sie hatten sich einiges zu erzählen.

Nayin war in einer ähnlich unbequemen Situation erwacht wie Lares, doch war er lediglich wenige Stunden bewusstlos gewesen und nicht mehrere Tage. Auch Nayin war von Namuras ausgiebig ausgefragt worden und als der *Shidar* festgestellt hatte, dass der Magier die Wahrheit gesagt hatte, hatte er ihn in seine Pläne eingeweiht. Außerdem war es dem Zauberer gestattet worden, die Schriften der Knochenjäger zu studieren.

Der Magier war zugleich fasziniert und abgeschreckt von den Werken, die er hier vorfand, denn vieles davon wurde nicht an den normalen Schulen für Zauberei gelehrt und das ein oder andere Pergament hätte wohl auch die Kirchen der Zehn auf den Plan gerufen.

Viel mehr hatte Lares von dem Redefluss seines Freundes nicht verstanden. Schließlich hatte Nayin es auch aufgegeben, seinem Freund irgendwelche Details erläutern zu wollen. Es war spät und sie beide waren müde gewesen.

Die Dunkelheit war hereingebrochen und jetzt lag Lares auf einer Matratze, die ungleich bequemer war als das Lager, das er in den letzten beiden Nächten zwangsweise bezogen hatte. Und obwohl er todmüde war, mochte sich der Schlaf nicht recht einstellen.

Unzählige Gedanken schwirrten ihm im Kopf herum. Er dachte an seinen Bruder, an den Plan den Namuras ausgeheckt hatte und daran, was wohl passieren würde, wenn irgendetwas schief ging. Zwar versuchte er, solche trüben Aussichten zu verdrängen, doch es gelang ihm nicht ganz. Und als er schließlich in einen unruhigen Schlaf sank, war er von Alpträumen und wirren Bildern geplagt, so dass er nur wenig Erholung fand in dieser Nacht.

Die Sonne war vor etwa einer Stunde über den Horizont gekrochen und stieg nun unaufhaltsam höher. Von Minute zu Minute wurde es wärmer und die Sonnenstrahlen badeten die Dächer von Kylaria in gleißende Helligkeit. Die gläsernen Kuppeln und Türme der Stadt reflektierten das Licht und warfen es vielfach gebrochen in die Straßen der Stadt zurück. Es war das gleiche Schauspiel, wie man es auch zum Sonnenuntergang in der größten Stadt der bekannten Welt beobachten konnte, doch wie in den letzten Tagen hatten weder Lares noch Nayin ein Auge für dieses Wunderwerk aus Natur und Baukunst.

Ihr Weg führte sie quer durch die Stadt. Sie passierten drei Kontrollpunkte, aber da sie beide einen Pass für sämtliche Bereiche der Stadt hatten, wurden sie lediglich durch den stockenden Verkehr und den Stau an den Toren aufgehalten, der selbst um diese Uhrzeit schon beträchtlich war.

Die ersten Marktstände hatten schon seit einigen Stunden geöffnet und manch ein Geschäft schloss die Ladentüren zu dieser Jahreszeit überhaupt nicht. Kylaria war eine Stadt, die niemals schlief, sondern allenfalls nur ein wenig zur Ruhe kam. Diese Phase dauerte meist aber nur zwei bis drei Stunden und umfasste den Zeitraum vor dem Sonnenaufgang. Mittlerweile war es schon wieder derart voll auf den Straßen der Metropole, dass man nur sehr mühsam vorwärtskam.

Erst als sie in das Viertel kamen, in dem ihr Ziel lag, lichtete sich das Gewusel der Stadt etwas, denn sie befanden sich nun in einem reinen Wohngebiet. Und obwohl sie nicht einmal allzu weit von Lares' Haus entfernt waren, hätten sie sich wahrscheinlich hoffnungslos verlaufen, wenn Namuras ihnen keine präzise Wegbeschreibung gegeben hätte.

Lares dachte kurz an den jungen *Shidar*, von dem sie sich bei ihrem Aufbruch sehr schnell getrennt hatten. Hoffentlich hatte er auch wirklich an alles gedacht und hoffentlich hatte er die Stärke seines Gegners nicht unterschätzt. Sollte sich der Hauptmann der Sternengarde als zu starker Gegner erweisen, war ihr Plan zum Scheitern verurteilt.

Für einen kurzen Moment kroch Angst in ihm hoch, doch dann erinnerte er sich wieder an seine erste Begegnung mit dem *Shidar*. Namuras hatte drei Männer der Sternengarde derart mühelos ausgeschaltet, dass sie nicht einmal eine Chance gehabt hatten, sich zu wehren.

Als sie ihr Ziel erreicht hatten, war Lares beinahe enttäuscht. Sie standen in einem unspektakulären Wohnviertel, wenige Straßenzüge vom Stadtzentrum entfernt und blickten auf ein Haus, das aussah wie Hunderte andere auch in Kylaria.

Nach wenigen Augenblicken wurde Lares jedoch klar, warum die Sternengarde nicht irgendein prunkvolles Gebäude in Beschlag genommen hatte. Zum einen war die Garde nicht sonderlich beliebt, da sie ungefragt Zauberer für ihre Truppen in der ganzen Welt rekrutierten und zum anderen hätte die Führung der Stadt es niemals geduldet, dass reguläre Truppen eines Reichs hier stationiert waren, mit dem nicht einmal ein Friedensvertrag existierte und das offiziell nicht einmal anerkannt war.

Obwohl das Magierreich von Amras schon seit mehreren Generationen existierte, empfand man in den meisten Teilen der Welt die Abspaltung als unrechtmäßig und stellte sich schon aus diplomatischen Gründen mit Lengan solidarisch. Dass die politischen Konflikte des Nordens im Grunde aber niemanden wirklich interessierten, erkannte man daran, dass die Sternengarde trotzdem überall ein und aus gehen konnte, ohne irgendwie behelligt zu werden.

Lares schob die Gedanken an Politik und Intrigen zur Seite. Die Ränkespiele der Mächtigen waren ihm im Moment herzlich egal. Er wusste nur: da drinnen war sein Bruder gefangen und da drinnen fand er auch den Mann, der für sein Leid verantwortlich war. Seine linke Hand glitt zu der kleinen Tasche, die er bei sich trug. Durch den Stoff hindurch fühlte er die Maske.

"Alles in Ordnung?" fragte Nayin besorgt.

Lares drehte sich zu ihm um. Die ehrliche Antwort wäre Nein gewesen. Er war ziemlich nervös und er hatte wahnsinnige Angst, dass Namuras irgendetwas nicht bedacht oder übersehen hatte. Dennoch nickte er nach einem kurzen Augenblick.

Nayin klopfte ihm aufmunternd auf die Schulter, wohl wissend, was in seinem Freund vorging. Dann deutete er mit einer Kopfbewegung auf das Gebäude und setzte sich in Bewegung. Lares folgte dem Zauberer, der seine Alltagsrobe gegen ganz gewöhnliche Kleidung ausgetauscht hatte, die der *Shidar* ihm gegeben hatte. Sie wollten die Sternengardisten nicht provozieren, indem sich Nayin als Magier zu erkennen gab.

Als sie nebeneinander vor der Haustür standen, sahen sie sich noch einmal kurz an und Lares versuchte zu lächeln. Er merkte jedoch, dass ihm das gründlich misslang, wandte sich wieder ab und klopfte schließlich an die hölzerne Tür. Es dauerte nur wenige Augenblicke, bis sie hinter der Tür schwere Schritte vernahmen und ihnen die Tür geöffnet wurde.

Ein Mann von fast zwei Metern Höhe und der Statur eines Wandschranks starrte missmutig zu ihnen heraus. Über einem dunkelbraunen Lederwams trug er ein langes Kettenhemd, darüber den dunkelblauen Wappenrock der Sternengarde. An seiner Seite baumelte ein Langschwert und in seinem Gürtel steckten zwei geschwungene Dolche. Das Gesicht des Mannes war grobschlächtig und sein Blick zeugte nicht gerade von übermäßiger Intelligenz. Kurzes blondes Haar stand in alle Richtungen von seinem Schädel ab und Lares konnte nicht erkennen, ob das gewollt war oder der Zufall diese Frisur erschaffen hatte. Allerdings hatte er auch nicht lange Gelegenheit, sich über das fehlende Modebewusstsein des Mannes Gedanken zu machen.

"Was wollt ihr?" ranzte der Gardist sie unfreundlich an. Bevor Lares jedoch antworten konnte, begann Nayin bereits zu sprechen.

"Wir wollen zu deinem Herrn." antwortete er in dem abfälligsten Tonfall, zu dem er in der Lage war. "Wir haben etwas für ihn."

"Was sollten zwei Bauern wie ihr schon haben, dass den Herrn Hauptmann interessieren könnte?" knurrte der Hüne unfreundlich. Doch Nayin ließ sich von der abweisenden Art des Gardisten nicht beeindrucken.

"Nun", sagte er. "mir ist zu Ohren gekommen, ihr würdet nach etwas suchen."

Er machte eine kurze Pause und Lares konnte sehen, wie es in dem Gesicht des Gardisten arbeitete. Nach einigen Sekunden sprach der Zauberer weiter.

"Und wir haben einige interessante Informationen bezüglich des gesuchten Gegenstands."

Der Hüne grummelte etwas Unverständliches, machte aber einen Schritt zur Seite und bedeutete ihnen mit einer unwilligen Geste, einzutreten. Nayin ging sofort an dem Gardisten vorbei und auch Lares folgte ihm in nur kurzem Abstand.

Der Raum, der vor ihnen lag, war ursprünglich wahrscheinlich einmal ein Wohn- und Speiseraum für eine durchschnittliche cathurianische Familie gewesen. Nun standen hier acht Feldbetten an den Wänden und in der Mitte des Raumes befand sich ein großer, runder Tisch, um den herum sechs Stühle aufgestellt waren. Dort, wo keine Betten standen, sahen sie hohe, schmale Schränke, die allesamt verschlossen waren. Ansonsten war der Raum leer. Andere Möbel oder sonstigen Zierrat, der eine Wohnung erst wohnlich macht, gab es nicht.

Nayin schüttelte den Kopf.

"Selbst aus einer Villa könnten Soldaten wahrscheinlich eine Kaserne machen." murmelte er spöttisch.

Lares blickte erschrocken zu dem Hünen hinüber, doch entweder hatte der Mann die Worte des Zauberers nicht gehört oder den Spott nicht begriffen. Jedenfalls ging er nicht auf den Zauberer ein, sondern fragte nur: "Wen soll ich dem Hauptmann melden?"

"Melde deinem Herrn, dass Lares mit der Maske eingetroffen ist." sagte Lares. Er hoffte, dass der Soldat das leichte Zittern seiner Stimme nicht hörte. Doch der Manns schien tatsächlich nicht mit einer allzu großen Auffassungsgabe ausgestattet zu sein, denn er gab wieder nur einen undefinierbaren Laut von sich und verschwand durch eine Seitentür. Sekunden darauf hörten sie, wie er eine Treppe nach oben hinaufging. Seine schweren Schritte ließen ein lautes Knarren vernehmen.

Nayin schüttelte den Kopf.

"Das also ist die großartige Sternengarde" seufzte er. "Ein hirnloser Schläger, der in eine Uniform gesteckt wird." Der Zauberer verzog angewidert das Gesicht. Dann sah er sich suchend in dem großen Raum um. Als er keine bequemere Sitzgelegenheit entdecken konnte, nahm er schließlich auf einem der schlichten Holzstühle Platz. Lares tat es ihm gleich, zog sich einen Stuhl heran und setzte sich neben den Zauberer an den Tisch.

Sie brauchten nicht lange zu warten, bis sie von oben wieder Schritte hörten. Lares sah sich besorgt um, warf einen Blick zur Eingangstür und zu der Seitentür, durch die der Hüne eben verschwunden war. Hoffentlich lief alles so, wie Namuras es sich gedacht hatte, dachte er. Ansonsten saßen sie beide ganz schön in der Klemme.

Die Schritte näherten sich, wurden lauter und wenig später wurde die Tür wieder geöffnet, die offenbar ins Treppenhaus führte. Der Hüne trat hindurch, bedachte sie kurz mit einem wenig intelligenten Blick und ging weiter bis zum Eingang und baute sich mit vor der Brust verschränkten Armen vor der Tür auf. In den nächsten Minuten sollte er nichts Anderes tun als sie schweigend und finster anzustarren. Lares fand dieses Verhalten ziemlich albern, doch er hatte nur wenig Zeit, sich über den Gardisten zu amüsieren. Denn kaum hatte der Riese am Eingang seinen Posten bezogen, betrat ein weiterer Mann den Raum. Ein Mann, den Lares nur allzu gut kannte.

Hauptmann Shiyaz trug im Gegensatz zu seinem Untergebenen keine Kettenrüstung, sondern ein schlichtes dunkelblaues Gewand mit, für Lares fremdartigen, Symbolen, die silbern auf den Stoff gestickt waren. An seiner rechten Seite hing ein schmuckvoller Zierdegen, in der Linken trug er die schimmernde, blaue Kugel, die Lares schon einmal zu Gesicht bekommen hatte.

Shiyaz lächelte sie freundlich an, doch seine Augen verrieten eine gewisse Unsicherheit. Zudem war dem Mann anzusehen, dass er die letzten Tage nicht gerade in völliger Entspannung verbracht hatte. Shiyaz war nervös, aber Lares war sich ziemlich sicher, dass das nichts mit ihrer Anwesenheit hier zu tun haben musste.

Der Hauptmann der Sternengarde blickte kurz zu seinem Untergebenen, lächelte erneut, wobei ein spöttisches Blitzen kurz in seinen Augen zu erkennen war. Offenbar empfand er das Gehabe des Gardisten als ebenso überflüssig wie sie. Dann zog er sich ebenfalls einen Stuhl heran und setzte sich den beiden Männern gegenüber.

"Ich muss gestehen, ich bin erstaunt, dich so früh hier anzutreffen, mein junger Freund." begann der Hauptmann, wobei seine Stimme leicht herablassend klang. "Um ehrlich zu sein" fuhr er fort, "bin ich sogar ziemlich überrascht, dass ihr mich hier gefunden habt. Wenn ich mich recht erinnere, hatte ich doch gesagt, ich werde dich aufsuchen."

Er machte eine kurze Pause. Dann warf er einen Blick auf Nayin.

"Und wer ist dieser junge Mann, der seine magischen Künste hinter Alltagskleidung zu verbergen versucht?" fragte er spöttisch.

Nayin zuckte bei den Worten des Hauptmanns unmerklich zusammen. Das Shiyaz seine Tarnung so mühelos durchschaut hatte, brachte ihn durcheinander. Weder er noch Lares hatten erwartet, dass der Hauptmann über derart magische Fähigkeiten verfügte.

"Nicht wirklich klug, einen weiteren Zeugen in die Sache mit hinein zu ziehen, Lares." sprach der Hauptmann weiter.

"Nayin hat mir geholfen, die Maske wieder zu beschaffen." antwortete er hastig. "Ohne ihn würde ich immer noch blind durch die Stadt laufen und danach suchen."

"Nun gut, wie dem auch sei…" antwortete Shiyaz. "Du bist hier, die Maske ist hier, der Rest soll nebensächlich sein. Gib sie mir."

"Wo ist mein Bruder? Ich will ihn sehen!" forderte Lares.

"Zuerst gibst du mir diese Maske, mein Junge." sagte Shiyaz drohend. "Dann werde ich deinen Bruder holen lassen und du kannst mit dem Bengel verschwinden. Also her damit!"

Lares nickte stumm, griff in seine Tasche und beförderte eine, in ein einfaches Leinentuch eingeschlagene, Bronzemaske zutage. Kaum hatte er sie auf den Tisch gelegt, zuckten Shiyaz' Hände nach vorne und grapschten gierig danach. In seinen Augen glänzte es triumphierend, gleichzeitig glaubte Lares auch eine große Erleichterung bei dem Sternengardisten zu erkennen.

"Was hat es damit eigentlich auf sich?" fragte Nayin. Shiyaz blickte auf und sah den jungen Zauberer misstrauisch an. "Was ist so besonders an diesem hässlichen Ding, dass Menschen dafür sterben mussten und ein unschuldiges Kind entführt wurde?" Nayins Stimme war lauter geworden und klang eindeutig vorwurfsvoll.

"Das wirst du schon sehr bald feststellen, kleiner Zauberer." höhnte Shiyaz. Von dem Moment an, wo er die Maske an sich genommen hatte, war auch der letzte geringe Schein an Freundlichkeit in seiner Stimme erloschen und hatte endgültig einem verächtlichen und herablassenden Tonfall Platz gemacht. "Spätestens, wenn die Maske die Stadt verlassen hat, wirst du es am eigenen Leib zu spüren bekommen, Feuermagier. Eure Zeit ist abgelaufen."

"Was soll das bedeuten?" fragte Nayin zögerlich.

"Finde es selbst heraus. Ich werde jetzt bestimmt nicht meine Pläne offenbaren, damit ihr noch versuchen könnt, sie zu verhindern oder mich anderweitig zu behelligen."

"Das ist bedauerlich." sagte eine Stimme vom Eingang.

Mit einem überraschten Keuchen wirbelte Shiyaz herum und auch Nayin und Lares sahen zur Tür und zu dem Hünen, den sie in den letzten Minuten vollkommen ignoriert hatten.

Der Gardist stand nicht mehr alleine an der Tür. Und um der Wahrheit die Ehre zu geben, stand er eigentlich überhaupt nicht mehr, jedenfalls nicht von selbst. Eine schwarz gewandete Gestalt hatte ihn von hinten am Hals gefasst und hielt ihn fest. Ansonsten wäre er auch umgefallen, denn die Spitze eines Schwertes ragte aus seiner Brust hervor und sowohl seine Kleidung als auch der Boden zu seinen Füßen war blutgetränkt. Die Augen des Hünen waren gebrochen und als Namuras ihn schließlich losließ, brach der Gardist zusammen, ohne einen

Laut von sich zu geben. Lediglich das Klirren der Kettenrüstung durchbrach die eisige Stille.

Der *Shidar*, der wie aus dem Nichts in dem Raum aufgetaucht war, nahm seine Kapuze ab und lächelte Shiyaz böse an. Dann wandte er sich mit einem kurzen Blick an Lares.

"Der feine Herr Hauptmann belügt dich, Lares." sagte er kalt. "Dein Bruder ist nicht hier. Aber er wird uns bestimmt sagen, wo wir ihn finden können, wenn wir ihn freundlich danach fragen."

Namuras bückte sich kurz zu dem getöteten Gardisten herunter und wischte sein blutverschmiertes Schwert an dessen Wappenrock ab.

"Das also ist der Stolz von Amras." sagte er höhnisch. "Die berüchtigte Sternengarde, kämpfende Zauberer." Er machte eine kurze Pause, dann wandte er sich wieder an Shiyaz. "Ziemlich lausig für ein Reich, dass sich anschickt, die halbe Welt unterwerfen zu wollen, nicht wahr?"

Shiyaz Antwort bestand in einem einzigen, abfälligen Geräusch. Er hatte sich immer noch nicht von der Überraschung erholt, dass der *Shidar* so plötzlich, und vor allem von ihm unbemerkt, hier eindringen konnte.

"Wer bist du?" fragte er schließlich. "Wer bist du, dass du es wagst, einen Magier der Sternengarde herauszufordern?"

"Das ist hier nicht von Belang, bester Hauptmann." antwortete Namuras. "Einzig von Interesse sind die Fragen, was es mit dieser Maske auf sich hat und wo der Bruder dieses jungen Mannes ist." Er deutete mit seinem Schwert auf Lares, der immer noch wie versteinert dastand und keinen Ton hervorbrachte.

"Und keine dieser Fragen werde ich dir beantworten." zischte Shiyaz. "Einem gedrungenen Mörder bin ich keinerlei Rechenschaft schuldig."

Mit diesen Worten hob der Hauptmann die linke Hand, in der

er die schimmernde blaue Kugel hielt. Er flüsterte ein kurzes, abgehacktes Wort, das Lares nicht verstand. Nayin jedoch schien es zu kennen, denn er schrie erschrocken auf.

Sofort fing die Kugel an, in einem gleißenden Licht zu erstrahlen. Shiyaz riss die Linke nach vorne, brüllte etwas Unverständliches und ein dünner Strahl kalten Lichts jagte aus der Kugel direkt auf Namuras' Gesicht zu. Der *Shidar* machte jedoch keine Anstalten, dem magischen Geschoss auszuweichen. Stattdessen hob er die rechte Hand vors Gesicht und für den Bruchteil einer Sekunde schien seine Gestalt von einem schwarzen Flackern eingehüllt zu sein. Dann flammten die Finger seiner Hand kurz auf und der eisige Strahl wurde von der schimmernden Dunkelheit aufgesogen, die Namuras umgab.

Shiyaz' Triumphschrei blieb ihm im Halse stecken, als er sah, wie sein Gegner seinen Angriff abgewehrt hatte. Eine Sekunde später weiteten sich seine Augen vor Entsetzen.

Namuras vollzog eine komplizierte Handbewegung und die gleichen magischen Energien, die eben noch gegen ihn gerichtet waren, wurden nun auf den Hauptmann zurückgeschleudert.

Der Anführer der Sternengarde war viel zu perplex, um auf die Attacke zu reagieren und so wurde er mit brutaler Gewalt von seinem eigenen Zauber von den Füßen gerissen und gegen einen der Schränke geschmettert. Dort, wo der magische Blitz ihn an der Brust getroffen hatte, überzog sich sein Gewand mit einer dünnen Eisschicht, die jedoch sofort wieder schmolz.

Namuras schritt langsam auf Shiyaz zu, der sich mühsam und mit schmerzverzerrtem Gesicht wieder aufrappelte.

"Ein Magier?" keuchte der Hauptmann ungläubig. Dann loderte Zorn in seinen Augen auf. "Verräterisches Satharipack!" schrie er. "ich habe gleich gewusst, dass man euch nicht trauen kann!"

"Aber, aber…" sagte Namuras lächelnd. "Wer wird denn gleich solch haltlose Beschuldigungen verbreiten? Bei aller Sympathie, mein Freund, aber ein Kind Satharis bin ich beim besten Willen nicht."

Der Hauptmann der Sternengarde schien ihn gar nicht zu hören. Er zog sein Schwert und stürmte auf den *Shidar* zu. Im Laufen schrie er wieder ein unverständliches Wort und seine Klinge leuchtete in einem strahlenden Blau auf. Das Metall überzog sich mit einer glitzernden Eisschicht und die Bewegung, mit der Shiyaz zum Hieb ausholte war viel schneller, als ein normaler Mensch einen Schwerthieb hätte ausführen können.

Wie ein gleißender Blitz zuckte die Klinge nach Namuras' Gesicht. Der Krieger riss seine Klinge hoch und schaffte es irgendwie, den Hieb abzuwehren. Gänzlich parieren konnte er die Attacke jedoch nicht, so dass der Hieb seine Schulter streifte, anstatt seine Kehle zu zerfetzen.

Namuras stieß einen überraschten Schrei aus und Shiyaz brüllte triumphierend auf. Erneut hob er sein Schwert in einer unglaublich *schnellen* Bewegung und zielte auf Namuras' Kehle.

Dieses Mal schien der *Shidar* jedoch auf den Angriff vorbereitet gewesen zu sein, denn bevor die Klinge ihm gefährlich werden konnte, machte er einen Satz nach hinten, ging in die Hocke und riss die rechte Hand mit einem abgehackten Schrei nach vorne. Ein Schwall schwarzer Energien entlud sich aus seiner Hand und raste auf den Hauptmann zu. Dieser war wiederum nicht schnell genug und wurde erneut von dem magischen Angriff an die Wand geschleudert. Er brüllte vor Schmerz und Lares konnte sehen, wie Blut über sein Gesicht lief.

Shiyaz versuchte, sich erneut aufzurappeln, doch dieses Mal ließ ihm Namuras keine Gelegenheit dafür. Der *Shidar* sprang auf, reckte beide Hände nach vorne und sprach ein fremdartig und unglaublich böse klingendes Wort, das nicht für menschliche Zungen gemacht worden sein konnte. Lares erschauderte allein bei seinem Klang.

Aus Namuras' Händen wanden sich unzählige dunkle Stränge, die wie zuckende Tentakel auf den Sternengardisten zurasten. Sie griffen ihn, drückten ihn zu Boden und schnürten sich um seine Kehle. Shiyaz wehrte sich verzweifelt, seine Lippen formten immer wieder seltsame Laute und Worte, doch die scheußlichen Fesseln aus Gestalt gewordener Dunkelheit hielten ihm am Boden fest.

Es dauerte lange, bis der Magier aus Amras schließlich den Kampf aufgab. Mehrere Minuten kämpfte er gegen die dunkle Magie an, dann schließlich konnte Lares sehen, wie sämtliche Kraft den Gardisten verließ und sein Körper in sich zusammensackte. Im gleichen Moment verschwanden die unheimlichen Tentakel und Namuras kniete sich neben dem röchelnden Zauberer nieder. Auch der *Shidar* wirkte erschöpft. Der unheimliche Zauber musste auch ihn einiges an Kraft gekostet haben.

"Nun, willst du mir jetzt antworten?" fragte Namuras drohend.

"Du hast mich besiegt." keuchte der Hauptmann. "Doch viel wird dir dieser Sieg nicht nützen" Er hustete qualvoll, dann sackte er wieder zusammen.

"Das werden wir noch sehen." antwortete der *Shidar* ruhig. "Also… erzähl uns was du über die Maske weißt und wo ihr Lares' Bruder hingebracht habt. Vielleicht lasse ich dich dann am Leben." Die beiden Kontrahenten lieferten sich ein stummes Blickduell, und auch dieses entschied Namuras für sich.

"Also gut…" keuchte Shiyaz. "ich werde dir sagen, was ich weiß. Aber viel ist es nicht."

"Rede!" befahl Namuras

"Mein Meister sagte mir, dass die Maske der Quell der Macht der Feuermagier sei." begann Shiyaz. "Sie beziehen ihre ganze Kraft aus diesem Artefakt, ohne es überhaupt zu ahnen. Mein Herr plant einen Feldzug gegen Lengan und um die Feuermagier daran zu hindern, ihren Verbündeten zu Hilfe zu eilen, will er sie ihrer Macht berauben."

Namuras sah auf und blickte Nayin fragend an. Der Adept schüttelte jedoch nur ratlos den Kopf.

"Noch nie von so einer Geschichte gehört." sagte der junge Magier. Namuras zuckte mit den Schultern und wandte sich dem Hauptmann wieder zu.

"Und das ist alles?" fragte er lauernd.

"Mehr weiß ich nicht" antwortete der Sternengardist mühsam.

"Und wo ist der Junge?" wollte Namuras wissen.

"Den Jungen habe ich zusammen mit einem meiner Männer nach Amras geschickt." keuchte Shiyaz. "Als Unterpfand, sozusagen. Sobald die Maske sicher bei meinem Herrn angekommen wäre, hätte ich dafür gesorgt, dass er zurückgebracht wird."

"Ach ja?" fragte Namuras spöttisch. "Solche Mühen hättest du auf dich genommen?" Er spuckte direkt neben dem Gesicht des Hauptmanns aus.

"Lächerliche Lüge!" zischte der *Shidar*. "Bestenfalls hättet ihr ihn einfach in einem eurer Erziehungsheime untergebracht. Viel wahrscheinlicher ist aber, dass er einfach in den Sümpfen vor der Stadt ausgesetzt worden wäre, nicht wahr?"

Shiyaz wollte antworten, doch Namuras schnitt ihm mit einem zornigen Fauchen das Wort ab.

"Genug von diesem Geschwätz." sagte er drohend. "Wir brauchen dich jetzt nicht mehr." Der *Shidar* griff nach dem Schwert, dass er neben sich gelegt hatte, als er sich zu dem Sternengardisten heruntergebeugt hatte. Shiyaz' Augen weiteten sich vor Entsetzen und noch einmal versuchte er, seine magischen Kräfte zu bündeln und gegen den Krieger zu schicken. Doch Namuras erwiderte diesen Angriff nur mit einer kurzen Handbewegung und einem freudlosen Lachen. Mit einem erstickten Schmerzensschrei brach der Sternengardist wieder zusammen.

"Im Grunde haben wir dich überhaupt nicht gebraucht." fuhr Namuras leise fort. "Für einen Hauptmann der Sternengarde bist du erschreckend unwissend und nutzlos." Er machte eine kurze Pause, als müsste er über irgendetwas nachdenken. Währenddessen wechselte er das Schwert von der linken in die rechte Hand.

"Aber du sollst nicht dumm sterben, Hauptmann." sagte er nach einigen Augenblicken. "Du hast mich eben als Sathari bezeichnet, doch du hast dich geirrt." Sein Blick streifte gedankenverloren die Spitze seines Schwertes.

"Ich bin ein Schattenkrieger im Dienste des Herrn von Shinhar" sagte er schließlich. "und mein Name ist Namuras." Mit diesen Worten schnitt Namuras dem Hauptmann der Sternengarde die Kehle durch.

Wie gelähmt hatte Lares den Kampf und das Gespräch der beiden Männer beobachtet. All seine Hoffnung war zunichtegemacht worden. Sein Bruder war nicht hier. Shiyaz hatte ihn fortgeschafft und wahrscheinlich hatten seine Leute Amras schon fast erreicht. Somit war Akilion unerreichbar geworden.

Nur am Rande registrierte er den kaltblütigen Mord des *Shidar* an dem Hauptmann der Sternengarde und auch die Skrupellosigkeit Namuras' war ihm beinahe gleichgültig. Erst später sollte er sich Gedanken darüber machen, dass er sich mit einem Menschen verbündet hatte, dem das Leben eines Einzelnen nicht sonderlich viel zu bedeuten schien. Im Moment aber überwog das Entsetzen und die Verzweiflung über das Gehörte und Gesehene.

Namuras erhob sich und sagte irgendetwas zu ihnen, aber Lares hörte überhaupt nicht zu. Schließlich schüttelte der *Shidar* leicht verärgert den Kopf und als er von Nayin und dem dunklen Krieger beinahe hinaus geschleift wurde, wehrte er sich nicht.

Er starb. Die Klinge hatte seine Kehle zerfetzt, doch sein Mörder war nicht gnädig genug gewesen, ihn schnell zu töten. Das Leben sickerte langsam aber beständig aus seinem Körper heraus und selbst seine Magie vermochte das Ende nicht aufzuhalten. Der Kampf gegen den *Shidar* hatte ihn zu sehr geschwächt, als dass er noch Kraft für eine Heilung übriggehabt hätte. All seine Zauberkraft war aufgebraucht und schon bald würde auch seine Lebenskraft erloschen sein.

Ein kleiner Teil von ihm schien das Schicksal jedoch noch nicht hingenommen zu haben. Unter furchtbaren Schmerzen stemmte sich Shiyaz noch einmal in die Höhe und kroch langsam auf die Tür zu. Wenn er sie erreichte und ihn jemand zufällig sah, konnte er vielleicht noch auf ein Wunder hoffen. Nach den ersten Metern allerdings spürte er, dass er es nicht schaffen würde. Mit jeder Bewegung verließ ihn das Leben schneller und jeder Zentimeter, den er vorwärts kroch war zugleich ein Schritt näher zu seinem Ende.

Schließlich brach er wieder blutüberströmt zusammen, nicht einmal einen Meter von der geschlossenen Tür entfernt. Sie hätte jedoch genauso gut tausend Meilen entfernt sein können, denn seine Kraft war nun endgültig erschöpft.

Um ihn herum nahm die Dunkelheit rasend schnell zu. Sein Blick verschleierte sich und ihm war, als würde er von einem bodenlosen Abgrund angezogen. Er wehrte sich gegen den Sog, doch es gab nichts, was er dieser unaufhaltsamen Macht entgegen zu setzen hatte. Die Welt um ihn herum verschwamm und seine Gedanken begannen sich zu verwirren.

Dann sah er den Wirbel vor sich. Während sein Körper die letzten Atemzüge aushauchte, taumelte sein Geist einem irrsinnigen Strudel inmitten der Ewigkeit entgegen. Um sich herum glaubte er andere Geister zu sehen, vernahm gequälte Schreie und irres Kichern aus tausenden Kehlen. Schattenhände griffen nach ihm, schienen ihn sanft zu streicheln. Gleichzeitig zogen sie ihn erbarmungslos in den Abgrund. Für einen kurzen Moment konnte er einen Blick ins Innere des Strudels werfen und was er sah, übertraf jeden Schrecken, den er sich vorstellen konnte.

Die Seelen der Verstorbenen badeten in einem Ozean aus Dunkelheit, gefesselt von eisigen Ketten und von schattenhaften Ungeheuern gequält und verhöhnt. Formlose Scheusale griffen nach den Geistern und verschlangen sie, ohne sie zu töten. Denn was bereits tot ist, kann kein weiteres Mal sterben.

Um ihn herum brodelte das Chaos, die Schrecken der Außenwelt umtanzten ihn. Sobald sein Körper den letzten Lebensfunken ausgehaucht hatte, würde auch er dort unten sein, verdammt und gefoltert in alle Ewigkeit.

Der Tod war keine Erlösung, wie die Priester der Zehn es immer wieder predigten. Es gab keine Paradiese, in welche die Seelen der Verstorbenen einkehrten und im Glanz der Götter unsterblich wurden, um auf ewig der Schöpfung zu dienen.

Alles war gelogen, es gab keine Hoffnung, kein Leben nach dem Tod. Nur Chaos herrschte, wenn das Leben erlosch. Die einzige Hoffnung der Sterblichen war die, dem Tod so lange wie möglich zu entrinnen. Und diese Erkenntnis traf ihn in jenem Moment, als es zu spät für ihn war. Der Tod hatte längst seine Klauen nach ihm ausgestreckt und die Ungeheuer von jenseits der Realität gierten nach seiner Seele - einem neuen Opfer, das sie quälen konnten.

Erneut stemmte er sich gegen den Sog, versuchte die flüsternden Stimmen und die tastenden Hände, die ihn lockten, zu ignorieren. Doch es gab kein Entkommen. Unaufhaltsam zog es ihn in den Abgrund.

Dann spürte er, wie er gepackt wurde. Irgendeine andere Macht hatte nach ihm gegriffen und zog ihn nun zurück.

Unter ihm ertönte ein wütender Schrei, wie von einem Raubtier, dem die Beute entkommen war. Ein Pulk schwarzer Tentakel zuckte aus dem Wirbel hervor, doch sie verfehlten seine Beine. Shiyaz konnte die Enttäuschung und den Hass der Dämonen, die seiner habhaft werden wollten, förmlich spüren - dann wurde er mit aller Kraft zurückgeschleudert und es zog ihn immer weiter von dem Abgrund zurück. Die Dunkelheit um ihn herum verblasste und schließlich öffnete er wieder die Augen.

Verwirrt blickte er sich um, seine Hand befühlte die klaffende Wunde an seinem Hals. Oder die Stelle, wo eben noch eine Wunde gewesen war!

Erschrocken richtete er sich auf und stellte überrascht fest, dass er sich recht erholt fühlte. Die Kraft war fast so schnell in seinen Körper zurückgekehrt, wie sie ihn nach dem Kehlenschnitt des Fremden verlassen hatte. Als er sich auf die Knie stemmte und sich schließlich unsicher am Türrahmen hochzog, vernahm er eine Stimme hinter sich.

"Du solltest dich nicht überanstrengen, Shiyaz. Immerhin warst du vor ein paar Sekunden dem Tod noch sehr nahe."

Der Hauptmann der Sternengarde wirbelte herum, doch sofort überkam ihn ein Schwindelgefühl. Er taumelte, sein Blick verschwamm und er stürzte zu Boden.

"Ich habe es doch gesagt." meinte die Stimme leicht tadelnd. Sie war sanft und wirkte friedfertig, doch Shiyaz glaubte, einen hämischen Unterton wahrzunehmen. War etwa der *Shidar* zurückgekehrt und hatte ihn gerettet, nur um ihn danach verhöhnen zu können?

"Aber, aber…" fuhr die Stimme sanft fort. "Wer wird denn gleich so negativ denken? Du könntest ruhig ein wenig dankbarer dafür sein, dass ich dich vor dem endlosen Abgrund bewahrt habe."

Shiyaz' Blick wurde wieder klarer und als die Schleier verschwunden waren, erblickte er auch den Ursprung der Stimme. Zuerst glaubte er tatsächlich, seinen Kontrahenten vor sich zu haben, denn alles, was er erkannte, war eine schwarze Kutte. Als er jedoch genauer hinsah, bemerkte er die Unterschiede.

Die Gestalt saß auf einem Stuhl, dennoch war sie fast zwei Schritt groß. Aufgerichtet musste sein Gegenüber weit über drei Schritt messen. Das Wesen trug eine Schlinge um den Hals und in seiner Linken hielt sie eine Peitsche, die von einem diffusen dunklen Schimmer umgeben war. Das Gesicht war unter der Kapuze verborgen, doch Shiyaz glaubte, ein rotes Leuchten darunter zu erkennen - dort, wo die Augen hätten sein müssen. Aus den weiten Ärmeln der Kutte lugten lediglich die Hände hervor. Die Haut war nachtschwarz und die Finger endeten in langen, ebenfalls schwarzen, Fingernägeln, die eher wie Klauen aussahen denn wie menschliche Hände.

Shiyaz erschrak und versuchte ein Stück, zurück zu kriechen, doch da war bereits die Hauswand.

"Keine Angst, Shiyaz, wenn ich deinen Tod gewünscht hätte, so hätte ich nur abwarten brauchen. Doch das Gegenteil ist der Fall."

"Wer bist du?" keuchte der Hauptmann der Sternengarde mühsam. Er hatte eine vage Vorstellung, wem oder was er hier gegenüberstand, doch er weigerte sich, den Gedanken fortzuführen.

"Oh, die Bewohner dieser Welt haben mir schon so viele Namen gegeben. Und sie waren allesamt falsch." Die Gestalt lachte leise. "Meinen wahren Namen wirst du nie begreifen, von daher suche dir einen aus, der dir am besten geeignet erscheint." Shiyaz nickte verstört.

"Viel wichtiger als die Frage, wer ich bin, ist doch die Frage, was ich dir zu bieten habe." Die Stimme war immer noch sanft und freundlich, doch Shiyaz spürte plötzlich, welche Macht von der Gestalt ausging. Eine dunkle Ahnung keimte in ihm auf, wen oder was er da vor sich hatte, doch die Vorstellung war zu absurd, als dass sie sich bewahrheiten könnte. Warum sollte ein derart übermächtiges Wesen Interesse an ihm haben?

"Vielleicht, weil ich - im Gegensatz zu euren sogenannten Göttern - durchaus ein gesteigertes Interesse an den Seelen der Sterblichen habe."

Das Wesen hatte seine Gedanken so mühelos gelesen, wie ein offenes Buch. Shiyaz erschauerte bei der Vorstellung.

"Ich habe ein Angebot für dich, es steht dir jedoch frei, es anzunehmen oder abzulehnen. Ich zwinge niemanden zu seinem Glück, auch wenn ich Dummheit stets bedaure. Jeder sollte die Freiheit haben, sein Schicksal selbst zu wählen, findest du nicht auch?"

Shiyaz nickte, vermochte aber immer noch nicht zu sprechen. Eigentlich war es auch gar nicht nötig, das Wesen las seine Gedanken ja ohnehin mit Leichtigkeit.

"Ich habe dich vor den endlosen Abgrund gerettet, den ihr den Tod nennt, um dir folgendes Angebot zu machen: Du hattest eine Mission und bist gescheitert. Ich gebe dir die Macht, sie zu erfüllen und die Schande reinzuwaschen, die dieser Knochenjäger dir zugefügt hat. Als Gegenleistung wirst du nur noch mir huldigen. Deinem Herrn Jadek magst du gerne weiter dienen, wenn es dich erfüllt, doch deine Gebete wirst du an mich richten. Dafür schenke ich dir ein langes Leben, viel länger, als die allermeisten Menschen - und die Macht, mehr zu sein als ein einfacher Hauptmann. Du könntest Kommandant werden, General oder vielleicht eines Tages Mogul, wer weiß…"

Shiyaz konnte kaum glauben, was die Gestalt ihm dort anbot. Er würde herrschen, würde ganze Legionen kommandieren. Aber was war der Preis dafür?

"Der Preis", antwortete das Wesen, "ist angesichts dessen, was du eben gesehen hast, lächerlich gering. Ich will deine Seele. Solltest du eines Tages sterben, wirst du nicht von dem Malstrom zerrissen, sondern in mein Reich einfahren um mir dort als stolzer Krieger zu dienen."

"Und wenn ich ablehne?" brachte Shiyaz leise hervor, obwohl er seine Wahl schon fast getroffen hatte.

"Das steht dir selbstverständlich frei, Sterblicher. Wenn du ablehnst, werde ich wieder in meine Dimension zurückkehren und du bleibst hier am Leben, befleckt mit der Schande der Niederlage und des Versagens. Du hast einmal gegen den Knochenjäger verloren und du wirst wieder verlieren, denn er ist *noch* stärker als du. Und du weißt, was der Preis für Versagen ist, sei es durch die Hand dieses Magiers oder durch die Hand deines Herrn."

Shiyaz nickte. Oh ja, dass wusste er nur zu genau. Es war egal, ob der *Shidar* ihn ein weiteres Mal besiegte oder ob sein Meister ihn für sein Versagen strafte. In beiden Fällen wartete der alptraumhafte Abgrund, dem er gerade eben noch entronnen war.

"Du hast die Wahl.", sagte das schattenhafte Wesen freundlich. "In jedem Fall behältst du dein Leben - vorerst jedenfalls. Ergreife meine Hand und ich werde dir Wege eröffnen, die dir ansonsten verborgen bleiben. Oder schlag sie aus und finde deinen eigenen Weg."

Die Gestalt erhob sich von seinem Stuhl und kam langsam auf Shiyaz zu. Mit jedem Schritt schien die Kreatur zu wachsen und an Macht zu gewinnen. Eine Macht, die Shiyaz nicht einmal ansatzweise erfassen konnte. Die urtümliche Macht eines Gottes.

Der Hauptmann der Sternengarde stemmte sich mühsam in die Höhe und blickte der Gestalt entgegen. Seine allerletzten Zweifel verschwanden, als er den leicht goldenen Schimmer wahrnahm, der das Wesen jetzt einhüllte.

Nein, er hatte keine Wahl. Und wen scherte es schon, wenn er sich von den Zehn lossagte und nun zu einer Kreatur betete, die von Jenseits kam? Was hatten die Zehn schon zu bieten außer Entbehrung und die Aussicht auf eine endlose Marter nach dem Tod?

Und als der Dämon, dem kluge Gelehrte einst den Beinamen "Lockender Verräter" gegeben hatten, ihm die Rechte hinhielt, ergriff er sie.

Kapitel 7: Das Meer der Dämmerung

Kylaria, Hauptstadt von Cathuria,
Monat Alathyia, Frühling im Jahr 1104 nach Ashibans Fall

Lares und Nayin saßen gemeinsam am Tisch und während sie schweigsam ein relativ üppiges Abendessen einnahmen, taten sie das, womit sie schon in den vergangenen zwei Tagen die meiste Zeit verbracht hatten: Warten.

Nachdem sie das Hauptquartier der Sternengarde verlassen hatten, waren sie auf direktem Weg in die Unterkunft der Knochenjäger zurückgekehrt. Schon auf dem Weg hierher war Lares wieder zur Besinnung gekommen und die bodenlose Verzweiflung war nach und nach in Zorn umgeschlagen. Er verfluchte die Götter und das Schicksal, dass ihm so hart zugesetzt hatte in den vergangenen Tagen, aber die dumpfe Niedergeschlagenheit, die er bisher immer verspürt hatte, war von einer beinahe fanatischen Entschlossenheit verdrängt worden.

Am liebsten wäre er sofort losgezogen, dem Sternengardisten und seinem Bruder hinterher - notfalls auch zu Fuß. Sowohl seine Freunde als auch sein eigener Verstand hatten ihm jedoch sehr schnell klargemacht, dass er damit rein gar nichts erreichen würde. Sie brauchten einen Plan, und Namuras hatte versprochen, sich der Angelegenheit anzunehmen. Seitdem hatten sie beide den mysteriösen *Shidar* kaum zu Gesicht bekommen und waren dazu gezwungen, auf Neuigkeiten zu warten.

Dennoch waren sie nicht völlig untätig gewesen. Während Namuras sich rargemacht und bei ihren kurzen Gesprächen den Geheimniskrämer gespielt hatte, hatten Lares und Nayin einige

202

wichtige Habseligkeiten ins Haus der Knochenjäger geschafft.
Jetzt, wo die unmittelbare Gefahr durch die Sternengarde gebannt war, hatte auch Lares wieder einen Fuß in seine Wohnung setzen können, wenn auch nur in Begleitung seines Freundes. Schließlich hatten sie alles Notwendige für eine Reise in den Norden zusammengerafft.

Hier im zentralen Cathuria, zudem noch an der Küste, war längst ein warmer Frühling angebrochen, doch hoch im Norden, beinahe an der Grenze zu der ewigen Einöde von Lomar, mochte selbst um diese Jahreszeit noch eisiger Winter sein. Und wenn sie viel Pech hatten, würden sie bis nach Amras reisen müssen, wenn es ihnen nicht gelang, den Sternengardisten noch vor der Magiermetropole abzufangen.

Zusätzlich zur entsprechenden Reisekleidung hatten die beiden Freunde auch eine nicht geringe Menge an Barvermögen mitgenommen. Keiner von ihnen wusste schließlich, wie lange die Reise dauern würde und es wäre eine grausige Ironie des Schicksals, wenn die Befreiung von Akilion an ein paar lausigen Geldstücken scheitern würde.

Lares fischte sich mit einer Gabel - ein wertvolles Silberbesteck, dass noch vor ein paar Wochen wie zufällig den Weg in seine Tasche gefunden hätte - gerade eine Scheibe von dem Rinderbraten auf den Teller, als Namuras zur Tür herein kam.

Die beiden Freunde sahen auf und der *Shidar* nickte ihnen freundlich zu. Auf dem Weg zum Tisch ging er an einer kleinen Kommode vorbei, öffnete eine Schublade und brachte einen weiteren Teller, Messer und Gabel zum Vorschein. Dann ging er mit schnellen Schritten zum Tisch, zog sich einen dritten Stuhl heran und begann schweigend damit, sich den Teller mit Fleisch und Gemüse vollzupacken.

Nayin und Lares sahen ihm erwartungsvoll dabei zu, doch Namuras schien sie gar nicht zu bemerken, denn er widmete sich ausschließlich den Speisen auf dem Tisch. Erst als er seinen Braten in der Sauce beinahe ertränkt hatte und sich das erste Stück abgeschnitten hatte, sah er wieder auf und blickte die beiden Freunde an.

„Noch nie einen Mann beim Abendessen gesehen?" fragte er spöttisch. „Oder warum starrt ihr so, wie eine Kuh, wenn es donnert?"

„Nun, wir dachten, du hättest uns was Wichtiges mitzuteilen:" antwortete Lares leicht gereizt. „Zum Beispiel, wie und wann wir die Verfolgung des Sternengardisten aufnehmen!"

„Ach so…" sagte Namuras, als ob er sich dieses Problems gerade erst wieder bewusst geworden wäre.

„Nun" sagte er schmatzend, während er sich das Stück Braten in den Mund schob und nach der Karaffe Rotwein griff, die in der Mitte des Tisches stand, „es ist alles arrangiert."

Der *Shidar* öffnete die Karaffe, griff nach einem der unbenutzten Krüge und schenkte sich ein. Währenddessen sprach er weiter.

„Morgen früh, zwei Stunden nach Sonnenaufgang um genau zu sein, legt ein Frachter namens *Tirfalis* mit Ziel Nakesh hier im Hafen ab. Der Kapitän wird so freundlich sein, uns als zahlende Passagiere mitzunehmen - hoch offiziell und legal das Ganze." Er machte eine kurze Pause, während der er einen Schluck Wein trank und sich ein wenig Gemüse auf die Gabel schaufelte. Dann fuhr er fort.

„In Nakesh treffen wir uns dann mit meiner Kontaktperson vor Ort, ebenfalls ein Mitglied des Schattenordens. Sie ist bereits informiert und holt derweil Erkundungen ein, bis wir da sind. Wenn wir dann in der Stadt ankommen, können wir uns direkt an die Verfolgung des Gardisten machen. Und mit etwas Glück, kannst du deinen Bruder direkt in Empfang nehmen."

„Wieso bist du so sicher, dass sie nach Nakesh gehen oder die Stadt überhaupt auf ihrer Route liegt?" fragte Lares skeptisch.

„Du bist nie weit von Kylaria entfernt gewesen, oder?"

„Doch, schon." antwortete Lares. „Allerdings immer nur Richtung Süden, nie nach Norden."

„Sonst wüsstest du auch, dass Nakesh nahezu unumgänglich ist für jeden, der weiter nach Norden möchte. Es sei denn, er möchte eine wochenlange Reise durch die Wildnis auf sich nehmen." Wieder machte er eine kurze Pause, nahm einen Schluck Wein und einen Bissen von dem Braten.

„Nakesh ist nach Kylaria die größte Hafenstadt am Meer der Dämmerung und zudem der Hauptumschlagplatz für Waren, die Lengan erreichen oder verlassen sollen. Von Nakesh aus führen sämtliche befestigten Straßen Richtung Norden. Und obwohl unser Freund den Landweg eingeschlagen hat, wird auch er genau aus diesem Grund an Nakesh nicht vorbeikommen. Die Alternative wäre eine Reise durch die Säulen des Nordens oder durch die endlosen Steppen Lengans. Und für beides hat er keinen Grund, schließlich rechnet er nicht mit Verfolgern. Also wird er die schnellste Strecke nehmen. Und die führt über befestigte Straßen und somit über Nakesh."

Das klang einleuchtend, dachte Lares und schämte sich ein wenig, dass er sich so wenig in der Geographie seiner Heimat auskannte. Aber schon bald sollte er ja nun Gelegenheit bekommen, diese Wissenslücke zu schließen, wenn auch aus einem sehr unangenehmen Anlass.

„Und selbst wenn er aus irgendwelchen seltsamen Gründen die Städte meiden wollte" sprach Namuras schließlich weiter. „gibt es keinen schnelleren Weg nach Lengan als den Seeweg nach Nakesh. Wenn wir ihm auf dem Landweg folgen, holen wir ihn nie ein, bevor er in Amras angekommen ist. Und einen Besuch in der Stadt, die anscheinend gerade dabei ist, einen Krieg anzuzetteln, möchte ich vermeiden, sollte es sich einrichten lassen."

„Was passiert mit der Maske?" fragte Nayin.

„Ich werde sie mitnehmen." antwortete Namuras. „Zum einen ist sie bei mir am Sichersten und zum anderen werde ich sie direkt nach unserer Reise ohne Umweg zu meinem Herrn bringen. Er wird in der Lage sein, die Geheimnisse dieses Artefakts zu lösen."

„Und wenn sie uns abgenommen wird?" hakte Nayin nach.

„Dann wird sie Amras letztendlich doch erreichen."

„Wer sollte sie uns abnehmen wollen?" fragte Namuras. „Shiyaz weilt nicht mehr unter uns und vor diesem einen Gardisten brauchen wir uns kaum zu fürchten. Und sollten wir wider Erwarten nach Amras hinein müssen, werde ich das Ding vorher irgendwo in Sicherheit bringen."

Damit schien das Thema fortan für den *Shidar* abgehakt zu sein, denn er widmete sich in den nächsten Minuten ausschließlich seinem Abendessen. Auch Lares und Nayin nahmen noch einmal nach, denn die Aussicht auf mehrere Tage karge Seemannskost ließ ihren Appetit noch einmal neu aufflammen. Als Namuras seinen Teller schließlich ein zweites Mal geleert hatte, erhob er sich und blickte Lares an.

„Wie bewandert bist du eigentlich im Schwertkampf?" fragte der *Shidar*.

„Eher wenig." gestand Lares kleinlaut. „Ich bin eher auf gewaltlose Einbrüche spezialisiert. Mit dem Dolch kann ich ganz gut umgehen."

„Nun, das ist ein Anfang!" meinte Namuras. „Dann werden wir bei der Überfahrt ein wenig zu tun haben, denke ich." Der *Shidar* grinste und blickte dann rüber zu Nayin.

„Denk dir schon mal ein paar aufmunternde Worte für deinen Freund aus." sagte er fröhlich. Dann drehte er sich um und ging zur Tür. Im Türrahmen drehte er sich noch einmal um.

„Wir sehen uns dann morgen früh. Ich lasse euch zeitig wecken. Also packt schon einmal eure Sachen und geht früh schlafen, wir haben morgen nicht viel Zeit. Gute Nacht."

Als Namuras den Raum verlassen hatte, stand auch Lares auf.

„Endlich hat diese Warterei ein Ende. Ich hoffe, ich bin noch halbwegs seetüchtig, war schon seit Jahren nicht mehr auf einem Schiff"

„Dann sind wir schon zwei…" antwortete Nayin.

„Was hat er wohl damit gemeint, als er gesagt hat, du sollst dir aufmunternde Worte ausdenken?" fragte Lares.

„Nun" antwortete der Zauberer grinsend. „ich denke mal, du wirst in den nächsten Tagen öfter mal die Planken küssen."

„Ich ahne Fürchterliches…" murmelte Lares resignierend. Nayin lachte, stand ebenfalls auf und schlug seinem Freund aufmunternd auf die Schulter.

„Lass uns packen, du kannst dich morgen noch genug ärgern." sagte der Magier. Mit diesen Worten ging er an Lares vorbei und verließ den Raum.

Lares grummelte etwas Unverständliches, zuckte dann seufzend mit den Schultern und folgte dem Zauberer.

Der Himmel war bedeckt und die Sonne, die vor gut einer Stunde aufgegangen war, ließ sich weder sehen noch erahnen. Schwere, dunkle Wolken türmten sich im Südosten auf und es war abzusehen, dass es Regen geben würde.

Namuras hatte sie wie angedroht sehr früh geweckt und sie zur Eile angetrieben. Und obwohl Lares nicht sonderlich gut geschlafen hatte, war er sofort aufgestanden und hatte seine Habseligkeiten zusammengerafft. Als er sein Zimmer verlassen hatte, warteten die beiden anderen bereits auf ihn.

Ebenso wie er, waren sie beide mit einer schweren ledernen Reisetasche bewaffnet. Vor allem bei Namuras wirkte die Aufmachung seltsam deplatziert. Lares hatte den *Shidar* niemals anders gesehen, als in schwarzer Kleidung. Jetzt trug der Krieger eine gewöhnliche braune Leinenhose, ein weißes Leinenhemd, leichte Stiefel und einen langen, braunen

Reisemantel. Nur wer genauer hinsah, konnte die sanft gebogene Klinge erkennen, die an seinem Gürtel befestigt war, aber durch den Mantel verborgen blieb.

Und genauso, wie sie vor etwa einer halben Stunde das Quartier der Knochenjäger verlassen hatten, fanden sie sich nun inmitten des Gewusels des wohl größten Hafens des Kontinents wieder.

Schon vor dem Sonnenaufgang begannen hier die Arbeiten, denn viele Schiffe liefen bereits früh morgens aus. Lastenträger, Matrosen und Erschaffene waren damit beschäftigt, Güter und Waren auf die ankernden Schiffe zu laden und von überall war Geschrei und Gezeter zu vernehmen. Weiter entfernt, außerhalb ihres Blickfeldes, ertönte ein lautes Poltern und Krachen, gefolgt von wüsten Beschimpfungen und Schreien. Wirklich beachten tat dies jedoch so gut wie niemand, abgesehen von denjenigen, die direkt mit dem Unfall zu tun hatten. Anscheinend geschahen solche Dinge täglich zuhauf in diesem Hafen.

Lares hätte wohl innerhalb weniger Minuten die Orientierung verloren, obwohl er zu seinen aktiven Schmugglerzeiten häufiger im Hafen zu tun gehabt hatte, aber Namuras bewegte sich sehr zielsicher durch die Menschenmassen. Schließlich erreichten sie einen Kai im Norden des Hafens, wo ein großer, dreimastiger Frachter vor Anker lag. Die Beladung des Schiffes war anscheinend schon so gut wie abgeschlossen, denn nur noch vereinzelt passierten Matrosen mit größeren Kisten die Kontrolle durch die Hafengarde.

Auch Lares, Nayin und Namuras mussten an der Hafengarde vorbei. Der *Shidar* wechselte einige Worte mit dem Feldwebel, der die eingehenden Waren kontrollierte. Der Soldat wirkte wenig motiviert und nachdem er einen flüchtigen Blick auf ihre Passierscheine und die Dokumente für die Passage nach Nakesh geworfen hatte, winkte er die Drei durch und erlaubte ihnen, das Schiff zu betreten. Über eine massive Planke betraten sie die *Tirfalis*.

Kaum hatten sie die ersten Schritte auf das Schiff getan, trat ihnen ein Mann entgegen. Er war groß, kräftig gebaut und hatte die fünfzig Sommer wahrscheinlich vor Kurzem überschritten. Unter einem dreispitzigen Hut blitzten kurze schwarze Haare auf, die hier und da bereits von einem leichten Silberstich durchzogen waren. Darunter lächelte ein freundliches, wettergegerbtes Gesicht, dass von den Jahrzehnten auf See gezeichnet war. Er trug elegante, aber robuste Reisekleidung, ein dunkelblauer Mantel verbarg einen massiven Einhandsäbel, der in seinem Gürtel steckte. Namuras deutete eine leichte Verbeugung an.

„Kapitän Rhadik, nehme ich an" sagte der *Shidar*. „Es ist mir ein Vergnügen, euch persönlich kennen zu lernen."

„Das Vergnügen ist ganz auf meiner Seite" antwortete Rhadik mit rauer, aber fröhlicher Stimme. Dann wandte er sich Lares und Nayin zu.

„Wenn ich mich kurz vorstellen darf." Er räusperte sich. „Kapitän Darsil Rhadik, meines Zeichens ehrbarer Kauffahrer unter thalarianischer Flagge. Zu euren Diensten!" Der Kapitän nickte ihnen zu, schlug die Hacken zusammen und salutierte grinsend. Namuras lachte leise und auch Lares musste unwillkürlich lächeln. Er mochte den Kapitän schon jetzt.

„Sehr angenehm, Eure Bekanntschaft zu machen, Kapitän" antwortete Lares. Rhadik lachte herzlich.

„Nicht so förmlich, mein Junge, wir sind hier auf See. Hier interessieren weder Titel noch Herkunft. Nur ehrliche Arbeit und der fließende Schweiß sind hier von Bedeutung." sagte der Kapitän vergnügt. Dann warf er einen Blick hinunter zu den Soldaten.

„Das sollte überall so sein, wenn ihr mich fragt" fuhr er etwas leiser fort. Dann wurde er aber rasch wieder lauter. „Aber

genug geschwätzt. Kommt! Ich zeige Euch eurer Quartier."
Rhadik drehte sich um und steuerte auf eine Tür zu, die unter Deck zu führen schien. Nayin folgte ihm bereits, doch Lares drehte sich noch mal um und blickte auf die Stadt.

Vor ihm erstreckte sich Kylaria in ihrer ganzen Pracht und Größe. Weder im Norden noch im Süden vermochte er das Ende des Dächermeeres zu erkennen, welches sich scheinbar bis zum Horizont erstreckte. Es würde eine Weile dauern, bis er wieder hierher zurückkehrte. Falls er seine Heimatstadt überhaupt jemals wieder betrat.

Hastig schüttelte er den unheilvollen Gedanken ab und wandte seinen Blick von der Stadt ab. Er wollte sich gerade aufmachen, dem Kapitän unter Deck zu folgen, als er etwas sah.

Wie von einem Peitschenhieb getroffen fuhr Lares zusammen, denn was er gesehen hatte, konnte nicht sein. Shiyaz!

Er schüttelte verwirrt den Kopf und als er noch einmal hinsah, war der Spuk verschwunden. Für einen kurzen Moment hatte er geglaubt, unter den Hafenarbeitern, die sich zwischen dem Kai und der nächstgelegenen Lagerhalle tummelten, das Gesicht des verhassten Hauptmanns der Sternengarde zu erkennen, doch er musste sich getäuscht haben. Schließlich hatte er mit eigenen Augen gesehen, wie Shiyaz gestorben war.

„Alles in Ordnung?" fragte Namuras besorgt, der bereits ebenfalls dem Kapitän einige Schritte gefolgt war, nun aber stehenblieb und besorgt zu Lares hinüberschaute.

„Ja, alles bestens.", antwortete Lares hastig und beeilte sich, an Namuras vorbei zu gehen und zu Nayin und Rhadik aufzuschließen.

„Ich glaubte, etwas gesehen zu haben, aber es ist wohl nur die Aufregung." fügte er verlegen grinsend hinzu.

„Was willst du gesehen haben?" hakte Namuras nach.

„Nichts, wie gesagt…" sagte Lares. „Nur die Aufregung."

wiederholte er. Dann rückte er seine Tasche zurecht und ging hinter Nayin unter Deck.

Namuras sah ihm einen Moment skeptisch nach, dann trat er noch einmal an die Reling und starrte auf den Hafen, der sich geschäftig vor ihm ausbreitete. Als er nichts Ungewöhnliches entdecken konnte, zuckte er kurz mit den Schultern, griff nach seinem Gepäck und ging ebenfalls unter Deck.

Unten angekommen, wurde er bereits von Nayin und Lares erwartet. Kapitän Rhadik war schon wieder irgendwo anders beschäftigt, doch kurz bevor er sich verabschiedet hatte, hatte er den beiden Freunden ihre Kajüte zugewiesen.

Der Raum war sehr groß und überaus geschmackvoll eingerichtet, insbesondere, wenn man bedachte, dass sie sich auf einem Handelsfrachter befanden. Zwei bequem aussehende Betten standen an der gegenüberliegenden Wand, ein kleines Sofa direkt neben der Tür. Dazwischen fand sich ein massiver Schrank und eine kleine, mit kunstvollen Schnitzereien verzierte Kommode. Ein kleiner Tisch und vier Stühle komplettierten die Einrichtung.

„Bemerkenswert…" sagte Nayin gerade. „Ich hatte mich auf ein paar Hängematten und Seemannstruhen eingestellt, aber mit einer Luxusunterkunft hatte ich nicht gerechnet." Der Magier stellte seine Tasche neben einem der Betten ab und sah sich neugierig um.

„Na ja, schließlich ist die Überfahrt auch nicht umsonst." antwortete Namuras lächelnd. „Und da handelsübliche Frachter in der Regel keine Passagierunterkünfte haben, musste ich notgedrungen die Kapitänskajüte anmieten."

„Und wo schläft der Kapitän?" fragte Nayin verwundert.

„Vermutlich in einer Hängematte im Mannschaftsraum." antwortete Namuras. „Für das Geld, was er für unsere Überfahrt bekommt, nimmt er bestimmt einige Tage unbequemes Liegen in Kauf." grinste er.

„Du hättest dich nicht in Unkosten stürzen müssen." sagte Lares, aber der Krieger winkte lachend ab.

„Glaub mir, wenn es nötig gewesen wäre, hätte der Orden das ganze Schiff kaufen können." sagte der *Shidar*. „Am Geld soll unsere Reise nun wahrhaftig nicht scheitern."

Lares verkniff sich die Frage, woher die Knochenjäger so viel Geld hatten, wo sie doch offensichtlich nur kauften, aber selber nichts zum Verkauf anboten. Aber dies war eine Sache, die ihn nichts anging und die er wahrscheinlich auch gar nicht wirklich wissen wollte. Also begann er damit, seine Sachen auszupacken und sie sorgfältig in der Kommode zu verstauen. Die Anderen taten es ihm gleich.

Sie waren noch nicht ganz fertig, als ein spürbarer Ruck durch den Rumpf des Schiffes ging, gefolgt von einem sanften und beständigen Schaukeln. Kurz darauf stieß Kapitän Rhadik wieder zu ihnen.

„Meine Herrschaften, wir haben gerade abgelegt, wer doch nicht mitfahren möchte nach Nakesh, der sollte innerhalb der nächsten zwei Minuten über Bord springen, um noch den Hafen zu erreichen."

„Keine Sorge, Kapitän, wir bleiben an Bord." sagte Lares.

„Mir soll es egal sein" meinte Rhadik lachend. „bezahlt habt ihr ja schließlich schon. Nein, Spaß beiseite, ich hoffe die Unterkunft ist in Ordnung?"

„Alles bestens" sagte Nayin. „Wir hatten weitaus weniger Komfort erwartet."

„Nun, wenn man die meiste Zeit seines Lebens auf See verbringt, will man es schon ab und zu ein wenig gemütlich haben." meinte Rhadik. „Und irgendwo muss das Geld ja auch schließlich hin, dass man so verdient." grinste er. „Habt ihr Kylaria schon öfter auf dem Seeweg verlassen?"

„Nein, das letzte Mal ist lange her" meinte Lares.

„Dann solltet ihr mit an Deck kommen. Das Wetter ist zwar

ungünstig, aber der Anblick ist immer noch atemberaubend." Der Kapitän winkte die drei Freunde zu sich, machte auf dem Absatz kehrt und ging wieder hinauf, jedoch stets darauf achtend, dass sie ihm auch folgten. Als sie oben ankamen, sahen sie, was Rhadik gemeint hatte.

Sie hatten gerade die große Hafeneinfahrt passiert. Rechts und links von ihnen erhoben sich zwei gewaltige steinerne Wehrtürme, gespickt mit schweren Geschützen und mit jeweils einem Banner Seesoldaten besetzt. Die Durchfahrt war so groß, dass vier große Segler sie nebeneinander hätten passieren können, ohne sich ernsthaft nahe zu kommen.

Ein Blick zurück offenbarte ihnen ein einzigartiges Panorama, dass selbst Namuras, der schon weitaus mehr herumgekommen war als die Anderen, in Staunen versetzte, obwohl er es beileibe nicht zum ersten Mal zu Gesicht bekam.

Vor ihnen entfaltete die Hauptstadt von Cathuria ihre ganze Pracht und Größe. Ein unermessliches Dächermeer erstreckte sich an der Küste und Lares musste erkennen, dass der Anblick, den er vorhin im Hafen hatte, nicht mehr als ein kleiner Ausschnitt der Stadt gewesen war. Meilen um Meilen drängten sich die Gebäude aneinander. Irgendwo am Horizont, zu weit entfernt, als dass man noch Genaues hätte erkennen können, wurde die Bebauung spärlicher und letztendlich von sanften Feldern und Wiesen abgelöst.

Sie sahen den Turm der Magierakademie, die goldene Kuppel des Hohen Tempels des Sonnengottes Nodens, den monumentalen Prachtbau des Herrscherpalastes, den Triumphbogen im Zentrum der Stadt, die Trutzburg der Garde im Norden, den gewaltigen Hafen mit den annähernd zwei Dutzend Wachtürmen und über einhundert ankernden Schiffen. Noch einmal so viele Schiffe ankerten in einem abgetrennten Teil des Hafenbeckens im Norden, welcher der Flotte von Cathuria vorbehalten war. Keines dieser Bauwerke war ihnen wirklich neu, doch hatten sie noch niemals zuvor eine solche Aussicht auf ihre Heimatstadt gehabt.

Lares war überwältigt und fühlte sich angesichts der unglaublichen Menschenmassen, die dort an der Küste dicht an dicht zusammenlebten, klein und unbedeutend. Nayin schien es ganz ähnlich zu ergehen und auch Namuras konnte eine gewisse Ehrfurcht nicht verbergen. Kylaria war ein Gestalt gewordenes, von Menschenhand erschaffenes Wunder. Und je weiter sie sich von der Stadt entfernten, desto mehr wurde ihnen das ganze Ausmaß der gewaltigen Metropole bewusst.

Nur sehr langsam wurde die Stadt kleiner und es dauerte mehr als eine Stunde, bis auch der letzte Turm der Stadt im diesigen Wetter verschwunden war.

So spektakulär der Anblick von Kylaria gewesen war, so eintönig war die restliche Küste des nördlichen Cathuria. Überwiegend beherrschten sanfte Graslandschaften und endlose Getreidefelder das Bild. Hin und wieder konnten sie eine kleinere Siedlung inmitten der Ebene ausmachen, doch sie alle verloren sich in der Weite des Landes.

Daher waren sie schon bald wieder unter Deck gegangen, auch weil der Regen, der sich schon am Morgen angekündigt hatte, sie eingeholt hatte. Zuerst war er nur ein sanftes Nieseln, doch steigerte er sich zu einem starken Dauerregen, der jedes Verweilen im Freien zu einer lästigen und ungemütlichen Angelegenheit werden ließ. Nicht einmal Namuras verspürte das Bedürfnis, die Kajüte zu verlassen und so erhielt Lares noch einen Tag Schonfrist.

Sie verbrachten den Rest des Tages mit Gesprächen, wobei sich Nayin weitestgehend zurückhielt und sich hinter einem der Bücher versteckte, die er aus der Bibliothek der Knochenjäger hatte mitnehmen dürfen. Sie aßen zeitig und gingen alle recht früh ins Bett.

Am nächsten Morgen jedoch hatten sich das schlechte Wetter weitestgehend verzogen und vereinzelt blinzelte ein verirrter Sonnenstrahl durch die Wolkendecke. Der Wind war frisch, doch sie waren noch längst nicht so weit im Norden, dass es kalt wurde.

Während Nayin sich eine Hängematte so an Deck aufgehängt hatte, dass er das Schiff weitestgehend überblicken konnte ohne den arbeitenden Matrosen im Weg zu sein, stand Lares, mit nicht mehr als einer knielangen Leinenhose und festem Schuhwerk bekleidet, schweißgebadet an Deck des Schiffes und keuchte vor Anstrengung. Ihm gegenüber, nur wenige Schritte von ihm entfernt, stand Namuras in seiner gewohnten, schwarzen Gewandung und lächelte schelmisch. Nicht das geringste Anzeichen von Anstrengung war ihm anzusehen.

„Wäre es nicht bald Zeit für eine Pause?" fragte Lares gerade keuchend.

„Pause?" echote Namuras fröhlich. „Wir sind doch erst höchstens seit zwei Stunden dabei. Sag bloß, du machst schon schlapp?" Mit diesen Worten griff er nach einem Holzschwert, dass neben seinen Füßen lag. Er wog es kurz in der Hand, dann warf er es Lares zu.

„Du solltest dein Schwert besser festhalten. In einem ernsthaften Kampf ist ein Verlust der Waffe meist gleichbedeutend mit dem Verlust deines Lebens!"

Kaum hatte Lares die Waffe aufgefangen, drängte Namuras mit seiner eigenen Holzwaffe auf ihn ein. Im letzten Moment riss Lares die Klinge hoch und parierte den Schlag des *Shidar*. Die Wucht des Hiebes ließ ihn zurück taumeln, doch dieses Mal schaffte er es, seine Waffe festzuhalten.

Er wehrte auch die nächsten beiden Schläge des schwarz gewandeten Kriegers ab, doch wurde er dabei mehrere Meter zurückgedrängt, bis er schließlich mit dem Rücken an die hüfthohe Reling stieß. Triumphierend riss Namuras seine Waffe hoch, stieß einen kurzen, abgehackten Schrei aus und hieb zielsicher nach Lares' Kopf.

Einen Sekundenbruchteil bevor ihm die Übungswaffe eine Beule verpassen konnte, drehte sich Lares zur Seite und stieß mit dem Schwert nach Namuras' Hüfte. Der *Shidar* machte einen eleganten Sprung nach hinten und wich dem Hieb mit Leichtigkeit aus. Der Schlag ging ins Leere und die Wucht, die Lares in den Stich gelegt hatte, ließ ihn auf den Krieger zu taumeln.

Namuras machte einen kleinen Schritt zur Seite, stellte dem Einbrecher ein Bein und ehe Lares sich versah, lag er auf dem Rücken und hatte ein Holzschwert an der Kehle.

„Du bist schon wieder tot." feixte Namuras. „Aber ich muss sagen, du bist eben sehr schön ausgewichen. Nur der Gegenangriff war viel zu ungestüm." Der Krieger legte seine Waffe zur Seite und hielt Lares die Hand hin, um ihm wieder aufzuhelfen.

„Pause." sagte er, als der Einbrecher wieder auf seinen Beinen stand. Lares nickte dankbar und lies sich auf einer Holzkiste nieder, die direkt neben Nayins improvisierter Sonnenliege stand. Der Magier blickte kurz von seiner Lektüre auf und lächelte Lares aufmunternd zu.

„Du hast Talent." sagte Namuras. „Schon allein, dass du nicht schon vor einer Stunde um eine Pause gebeten hast, zeugt von einigem Durchhaltevermögen. Und an der Technik arbeiten wir auch noch, jedenfalls soweit dies in den wenigen Tagen möglich ist, die wir haben." Für einen Moment starrte der *Shidar* auf das Meer hinaus, dann sah er wieder zu Lares. „Leider kann ich dir in der kurzen Zeit nur so viel beibringen, dass es reichen wird, sich gegen gewöhnliche Strauchdiebe zur Wehr zu setzen. Die wahre Kunst des Kampfes zu erlernen, erfordert Jahre, wenn nicht Jahrzehnte."

„Vielleicht gehe ich bei dir in die Lehre, wenn das alles hier vorüber ist" antwortete Lares leicht lächelnd.

„Dann müsstest du ein *Shidar* werden, mein Freund." sagte Namuras ernst. „Denn nur den *Shidai* von Shinhar werden auch die letzten Geheimnisse der Kampfkunst offenbart. Außer uns vermögen nur noch die Lathi und die Sathari, ihren Körper derart zu beherrschen, dass er ihrem Geist völlig gehorcht."

„Das verstehe ich nicht." meinte Lares.

„Ich werde versuchen, es dir in wenigen Worten zu erklären." antwortete der junge Krieger. „Der Körper eines Menschen ist nicht viel mehr als eine Hülle, ein Instrument oder meinetwegen auch ein Werkzeug. Du magst es nennen, wie du willst. Er gehorcht den Befehlen deines Geistes, doch durch seine Beschaffenheit sind der Ausführung Grenzen gesetzt. Deinem Geist mag es danach verlangen zu fliegen, doch dein Körper ist dafür nicht geeignet." Er machte eine kurze Pause. „Dein Körper ist somit zwar dafür da, deinem Willen auch Taten und Handlungen folgen zu lassen, doch er ist selbst zugleich ein Hindernis."

Namuras sah zu Nayin herüber. „Diese Lektion ist eine der ersten, die auch jeder Zauberer lernen muss. Der Körper ist nicht fähig, Magie zu erschaffen, nur der Geist ist dazu in der Lage - und er muss die natürlichen Grenzen überschreiten, die vom Fleisch vorgegeben sind."

„Das ist wahr." warf Nayin ein. „Wenn ich einen Feuerzauber wirke, müsste mir das Feuer, dass ich erschaffe, Schmerzen zufügen. Aber diese Barriere kann ich umgehen, mit der Kraft meiner Magie und meines Willens. Ein überaus schmerzhafter Lernprozess, wenn ich das hinzufügen darf." grinste er.

„Das glaube ich gerne." lachte Namuras. „Und ähnlich ist es beim Schwertkampf. Dein Körper ist nicht in der Lage, die Befehle deines Geistes umzusetzen. Er ist unvollkommen. Also musst du lernen, diese Schranken zu durchbrechen. Und das geht nur durch jahrelanges Training und jahrelange Meditation.

Und nur sehr wenige schaffen es, dass Körper und Geist wirklich eins werden im Kampf."

„Und du bist einer von ihnen?" fragte Lares.

„Mitnichten" antwortete der *Shidai* abwehrend. „Ich mag vielleicht besser sein als gewöhnliche Stadtgardisten und dahergelaufene Söldner aus Amras. Und vielleicht stimmt es auch, dass ich unter den *Shidai* mit besonderem Talent gesegnet wäre, wie manche behaupten. Doch glaub nicht, ich hätte noch nie einen Kampf verloren. Es gibt genügend Menschen auf diesem Kontinent, die mir überlegen sind. Bisher hatte ich nur das Glück, sie mir nicht zum Feind zu machen."

Namuras schien noch weiter sprechen zu wollen, doch bevor er dazu kam, gesellte sich Kapitän Rhadik zu ihnen.

„Ah, wie ich sehe, machen die Herrschaften gerade eine Künstlerpause." begann Rhadik lachend.

„Sozusagen." antwortete Lares.

„Ich will nicht lange stören, sondern wollte nur rasch über den weiteren Verlauf unserer Reise berichten."

„Ihr stört nicht, Kapitän, im Gegenteil" sagte Lares. „Eure Anwesenheit erspart mir eine allzu schnelle erneute Begegnung mit den Planken eures Schiffes."

Rhadik brach in schallendes Gelächter aus, in das auch Namuras mit einstimmte.

„Ich fürchte jedoch für euch, dass euer Freund euch einige Zeit länger triezen kann, als geplant." sprach der Kapitän weiter.

„Inwiefern?" fragte der *Shidar.*

„Wahrscheinlich wird die Überfahrt einen Tag länger dauern als geplant. Der Wind steht äußerst ungünstig und da wir stets in Sichtweite zur Küste segeln, werden wir wohl einige Verzögerungen in Kauf nehmen müssen."

„Das ist ärgerlich, aber nicht weiter tragisch." sagte Namuras.

„Ob ich den Jungen nun vier oder fünf Tage quäle, macht

keinen großen Unterschied."

„Könnten wir nicht einen direkteren Kurs nach Nakesh nehmen, über die offene See zum Beispiel? Das Meer der Dämmerung ist doch fast ein Binnenmeer, große Stürme wird es hier doch nicht geben." sagte Lares.

Es behagte ihm gar nicht, einen weiteren Tag zu verlieren, wobei ihm die zusätzlichen Übungsstunden mit Namuras am wenigsten ausmachten. Aber jeder Tag, den sie tatenlos auf diesem Schiff verbrachten, lies seine Hoffnungen schwinden, Akilion und den Sternengardisten noch vor Amras abfangen zu können.

Rhadik sah ihn jedoch an, als hätte er ihn gefragt, ob er sich nicht in Zukunft kopfüber ans Steuerrad stellen wollte.

„Kennt ihr denn die Geschichten über das Meer der Dämmerung nicht?" fragte der Kapitän.

Doch bevor Lares oder einer der anderen überhaupt die Möglichkeit hatten zu antworten, begann der alte Seebär bereits mit ausschweifenden Gesten zu erzählen.

„Das Meer der Dämmerung wurde früher Meer der Schatten genannt und trug seinen Namen nicht grundlos. Zwar ist es der wichtigste Umschlagplatz für den Handel zwischen den drei großen Reichen, doch ist es zugleich auch einer der gefährlichsten Orte in ganz Akranos.

In den lichtlosen Tiefen wimmelt es von Seeungeheuern, die ein Schiff spielend in den schwarzen Abgrund des Ozeans reißen können. Viele Schiffe, die es gewagt haben, über offene See zu fahren, sind spurlos verschwunden oder man fand sie zerschmettert an die Küste geworfen wieder.

Die komplette Ostküste ist unerforscht, denn sie ist das Reich der Ybb'lith. Diese scheußlichen Wesen hausen sowohl in den feuchten Sümpfen als auch in den Tiefen des Meeres. Am Grund des Meeres haben sie ihren schaurigen Götzen Städte und Tempel errichtet, in denen sie abscheuliche Rituale abhalten. Und wenn in klaren Vollmondnächten das Meer ganz still daliegt, kann man vom Grund des Meeres ein unheimliches grünes Leuchten sehen, dort wo die versunkenen Städte schlummern.

Und da all dies, was die meisten Landratten als Schauermärchen belächeln, einen jeden ehrbaren Seemann bedroht, halten sich die allermeisten Schiffe immer in Küstennähe auf. Denn solange die von Menschen bewohnte Küste in Sicht ist, wagen sich die Ybb'lith und ihre Ungeheuer nicht heran. In den Gewässern weit abseits der Küsten hat der Mensch jedoch keinerlei Macht mehr. Dort endet unsere Welt."

Als der Kapitän geendet hatte, saßen sie alle einen Moment schweigend beisammen und machten nachdenkliche Gesichter. Rhadik war der erste, der seine Sprache wiederfand. Er gab Lares einen Klaps auf die Schulter und lachte kurz auf.

„So!" sagte er freundlich. „Nachdem nun alle über die Tücken und Gefahren der offenen See aufgeklärt sind, will ich wieder zurück an meine Arbeit. Schließlich werde ich nicht fürs Schwatzen bezahlt, nicht wahr?" Er wandte sich von ihnen ab, brüllte ein paar Befehle, mit denen Lares nichts anfangen konnte, die aber den Matrosen durchaus geläufig waren, und begab sich wieder unter Deck.

„Wie viel von dem, was er erzählt hat, stimmt?" wandte sich Lares an den *Shidar*.

„Ich bezweifle, dass die Geschichte mit den Legionen von Seeungeheuern stimmt." antwortete Namuras. „Denn wenn dem so wäre, würde schon lange kein Schiff mehr das Meer der Dämmerung befahren. Der Rest mag jedoch durchaus wahr sein, denn die Tiefen des Meeres sind das Reich der Ybb'lith und sie sind den Menschen nicht gerade freundlich gesonnen - vorsichtig ausgedrückt."

Lares nickte und blickte aufs Meer hinaus. Es schien ihm verwunderlich, dass dieses friedlich scheinende Gewässer so voller Bosheit und Gefahren sein sollte. Dann aber fiel ihm wieder ein, dass er auch oftmals in Kylaria ein Gefühl des Unwohlseins und der Bedrückung verspürt hatte, wenn er zu lange auf das Meer hinaus geblickt hatte. Irgendetwas war an diesem Gewässer, dass den Menschen Angst einjagte und vielleicht taten sie gut daran, dieses Etwas nicht zu provozieren.

„So, genug gefaulenzt!" unterbrach Namuras seine Gedanken. Lares drehte sich wieder um und sah, dass der *Shidar* bereits wieder aufgestanden war und seine Übungswaffe ergriffen hatte.

„Auf, auf!" sagte der junge Krieger. „Da du eben so elegant über deine eigenen Füße gestolpert bist, werden wir nun etwas an deiner Beinarbeit machen müssen."

Lares seufzte, während Nayin anfing, über beide Ohren zu grinsen. Der Einbrecher warf seinem Freund einen vernichtenden Blick zu, dann hob er mit einem resignierenden Schulterzucken das Holzschwert auf und ergab sich für die nächsten Stunden seinem Schicksal.

Sie hatten noch mehrere Stunden bis in den späten Nachmittag trainiert. Danach war Lares so erschöpft gewesen, dass er nicht einmal mehr sein Schwert festhalten konnte. Sie hatten zu Abend gegessen und Lares hatte es gerade noch geschafft, seine Schuhe auszuziehen, bevor er einfach auf sein Bett gefallen und eingeschlafen war. Er hatte nicht einmal mehr mitbekommen, dass Nayin und Namuras sich noch eine ganze Weile unterhalten hatten, bis auch sie schließlich zu Bett gegangen waren.

Am nächsten Morgen erwachte Lares mit dem schlimmsten Muskelkater seines Lebens. Es gab keine Stelle seines Körpers, die nicht in irgendeiner Form weh tat und sogar das Aufstehen verursachte Schmerzen.

Mit einem unterdrückten Ächzen wuchtete er seine Beine aus dem Bett, richtete sich vorsichtig auf und griff nach seiner Kleidung, die auf einem Hocker neben dem Bett lag. Nayin und Namuras waren nicht in der Kajüte. Wahrscheinlich, dachte er, lag Nayin wieder in seiner Hängematte an Deck und genoss das Wetter, während der *Shidar* sich mit dem Kapitän unterhielt.

Während er sich langsam ankleidete, bemerkte Lares, dass es deutlich kühler war als am vorherigen Tag. Nicht so kalt, dass er frieren würde, aber längst nicht so angenehm, dass er ohne Hemd an Deck gehen konnte, wie er es gestern getan hatte. Daher griff er nach einem hellen Leinenhemd und warf sich zu guter Letzt noch eine leichte, dünne Lederjacke über. So gerüstet machte er sich auf, an Deck des Schiffes zu gehen, wobei er jedoch jede Bewegung schmerzhaft spürte.

Oben angekommen, gewahrte er sofort den Grund für die Kälte.

Über Nacht war dichter, wabernder Nebel aufgezogen, der die Welt in ein fremdartiges Zwielicht tauchte. Die Küste war nicht mehr zu sehen und auch das Plätschern der Wellen war verstummt. Die Segel der *Tirfalis* hingen schlapp und schwer von den Masten herab und es war absolut windstill. Der Nebel war feucht und erschien beinahe stofflich und die Feuchtigkeit drang binnen weniger Augenblicke durch die Kleidung. Mit ihr kam die Kälte, die hier oben an Deck um einiges intensiver war als eben in der Kajüte.

Lares sah sich suchend an Deck um und erblickte Namuras zusammen mit Kapitän Rhadik steuerbord an der Reling stehen. Beide starrten hinaus in den Nebel und der Gesichtsausdruck des Kapitäns verriet Sorge. Namuras hingegen schien eher verärgert als besorgt, denn in seinen Zügen war in erster Linie Unmut zu erkennen.

Lares gesellte sich zu ihnen. Die beiden Männer drehten sich zu ihm um und begrüßten ihn. Während Rhadik irgendetwas vor sich hin murmelte, was Lares nicht verstand, beließ es der *Shidar* bei einem kurzen Nicken.

„Seit wann ist es schon so neblig?" fragte Lares.

„Er ist zwei Stunden vor Sonnenaufgang aufgezogen." antwortete Rhadik. „Auch wenn man vom Sonnenaufgang nicht viel gesehen hat." fügte er düster hinzu. „Seitdem wird er immer dichter und wir sitzen hier fest. Der Wind hat im gleichen Maße abgenommen, wie der Nebel zugenommen hat."

„Können wir nicht rudern?" fragte Lares. „Dieser Frachter hat doch Ruderbänke, oder nicht?"

„Hat er..." antwortete Rhadik missmutig. „Doch wo sollen wir hin rudern? Wir können keine zweihundert Schritt weit sehen, geschweige denn uns an der Küste orientieren. Wenn wir in den letzten Stunden dank des Nebels nur ein wenig unseren Kurs verloren haben, könnte es sein, dass wir auf hohe See geraten."

„Oder auf Grund laufen." fügte Namuras düster hinzu.

„Dieser Nebel ist ungewöhnlich, aber nichts, wovor wir Angst haben müssten." fuhr Rhadik fort. „Zumeist lösen sich solche Nebelbänke so schnell wieder auf, wie sie gekommen sind. Spätestens zur Mittagsstunde müsste dieser Spuk ein Ende haben. Und wenn uns dann der Wind immer noch nicht gewogen ist, können wir immer noch die langen Riemen auslegen. Bis dahin sind wir der Strömung des Meeres ausgeliefert."

Lares nickte kurz und starrte hinaus in das graue Zwielicht, welches das Schiff umgab. Rhadik hatte Recht gehabt. Er konnte beinahe nichts erkennen, denn schon nach wenigen Dutzend Schritt verschwamm das Wasser mit dem Nebel. Manchmal glaubte er, im Augenwinkel huschende Bewegungen und Schemen wahrzunehmen, die im Nebel lauerten, doch wenn er genauer hinsah, war dort nichts anderes als das alles beherrschende Grau.

„Na ja, hier herumstehen und in den Nebel starren bringt uns auch nicht weiter." sagte Rhadik schließlich laut. „Ich werde mal sehen, ob ich unsere genaue Position ermitteln kann. Ich bin im Kartenraum, wenn ihr mich sucht."

Der Kapitän verabschiedete sich mit einem kurzen Nicken und ging davon. Namuras drehte sich um, lehnte sich mit dem Rücken an die Reling und sah Rhadik nach, bis er unter Deck verschwunden war.

„Eine ärgerliche Verzögerung." grummelte der *Shidar*. Seine gute Laune des gestrigen Tages war anscheinend verflogen. Was angesichts der Wetterlage und der damit verbundenen Ärgernisse aber auch kein Wunder war, dachte Lares.

„Das einzig Gute daran ist, dass Shey mehr Zeit hat, Informationen zu sammeln und uns deinen Bruder vielleicht direkt schon am Hafen übergeben kann." sprach er weiter.

„Shey?" fragte Lares neugierig. „Dein Kontaktmann in Nakesh?"

„Kontakt*frau*" korrigierte Namuras leicht lächelnd. „Sheyna, *Shidaya* des Schattenordens und meine Schwertschwester."

„Schwertschwester?" erkundigte sich Lares.

„Ja, kein *Shidai* wird alleine ausgebildet. Jeder Meister hat mindestens zwei Schüler, meist jedoch mehr. Die Schüler eines jeweiligen Meisters bilden eine Gemeinschaft - so etwas wie eine Familie, wenn du so willst. Und Sheyna und ich hatten den gleichen Lehrer."

„Ich wusste gar nicht, dass es auch Frauen in eurem Orden gibt." sagte Lares.

„Du weißt auch eigentlich nicht wirklich etwas über die *Schattenkrieger von Shinhar*. Bis vor einer Woche hast du nicht einmal gewusst, dass es uns überhaupt gibt und du hast gerade einmal einen von uns kennen gelernt. Da dürfte es ohnehin schwerfallen, sich eine Meinung zu bilden, geschweige denn ein Urteil über uns fällen zu können, nicht wahr?"

Namuras hatte in einem leicht witzelnden Ton gesprochen, doch der versteckte Vorwurf war kaum zu überhören gewesen. Darum ging Lares auch nicht weiter auf das Thema ein. Stattdessen erkundigte er sich weiter nach Sheyna.

„Oh, sie ist etwas Besonderes." sagte der Krieger lächelnd. „Mit dem Schwert ist sie mir mindestens ebenbürtig, doch leider wohnt ihr keinerlei Magie inne." Er machte eine kurze Pause. „Also im rein spirituellen Sinne, versteht sich." grinste er. „Ansonsten vermag sie durchaus gelegentlich sehr zauberhaft zu sein."

„Ich verstehe." sagte Lares, ebenfalls grinsend.

„Keine voreiligen Schlüsse, mein Freund." drohte Namuras mit gespieltem Zorn. „Die Verbindung zwischen mir und Sheyna ist rein freundschaftlich."

„Schon klar." witzelte Lares.

„Ich verbitte mir derartige Unterstellungen." empörte sich der Krieger, vermochte jedoch das Grinsen nicht ganz zu verbergen. „Und für derlei Unverschämtheit, sehe ich mich genötigt, dir einige zusätzliche Übungen aufzudrücken, mein Schüler."

„Jetzt?" fragte Lares entgeistert. „Und bei dem Wetter?"

„Warum nicht?" erkundigte sich Namuras überrascht.

„Nun" antwortete Lares. „Es ist kalt, es ist feucht und man kann kaum etwas sehen bei diesem Dunst. Außerdem tut mir jeder einzelne Muskel in meinem Körper weh. Auch die, von denen ich bis gestern noch gar nicht wusste, dass ich sie überhaupt habe."

Namuras lachte laut auf.

„Alles kein Grund, jetzt nicht mit dem Training fortzufahren." erwiderte der *Shidar*. „Ein Feind, der dir nach dem Leben trachtet, wird sich kaum von schlechter Witterung davon abhalten lassen. Und er wird dich nicht verschonen, nur, weil es dich hier und da zwickt."

Lares stöhnte laut auf. Das hatte ihm gerade noch gefehlt. Wenn er in diesem Zustand gegen Namuras antreten sollte, würde er eine noch miserablere Figur machen als gestern.

Er versuchte verzweifelt, den Krieger umzustimmen, doch der junge Mann ließ sich nicht erweichen. Und so kam es, dass Lares keine zehn Minuten später wieder einmal Bekanntschaft mit den Planken machte.

Entgegen der Prognose des Kapitäns, hatte sich der Nebel zu fortschreitender Stunde nicht verzogen, sondern war im Gegenteil noch dichter geworden. Die Temperaturen waren weiter gesunken und als am Abend die Sonne unterging, wurde es empfindlich kalt an Bord der *Tirfalis*.

Rhadik war mittlerweile mehr als nur ein wenig besorgt über den Nebel, denn in seiner ganzen Zeit als Kapitän dieses Schiffes, hatte er auf dem Meer der Dämmerung noch niemals einen solch hartnäckigen und ungewöhnlichen Nebel erlebt.

Was den Kapitän zusätzlich beunruhigte war, dass sie im Laufe des Tages in eine Strömung geraten waren, die so in den Seekarten nicht verzeichnet gewesen war. Rhadik hatte zwar erklärt, wechselnde Strömungen wären im Meer der Dämmerung nichts allzu Ungewöhnliches, doch da sie von ihrer Umgebung nicht mehr als wenige Dutzend Meter wahrnehmen konnten, waren sie der Strömung hilflos ausgeliefert und nicht in der Lage, ihr notfalls gegenzusteuern. Zwar würde sie dies zwangsläufig irgendwann aus dem Nebel herausführen, doch hatte niemand an Bord große Lust, sich auf offener See wiederzufinden.

Überhaupt war die Stimmung an Bord gereizt. Die Mannschaft war zutiefst beunruhigt und abergläubisches Geschwätz von bösen Wassergeistern und Nebeldämonen machte die Runde. Zudem munkelte man, dass die seltsamen Passagiere Schuld an der Witterung hatten, denn immerhin war einer der drei Männer ein Zauberer und der Andere pflegte sich stets in Schwarz zu kleiden. Lediglich Lares begegnete man nicht mit allzu offensichtlichem Misstrauen.

Lange vor der Dämmerung hatte man an Bord der *Tirfalis* bereits Fackeln und Petroleumlampen entzündet, um ausreichend sehen zu können. Jetzt, als die Nacht hereingebrochen war, hüllte der Feuerschein das Schiff in ein geisterhaftes Flackern.

Die Männer, die an Deck arbeiteten, erschienen Lares kaum mehr als Schemen: keine Menschen mehr, sondern nur noch schattenhafte Gestalten, die aus dem Nebel auftauchten und wieder in ihm verschwanden. Die ganze Welt schien verschwunden zu sein. Es gab nur noch dieses Schiff, eingehüllt in dichten Nebel auf einem endlosen Ozean.

Lares fröstelte und versuchte den verstörenden Gedanken abzuschütteln, doch es gelang ihm nicht ganz. Das Bild von einem einsamen Schiff, das ohne Kurs und ohne Ziel ewig auf einem Meer im Nebel segelte, nistete sich in sein Denken.

Kopfschüttelnd wandte er sich von der Reling ab und ging unter Deck. Auch wenn er heute nicht ganz so erschöpft war wie gestern Abend, obwohl Namuras ihn kaum weniger gequält hatte, sehnten sich seine Glieder nach einem weichen Bett. Und vielleicht würde morgen früh, wenn er wieder aufwachte, auch der widerspenstige Nebel verschwunden sein.

Als er die Kajüte betrat, sah er Namuras und Nayin, wie sie sich auf zwei Hockern gegenübersaßen, zwischen sich eine umgedrehte, leere Frachtkiste. Auf der Kiste stand ein Spielbrett.

Lares erkannte das Spiel. Es hieß *Königssturz* stellte eine Art Schlacht dar und das Ziel des Spiels war es, den feindlichen General auszuschalten. Dazu hatte man verschiedene Spielfiguren, die alle über unterschiedliche Fähigkeiten verfügten. Lares hatte es selber einige Male gegen Nayin gespielt, doch mit äußerst mäßigem Erfolg.

Namuras schien es da recht ähnlich zu gehen, denn obwohl er nur ein Laie war, erkannte Lares recht schnell, dass die Situation auf dem Spielbrett für den *Shidar* alles andere als gut aussah.

Die Beiden sahen kurz auf, als er den Raum betrat, widmeten sich aber dann sofort wieder ihrem Spiel. Während Lares sich umzog und in trockene Kleidung schlüpfte, sah er dem Spiel eine Weile zu. Nayin hatte zwar einen zahlenmäßigen und taktischen Vorteil, doch Namuras hielt sich noch ganz wacker in der Defensive und konnte die Angriffe des Zauberers auf seinen General immer wieder erfolgreich abwehren. Für eine Gegenoffensive fehlten ihm aber die Spielfiguren, so dass das Ende absehbar war.

Den Ausgang des Spiels bekam Lares jedoch nicht mehr mit, denn recht schnell fielen ihm die Augen zu und er versank in einen tiefen Schlaf.

Lares träumte. Und obwohl er sich dessen völlig bewusst war, war es ihm nicht möglich, aufzuwachen. Irgendwie schien er in seiner Vision gefangen zu sein.

In seinem Traum rannte Lares durch die überfüllten Straßen von Kylaria, auf der Flucht vor einem formlosen, düsteren Etwas, dass stets am Rande seines Blickfelds lauerte. Um ihn herum wimmelte es von Menschen, Mitgliedern anderer Völker und Erschaffenen, doch niemand schien auch nur die geringste Notiz von ihm zu nehmen.

Er rempelte im Laufen eine Frau an, die mit einem schweren Korb voller Gemüse beladen war, doch sie machte lediglich ein, zwei Schritte zur Seite und ging dann ungerührt weiter ihres Weges. Lares hatte keine Zeit, sich darüber Gedanken zu machen, denn er spürte, wie das Ding hinter ihm langsam näherkam. Eisige Finger tasteten über seinen Rücken und er wagte es nicht, über die Schulter zu blicken, aus Angst, sein Verfolger würde ihn genau dann erreichen.

Er stolperte weiter und wich einem spinnenartigem Erschaffenen von der Größe eines Bären aus, dessen Sinn und Zweck sich ihm völlig entzog. Dadurch verlor er wertvolle Sekunden und er spürte bereits die dunkle Präsenz seines Verfolgers, von dem er immer noch nicht die geringste Ahnung hatte, was es überhaupt war.

Er schrie um Hilfe, doch niemand beachtete ihn. Fast schien es, als liefe er durch eine Theaterkulisse, ein unwirkliches Szenario, dass ihm nur eine Wirklichkeit vorgaukelte, die gar nicht existierte - nicht einmal in seinem Traum.

Im Vorbeilaufen versuchte er einen Blick auf die Gesichter der teilnahmslosen Passanten zu werfen. Was er sah, erschütterte ihn. Jeder von ihnen ging irgendeiner Beschäftigung nach, doch in ihren Blicken erkannte er nur Leere.

Dann fiel ihm auf, dass sie auch nicht untereinander agierten. Kein Gespräch, kein Handel, kein Streit. Sie wirkten wie Puppen, seelenlos und nur stumpf einem eingeflüsterten Ablauf folgend. Marionetten an den Schnüren unbekannter Puppenspieler.

Inmitten all dieser geistlosen Gestalten, erblickte er plötzlich ein bekanntes Gesicht. Der Anblick traf ihn wie ein Schlag und obwohl das Gesicht sofort wieder verschwunden war, war er sich sicher, es erkannt zu haben.

Den unheimlichen Verfolger beinahe vergessend, bog er links ab und stürmte in die Seitengasse, in welche die Gestalt verschwunden war. Hier wurde es stiller, doch auch hier erschienen ihm die wenigen Passanten nur wie Statisten - so wie in einem der monumentalen Aufführungen, die zwei Mal im Jahr in der Arena stattfanden und bei denen mehrere Hundert Akteure mitspielten. Die meisten von ihnen waren einfach nur anwesend und hatten keine andere Aufgabe, als dort unten im

Sand der Arena rumzustehen.

Doch die anderen Leute waren ihm gerade herzlich egal. Sein Denken konzentrierte sich auf die kleine Gestalt, die etwa dreißig Schritt vor ihm die Straße entlanglief. Hinter sich spürte er immer noch die dunkle Präsenz seines Verfolgers, doch auch dies erschien ihm plötzlich völlig unwichtig. Wenn er die kleine Gestalt erreicht hatte, würde alles gut werden und niemand konnte ihm dann noch schaden.

Die Gestalt schien zu spüren, dass sie verfolgt wurde, denn sie legte plötzlich an Tempo zu, ohne sich jedoch auch nur ein einziges Mal umzudrehen. Auch Lares wurde schneller und als sein Ziel schließlich überraschend nach rechts in einen Hof einbog, verlor er ihn dennoch nicht aus den Augen und folgte ihm.

Als Lares ebenfalls in den Hof einbog, sah er, dass die Gestalt etwa zehn Meter vor ihm stehen geblieben war. Es gab auch keinen Grund mehr, weiter zu laufen, denn sie standen in einer Sackgasse. An allen drei Seiten erhob sich eine massive Bretterwand, die selbst ein geübter Kletterer nicht so einfach überwinden mochte. Irgendwie erinnerte Lares das ganze Szenario an etwas, doch er vermochte es nicht zu greifen. Eigentlich war es ihm auch gleichgültig. Was zählte, stand einige Schritte vor ihm und hatte ihm den Rücken zugewandt.

Der Kleine trug einen abgetragenen und viel zu groß geratenen Ledermantel und hatte seinen Kopf unter einer Kapuze verborgen. Die Schultern des Jungen - denn um nichts Anderes konnte es sich handeln - zuckten und es schien, als hätte er sich die Hände vors Gesicht geschlagen.

„Akilion?" fragte Lares leise und zögerlich. Er hatte Angst den Zauber zu zerstören, der ihm seinen kleinen Bruder zurückgebracht hatte, denn nichts anderes hatte er eben in der formlosen Masse des Menschenstroms zu sehen geglaubt: Das Gesicht seines entführten Bruders.

Sein Bruder rührte sich nicht. Langsam ging Lares näher, Furcht kroch in ihm hoch, legte sich um seine Kehle und schnürte ihm den Atem ab. Schritt für Schritt näherte er sich dem Jungen, jeder Schritt vorsichtiger und langsamer als der vorherige. Sein Herz begann zu rasen, als er dem Jungen von hinten die Hand auf die Schulter legte. Besser gesagt, er wollte es. Als seine Fingerspitzen nur noch wenige Zentimeter von dem Jungen entfernt waren, wurde er selber von einer ungeheuren Kraft gepackt und nach hinten gerissen.

Und plötzlich war er wieder da: der unheimliche Verfolger, den er völlig vergessen hatte.

Lares spürte ihn wie einen fauligen Geruch, der alles durchdrang und die Luft verpestete. Formlose Dunkelheit brach über ihn herein und der Hinterhof um ihn herum verschwand. Nackte Panik stieg in ihm auf. Er wollte fliehen, doch in jeder Richtung, in die er sich wandte, gewahrte er nur totale Finsternis. Es gab nur noch ihn und den Verfolger, der irgendwo in dieser namenlosen Schwärze lauerte. Er fühlte seine Nähe.

Dann glommen direkt vor ihm zwei rot leuchtende Augen auf und ein Schatten formte sich aus der Dunkelheit. Ein menschlicher Schatten.

Lares wich schreiend zurück, doch der Schatten kam unaufhaltsam näher. Während er sich bewegte, schien er an Stofflichkeit zu gewinnen, denn Lares konnte immer mehr Einzelheiten erkennen. Das Ding aus der Dunkelheit sah aus wie ein Mensch, doch hatte es vogelartige Krallen anstelle von Händen. Das Wesen trug eine schwarze Kutte, eine Kapuze verbarg den größten Teil des Gesichtes. Und dennoch erkannte Lares die Person sofort. Die Wangen waren eingefallen und am Hals hatte sich ein groteskes Mal gebildet, das aussah, wie eine schlecht verheilte Narbe, aber ansonsten sah der Hauptmann der Sternengarde genauso aus, wie Lares ihn in

Erinnerung hatte - kurz bevor er ihn hatte sterben sehen!!

„Du bist tot!" stammelte er panisch.

Als Antwort bekam er nur ein meckerndes Lachen, dass ihn erschaudern lies. Das Ding, was aussah wie Shiyaz, kam weiter langsam auf ihn zu. Und während es näherkam, begann die Finsternis, die sie umgab, sich weiter zusammen zu ballen.

„Du hast mich getötet." Die Grabesstimme des Dings dröhnte von überall her und Lares stöhnte vor Schmerz laut auf. Es schien, als würde ihm der Schädel bersten.

„Du hast zugesehen, wie dieser Shidar mich ermordet, obwohl ich weder Dir noch deinem Bruder jemals ein Haar gekrümmt habe!" Die Stimme schwoll weiter an, entfaltete sich zu einem tosenden Orkan und drohte ihn schlichtweg hinfort zu schleudern, hinein in den unbarmherzigen Abgrund, der nur aus Finsternis und Wahnsinn bestand.

Lares war unfähig, irgendetwas anderes zu tun, als sich wimmernd zusammen zu kauern, den Blick von dem scheußlichen Ungeheuer abgewandt, in das sich Shiyaz verwandelt hatte.

„Du wirst sterben, und du wirst leiden müssen, wie noch nie jemand zuvor gelitten hat. Und wenn ich den letzten Funken Leben aus deinem erbärmlichen Leib gequetscht habe, werde ich mir deinen Bruder vornehmen. SIEH HER!!"

Lares wurde gepackt und auf die Beine gerissen. Das Ding, das einmal Shiyaz gewesen war, drehte ihn herum, so dass sein Blick auf die Gestalt des Jungen fiel. Das Kind hatte sich mittlerweile umgedreht.

Es war sein Bruder, doch der Anblick erfüllte Lares mit einem Entsetzen, dass er nie zuvor erlebt hatte. Akilions Kleider waren blutüberströmt und er blutete selbst aus zahllosen kleinen Wunden. Aus einer tiefen Schnittwunde an seinem Hals quoll bei jeder Bewegung ein Schwall frischen Blutes hervor. Seine Augenhöhlen waren schwarz und leer.

„Deine Schuld", Bgurgelte sein kleiner Bruder mit unmenschlicher Stimme. Bei jedem Wort sprudelte Blut aus seinem Mund und aus der Wunde an seinem Hals. „Du hast mich auf dem Gewissen!"

„NEIN!" schrie Lares. „Ich habe das nicht getan!"

„Deine Schuld!", wiederholte Akilion mit einem irren Kichern. „Deine Schuld, deine Schuld, deine Schuld, deine Schuld, deine Schuld, deine Schuld, DEINE SCHULD!!!"

Lares erwachte mit einem gellenden Schrei.

Um ihn herum herrschte immer noch totale Dunkelheit, doch der namenlose Schrecken war von ihm abgefallen. Dennoch glaubte er die dunkle Aura des Shiyaz - Monsters immer noch zu spüren, wie ein fauliger Geschmack, der sich auf seine Zunge gelegt hatte.

Er tastete nach seinem Hals und für einen Moment schien es, als würde er die Abdrücke fühlen können, die die Klaue des Ungeheuers hinterlassen hatte.

Sekunden später wurde es heller in dem Raum. Nayin und Namuras waren anscheinend von seinem Schrei aufgewacht und der *Shidar* hatte rasch eine Petroleumlampe entzündet. Jetzt blickten die beiden sorgenvoll zu ihm herüber.

„Was ist los?" fragte Nayin.

Plötzlich hörte Lares wieder die scheußlich verzerrte Stimme seines Bruders in seinem Kopf. *Deine Schuld!* flüsterte sie böse, begleitet von einem irren, unmenschlichen Kichern. Angewidert schüttelte er sich, setzte sich mit einem plötzlichen Ruck in seinem Bett auf und die Stimme verstummte.

„Nichts…" murmelte er verstört. „Nur ein Alptraum."

„Ein Alptraum?" hakte Namuras zweifelnd nach. „Mehr nicht?"

„Ein schlimmer Alptraum!" gab Lares gereizt zurück. Allein der Gedanke daran ließ Übelkeit in ihm aufsteigen.

Namuras sah ihn noch eine Weile skeptisch an, dann nickte er schließlich und stand auf.

„Was hast du vor?" fragte Lares erstaunt.

„Ich drehe eine kleine Runde durch das Schiff." antwortete der *Shidar*. „Wo ich sowieso gerade wach bin…" fügte er leicht spöttisch hinzu. „Außerdem will ich wissen, was mit dem Nebel ist."

„Ich begleite dich." sagte Lares und stand ebenfalls auf. „Ich glaube nicht, dass mir in den nächsten Stunden nach Schlaf zumute ist."

„Du wirst deine Kräfte morgen brauchen." gab Namuras zurück. „Ich habe mir einige besondere Gemeinheiten ausgedacht."

Ein leichtes Grinsen huschte über die Züge des Kriegers. Lares lächelte pflichtschuldig zurück, doch er begann bereits, sich anzukleiden. Keine Macht der Welt würde ihn diese Nacht noch dazu bringen, sich schlafen zu legen.

„Was immer ihr macht, macht es leise und lasst normale Menschen schlafen." grummelte Nayin, der sich schon wieder abgewandt und in seine Decke eingerollt hatte.

Namuras wartete, bis Lares sich komplett angezogen hatte und streifte dann seinen Reisemantel über. Kurz bevor sie die Kajüte verließen, sah er sich noch einmal nach allen Richtungen um und löschte schließlich die Lampe wieder.

Lares folgte dem *Shidar* in einigen Metern Abstand an Deck. Das Schiff war still, nur das Knarren der Planken und das leise Plätschern der Wellen drang an sein Ohr. Die meisten Männer schliefen und angesichts des Nebels, der ohnehin jegliches Manövrieren unmöglich gemacht hatte, war nur eine absolute Notbesatzung an Deck und hielt Wache.

Noch immer in Gedanken an den schlimmen Traum versunken, wäre Lares beinahe gegen den Schattenkrieger gestolpert, der unmittelbar hinter dem Durchgang stehen geblieben war und in die Dunkelheit starrte.

„Was…?" begann Lares, aber dann sah er, weshalb der *Shidar* so unvermittelt stehen geblieben war.

Wenige Meter vor ihm verschwand die Welt. Der Nebel war so dicht, ja beinahe stofflich geworden, dass er selbst das Licht der Laternen verschluckte, die überall an Bord entzündet worden waren. Alles was er erkennen konnte waren die Planken des Schiffes unter seinen Füßen. Der Mast, der sich höchstens zehn Meter vor ihnen befand, war nicht viel mehr als ein diffuser Schatten. Der Rest des Schiffes war nicht zu sehen. Es schien als wäre die ganze Welt komplett von weißem, dichten Nebel eingehüllt.

Der wabernde Dunst fühlte sich an wie feuchte Spinnweben, die ihm im Gesicht hängen geblieben waren und in den Schwaden schienen sich Schatten zu bewegen. Geisterhafte Schemen, die das Schiff umkreisten, kurz aus dem Nebel auftauchten und dann wieder in ihm verschwanden.

„Bei allen Göttern…" keuchte Lares erschrocken.

„Die haben wenig damit zu tun." antwortete Namuras murmelnd und hörbar besorgt. Der *Shidar* starrte gebannt in das endlose Zwielicht, als schien er nach etwas Ausschau zu halten. Plötzlich fuhr er erschrocken zusammen.

„Was hast du?" fragte Lares alarmiert.

„Nichts…" antwortete Namuras zögerlich. „Ich dachte, ich hätte etwas gesehen. Aber der Nebel verwirrt die Sinne."

„Aber dieser Nebel ist doch nicht normal!" sagte Lares laut.

„Nein, ist er nicht." sagte eine Stimme hinter ihnen. Lares und Namuras fuhren beide gleichzeitig herum und sahen das sorgenvolle Gesicht des Kapitäns im flackernden Licht der Petroleumlampe, die er in der Hand hielt.

„Ich habe schon viel erlebt auf See, aber so etwas noch nicht." fuhr Rhadik fort. Seine Stimme klang ernst und besorgt, aber seine Augen blitzten misstrauisch. „Das geht nicht mit rechten

Dingen zu. Da ist üble Magie am Werk."

„Und weshalb starrt ihr mich dabei so an?" wollte Namuras wissen. Er klang völlig ruhig, doch Lares sah, wie er sich unmerklich spannte.

„Es ist schon ein eigenartiger Zufall, dass zwei Zauberer mein Schiff betreten, um so rasch wie möglich nach Nakesh zu kommen und nach nicht einmal zwei Tagen Fahrt finden wir uns in dichtem Nebel eingeschlossen und manövrierunfähig auf hoher See wieder."

„Ihr glaubt also, wir wären *dafür* verantwortlich?" Der Krieger deutete mit einer ruckartigen Geste mit der rechten Hand hinaus in den Nebel.

„Nein, das halte ich für unwahrscheinlich." antwortete Rhadik ruhig. „Aber ich glaube, dass vielleicht eure Verfolger dafür verantwortlich sein könnten."

„Verfolger?" fragte Lares irritiert. „Wir werden nicht verfolgt."

„Wieso hattet ihr es dann so eilig, die Stadt zu verlassen." erkundigte sich der Kapitän.

„Eigentlich geht es euch nichts an, Kapitän, aber wir haben nichts zu verbergen. Außerdem stecken wir schließlich gemeinsam hier fest." antwortete Namuras.

Dann berichtete der Krieger dem Kapitän in aller Kürze von ihrer Mission, wobei er die Existenz der unheilvollen Zaubermaske verschwieg. Die Geschichte enthielt einige große Lücken, doch Lares hatte bemerkt, das der *Shidar* den Kapitän während seiner Erzählung pausenlos mit den Augen fixiert hatte und dabei gelegentlich mit der rechten Hand einige belanglos wirkende Gesten gemacht hatte. Lares war nicht allzu überrascht, als Rhadik nur wortlos nickte, nachdem Namuras geendet hatte.

„Ihr seht also, dass wir eigentlich keine Verfolger zu fürchten haben." sagte er schließlich.

„Jedenfalls keine, von denen Ihr wüsstet." fügte Rhadik hinzu.

„Das ändert jedoch nichts an der Tatsache, dass dieser Nebel alles andere als normal ist."

„Da habt ihr Recht, Kapitän. Und es wäre sinnvoll, wenn wir so schnell wie möglich aus dieser Suppe entkommen. Wer oder was auch immer dafür verantwortlich ist, wird dieses Spektakel nicht aus purer Langeweile inszeniert haben."

„Ich werde das Schiff aus dieser Nebelbank heraus rudern lassen, wenn es nötig ist." sagte Rhadik.

„Sehr gut." antwortete Namuras. „Und sobald sich das Schiff in Bewegung gesetzt hat, werden Nayin und ich versuchen, etwas gegen diesen Nebel auszurichten."

„Was genau wollt Ihr denn machen?" fragte Rhadik neugierig.

Namuras antwortete etwas, doch Lares verstand nicht, was der *Shidar* sagte. Die Gestalten der beiden Männer verschwammen, wurden zu unförmigen Schemen und schienen sich von ihm zu entfernen. Ihre Stimmen hallten als undeutliches Wirrwarr von Geräuschen wie ein dumpfer Chor aus weiter Ferne zu ihm herüber. Die Welt begann sich zu verschleiern, alles um ihn herum wurde von weißem Nebeldunst verschlungen.

Panik machte sich in ihm breit. Er schrie, rief nach Namuras, doch niemand antwortete ihm. Er war allein, eingeschlossen von diesem scheußlichen Nebel, gefangen in einer Welt aus Dunst und Schemen, hinter dessen waberndem Schleier der Wahnsinn lauerte.

Dann hörte er die Stimme. Sie war kalt, unmenschlich und hatte den Klang von klirrendem Eis. Zunächst war sie nur ein böses Wispern direkt an seinem Ohr. Dann aber wurde sie lauter, schwoll an und wurde schließlich zu einem dröhnenden Inferno.

Deine Schuld, deine Schuld, deine Schuld, deine Schuld!!

Immer und immer wieder kreischte die dämonische Stimme diese beiden Wörter.

Voller Entsetzen schrie Lares auf und hielt sich die Ohren zu. Doch auch das half nichts, denn die Stimme war direkt in seinem Kopf. *Deine Schuld!* Panisch wirbelte er herum und blickte sich gehetzt nach allen Richtungen um, doch nirgends war etwas Anderes zu sehen als die weiße Unendlichkeit des Nebels.

Dennoch stürmte er los, blindlings in die wabernde Masse hinein, in der sich immer wieder seltsame huschende Schemen abzeichneten. Während er lief, schrie er aus Leibeskräften, um die grausame Stimme in seinem Kopf zu übertönen, die ihn an den Rand des Wahnsinns trieb, doch er hatte keine Chance.

Deine Schuld, deine Schuld, DEINE SCHULD!

Immer und immer wieder kreischte die Stimme wie irrsinnig diese beiden Wörter, begleitet von einem meckernden Hohngelächter, einem wahnsinnigen Kichern und Glucksen.

Plötzlich schälte sich eine Gestalt aus dem Nebel. Groß und unförmig ragte sie unmittelbar vor ihm auf. Seine Konturen verschwammen im Dunst des Nebels, doch glaubte er, eine entfernt menschliche Gestalt zu erkennen.

Lares versuchte den gewaltigen Pranken auszuweichen, die nach ihm griffen, doch er war viel zu langsam. Das Ungeheuer, das aus dem Nebel gekrochen war, packte ihn an der Schulter und riss ihn herum. Er wehrte sich verzweifelt, doch gegen den stählernen Griff des Monstrums hatte er keine Chance.

Das Ding gab einen gurgelnden, dumpfen Laut von sich, packte ihn fester und begann, ihn zu schütteln. Lares glaubte, undeutliche Worte zu hören, doch er verstand sie nicht, denn alles wurde von dem Geschrei in seinem Kopf übertönt.

Deine Schuld! Deine Schuld! Deine Schuld! kreischte es irrsinnig in seinen Gedanken. Sein Schädel schien beinahe zu bersten.

Für einen kurzen Moment verschwand der Schleier des Nebels und Lares konnte die Gestalt sehen, die ihn festhielt. Ungläubig starrte er in ein dämonisches Fratzengesicht, dass ihm entfernt bekannt vorkam. Bevor er jedoch genau erkennen konnte, wen er da vor sich hatte, verschleierte sich sein Blick wieder und ihm wurde schwarz vor Augen.

Als er wieder zu sich kam, fand er sich in seiner Kajüte wieder. Er spürte ein warmes, feuchtes Tuch auf seiner Stirn und er bemerkte, dass er nur mit seiner Leinenhose bekleidet war. Verwirrt blickte er sich um und richtete sich langsam und vorsichtig auf.

„Na, wieder unter den Lebenden?" fragte Nayin, der auf einem Hocker neben seinem Bett saß und ihn voller Sorge ansah.

„Sieht so aus..." murmelte Lares. „Was... was ist passiert?" fragte er stockend.

„Das würden wir gerne von dir wissen." antwortete Namuras vom Türeingang her. Lares blickte in die Richtung, aus der die Stimme gekommen war und sah den *Shidar* am Türrahmen lehnen. Der Krieger hatte eine ebensolche sorgenvolle Miene aufgesetzt wie Nayin.

„Du hast plötzlich angefangen, wie ein Irrer herumzuschreien und bist blindlings in den Nebel gelaufen. Zum Glück ist so ein Schiff nicht allzu groß und zum Glück warst du nicht ganz so wahnsinnig, einfach über die Reling ins Wasser zu springen." Namuras kam einige Schritte näher, zog sich einen Hocker heran und sah ihm direkt in die Augen. „Also, was war los?"

„Ich hatte eine Art... Vision" begann er stockend. „Plötzlich war alles um mich herum weg, da war nur noch dieser Nebel." Lares schauderte. „Und diese Stimme…" fuhr er fort.

„Was für eine Stimme?" hakte der Krieger nach.

„Die Stimme aus meinem Traum." antwortete Lares leise und zögerlich. Die beiden anderen warfen sich einen besorgten Blick zu.

„Erzähl uns von diesem Traum" bat Namuras. Lares sah den

Krieger einen Moment unsicher an, holte schließlich Luft und begann stockend zu erzählen.

Er berichtete von seiner Flucht durch Kylaria, von dem unheimlichen Verfolger und von seinem Bruder, den er wiedergefunden zu haben glaubte. Als er von der schrecklichen Stimme berichtete, blieben ihm beinahe die Worte im Halse stecken, so fürchterlich war die Erinnerung. *Deine Schuld!* Nachdem er geendet hatte, herrschte für einen kurzen Moment Schweigen in der Kajüte. Dann ergriff Namuras wieder das Wort.

„Und dort oben hast du die Stimme wieder gehört?" fragte er. „Obwohl du wach warst?" Lares nickte nur stumm.

„Unter normalen Umständen würde ich sagen, deine Nerven sind ein wenig überstrapaziert." sagte Namuras nach kurzem Nachdenken. „Aber die Umstände sind nicht normal." fügte er düster hinzu.

„Wie meinst du das?" fragte Lares.

„Du hast mehrere Stunden bewusstlos hier gelegen, seit ich dich hier heruntergebracht habe. In dieser Zeit ist einiges geschehen. Fühlst du dich kräftig genug, aufzustehen und mit nach oben zu kommen?" Lares überlegt kurz, dann nickte er.

„Gut" sagte der Krieger, stand auf und griff nach dem Hemd und der Lederjacke, die auf dem Tisch lagen und reichte sie Lares. Der Einbrecher begann, sich umständlich anzukleiden. Als er schließlich fertig war, standen sie auf und machten sich auf den Weg nach oben an Deck.

„Wie ich es Kapitän Rhadik versprochen hatte, haben Nayin und ich ein wenig unsere Künste eingesetzt, um diesem Nebel entgegen zu wirken. Es war nicht einfach, doch letztendlich haben wir das Schiff aus dem Dunst heraus bekommen - mit tatkräftiger Hilfe der Mannschaft, die gerudert hat, als wären alle Dämonen der Tiefe hinter ihnen her gewesen."

Vielleicht waren sie das auch, dachte Lares düster.

„Aber ich fürchte…" sprach der *Shidar* weiter. „wir sind vom Regen in die Traufe gekommen." Seine Stimme klang belegt und Lares glaubte einen Hauch von Angst mitschwingen zu hören.

„Wie meinst du das?" fragte Lares ängstlich.

„Am besten, du siehst es dir selber an." antwortete Nayin anstelle des Kriegers.

Sie kamen an Deck und Nayin und Namuras steuerten zielsicher auf die Reling backbord zu. Der Krieger hatte Recht gehabt. Der Nebel war verschwunden und das Schiff hatte wieder selbstständig Fahrt aufgenommen, anstatt hilflos in einer unbekannten Strömung zu treiben. Die Sonne war mittlerweile wieder aufgegangen und erhob sich langsam im Osten über dem Horizont.

Doch ihr Licht war getrübt, allerdings nicht von Wolken, sondern von grün-gelblichen Schlieren, einem diffusen Schleier aus waberndem Dunst. Lares hatte das Gefühl, den Himmel durch eine verdreckte und schmierige Glasscheibe hindurch zu betrachten. Wenige Sekunden nachdem seine beiden Freunde die Reling erreicht hatten, gesellte er sich zu ihnen.

Vor ihnen lag die Küste. Doch nicht die sanften, unendlich weiten Felder und Wiesen des nördlichen Cathuria säumten den Strand, sondern eine schaurige Sumpflandschaft, soweit das Auge reichte.

Meilen um Meilen drängten sich knorrige Bäume zu einem undurchsichtigen Dickicht zusammen, hohe Gräser und dichtes Dorngestrüpp duckten sich im Schatten der Baumriesen. Unzählige kleine Bäche und Rinnsale flossen ins Meer, und vereinten sich zu einem schlammigen, morastigen Delta.

Viel mehr konnte er nicht erkennen, denn über der Küste lag der gleiche grünliche Schleier, den er vorhin schon bemerkt hatte, als er an Deck gekommen war. Und weit entfernt, fast am Rande des Sichtbaren, erhoben sich schattenhafte Türme aus den Wipfeln. Dazwischen glaubte Lares die Dächer großer Gebäude zu erkennen, doch der giftige Nebel verbarg mehr als er preisgab, doch das Wenige, dass er sehen konnte, kündete von den Ruinen einer Stadt, die es an Größe und Pracht einst mit Kylaria oder Bakurin hätte aufnehmen können.

„Was ist das?" fragte er unbehaglich. „Wo sind wir?" Er war sich nicht sicher, ob er die Antwort wirklich wissen wollte. Diese schattenhaften Zeugnisse der Vergangenheit machten ihm Angst und er schien nicht der Einzige zu sein, der beim Anblick der toten Stadt Furcht verspürte.

„Das dort…" antwortete Namuras merklich zögernd. „Das dort ist Saranath…"

Kapitel 8: In der Falle

Magierreich Amras,
Monat Alathyia, Frühling im Jahr 1104 nach Ashibans Fall

Am gleichen Morgen, als drei junge Männer an Bord eines Schiffes gebannt zur Küste starrten, kündigte sich im fernen Norden ein geschichtsträchtiger Tag an, der viele Entscheidungen brachte, die das Gesicht der Welt dauerhaft verändern sollten.

Dessen war sich Menac Jadek allerdings nur bedingt bewusst, als er drei Stunden nach Sonnenaufgang seinen Weg in die Katakomben von Amras einschlug. Er hatte in der letzten Nacht fast gar nicht geschlafen und war entsprechend gelaunt. Und obwohl er es niemals zugegeben hätte: er war nervös. All seine Pläne standen und fielen mit der Entscheidung, die der Rat heute treffen würde.

Seiner Aufforderung, sich die Gegebenheiten in den Gewölben der Stadt anzusehen, waren längst nicht alle Mitglieder des Rates nachgekommen und beileibe nicht jeder, den es zum Portal in die Welt der Dak'harr verschlagen hatte, war überzeugt gewesen von Jadeks Plänen.

Den Dak'harr selbst war dabei kein Vorwurf zu machen. Goroth hatte in den vergangenen Tagen den unterwürfigen Diener gemimt und auch die anderen Drachenkrieger verhielten sich ihm gegenüber wie demütige Untergebene.

Dennoch herrschte in den Reihen der Ratsherren große Skepsis, sich einer fremden Kriegsmacht zu bedienen, um einen Feldzug gegen den verhassten Nachbarn Lengan zu führen. Viele fragten sich, was mit den Dak'harr geschah, sobald der Krieg beendet war. Würden sie wieder in ihre Welt

243

jenseits des Drachenwalls zurückkehren oder würden sie hierbleiben wollen, in der Welt, die ihnen einst gestohlen wurde?

Wahrscheinlich ahnte niemand, dass gerade diese Frage Jadek am meisten Kopfzerbrechen bereitete. Dem Rat gegenüber konnte er glaubhaft vermitteln, dass die Drachenkrieger unter seinem Kommando standen, da er ja schließlich ihren Herren im magischen Zweikampf besiegt hatte. Nur er alleine wusste schließlich, dass nicht einmal Goroth ihm Untertan war, geschweige denn der mysteriöse *Drache*, der auf der anderen Seite des Portals darauf wartete, diese Welt zu betreten.

Er stieg die Treppen in die Katakomben hinab. Die bis vor Kurzem beinahe ungenutzten Gewölbe der Stadt hatten sich binnen weniger Tage von Grund auf verändert. Die Gänge waren von flackerndem Fackelschein hell erleuchtet, an jeder Kreuzung standen Wachposten und überall schwirrten Menschen und Drachenmenschen umher.

Die Zahl der Dak'harr war in den letzten Tagen beachtlich gestiegen. Nahezu pausenlos strömten neue Krieger durch das Portal und richteten sich in den Katakomben ein. Jadek vermutete, dass mittlerweile fast fünfhundert der unheimlichen Drachenkrieger die Gänge und Hallen unter Amras bevölkerten. Jetzt schon eine respekteinflößende Streitmacht. Wie gewaltig mochte das Heer erst werden, wenn das Tor stabilisiert und zu seiner vollen Größe angewachsen war? Wenn der *Drache* auf diese Seite gewechselt war, um es gänzlich für seine Legionen aufzustoßen.

Jadek betrat die große Halle, in der sich das Portal zwischen den Welten befand. Hier wimmelte es von Dak'harr. Vorgestern hatte eine Handvoll Schamanen der Drachenmenschen den Weg in diese Welt gefunden und sie hatten damit begonnen, das Tor zu festigen. Das schwarz flackernde Gebilde war beträchtlich gewachsen und es war nur noch eine Frage der

Zeit, bis es den ganzen Raum in der Höhe und in der Breite ausfüllen sollte. Der gewundene Tunnel, der sich hinter dem schwarzen Nichts erstreckte, war schon sehr viel deutlicher zu erkennen und es schien, als könnte man die herannahenden Dak'harr schon sehr viel früher und auf größere Entfernung erkennen. Manchmal glaube Jadek auch diffuse und abnorme Schattengestalten jenseits des Tunnels zu erkennen, doch es war immer nur für den Bruchteil einer Sekunde. Er schob diese Erscheinungen auf seine Nervosität.

Trotz des Durcheinanders erblickte er Goroth sofort, denn immerhin war der Heerführer der Dak'harr mindestens zwei Köpfe größer als selbst die großen Vertreter seines Volkes. Ein Mensch ging dem Drachenwesen gerade einmal bis zur Hüfte. Als er sich Goroth näherte, gewahrte er eine kleine Gestalt in einer schlichten, dunkelblauen Robe neben dem Kriegsherrn. Die beiden schienen in ein Gespräch vertieft zu sein und Jadeks Laune sank noch einmal rapide, als er niemand Geringeres als Naoth Arkosh erkannte. Dennoch zwang er sich zu einem Lächeln, als er zu den beiden Gestalten hinzutrat.

Als Goroth den Magiermogul erblickte, wandte er sich von Arkosh ab und verbeugte sich gegenüber dem Schattenmagier. "Seid gegrüßt, Meister!" grollte die tiefe Stimme des Kriegsherrn mit unterwürfigem Ernst. Nur in seinen Augen blitzte es spöttisch auf, aber er stand so, dass Arkosh es nicht sehen konnte.

Jadek nahm den Spott jedoch sehr deutlich wahr und wieder einmal fragte er sich schmerzlich, ob er überhaupt noch Herr dieser Stadt war. Solche Zweifel waren ihm in den letzten Tagen immer wieder gekommen, doch es war längst zu spät für einen Rückzieher. Außerdem wollte er nicht zulassen, dass er noch weiter in der Gunst des Erstgeborenen sank, indem er sich als Feigling präsentierte.

Jadek nickte dem Giganten zu, dann wandte er sich an Arkosh.

"Guten Morgen, Meister Arkosh." sagte er mit gespielter Freundlichkeit. "Ich muss gestehen, dass ich überrascht bin, Euch hier unten zu sehen. Ich hatte vermutet, Ihr würdet gegen mich stimmen, ohne überhaupt einen Blick auf die Gegebenheiten zu werfen."

Arkosh lächelte gönnerhaft, was ihm das Aussehen eines liebevollen Großvaters verlieh, der über die Unwissenheit eines Enkels schmunzelte. Jadek hasste dieses Lächeln, denn meist folgte ihm eine herablassende Rede über die Unwissenheit und das Ungestüm der Jugend. Doch zu Jadeks Überraschung sollte dieses Mal keine altkluge Belehrung folgen.

"Ich muss zugeben, dass ich es lange in Erwägung gezogen habe, Eure Pläne prinzipiell als törichtes Geschwätz abzutun." antwortete Arkosh. Während er sprach, fuhr er sich mit der Linken gedankenverloren durch den ergrauten Bart.

"Aber ich kam zu dem Schluss, dass es sich bei der Abstimmung nicht gerade um eine Kleinigkeit handelt, nach der man sofort wieder zur Tagesordnung übergehen kann. Immerhin geht es um nichts Geringeres als einen Krieg." Arkosh dachte einen Moment nach. "Einen Krieg, den ich gehofft hatte, verhindern zu können."

"Ihr wisst, dass ich dieses Unternehmen nicht aus purem Vergnügen in die Wege geleitet habe." entgegnete Jadek entschlossen. "Alle anderen Bemühungen, Lengan zum Einlenken zu bewegen, sind gescheitert. Im Gegenteil, die Sanktionen wurden verschärft, sodass wir mittlerweile nicht einmal mehr in Tarildan ein Buch in die Hand nehmen dürfen, ohne uns vorher eine schriftliche Genehmigung einzuholen."

Er übertrieb ein wenig, das wusste er, doch Arkosh schien zu verstehen, was er meinte, denn der alte Magier nickte ihm zu, wenn auch widerwillig, wie Jadek erkennen musste.

"Da habt ihr leider Recht, Jadek." sagte Arkosh nach einer Weile. "Und genau aus diesem Grund habe ich beschlossen, mich doch hier umzusehen. Ich will ehrlich sein. Ich kann weder Euch noch Eure Politik sonderlich leiden, aber das ist kein allzu großes Geheimnis."

Arkosh wandte sich kurz ab und blickte einen Moment zu dem Portal hinüber, aus dem gerade vier weitere schwer gerüstete Drachenkrieger hinaustraten. Goroth hatte sich mittlerweile von ihnen abgewandt und war vollauf mit seiner Arbeit am Portal beschäftigt.

"Aber ich weiß, dass viele hier so denken wie Ihr." fuhr der alte Magier schließlich fort. "Und ich habe kein Interesse daran, die Nation von Amras zu spalten, indem ich mich in dieser Frage offen gegen Euch stelle."

Jadek sah überrascht auf. Mit einem derartigen Kurswechsel hatte er nun überhaupt nicht gerechnet. Doch bevor er etwas erwidern konnte, sprach Arkosh weiter.

"Ich bin auch kein Freund von Krieg und Gewalt, doch zu meinem Bedauern scheint es keinen anderen Weg zu geben, um Lengan zum Einlenken zu bewegen, als diesen. Daher bin ich hierher gekommen, um mich davon zu überzeugen, dass die Waffe, die Ihr gegen Tarildan erheben wollt, scharf genug ist, um den Krieg auch zu gewinnen. Und ich muss sagen, angesichts dessen, was ich heute hier unten gesehen habe, bin ich guter Dinge, dass in solch einem Krieg unserem Reich kein Schaden zugefügt wird."

"Dann werdet Ihr für meinen Plan stimmen?" fragte Jadek, immer noch überrascht von dem plötzlichen Sinneswandel seines Kontrahenten.

"Ja, das werde ich." erwiderte Arkosh. "Aber ich tue dies nur, um Schaden von Amras abzuwenden und die Einheit unseres Reiches nicht zu gefährden. Und wenn dieser Krieg vorüber ist, werdet Ihr euch vor dem Rat für jeden Toten aus unseren Reihen verantworten müssen, genauso wie auch für jedes Verbrechen an der unschuldigen Bevölkerung von Lengan."

"Es geht mir nicht darum, dem Volk von Lengan zu schaden!" empörte sich Jadek.

"Das will ich für Euch hoffen." zischte Arkosh. "Und denkt bei Eurem Feldzug stets daran, dass sich eine Entscheidung über Krieg und Frieden jederzeit wieder rückgängig machen lässt."

"Dessen bin ich mir durchaus bewusst."

"Fein." Arkosh straffte sich. "Dann will ich Euch nicht länger bei Euren Vorbereitungen stören. Ich habe selbst noch einiges zu klären, bevor ich über Euren Feldzug abstimmen muss. Wir sehen uns später, fürchte ich."

"Wird sich nicht vermeiden lassen." entgegnete Jadek kühl und herablassend. Innerlich jedoch konnte er sein Glück kaum fassen. Wenn Arkosh für ihn stimmte, war jeglicher Widerstand im Rat gebrochen.

Die Gründe, die den alten Mann dazu bewogen, seinen ärgsten Konkurrenten nun doch zu unterstützen, interessierten Jadek herzlich wenig. Wichtig war nur die Abstimmung. Arkosh nickte ihm noch einmal zu und verschwand dann schnellen Schrittes Richtung Ausgang.

Auf der ersten Treppenstufe drehte sich Arkosh noch einmal um und sah in Richtung des wabernden Portals. Jadek folgte seinem Blick und war überrascht, dass Goroth den Blick des alten Magiers erwiderte. Für einen kurzen Moment glaubte er wieder den Spott in den Augen des Kriegsherrn zu erkennen und auch in Arkoshs Zügen war kurz ein triumphierender Ausdruck zu sehen.

Dann wandten sich beide wieder voneinander ab. Arkosh verschwand nach oben und Goroth widmete sich wieder dem Portal. Zurück blieb ein leicht verwirrter und gleichzeitig gelöster Magiermogul.

Doch die Freude über den Sinneswandel seines Kontrahenten überwog und lies ihn die leichte Unsicherheit vergessen. Es schien, als würde der Tag doch sehr positiv für ihn ausgehen.

Meer der Dämmerung, Küste von Saranath,
Monat Alathyia, Frühling im Jahr 1104 nach Ashibans Fall

Als jene gewaltigen Metropolen, die wir heute Kylaria und Bakurin nennen, noch nicht einmal erbaut waren, da war Saranath schon mächtig und prachtvoll. Saranath war die erste große Siedlung der Menschenwelt, lange bevor Inkaldon seine gläsernen Türme in den Himmel streckte, lange bevor sich Tarildan in den Ebenen von Lengan ausbreitete. Sie war der Nabel der Welt, Knotenpunkt des Handels und Wohnsitz der Reichen und Mächtigen. Hier residierte der erste Großkönig des Menschenvolkes und die Kuppel des ersten Tempels des Gottes Nodens reflektierte hier das Sonnenlicht.

Doch zugleich war Saranath auch die Grenze der Menschenwelt, denn nur wenige Meilen östlich der Stadt begann der düstere Morast, der die gesamte Ostküste des Meeres der Dämmerung noch heute beherrscht und der sich erst in den ewigen Sanden der Hatheg verliert. Die Sümpfe sind das Reich der Ybb'lith, jener unheimlichen Kreaturen, die aus den Tiefen des Meeres kommen.

Aber die Menschen von dereinst kannten weder die Gefahren des Sumpfes, noch kannten sie das Volk der Ybb'lith. Und so geschah es, dass die Herren von Saranath ein Regiment tapferer Soldaten in den unerforschten Sumpf aussandten, um seine Geheimnisse zu erforschen.

Die Männer des Großkönigs Azal drangen tief in die gefährlichen Wälder ein. Viele starben in den tückischen Fallen, die die Natur in den Sümpfen für jene ausgelegt hatte, die nicht dorthin gehörten. Der Großteil der Krieger drang allerdings dennoch immer weiter in das unbekannte Land ein und schließlich trafen sie zum ersten Mal auf das Volk der Ybb'lith.

Azals Soldaten, alles götterfürchtige Männer, erschauderten angesichts des zutiefst fremdartigen Volkes, denn die Ybb'lith sind dem Menschen ferner als jede andere Rasse, die den Kontinent Akranos bewohnt. Und ebenso fremdartig wie ihr Aussehen sind auch die Riten, mit denen sie ihre abgründigen Götter verehren, die in den Tiefen des Meeres schlummern.

Das Schicksal wollte es so, dass Menschen und Ybb'lith zum ersten Mal aufeinanderstießen, als jene aus den Tiefen inmitten des Sumpfes ihrem schaurigen Gott Tsatoth, dem Schlangenhäuptigen, huldigten. Niemals ward Genaueres überliefert, doch schien der Anblick dieses Ritus die Männer des Großkönigs derart zu entsetzen, dass ihr Kommandant den Befehl gab, die Versammlung gottloser Wesen auszulöschen.

Die Soldaten des Großkönigs fielen über die ahnungslosen Ybb'lith her wie ein Rudel ausgehungerter Wölfe über eine hilflose Schafherde. Kein Angehöriger des fremden Amphibienvolkes überlebte das Massaker, doch auch viele Soldaten kamen ums Leben. Manch einer verfiel auch dem Wahnsinn und musste zurückgelassen werden.

Spätere Berichte besagten, die Männer haben von einem turmhohen Ungeheuer gebrabbelt, dass aussah wie eine aufrecht gehende Schlange, deren Haupt von Tentakeln umkränzt war und welches die Schlacht aus großer Ferne beobachtet haben soll. Lange wurde vermutet, dass die Männer einem bösartigen Schamanenzauber zum Opfer gefallen waren, denn unter den Ybb'lith hatten sich auch Zauberer und Priester befunden, deren magische Kräfte schlimm unter den Kriegern Azals gewütet hatten.

Nach der Schlacht kehrten die Männer wieder zurück nach Saranath und erstatteten dem Großkönig Bericht. Azal ließ die Stadt weiter befestigen und kommandierte weitere Truppen in die Hauptstadt seines Reiches. Doch nichts geschah.

Im Laufe der Jahrhunderte wuchs Saranath immer weiter und

selbst Inkaldon, dass in Tassiath binnen weniger Jahrzehnte zur größten Stadt der Welt wucherte, bevor der grausige Thronfolgekrieg es in Schutt und Asche legte, konnte sich an Glanz und Pracht mit der Stadt am Meer der Dämmerung nicht messen.

Als Inkaldon längst in Staub und Chaos versunken war, reckte Saranath noch immer seine monumentalen Turmbauten der Sonne entgegen. Nicht einmal der Weltenschänder Ashiban konnte der Stadt ernsthaften Schaden zufügen, denn seine dämonischen Legionen wurden bereits vor Kylaria besiegt und in alle Winde zerstreut. Mit vereinten Kräften drängten die Heere von Lengan, Cathuria und Thalarion die Armeen des Weltenschänders wieder zurück auf die verfluchte Insel Baharna, wo Ashiban selbst schließlich in einer fürchterlichen Schlacht sein Ende fand.

Aber gerade als die Welt begann, sich von dem Schrecken zu erholen, den der Weltenschänder über sie gebracht hatte, kam das Ende von Saranath.

In einer kalten Vollmondnacht im Winter des dritten Jahres nach Ashibans Fall stieg Nebel vom Meer der Dämmerung auf. Doch es war kein gewöhnlicher Nebel.

Grünliche Schwaden waberten ans Ufer und tauchten das Mondlicht in einen gespenstischen, giftigen Schein. Der Nebel kroch durch die Straßen und Gassen der Stadt und wo er sich ausbreitete, verfielen die Menschen dem Wahnsinn. Grausige Schatten bewegten sich in dem Dunst und niemand, der versuchte sich ihnen in den Weg zu stellen, wurde jemals wiedergesehen. All jene, die versuchten zu fliehen, wurden von namenlosem Grauen gepackt. Viele gerieten in Raserei und es kam zu blutigen Gemetzeln unter den Flüchtlingen, während der grüne Nebel immer weiter in die Stadt vordrang. Nur wenige vermochten dem Schrecken zu entkommen und manch einer behauptete, ein schlangenhaftes Ungeheuer in den

251

Nebeln erblickt zu haben.

Als am nächsten Morgen die Sonne aufging, war Saranath zu einem Grab geworden. Wo tags zuvor noch lebhaft geredet, gehandelt und gelacht worden war, herrschten nun Schweigen und Tod.

Auch die Sonne konnte den dämonischen Nebel, der aus dem Meer gekrochen war, nicht vertreiben. Die grünen Schwaden blieben und bis zum heutigen Tag sind die Ruinen der einst mächtigen Metropole, die nun mitten im sich ausbreitenden Sumpf liegen, in giftgrünen Nebel gehüllt.

Noch heute lauern Wahnsinn und Entsetzen in den Überresten von Saranath, doch die immensen Reichtümer, die hier einst versammelt waren, locken immer noch Abenteurer und Glücksritter in die tödlichen Sümpfe. Nur wenige sind jemals wieder zurückgekehrt und keiner der wenigen Glücklichen ist mit Reichtümern belohnt worden.

Doch manch einer, der die Nacht in der Nähe der Ruinen verbracht hatte, brabbelte anschließend etwas von einem gigantischen, schlangenartigen Monstrum, dass zwischen den Ruinen der Stadt umher streifte.

Lange herrschte bedrücktes Schweigen, nachdem Rhadik seine Erzählung über den Untergang Saranaths beendet hatte. Die vier Männer standen nebeneinander an der Reling und starrten gebannt zu den Ruinen der einstigen Metropole, die einige Meilen von ihnen entfernt in den dampfenden Sümpfen hinter giftgrünen Nebelschwaden brüteten und darauf lauerten, ahnungslose oder unbedachte Reisende zu verschlingen.

Zwar waren sie weder ahnungslos noch unbedacht, aber dennoch waren sie hier. Und das konnte eigentlich nicht sein.

Als ihm das Schweigen schließlich unerträglich wurde, wandte sich Lares an Rhadik.

"Eine Frage, Kapitän." begann er. "Ich mag mich nicht

sonderlich gut auskennen mit der Seefahrt, aber liegt Saranath nicht viele Meilen östlich von Nakesh?"

"Da habt Ihr Recht, junger Freund." antwortete der Kapitän. "Mindestens eine Tagesreise… bei gutem Wind."

"Wie kann es denn dann sein, dass wir hier sind? Sagtet ihr nicht, es würde mindestens vier Tage dauern bis Nakesh? Und wir sind doch erst den vierten Tag unterwegs."

"Ja, das sagte ich." antwortete der Kapitän kurz angebunden.

"Aber wie…" begann der Einbrecher erneut, doch Rhadik fuhr wütend herum, bevor er weiter reden konnte.

"Verdammt noch einmal, ich weiß es nicht!" polterte der alte Seebär. "Wenn ich eine Erklärung dafür hätte, wäre mir wesentlich wohler!"

Erbost schnaubend wandte sich der Kapitän wieder ab, doch seine Wut verrauchte so schnell, wie sie gekommen war. Als er weitersprach, war seine Stimme wieder ruhiger.

"Es ist eigentlich völlig unmöglich, dass wir hier sind, aber wir müssen uns damit abfinden. Hier geht einiges nicht mit rechten Dingen zu. Schändliche Magie ist hier am Werk und wir sollten uns beeilen, von hier fortzukommen, bevor die Sonne sinkt."

Lares sah den Kapitän fragend an.

"Solange die Sonne scheint, ruhen die Geister der Verlorenen in diesen Sümpfen." fuhr Rhadik fort. "Wenn der Mond sich über Saranath erhebt, sind alle verloren, die sich noch in der Nähe der Ruinen befinden."

"Ebenso sehr wie die Frage, wie wir hier schnell wieder fortkommen, interessiert mich dennoch die Frage, wie wir hierher gekommen sind" murmelte Namuras. "Wir waren fast zwei Tage in diesem Nebel eingefangen und nun sind wir hier, viel weiter von Kylaria entfernt als es möglich ist."

Der *Shidar* wandte sich an Nayin. "Rhadik hat Recht. Hier ist Magie am Werke und ihr Ursprung muss hier an Bord sein. Wir sollten dringend herausfinden, wer dafür verantwortlich ist."

Der junge Krieger sah kurz zu Lares hinüber.

"Und ich habe da einen Verdacht…" grübelte er laut.

"Wieso glaubt Ihr, dass der Verantwortliche an Bord ist?" fragte Rhadik.

Niemand vermag auf eine solche Distanz derart mächtige Magie wirken, die ein Schiff zwei Tage gefangen halten und an einen weit entfernten Ort befördern kann." antwortete Namuras. "Seht zu, dass wir von hier fortkommen. Nayin und ich finden den Zauberer, der dafür verantwortlich ist."

Rhadik verabschiedete sich mit einem kurzen Nicken und wandte sich ab, um seinen Männern Befehle zu erteilen. Lares sah ihm nach, bis er unter Deck verschwunden war, dann blickte er Namuras fragend an.

"Du sagst, du hättest einen Verdacht? Glaubst du etwa…"

"Ja." gab der *Shidar* grimmig zurück. "Ich fürchte, ich bin nicht gründlich genug gewesen."

Die Zeit war gekommen, seinen Plan zu vollenden und die Falle zuschnappen zu lassen. Er hatte viel gelernt in den letzten Tagen. Sein neuer Meister hatte ihm mehr Dinge beigebracht und mehr Wahrheiten gezeigt, als er in den letzten zwanzig Jahren in mühsamem Studium erlernt hatte. Seine Macht hatte sich vervielfacht, seit er den Pakt mit der Kreatur von jenseits der Sternenleere geschlossen hatte.

Mit einer beinahe unbewussten Geste fuhr Shiyaz sich über den Hals und berührte die Stelle, an der ihm der *Shidar* beinahe die Kehle durchgeschnitten hatte. Die Wunde hatte sich längst wieder geschlossen, doch die Narbe war geblieben. Und nicht nur das.

Er hatte versucht, die blutige Kruste zu entfernen, doch der Schmerz war entsetzlich gewesen. Und die Warnung seines Herrn hatte ihn davon überzeugt, es nicht noch einmal zu versuchen.

Mein Mal hält dich am Leben, Shiyaz. Meiner Gnade allein verdankst du deine Existenz. Entferne es und du stirbst.

Also hatte er die Finger davongelassen und im Grunde war es auch nebensächlich. Ein kleiner Schönheitsfehler, mehr nicht. Auch die Tatsache, dass die Narbe mit der Zeit gewachsen war und nun die groteske Form einer Schlinge angenommen hatte, war ihm relativ gleichgültig.

Unbemerkt hatte er sich an Bord geschlichen, seine Tarnung war niemandem aufgefallen, nicht einmal diesem verfluchten *Shidar*. Mehrere Male war er sowohl dem jungen Einbrecher als auch dem Knochenjäger so nahe gewesen, dass er sie mit Leichtigkeit hätte umbringen können.

Doch er hatte gewartet, geduldig gelauert bis der Zeitpunkt gekommen war, zuzuschlagen. Die Maske, die sein Herr so sehr begehrte, war greifbar nahe.

Aber ihm waren Zweifel gekommen. Sein neuer Meister hatte ihm Macht versprochen, nahezu unbegrenzte Macht, wenn er nur seinem Weg folgte. Und wenn diese Maske so ein machtvolles Artefakt war, warum sollte er sie nicht selbst benutzen?

Er würde die alte Ordnung wiederherstellen, die alten Werte, die er verehrte und die er geschworen hatte, zu beschützen. Jene Werte, die der neue Magiermogul mit Füßen trat, indem er die Sternengarde zu einer Band hirnloser Schläger verkommen ließ. Ja, er würde nach Amras zurückkehren. Er würde die Maske zurück in seine Heimat bringen, doch er selbst würde es sein, der sie benutzte. Er würde die neue Zeit des Magierreichs Amras einläuten.

Es waren nicht seine eigenen Gedanken, die sich in seinem Kopf formten, aber das bemerkte er nicht. Das lautlose Wispern und Flüstern in seinem Kopf war mehr und mehr Teil seines Denkens geworden, doch er sah es als sein eigenes an, ohne auch nur zu ahnen, dass er nicht viel mehr als eine

Marionette geworden war. Nur eine Puppe an den Fäden einer Macht, deren Denken und Handeln dem der Menschen so fremd war, dass sie nicht nebeneinander existieren konnten.

Seinen finsteren Gedanken nachgehend, betrachtete Shiyaz die Gefährten aus sicherer Entfernung. Sie besprachen etwas, dass er nicht verstand, doch er konnte sich ungefähr vorstellen, worum es ging. Dieser Namuras war kein Dummkopf und er würde schnell begreifen, wer sein Gegner war - jetzt wo er Saranath gesehen hatte.

Aber es war schon zu spät, um noch aus der Falle zu entkommen. Der Hauptmann der Sternengarde beobachtete, wie der *Shidar* zusammen mit dem anderen jungen Magier unter Deck verschwand, während der elende Einbrecher allein an Deck zurückblieb.

Für einen kurzen Moment überkam ihn der Hass. Nur mühsam unterdrückte er den Impuls, den elenden Wicht einfach aufzuspießen und über Bord zu werfen. Doch dann wäre der *Shidar* gewarnt und vielleicht könnten sie noch aus der Falle entkommen, die er ihnen gestellt hatte.

Also wartete er. Lautlos. Geduldig.

Shiyaz schloss die Augen und seine Lippen begannen, lautlose Worte zu formen, Worte in einer Sprache, die den Menschen verboten war und die ihn sein neuer Lehrmeister gelehrt hatte. Er spürte, wie die Macht, die tief in ihm schlummerte, sich formte und zu einer Struktur zusammenfügte.

Shiyaz erkannte die magischen Linien, die sich wie ein feines Spinnennetz um das Schiff gelegt hatten. Seine magischen Fühler tasteten weiter, griffen nach dem Wasser, dass sie umgab, tauchten ein in die lichtlosen Tiefen des Meeres. Dann, als er gefunden hatte, wonach er gesucht hatte, ballte er ruckartig die Hände zu Fäusten und entlud seine neuen Kräfte mit einem einzigen gewaltigen Schlag.

Rein äußerlich geschah überhaupt nichts. Das Schiff lag ruhig und dümpelte friedlich wenige Meilen vor der Küste, wo Saranath im dumpfen Nebel lag und vor sich hin brütete.

Doch in den lichtlosen Tiefen erwachte ein uralter, ungekannter Schrecken zu entsetzlichem Leben.

Shiyaz lächelte zufrieden. Die Falle würde zuschnappen und seine Feinde verschlingen. Dass die Narbe an seinem Hals wieder um eine Winzigkeit gewachsen war, bemerkte er nicht.

Namuras und Nayin betraten dicht hintereinander ihre Kajüte. Während der *Shidar* zielstrebig an seine Seekiste ging und eilig einige seltsame Utensilien zutage förderte, stand Nayin unschlüssig neben seinem Bett und sah auf den Krieger hinunter.

"Was genau hast du vor?" fragte der Zauberer. Namuras blickte zu ihm auf.

"Irgendetwas stimmt hier ganz und gar nicht." antwortete er. "Und wenn ich damit Recht behalte, haben wir ein ernsthaftes Problem."

"Ich verstehe nicht ganz." gab Nayin zurück.

"Eigentlich fällt mir nur eine Person ein, die einen Grund hat, uns in eine derartige Falle zu locken." sagte der *Shidar*. "Aber diese Person müsste tot sein."

"Du meinst diesen Hauptmann?" fragte Nayin verwundert. "Er erschien mir nicht so mächtig, dass er zu so etwas in der Lage wäre."

"Mir auch nicht." antwortete Namuras. "Er muss sich verdammt schnell erholt haben, was eigentlich unmöglich ist. Es sei denn..."

Der Krieger kam nie dazu, seinen Befürchtungen Ausdruck zu verleihen, denn in diesem Moment ging ein heftiger Ruck durch das Schiff, der sie von den Füßen riss. Ein stumpfes Dröhnen, gefolgt von Knirschen und Splittern lief durch das Schiff. Hastig rappelten sie sich wieder auf.

"Was, bei allen Göttern, ist passiert?" fragte Nayin gehetzt.

"Keine Ahnung." antwortete Namuras. "Wir müssen wieder hinaus." Er raffte einige Dinge aus seiner Kiste zusammen, warf sie mit einem Ruck wieder zu und stürmte wieder aus der Kajüte. Nayin folgte ihm unmittelbar.

Als sie wieder draußen angekommen waren, lag das Schiff scheinbar ruhig im Wasser, doch unter der Mannschaft war heilloses Chaos ausgebrochen. Die Männer liefen wie ein aufgescheuchter Hühnerhaufen über die Planken des Schiffes und auch die laut gebrüllten Befehle des Kapitäns schienen kaum Beachtung zu finden. Nur mit äußerster Mühe verschaffte Rhadik sich Gehör. Namuras eilte auf den Kapitän zu, der am Steuer stand und versuchte, Ordnung in das Chaos an Bord zu bringen.

"Was ist geschehen?" fragte der *Shidar*. Rhadik sah ihn für einen Moment verwirrt an, dann schüttelte er kurz den Kopf.

"Wir sind auf ein Riff gelaufen." antwortete er.

"Ein Riff?" erkundigte sich der Krieger zweifelnd. "Hier?"

"Die Ostküste des Meeres ist nicht nur wegen ihres zweifelhaften Panoramas so unbeliebt." gab der Kapitän leicht verärgert zurück. "Die Gewässer sind tückisch. Aus mehreren Gründen."

"Und was machen wir jetzt?" fragte Nayin.

"Zunächst müssen wir herausfinden, wie schlimm der Schaden ist." sagte Rhadik gereizt. "Und das geht am besten, indem ihr Landratten hier oben wartet, euch in der Nähe der Beiboote aufhaltet und mich meine Arbeit machen lasst."

"Schon verstanden." sagte Namuras, der trotz der prekären Lage, in der sie sich befanden, ein leichtes Lächeln zustande brachte. "Bitte um Verzeihung, Kapitän."

Rhadik verzog sein Gesicht ebenfalls zu einem angedeuteten Grinsen, dann verabschiedete er sich mit einem kurzen Nicken von den Beiden und verschwand in dem Gewusel.

Während das Treiben an Bord langsam wieder in geordnete

Bahnen verlief, starrte der *Shidar* sorgenvoll aufs Meer hinaus. Mittlerweile hatte sich Lares auch wieder zu ihnen gesellt.

"Ein merkwürdiger Zufall." sagte der Einbrecher. "Kaum haben wir wieder freie Sicht und könnten den Kurs ändern, laufen wir auf ein Riff."

"Ich glaube weder an einen Zufall noch an ein gewöhnliches Riff." sagte Namuras düster. Sein Blick suchte das Wasser ab, doch so sehr er sich auch anstrengte, er konnte nichts Anderes erkennen als die sanften Wellen, die sich am Schiff und weit entfernt an der Küste brachen. Das Meer war ruhig und wäre da nicht das unheimliche Panorama der Küste von Saranath gewesen, hätte man es als friedlich bezeichnen können.

"Ich kann mir keine bessere Falle vorstellen, als leck geschlagen vor Saranath zu dümpeln."

Lares stellte sich neben den *Shidar* und blickte ebenfalls hinaus aufs Meer. Mit Schaudern dachte er an die Worte des Kapitäns.

Wenn der Mond sich über Saranath erhebt, sind alle verloren, die sich noch in der Nähe der Ruinen befinden.

Es dauerte einige Minuten, bis Rhadik zu ihnen zurückkehrte. Sie brauchten gar nicht erst zu fragen, wie schlimm es um das Schiff stand, denn sein finsterer Blick sprach Bände.

"Ganz prächtig.", schimpfte der alte Seebär. "Wir hängen entweder hier fest oder wir saufen ab!"

"Wie das?" fragte Lares erstaunt.

"Wir sind tatsächlich auf ein Riff gelaufen. Und zwar so präzise, dass es uns sauber den Rumpf aufgeschnitten hat, aber momentan noch die Wassermassen zurückhält. Wie ein Pfeil in einer Wunde. Sobald man ihn herauszieht, sprudelt es nur so aus einem raus. Und sobald wir das Schiff vom Riff herunter schaffen, läuft uns das Ding in wenigen Minuten voll und wir saufen ab."

"Dann müssen wir von Bord." sagte Namuras.

"So weit war ich auch schon!" gab der Kapitän grob zurück.

Doch wie schon vorhin, verflog sein Zorn rasch wieder. "Verzeiht." sagte er leise. "Aber es ist nicht leicht, dass Schiff zu verlassen, auf dem man jahrelang gelebt und gearbeitet hat. Für viele meiner Männer ist dieses Schiff ihre Heimat."

Namuras winkte ab. "Es gibt nichts zu verzeihen, Kapitän. Es ist völlig klar, dass wir euren Verlust nicht nachempfinden können." Er machte eine kurze Pause und sah zur nebelverhangenen Küste hinüber.

"Dennoch dürfen wir keine Zeit verlieren." Der Krieger warf einen Blick hinüber zu den Ruinen. "Es gibt keine tödlichere Falle, als nach Sonnenuntergang in der Nähe von Saranath zu sein. Das habt ihr selbst gesagt. Wir müssen weg von hier."

Rhadik nickte. "Ich werde die Beiboote bereit machen lassen. In spätestens einer halben Stunde ist das Schiff geräumt. Nehmt nur das Allerwichtigste mit."

"Zum Glück reisen wir ohnehin mit wenig Gepäck." sagte Nayin.

"Das ist gut." sagte der Kapitän. "Ich muss wieder an die Arbeit. Ein Schiff dieser Größe räumt sich nicht von allein."

Er versuchte zu lächeln, doch sie konnten den Schmerz sehen, der in ihm wühlte. Sein Schiff zurück lassen zu müssen war für einen Seemann wie Rhadik genauso schlimm, wie wenn man ihnen ihr Haus wegnehmen würde.

Als Rhadik merkte, wie sehr ihm sein Lächeln misslungen war, wandte er sich rasch ab und stapfte mit schnellen Schritten davon.

Lares, Nayin und Namuras begaben sich eilig in ihre Kajüte und begannen hastig, die allernötigsten Dinge zusammen zu raffen. Der *Shidar* beschränkte sich auf seine Waffen, einen dunklen Reisemantel und das harmlos erscheinende Bündel, in das die Maske eingeschlagen war. Lares und Nayin begnügten sich ebenfalls mit fester Reisekleidung und einigen kleineren Habseligkeiten. Nayin wollte die Bücher, die er von den

Knochenjägern entliehen hatte, in einem kleinen Seesack verstauen und mitnehmen, doch Namuras hielt ihn zurück.

"Den Kram brauchen wir im Sumpf nicht. Außerdem sind das sowieso nur Kopien, die jederzeit neu angefertigt werden können. Kein großer Verlust." sagte er lächelnd.

Der Zauberer sah den *Shidar* einen Moment skeptisch an, dann zuckte er mit den Schultern und verstaute die Bücher wieder in einem der Schränke. Mit einem leicht wehmütigen Blick schloss er ihn und folgte dann den anderen Beiden, die bereits in der Tür standen und auf ihn warteten.

Zehn Minuten später saßen sie alle gemeinsam mit Kapitän Rhadik und sechs Matrosen in einem der kleinen Beiboote und ruderten langsam von der *Tirfalis* fort in Richtung Ufer.

Magierreich Amras,
Monat Alathyia, Frühling im Jahr 1104 nach Ashibans Fall

Der Moment der Entscheidung war gekommen.

Alles was in Amras Rang und Namen hatte, war in dem großen Saal der Akademie versammelt. Längst nicht nur Magier und Lehrmeister - auch Händler, Mitglieder der Garde, Beamte, Stadtadlige sowie Vertreter der unterschiedlichsten Gilden und Interessengruppen hatten sich eingefunden, um der Entscheidung über Krieg oder Frieden im Norden von Akranos beizuwohnen. Einer der vielen Zuschauer, die der Abstimmung des Hohen Rates der Magier entgegenfieberten, war Talamar Lammath, der Zwillingsherrscher der Sathari.

Seit der Magiermogul seinen Plan über einen Krieg gegen Lengan offen dargelegt hatte, hatte sich in der Stadt einiges getan. Die Gelehrtenschaft war in heller Aufruhr und die Katakomben waren von einer recht hektischen Betriebsamkeit erfüllt.

Talamar war nach seinem heimlichen Besuch, der ihn fast das Leben gekostet hatte, noch einmal in hoch offizieller Angelegenheit dort unten gewesen. Zusammen mit seiner Geliebten und Mitherrscherin Laîra hatte er als Oberhaupt der Sathari die Einladung Jadeks angenommen, das Tor in eine fremde Welt zu besichtigen und sich davon zu überzeugen, dass Jadek allein die Kontrolle über die Dak'harr hatte.

Der Magiermogul höchstpersönlich hatte es sich nicht nehmen lassen, die Zwillingsherrscher der Dunklen Bruderschaft herum zu führen und sowohl er als auch der hünenhafte Kriegsherr der Drachenmenschen hatten ihre Rolle so perfekt gespielt, dass jeder darauf hereingefallen wäre, der die Wahrheit nicht kannte. Aber Talamar kannte sie. Er hatte die entsetzliche Stärke des Drachen gespürt, der auf der anderen Seite des Tores lauerte und er wusste, dass Jadek nicht viel mehr als eine Marionette einer weitaus größeren Macht war, die sich der Großmeister der Bruderschaft nicht einmal vorzustellen wagte.

Dem Magiermogul gegenüber hatten die Zwillingsherrscher ihre uneingeschränkte Loyalität zugesichert und sich ganz offiziell das Wohl von Amras auf ihre Fahnen geschrieben. Talamar hatte dem Zauberer erklärt, dass die Sathari ihre ganze Kraft aufbringen würden, die Stadt und das Land Amras vor äußeren Bedrohungen zu schützen.

Er hatte gespürt, dass Jadek diese Zusicherung nicht ganz zufrieden stimmte, denn sie bot den Sathari zugleich eine Hintertür. Dadurch, dass sie den Schutz der Stadt garantierten, waren sie nicht verpflichtet, offensiven Kriegsakten beizuwohnen. Zudem erlaubte dieses Abkommen den Sathari, weitere Mitglieder in Amras zu versammeln, was Jadek nicht sonderlich gefiel, aber nur schwerlich verbieten konnte.

Und so hatten sie in den letzten drei Tagen fast alle verfügbaren Mitglieder der Bruderschaft in Amras zusammengezogen. Sie waren auf Wegen gekommen, die nur wenigen bekannt waren und die Jadek sicherlich nicht gutgeheißen hätte.

Fast dreihundert Kinder Satharis befanden sich mittlerweile in der Stadt und mindestens noch einmal so viele befanden sich auf dem Weg hierher. Nicht genug, um einen Krieg zu führen, aber im Notfall genug, um einen Krieg zu verhindern.

Talamar lächelte still in sich hinein, während um ihn herum aufgeregtes Gemurmel herrschte.

Welch seltsame Ironie, dachte er spöttisch. Ausgerechnet die Sathari, jene gefürchtete Bruderschaft, deren Namen nur im Flüsterton ausgesprochen wurde, sollten womöglich einen Krieg verhindern, der die Welt der Menschen in ihren Grundfesten erschüttern könnte. Nur zu gerne würde er die dummen Gesichter der Lathi und der Priesterschaft der Zehn Götter sehen, wenn sie irgendwann erfuhren, wer sie da eigentlich gerettet hatte.

Aber vielleicht kam es gar nicht dazu, auch wenn die Chancen auf eine Abstimmungsniederlage des Magiermoguls sehr gering waren.

Talamar blickte hinüber zu dem Pult, an dem noch vor wenigen Minuten Menac Jadek eine kurze Rede gehalten hatte. Jetzt saß der Magiermogul auf seinem Platz im Ratssaal und machte ein nachdenkliches Gesicht.

Etwas widerwillig musste er dem Herrn der Stadt Respekt zollen. Er hatte eine reißerische Hetzrede erwartet, um die Massen für einen Feldzug anzustacheln. Doch Jadek hatte eine überraschend ruhige und nachdenkliche, ja beinahe bedauernde Rede gehalten. Er hatte den Krieg als letzten Ausweg bezeichnet, nachdem alle anderen Mittel nicht gefruchtet hatten. Zudem hoffe er, dass der Feldzug so rasch wie möglich und so unblutig wie möglich beendet werden könne und dass die Machthaber in Lengan sehr schnell einlenkten, um Schaden von den Menschen abzuwenden. Es ginge ihm nicht um Eroberung oder Macht, so Jadek. Es ginge rein um die wissenschaftlichen und freiheitlichen Interessen von Amras.

Nicht nur Talamar hatte der Magiermogul mit seiner Rede überrascht, auch viele Ratsmitglieder waren verwundert gewesen ob der Ernsthaftigkeit und des bedauernden Untertons. Selbst der größte Widersacher der Magiermoguls, Naoth Arkosh - auf den die Sathari ihre größte Hoffnung gelegt hatten - hatte schweigsam und nachdenklich den Worten des Magiermoguls gelauscht und zwischenzeitlich sogar leicht genickt. In diesem Moment war Talamar bewusst geworden, dass Jadek die Abstimmung gewinnen würde.

Langsam kehrte Ruhe im Saal ein. Die meisten Teilnehmer der Versammlung hatten sich wieder auf ihre Plätze gesetzt und nur noch vereinzelt konnte man leises Getuschel wahrnehmen. Die Spannung im Saal war nahezu greifbar. Eine derart wichtige Entscheidung war das letzte Mal vor Generationen getroffen worden, nämlich als Amras sich von Lengan abgespalten hatte. Und nun hatte man sich eingefunden, um gegen das gleiche Land Krieg zu führen.

Eigentlich hätte dieser Krieg den Sathari herzlich gleichgültig sein können, doch durch den Wahnsinn Jadeks, die Dak'harr mit in den Konflikt hinein zu ziehen, war die Dunkle Bruderschaft gezwungen, zu reagieren. Und es gab nichts, was Talamar mehr hasste, als abwarten zu müssen.

Der Orden hatte die Jahrhunderte der Verfolgung nur dadurch überstanden, indem sie ihren Feinden immer einen Schritt voraus gewesen waren. Mehrmals hatten sie am Rande der Vernichtung gestanden und immer wieder waren sie diesem Schicksal entgangen - weil sie selber die Regeln bestimmt hatten.

Jetzt waren sie dazu verdammt, darauf zu warten, was diese *Politiker* (Talamar verzog bei dem Gedanken an diesen Menschenschlag verächtlich das Gesicht) entscheiden würden. Überhaupt hatte er in den letzten Tagen seine Entscheidung angezweifelt, sich und den Orden in die Obhut eines Reiches zu geben. Zwar hatte niemand seinen Entschluss auch nur ansatzweise in Frage gestellt, doch er selbst hatte hin und wieder mit sich selbst gehadert. Er wollte nicht als der Sathariherrscher in die Chroniken des Ordens eingehen, der die Bruderschaft in die Abhängigkeit getrieben hatte.

Andererseits bot sich ihnen die Chance, nach Jahrhunderten des Versteckens wieder die Herrschaft über ein Reich an sich zu reißen. Die letzten Jahrzehnte waren zu friedlich gewesen. Nicht, dass es den Sathari blind darum gegangen wäre, Unfrieden und Hass zu verbreiten, doch allzu ruhige Zeiten sorgten dafür, dass die Lathi sich zunehmend der Verfolgung der Dunklen Bruderschaft annahmen. Jetzt, da erneut Krieg aufzog, würden die Streiter des Lichts zu sehr damit beschäftigt sein, dem Sturm zu trotzen - die Gelegenheit für die Sathari, die Verhältnisse zu ihren Gunsten zu verändern.

Ja, dachte Talamar lächelnd, dieser Krieg könnte der Bruderschaft zu großem Vorteil gereichen. Je länger er darüber nachdachte, desto einleuchtender wurde es ihm. Sollte Jadek doch seinen Krieg führen. Wenn Sternengarde und Dak'harr sich weit entfernt auf den Schlachtfeldern in Lengan austobten, würden die Sathari die Macht an sich reißen. Und selbst der ominöse Drache, der auf der anderen Seite des Portals lauerte, würde der geballten Macht des Ordens nicht widerstehen können.

Plötzlich sah er der Abstimmung sehr gelassen entgegen. Sollte es zum Krieg kommen, würden die Sathari ihren Nutzen daraus ziehen. Und sollte er wider Erwarten nicht stattfinden, würde sich nichts ändern. Und vielleicht würde eine Niederlage Jadek so sehr in die Defensive drängen, dass er nicht länger als Magiermogul tragbar wäre...

Entspannt lehnte er sich zurück und blickte in die Runde. Es war komplett ruhig geworden, selbst die letzten geflüsterten

Unterhaltungen waren verstummt. Der Großteil der Versammlung blickte gebannt auf den Zeremonienmeister, der soeben durch ein Seitenportal den Saal betreten hatte und mit bedächtigen Schritten zum Rednerpult ging.

Der Zeremonienmeister des Hohen Rates von Amras war ein altehrwürdiger Magister, der lange vor Menac Jadek Magiermogul gewesen war, aber aus Gründen des Alters seinen Posten an einen Jüngeren abgegeben hatte. Man munkelte, dass der alte Meister die hundert Jahre schon weit überschritten hatte, doch noch immer wirkten seine Bewegungen kräftig und würdevoll.

Am Rednerpult angekommen, begann der Magister zu sprechen und obwohl er kaum die Stimme hob, war er im ganzen Saal problemlos zu verstehen.

"Nun, Mitglieder des Hohen Rates. Ihr habt den Antrag des ehrenwerten Magiermoguls vernommen und hattet ausreichend Zeit, darüber zu debattieren. Es ist nun an dem, eine Entscheidung zu fällen. Eine Entscheidung, die sehr einschneidend für unser prächtiges Reich sein kann. Also entscheidet weise und umsichtig."

Er machte eine kurze Pause und warf einen prüfenden und zugleich mahnenden Blick in die Runde.

"Jene von Euch, die dem Antrag auf einen Feldzug gegen Lengan zustimmen, mögen nun die Hand heben."

Talamar war wenig erstaunt, als ein Arm nach dem anderen in die Höhe gestreckt wurde. Zunächst zögerlich, da niemand sich getraute, den Anfang zu machen. Doch als die Ersten ihre Stimme abgegeben hatten, wurden es rasch mehr und mehr. Mit jeder Hand, die sich erhob, wuchs seine Zufriedenheit. Und als die Abstimmung beendet war, huschte sowohl über Talamars als auch über Jadeks Züge ein siegessicheres Lächeln, wenngleich auch aus völlig unterschiedlichen Gründen.

Meer der Dämmerung, Küste von Saranath,
Monat Alathyia, Frühling im Jahr 1104 nach Ashibans Fall

Sie waren vielleicht noch zweihundert Meter von der Küste entfernt, als die Falle zuschnappte.

Direkt vor ihnen brach schäumend und tobend das Meer auf, hohe Wellen schlugen urplötzlich über dem vordersten Boot zusammen und rissen das kleine Gefährt in die Tiefe.

Voller Schrecken starrte Lares auf das Geschehen, unfähig einen klaren Gedanken zu fassen. Namuras sprang auf und riss in der gleichen anmutigen Bewegung seinen Säbel aus der Scheide. Dann jedoch weiteten sich seine Augen.

Etwas Großes, Formloses brach mit der Urgewalt eines zornigen Gottes aus den tobenden Fluten. Tentakel, so dick wie ein menschlicher Oberschenkel, peitschten durch die Luft und zertrümmerten ein zweites Boot. Die gellenden Schreie der Männer, die sich darauf befunden hatten, verstummten rasch wieder. Dort, wo noch vor Sekunden das Boot gewesen war, brodelte das Wasser, als würde es kochen.

Das Ding wuchs weiter. Lares konnte immer noch keine Einzelheiten von dem Ungehcuer erkennen, aufspritzende Gischt und das Schaukeln des Bootes, dass hilflos dem plötzlichen Seegang ausgeliefert war, verschleierten seinen Blick und er hatte alle Mühe, nicht über Bord geschleudert zu werden.

Aus den Tiefen des Meeres drang ein machtvolles Grollen, das die Luft vibrieren lies. Immer mehr Tentakel brachen durch die Wasseroberfläche und griffen nach den Männern. Das panische Kreischen der Matrosen ging im Toben und Brüllen des Ungeheuers unter, als sie gepackt und in die Tiefe gezerrt wurden. Hier und da färbte sich das Wasser rot.

Endlich erwachte Lares aus seiner Erstarrung und blickte sich panisch nach allen Seiten um. Das Chaos beschränkte sich längst nicht mehr auf das Wasser vor ihnen. Überall um sie herum waren unzählige Tentakel aus den Fluten gekrochen und schlugen und tasteten nach den Booten.

Vereinzelt hatten die Männer nach ihren Waffen gegriffen und versuchten, sich der Bedrohung aus den Tiefen zu erwehren, doch die wenigen Schwerter und Spieße waren machtlos gegen die Fangarme. Sämtliche Boote waren bereits von den Tentakeln eingeschlossen - bis auf eines!

Etwas abseits des Chaos, dass vor nicht einmal einer Minute über sie hereingebrochen war, dümpelte eines der Beiboote scheinbar ruhig und friedlich auf dem Meer. Nur ein einzelner Mann stand hoch aufgerichtet am Bug des Schiffes, die Hände von sich gestreckt. Und selbst über die große Entfernung konnte Lares die Gestalt erkennen.

"Shiyaz!" keuchte er entsetzt.

Trotz des tosenden Lärms um sie herum, hatte Namuras ihn verstanden. Mit einem erschrockenen Ausruf wirbelte er herum und blickte in die Richtung, in die Lares deutete.

"Das kann nicht sein…" flüsterte der *Shidar* sichtlich erschüttert.

"Und dennoch ist es so!" dröhnte die Stimme des Hauptmanns der Sternengarde zu ihnen herüber. Sie klang hohl und unmenschlich, erfüllt von erbarmungsloser Kälte.

"Ihr habt etwas, dass mir gehört." schrie Shiyaz. "Gebt es mir, und ich lasse den Rest dieser erbärmlichen Sterblichen laufen." Der Hauptmann deutete mit der Rechten auf Lares. "Abgesehen von euch beiden." fügte er mit einem bösen Lächeln hinzu.

"Wer sagt mir, dass du uns nicht trotzdem alle tötest?" gab Namuras laut zurück. Seine Stimme zitterte und er sah sich immer wieder gehetzt nach den Tentakeln um. Noch immer konnte man das eigentliche Ungeheuer nicht wirklich erkennen, doch es musste ein Gigant sein, der selbst die *Tirfalis* mit Leichtigkeit in die Tiefe hätte reißen können. Plötzlich kam Lares ein Gedanke.

"Wieso vernichtet er uns nicht einfach?" fragte er den *Shidar* im Flüsterton und deutete auf die formlose Masse, die jetzt dicht unter der Wasseroberfläche zuckte und brodelte. Die Tentakel hatten aufgehört, die Boote und Männer anzugreifen, doch Lares konnte die Gier und den Hass des Wesens beinahe spüren.

"Vielleicht würde es auch ihn vernichten, wenn er es völlig entfesselt." murmelte Namuras.

"Ihr habt nicht mehr viel Zeit!" brüllte der Hauptmann der Garde zu ihnen herüber. "Meine Geduld hat Grenzen. Gebt mir die Maske und ich lasse diese Männer gehen."

"Und wenn nicht?" schrie Namuras zurück.

"Dann werde ich euch alle töten und mir die Maske nehmen, *Shidar*! Aber ich habe eigentlich keinen Grund dazu. Mir liegt nichts an ihrem Tod oder an ihrem Leben. Sie sind mir gleichgültig. Ihr entscheidet, ob ihr das Leben dieser unschuldigen Männer opfern wollt oder ob ihr alleine sterbt, um eure Schuld zu bezahlen."

"Ist diese Maske das Leben so vieler Männer wert?" fragte Lares leise. Namuras schüttelte stumm den Kopf. Sie hatten ohnehin keine Wahl. Selbst die Kräfte des *Shidar* konnten nicht ausreichen, das Monstrum aus den Tiefen des Meeres zurück zu drängen, wenn Shiyaz es vollkommen entfesselte.

"Also gut" schrie der Krieger. "Du hast gewonnen."

Shiyaz lachte höhnisch auf. "Eine weise Entscheidung, mein Bester. Ich dachte mir schon, dass du wenigstens über ein bisschen Verstand verfügst. Es hätte mich schwer enttäuscht, wenn…"

Der Hauptmann der Sternengarde kam niemals dazu, seinen Satz zu vollenden, denn plötzlich wurde sein Boot von einem gewaltigen Schlag getroffen. Shiyaz schrie erschrocken auf, taumelte zurück und stürzte mit voller Wucht auf die Planken, wo er benommen liegen blieb. Gleichzeitig erscholl wieder das ohrenbetäubendes Grollen aus den Tiefen des Meeres und die Tentakel des Ungeheuers begannen unkontrolliert und ziellos um sich zu schlagen.

Shiyaz' Boot wurde von einem mannsdicken Fangarm getroffen und in die Tiefe gerissen. Der Körper des Sternengardisten flog in hohem Bogen über Bord und versank Sekunden später ebenfalls in den Fluten.

Die drei Männer starrten benommen und entsetzt auf die wenigen geborstenen Planken, die von Shiyaz' Boot übrig geblieben waren. Bevor sie sich jedoch von ihrer Überraschung erholen konnten, wurde auch ihr Boot von einem heftigen Schlag getroffen.

Die schiere Wucht des Treffers schleuderte die drei Männer wie Stoffpuppen aus dem Boot, während das Gefährt krachend zersplitterte. Direkt neben Lares schälte sich ein Tentakel aus den Fluten und schlängelte nach seinem Hals. Hastig riss er den Kopf zur Seite und der Hieb des Fangarms ging ins Leere. Ein wütendes Gebrüll drang aus der Tiefe zu ihnen hinauf. Dann sah Lares ein halbes Dutzend dünner Tentakel auf sich zu peitschen, doch bevor sie sein Gesicht erreichten, blitzte eine Klinge auf und durchtrennte zwei der zuckenden Fangarme. Die Anderen zogen sich hastig wieder zurück unter die Wasseroberfläche.

Verzweifelt begann Lares zu schwimmen. Das Ufer war nur noch wenige Dutzend Meter entfernt, doch genauso gut hätte es am anderen Ende der Welt sein können. Überall um ihn herum brodelte das Meer, immer neue Fangarme schlugen ihnen entgegen und rissen hilflos kreischende Matrosen in die Tiefe.

Dann hörte es auf.

Es dauerte einige Sekunden, bis Lares überhaupt begriffen

hatte, was geschehen war. Als er seine panischen Schwimmbewegungen einstellte und sich hastig nach allen Richtungen umsah, waren die Fangarme verschwunden. Um sie herum schäumte und kochte das Wasser noch immer, doch die peitschenden Tentakel hatten sich zurückgezogen.

Ein wenig verwirrt blickte er zu Namuras herüber, doch der wirkte genauso ratlos und irritiert wie er selbst. Der *Shidar* schien seine Sinne jedoch schneller zurück zu gewinnen.

"An Land!" brüllte er mit überschnappender Stimme und begann, wie von Dämonen gehetzt, Richtung Ufer zu schwimmen. Lares folgte ihm und sah sich im Schwimmen nach Nayin um.

Er entdeckte ihn einige Meter entfernt, zusammen mit Kapitän Rhadik und drei anderen Matrosen, dem Beispiel des Kriegers folgend. Eine grenzenlose Erleichterung überkam ihn, als er seinen Freund dort drüben schwimmen sah.

Dann besann er sich wieder, dass die Gefahr längst noch nicht vorüber war und schwamm wie ein Besessener in Richtung Ufer, immer darauf gefasst, dass sich die See erneut auftun würde, um sie zu verschlingen. Doch das Meer blieb ruhig.

Mit letzter Kraft schleppte er sich ans Ufer und stolperte noch fast einhundert Meter in den Sumpf hinein, den Blick immer auf Namuras' Rücken gerichtet, der nur wenige Meter vor ihm lief.

Auch der *Shidar* hatte viel von seiner Eleganz verloren und taumelte mehr als dass er wirklich lief. Als er schließlich stehen blieb, hätte Lares ihn beinahe über den Haufen gerannt. Im letzten Moment fing Namuras ihn auf und bevor Lares die Sinne schwanden, glaubte er, eine menschliche Gestalt etwas abseits in den grünlichen Nebeln des Sumpfes neben einem verkrümmten, kahlen Baum stehen zu sehen.

Irgendetwas war falsch an dieser Gestalt, die einfach nur dastand und zu ihnen herübersah, doch Lares konnte nicht sagen, was es war, bevor sein Blick sich verschleierte und ihm schwarz vor Augen wurde.

Er konnte nur wenige Augenblicke bewusstlos gewesen sein, denn als er die Augen wieder aufschlug, lag er an einen Baumstumpf gelehnt und konnte beobachten, wie die letzten überlebenden Matrosen sich an Land schleppten. Sofort überkam ihn wieder der Schrecken und er richtete sich hastig auf und blickte sich panisch nach allen Richtungen um.

"Keine Sorge, wir sind in Sicherheit" hörte er Nayins Stimme neben sich.

Der Zauberer trat in sein Blickfeld. Seine Robe war zerrissen und hing ihm nur noch in Fetzen am Leib. Zahllose Schrammen im Gesicht waren deutliche Spuren für das eben Erlebte und ein dünner blutiger Rinnsal vermengte sich mit dem Wasser, dass ihm aus den Haaren tropfte und verschmierte seine linke Gesichtshälfte.

"Jedenfalls soweit man sich in den Sümpfen von Saranath in Sicherheit befindet." fügte er mit einem bitteren Lächeln hinzu.

"Auf was, bei allen Göttern, haben wir uns da eingelassen?"

"Ich weiß es nicht." murmelte Lares.

Sie waren aufgebrochen, um seinen kleinen Bruder zu holen. Er hatte zwar nicht mit einer gemütlichen Reise gerechnet, doch er war zuversichtlich gewesen, dass sie mit Namuras' Hilfe Akilion sehr schnell aus den Händen der Sternengarde befreien konnten.

Und jetzt saßen sie hier an einem von den Göttern verlassenen Ort mitten in der Wildnis fest, verfolgt von einem eigentlich Toten, der plötzlich über Kräfte gebieten konnte, die selbst die des *Shidar* übertrafen.

Nun, dachte er bitter, zumindest hatte Shiyaz geglaubt, diese Kräfte zu beherrschen. Am Ende war er dem Ungetüm, das er heraufbeschworen hatte, selbst zum Opfer gefallen.

Als hätte er seine Gedanken gelesen, drang Namuras' Stimme in seine Gedanken.

"Wir sollten so schnell wie möglich von hier fort." sagte der Krieger besorgt. "Ich möchte vor Sonnenuntergang weit weg von dieser unseligen Stadt sein." fuhr er mit einem Kopfnicken in Richtung der geisterhaften Ruinen von Saranath fort. "Außerdem glaube ich nicht, dass dieser Bastard einfach so ertrunken ist."

"Du meinst, er ist noch am Leben?" fragte Lares erschrocken.

"Ich fürchte, ja." antwortete Namuras grimmig. "Er hat schon einmal eine tödliche Verwundung überlebt und ist binnen weniger Tage stärker geworden, als ich mir vorstellen konnte. Er wird sich kaum von ein bisschen Wasser umbringen lassen."

"Wir werden vorerst nirgendwo hingehen, bevor ich nicht ein paar Antworten habe." Die drei Männer sahen sich zu dem Ursprung der Stimme um und erblickten den ebenfalls vor Nässe triefenden Kapitän Rhadik.

"Es gibt da so einiges, was ihr mir verschwiegen habt, Meister Namuras." sprach der Kapitän weiter. Seine Stimme klang ruhig, doch in seinen Augen funkelte es bedrohlich. "Fangen wir mal mit der Maske an, von der dieser Irre gesprochen hat. Was hat es damit auf sich?"

Der Krieger warf einen abschätzenden Blick auf den Kapitän und sah dann in die Runde. Die überlebenden Matrosen hatten sich weitestgehend von dem ersten Schrecken erholt und beobachteten nun aufmerksam das Gespräch zwischen ihrem Kapitän und dem ohnehin ungeliebten Passagier, der ihnen dieses ganze Unglück eingebrockt hatte. Lares konnte sehen, wie es hinter der Stirn des Kriegers arbeitete. Dann seufzte der *Shidar* leise und griff unter seinen Mantel. Zum Vorschein kam eine schmucklose und wenig kunstvolle exotische Bronzemaske.

"Dieses hässliche Ding ist der Grund für dieses ganze Elend?"

fragte Rhadik ungläubig.

"Es scheint so." murmelte Namuras düster. "Dieser Maske wohnt eine unglaubliche magische Kraft inne, doch ich vermag sie weder zu entschlüsseln noch zu benutzen. Der Mann, der uns verfolgt - und den ich für tot gehalten hatte - dient dem Magierreich Amras und will die Maske seinem Herrn überbringen. Wobei ich mittlerweile stark anzweifle, dass er die Obrigkeit von Amras noch als seinen Herren ansieht."

"Wie meint ihr das?" fragte Rhadik und blickte wieder verstört auf die unscheinbare Maske in Namuras' Hand.

"Ich habe ihm in Kylaria eine Verletzung zugefügt, die ihn hätte umbringen müssen. Und selbst wenn er auf normalem Wege überlebt hätte, müsste es Monate dauern, bis er sich davon erholt. Und er dürfte auch nicht mehr sprechen können."

"Und das bedeutet?"

"Das bedeutet, dass ich ihm der Länge nach die Kehle aufgeschnitten habe" antwortete Namuras. "Und das ihn irgendetwas vor dem Tod gerettet hat. Und dieses Etwas hat ihm auch die Macht dazu gegeben, ganze Schiffe von einem Ort an den anderen zu versetzen und Seeungeheuer zu beschwören, die so groß sind wie ein Kriegsschiff." Er warf dem Kapitän einen beschwörenden Blick zu.

"Und wie ich schon sagte, glaube ich nicht, dass er einfach so ertrunken ist. Er ist noch irgendwo hier. Wir sind an Land zwar sicher vor dem Ding, was er gerufen hat - jedenfalls hoffe ich das - aber er wird noch einige andere böse Überraschungen für uns parat haben, wenn wir nicht schleunigst von hier verschwinden."

"Und warum geben wir ihm die Maske nicht einfach?" fragte einer der Matrosen.

"Wenn Shiyaz diese Maske bekommt und sie wirklich so machtvoll ist, wie ich vermute, würden wir ein überaus gefährliches Artefakt in die Hände eines Wahnsinnigen geben.

Nicht auszudenken, was er damit anrichten könnte..."
"Ich verstehe..." murmelte Rhadik nachdenklich. "Und glaubt ihr, ihr könnt ihn besiegen?" fragte er den *Shidar*.
"Das weiß ich nicht." antwortete Namuras überraschend ehrlich. "Er hat mich dieses Mal überrascht und dass er die Kontrolle über das Ungeheuer verloren hat, zeigt mir, dass er noch nicht übermächtig geworden ist. Aber er ist unglaublich stark und ich weiß nicht, wie weit er gehen wird, um die Maske an sich zu bringen."
"Dann sollten wir tatsächlich rasch aufbrechen." sagte Rhadik. "Für mein Schiff und für den Tod meiner Männer kann ich euch auch noch verantwortlich machen, wenn wir hier raus sind und dieser..." er dachte kurz nach, bis ihm der Name wieder einfiel. "... dieser Shiyaz entweder tot oder sehr weit weg ist."
Damit wandte er sich ab und ging zu seinen Männern herüber. Er gab ein paar Anweisungen und begann, den Aufbruch vorzubereiten. Nayin wandte sich an Namuras, der die Maske mittlerweile wieder unter seinem Mantel verborgen hatte.
"Was meintest du damit... 'wie weit er gehen wird'?" fragte der Magier.
"Ich fürchte, unser übereifriger Hauptmann hatte Beistand von Außerhalb..." murmelte der *Shidar*.
"Von..." Nayin schauderte. "Bist du sicher?"
"Anders kann ich mir weder die rasche Genesung noch die immensen Kräfte erklären. Und er wäre nicht der Erste, der im Angesicht des Todes seine Seele an die Finsternis verkauft hätte. Eines Tages wird ihn diese neue Macht von innen heraus verzehren und seine Seele in die tiefsten Abgründe der Außenwelt schleudern. Ich hoffe, dies geschieht, bevor er uns alle getötet hat."

Kapitel 9: Die Sümpfe von Saranath

Meer der Dämmerung, Küste von Saranath,
Monat Alathyia, Frühling im Jahr 1104 nach Ashibans Fall

Die Sonne stand noch hoch über ihnen, während sie sich mühsam durch den Sumpf schleppten. Durch den nebligen Schleier war sie kaum zu erkennen und auch die wärmenden Strahlen erreichten den Boden nicht. Feuchte Kälte kroch ihnen durch die Kleidung und schon nach kurzer Zeit klebte ihre Jacken und Mäntel unangenehm auf ihrer Haut.

Ein fauliger Geruch lag in der Luft und immer wieder glaubten sie unförmige Schemen zu sehen, die in den Nebeln auftauchten und verschwanden, sobald sie genauer hinsahen. Gelegentlich frischte der Wind auf und der morastige Atem wehte unheimliche Geräusche zu ihnen herüber, wie das Raunen und Flüstern der Verlorenen, die in den Sümpfen von Saranath ihr Ende gefunden hatten.

Sie folgten einem kleinen Bach, der sich durch den Morast nach Westen schlängelte. Jeder Schritt in diese Richtung brachte sie ein Stück weiter fort von Saranath, jenen entsetzlichen und verfluchten Ruinen, die als stummes Zeugnis menschlichen Größenwahns hinter ihnen im grünlichen Nebel ihre Türme mahnend der bleichen Sonne entgegen reckten.

Namuras und Rhadik schritten dem Tross voran, dicht gefolgt von Nayin, Lares und den verbliebenen neun Matrosen. Gerade einmal ein Dutzend Männer hatten den Angriff des Ungeheuers überlebt. Ihnen stand noch der Schock und das Entsetzen ins Gesicht geschrieben. Sie alle hatten heute Freunde und Verwandte verloren und Lares befürchtete, dass es weitere Tote gab, ehe sie die schaurigen Sümpfe verließen.

Wenn sie überhaupt jemals lebend hier herauskämen, dachte er verstört.

Das Land an sich war schon gefährlich genug. Eine tödliche Falle für jeden, der sich hier nicht auskannte, und das tat niemand von ihnen. Dies war nicht das Reich der Menschen und sie waren bestenfalls geduldet, solange die Sonne schien.

Lares hatte die Worte des Kapitäns nicht vergessen, die nun wie eine unheilvolle Prophezeiung über ihnen schwebten und die sie gleichzeitig zu dieser erbarmungslosen Eile antrieben, die Namuras und Rhadik vorgaben.

Wenn der Mond sich über Saranath erhebt, sind alle verloren, die sich noch in der Nähe der Ruinen befinden.

Lares konnte nicht ermessen, wie weit sich dieses ‚in der Nähe der Ruinen' erstreckte, aber er hatte nicht vor, diesem Rätsel auf den Grund zu gehen.

Doch selbst wenn das Land sie verschonte, selbst wenn sie weit genug von den verfluchten Ruinen entfernt seien würden, wenn die Sonne in ein paar Stunden untergehen würde, war da immer noch Shiyaz.

Namuras glaubte, dass der wahnsinnig gewordene Hauptmann der Sternengarde den Angriff der Kreatur überlebt hatte, die er selbst aus den Tiefen des düsteren Meeres heraufbeschworen hatte. Wenn sie Glück hatten, war Shiyaz schwer verletzt und würde einige Zeit brauchen, sich von der Niederlage zu erholen, die er erlitten hatte, doch irgendwie glaubte Lares nicht so recht an diese Möglichkeit. Wahrscheinlich lauerte der Sternengardist bereits irgendwo in den Sümpfen auf sie, um nachzuholen, was er vor ein paar Stunden verpasst hatte.

Der schmale Bach machte einen sanften Bogen ins Landesinnere und sie folgten seinem Lauf, um überhaupt irgendeinen Orientierungspunkt zu haben.

Knorrige alte Bäume standen an seinen Ufern und streckten ihre verkrüppelten Äste in den Nebel. Schlingpflanzen und

Lianen hingen nass von den Ästen herab und verliehen den Bäumen ein gespenstisches Aussehen. Dicke Wurzelstränge ragten bis zu einem Schritt aus dem Boden hervor und wanden sich, Tentakeln gleich, durch das Erdreich. Zwischen dem Wurzelgeflecht wucherten kränklich aussehende Pilzkolonien, die gelegentlich einen scheußlich süßen Geruch von Schimmel, Verwesung und Verfall zu ihnen herüber wehten.

Immer wieder schienen geisterhafte Schatten, stets am Rande des Blickfelds, durch den unheimlichen Nebel zu huschen. Es kam Lares so vor, als lauerten die Geister des Sumpfes nur darauf, dass sich einer von ihnen zu weit von der Gruppe entfernte, um ihn dann mit sich zu nehmen.

Lares schauderte bei dem Gedanken und warf einen erneuten Blick hinauf in den Himmel, wo das trübe Licht der Sonne weiter langsam gen Westen wanderte. Er war nicht der Einzige, der den Sonnenuntergang fürchtete.

Immer wieder warfen die Männer ängstliche Blicke nach oben und auch Namuras und Rhadik, die beide versuchten Ruhe und Sicherheit auszustrahlen, sahen immer wieder besorgt zu dem langsam aber unbarmherzig sinkenden Feuerball. Noch hatten sie einige Stunden Zeit, bis die Nacht hereinbrach, doch niemand vermochte zu sagen, wie das Land vor ihnen aussehen mochte.

Es gab nicht viele Berichte über die Sümpfe von Saranath und der Hauptgrund dafür war, dass die Wenigsten, die diese Sümpfe betreten hatten, wieder zurückgekehrt waren. Und nicht einer, der die Nacht in der Nähe von Saranath verbracht hatte, war danach noch bei klarem Verstand gewesen.

Nach wenigen Minuten machte der Bach eine erneute Biegung und mündete in einen kleinen See, dessen trübes Wasser nahezu regungslos vor ihnen lag und einen unangenehmen Geruch von Fäulnis und Verfall verbreitete.

Namuras hob die linke Hand und bedeutete den Männern,

stehenzubleiben. Nayin, der etwas versetzt vor Lares ging, sah zu ihm zurück und warf ihm einen fragenden Blick zu. Lares zuckte mit den Schultern und bedeutete ihm stumm, mit nach vorne zu kommen.

Während die Matrosen allesamt einfach nur stehenblieben, begaben sich die beiden jungen Männer an die Spitze des kleinen Zuges und gesellten sich zu dem *Shidar*.

Beiläufig blickte Lares in die Gesichter der Männer und was er dort erblickte, lies ihn erschaudern. Hier und da glaubte er einen Hauch von Furcht zu erkennen, doch die meisten starrten einfach stumpf vor sich hin, als hätten sie längst mit allem abgeschlossen. Der Verlust ihres Schiffes - obwohl sie es eigentlich nur zurücklassen mussten, gesunken war die *Tirfalis* schließlich nicht - und besonders der Verlust ihrer Freunde und Kameraden, hatte in den meisten von ihnen zu viel zerstört, als dass man es wieder hätte heilen können.

Lares konnte es nicht ermessen, aber wahrscheinlich war die Besatzung eines Schiffs so etwas wie eine große Familie und so wie Lares damals der Tod seiner Eltern getroffen hatte, musste für diese Männer der Tod ihrer Kameraden gewesen sein. Und einige von ihnen schienen auch zu wissen, dass die Opfer, die sich das Monstrum aus den Tiefen des Ozeans geholt hatte, nicht die letzten Toten sein würden, die sie zu beklagen hatten - wenn überhaupt auch nur einer von ihnen jemals wieder lebend und bei klarem Verstand diese abscheulichen und menschenfeindlichen Sümpfe wieder verlassen würde.

Hastig schüttelte er diesen düsteren Gedanken ab und gesellte sich zusammen mit Nayin zu Namuras und dem Kapitän.

"Was nun?" fragte er den *Shidar*, der aufmerksam auf den See hinaus starrte. Namuras sah noch einen Moment auf das ruhig daliegende und faulig riechende Gewässer, dann wandte er sich den beiden jungen Männern zu.

"Dem Geruch nach zu schließen, hat dieser Tümpel keine

Verbindung zum Meer. Das Wasser steht und fault vor sich hin."

"Und?" fragte Lares ein wenig begriffsstutzig, was Namuras mit einem skeptischen Blick quittierte und leicht den Kopf schüttelte.

"Das bedeutet," antwortete er. "dass wir uns halbwegs gefahrlos an seinem Ufer entlang bewegen können. Vor dem Ding aus dem Meer sind wir hier weiterhin sicher."

Er hob die rechte Hand und deutete mit dem Finger auf das gegenüberliegende Ufer, während er weitersprach. "Und dort vorne können wir dann eine kurze Rast einlegen und uns vielleicht sogar einen besseren Überblick verschaffen."

Lares' und Nayins Blicke folgten seinem ausgestreckten Arm. Lares konnte zunächst nicht genau sehen, was der *Shidar* meinte, doch als er genauer hinsah, erkannte er es.

Aus dem schlierigen grünen Nebel, der auch über dem trüben See lag, schälte sich die Silhouette einer Ruine heraus, die am anderen Ufer stand. Lares erkannte verfallenes Mauerwerk und einen massiven Turm, der den Rest der Gebäude um gut das Doppelte überragte.

"Was ist das?" fragte Nayin ein wenig verwundert.

"Ich schätze mal, das war mal eine Art Kastell - ein Wachposten, der eigentlichen Stadt vorgelagert, um vor möglichen Angreifern rechtzeitig zu warnen oder um Reisenden kurz vor Anbruch der Dunkelheit eine Unterkunft zu bieten. Damals wie heute pflegte man, nach Sonnenuntergang die Stadttore zu schließen."

"Und du meinst, wir könnten dort unterkommen?" erkundigte sich der Magier.

"Ich fürchte, die meisten Gebäude dürften nur noch Trümmer sein, aber der Turm macht von hier aus einen sehr soliden Eindruck. Vielleicht können wir uns von seiner Spitze aus ein wenig umsehen." Namuras warf einen Blick zum Himmel und dann sah er über die Schulter zurück in die Richtung aus der sie gekommen waren.

Die Ruinen von Saranath waren längst hinter den unheilvollen Nebelschwaden verschwunden, auch die hohen Türme, die sich weit über die Wipfel der schaurigen Bäume erhoben hatten, waren nicht mehr zu sehen.

Doch sie alle konnten die Nähe der verfluchten Monumente immer noch spüren: eine unbestimmbare Furcht, die in ihre Herzen gekrochen war.

"Aber wir werden uns nicht lange dort aufhalten." fuhr der Krieger fort und wandte sich wieder dem See zu. "Die Sonne steht noch ein paar Stunden am Himmel und ich will noch ein paar Meilen zwischen mich und die Stadt bringen, bevor die Nacht hereinbricht."

Dann nickte er dem Kapitän aufmunternd zu und wandte sich zum Gehen. Rhadik, der bisher geschwiegen hatte, wandte sich an seine Männer.

"Wir werden dort vorne eine kurze Rast einlegen." sagte er mit erhobener Stimme. " Wir gehen am Ufer dieses Sees entlang, aber geht nicht allzu dicht ans Wasser heran. Wir wissen nicht, was darin alles haust und wir wissen auch nicht, wie fest der Grund ist, auf dem wir laufen. Also gebt Acht."

Namuras drehte sich noch einmal um und sein Blick machte sehr deutlich, wie unpassend er es fand, den Männern noch zusätzlich Angst vor dem zu machen, was in dem See lauern könnte. Er selber hatte dieses Thema bewusst verschwiegen. Wie sie in den folgenden Minuten feststellen mussten, aus gutem Grund.

Als sie eben ans Ufer getreten waren, hatte das Wasser still und trüb vor ihnen gelegen, nahezu regungslos. Fast schien es, dass dieses Gewässer nicht mehr als ein großer, brackiger Tümpel war, in dem es kein Leben mehr gab, doch der Eindruck täuschte.

Jetzt, wo sie sich in seiner unmittelbaren Nähe aufhielten, sahen sie immer wieder sanfte Wellenbewegungen auf der Wasseroberfläche. Hier und da blubberte das Wasser und mitunter glaubte Lares, schattenhafte Bewegungen in den trüben Fluten auszumachen. Es gab durchaus Leben in dieser stinkenden Brühe und sie konnten nicht ermessen, ob es ihnen in irgendeiner Weise gefährlich werden konnte.

Bestenfalls, dachte Lares zynisch, waren sie den Kreaturen dieses gottverlassenen Sumpfes gleichgültig.

Der erschrockene Aufschrei eines Matrosen riss Lares aus seinen Gedanken. Namuras, der neben ihm ging, wirbelte herum und zog mit einer unglaublich schnellen Bewegung seine Klinge, doch die Geste war unnötig, denn der Matrose, der den Schrei ausgestoßen hatte, war lediglich stehen geblieben und deutete mit vor Schrecken geweiteten Augen tiefer in den Sumpf hinein.

Was sie dort sahen, ließ auch Lares entsetzt aufstöhnen. Zwischen den trostlosen Bäumen und dem abnorm wuchernden Wurzelwerk spannte sich ein filigranes und zugleich vollkommen wirres Geflecht von Spinnweben. Bis hoch zu den Wipfeln der Bäume spannten die fein gegliederten Netze und erstreckten sich soweit das Auge in dem dunstigen Nebel reichte.

"Was bei allen Göttern ist das?" flüsterte Rhadik ängstlich. Der Kapitän hatte ebenfalls seinen schweren Säbel gezogen und stand nun neben dem *Shidar*.

"Waldweber." vermutete Namuras und steckte langsam seine Klinge wieder zurück.

"Waldweber?" fragte Rhadik. Der Krieger nickte.

"Ja. Waldweber gehören zu den Riesenspinnen, sind aber für Menschen im Grunde harmlos, wenn man nicht gerade ihre Brut bedroht. Sie fangen ihre Beute in den Netzen, wie es sich für Spinnen gehört. Zumeist Kaninchen, Füchse oder auch kleine Rehe. Menschen greifen sie so gut wie nie an."

"Du kennst dich erstaunlich gut aus." sagte Nayin anerkennend.

"Die Ausbildung eines *Shidar* ist sehr vielseitig." gab Namuras grinsend zurück. "Wir sind nicht bloß kräftige und tumbe Schwertschwinger"

"Und wie groß werden diese Viecher?" wollte Rhadik wissen, wobei ihm der Umstand, dass der Krieger gerade versehentlich ein bisher gut gehütetes Geheimnis ausgeplaudert hatte, völlig entging.

"Die normalen Exemplare werden in etwa so groß wie ein Wolf." antwortete der *Shidar* wieder ernst.

"Wie ein Wolf??" echote der Kapitän erschrocken.

"Ja" gab Namuras zurück. "Ohne Beine, versteht sich. Manche werden auch etwas größer." fügte er hinzu, woraufhin Rhadik noch weiter erbleichte.

"Wir sollten weitergehen." sagte Namuras und wandte sich von den Spinnweben ab, die träge im seichten Wind hin und her wehten.

"So groß wie ein Wolf..." murmelte der Kapitän immer noch völlig entgeistert, als er dem *Shidar* folgte. "Bei allen Göttern, wo sind wir da nur hinein geraten..."

Er erwachte unendlich langsam.

Nur mühsam schüttelte er die klammen und klebrigen Schleier des Alptraums ab, der ihn gefangen gehalten hatte, als er bewusstlos gewesen war. Er hatte erneut in den Abgrund geblickt, jenen fürchterlichen Abgrund, an dessen Ende die Kreaturen des Chaos sich in formloser Finsternis suhlten und nach seiner unsterblichen Seele gierten und geiferten. Doch sie waren zu weit entfernt gewesen, um ihn wirklich zu erreichen und so war er schließlich aus eigener Kraft aus den Gefilden des Wahnsinns in die Welt der Lebenden zurückgekehrt.

Dennoch war es entsetzlich gewesen.

Das Erste, was er spürte, war die klamme feuchte Kälte, die ihn umgab. Er lag in einer Kuhle im schlammigen Morast, in die langsam aber stetig salziges Meerwasser einsickerte. Seine Kleidung war durchnässt, über und über mit Dreck besudelt und hing ihm in zerrissenen Fetzen am Leib.

Die eisige Kälte war ihm in die Glieder gekrochen und er spürte, dass er viel seiner Kraft eingebüßt hatte. Es würde eine Weile dauern, bis er sich erholt hatte.

Shiyaz schleppte sich einige Meter hinauf auf den sumpfigen Strand und setzte sich schließlich mit dem Rücken angelehnt an einen verkrüppelt aussehenden Baum, dessen Wurzeln weit aus dem Erdreich herausragten und ihn jetzt umgaben wie ein natürlicher Schutzwall. Oder wie die Tentakel eines Ungetüms, dass darauf lauerte, ihn zu umfangen und zu erwürgen.

Mit einem erschrockenen Aufschrei fuhr er auf und blickte mit gehetztem Blick zum ruhig und scheinbar harmlos daliegenden Meer der Dämmerung hinüber.

Plötzlich wusste er wieder ganz genau, was geschehen war. Sein Plan war nicht aufgegangen. Irgendjemand oder irgendetwas hatte ihm die Kontrolle über das Ungeheuer, dass er aus den lichtlosen Tiefen des Meeres heraufbeschworen hatte, wieder entrissen, genau in dem Moment als er seine Feinde da hatte, wo er sie haben wollte. So hatte sich der Zorn des Monstrums auch gegen ihn gerichtet und seine Feinde entkommen lassen.

Nun, vielleicht hatte das Wesen sie auch trotzdem verschlungen und die Maske, das unsägliche Artefakt, das sein ganzes Denken und Handeln bestimmte, mit in die Untiefen des Meeres genommen. Dort unten, im ewig stillen Reich der Tiefen Wesen, wo die schlafenden Götter der Ybb'lith auf den Tag ihres Erwachens warteten, wäre sie unerreichbar für ihn, selbst mit den neuen Kräften, die ihm zur Verfügung standen.

Panik drohte in ihm aufzukeimen, doch beinahe unbewusst berührte er mit der rechten Hand die Narbe an seinem Hals und sofort durchströmte ihn neue Kraft und die Angst vor dem Versagen zog sich zurück in die hintersten Winkel seines Bewusstseins. Hinter seiner Stirn begann sanft und beruhigend eine machtvolle Stimme zu flüstern.

Sie leben und sie sind noch hier, gar nicht weit entfernt. Der Sumpf hält sie gefangen und sie irren ziellos umher, voller Angst vor dem Anbruch der Dunkelheit. Denn die verfluchte Stadt ist nicht fern...

Shiyaz glaubte, die Stimme entspränge seinen eigenen Gedanken, seinem eigenen Willen und Handeln. Und so bemerkte er nicht, dass während er den Worten seines vermeintlich eigenen Verstandes lauschte, die Narbe an seinem Hals wieder um eine Kleinigkeit größer wurde. Es würde nicht mehr lange dauern und die Schlinge hätte sich ganz um seinen Hals geschlossen.

Erstaunlich schnell floss die verlorene Kraft zurück in seinen Körper und mit ihr kehrte auch das Gefühl der Sicherheit zurück, dass ihm kurzzeitig abhandengekommen war. Gleichzeitig loderte sein Hass wieder auf, wuchs zu einer alles verschlingenden Feuersbrunst und fegte jede Form von Angst und Menschlichkeit beiseite wie ein Orkan.

Dann kroch eine seelenlose Kälte in sein Herz - eine Kälte, die den alten Shiyaz noch vor Wochenfrist aufs Äußerste entsetzt hätte. Den neuen, aus dem Abgrund des Wahnsinns zurück gekehrten, Shiyaz kümmerte dies nicht. Ja, er hatte eine Niederlage erlitten, doch noch immer befand sich seine Beute in Reichweite. Und dieses Mal würde sie ihm nicht entkommen, denn dieses Mal würde er kein Risiko eingehen. Ein lächerlicher Anflug von Menschlichkeit hatte seinen Plan durchkreuzt, dessen war er sich sicher. Hätte er einfach alles Leben auf diesem hilflosen Kahn ausgelöscht, anstatt es zu schonen, wäre die Maske längst in seinem Besitz.

Mit einem kalten, grausamen Lächeln erhob er sich und begann, seine Kleidung notdürftig zu reinigen. Das Hemd war mehrfach zerrissen und bestand nur noch aus Fetzen. Achtlos warf er es in einen naheliegenden Busch und begutachtete seinen Mantel, der noch einigermaßen intakt war. Er reinigte ihn im Wasser vom gröbsten Schmutz, dann warf er ihn über, ohne sonderlich darauf zu achten, dass er völlig durchnässt und kalt war. Seine so rasch wieder gewonnene Kraft ließ ihn diese belanglosen Unannehmlichkeiten einfach ignorieren.

Als er sich umwandte, um in den Sumpf hinein zu gehen, bemerkte er, dass er nicht alleine war. Er spürte die Anwesenheit einer fremden Macht, und es war nicht die Präsenz seines neuen Meisters, die ihn stets begleitete wie ein lautloser Schatten. Suchend blickte er sich um, doch er vermochte niemanden in seiner Nähe zu entdecken. Lediglich der Nebel schien geisterhafte Gestalten zu verbergen, doch er wusste gut genug um die Sümpfe von Saranath Bescheid, um zu wissen, dass dies nur harmlose Hirngespinste waren, die einem der Sumpf vorgaukelte. Jedenfalls solange noch Tageslicht herrschte.

"Es ist zwecklos sich zu verstecken." sagte er mit erhobener Stimme. "Ich spüre deine Nähe. Komm heraus und zeige dich." Einige Augenblicke geschah gar nichts, dann löste sich aus dem Schatten des Baumes, an den er eben noch gelehnt hatte, eine unförmige menschenähnliche Gestalt. Shiyaz konnte ein überraschtes Keuchen nicht unterdrücken. Wie hatte dieses Wesen sich so dicht in seiner Nähe aufhalten können, ohne das er es zunächst bemerkt hatte. Die Antwort auf diese Frage bekam er jedoch auf der Stelle.

"Du spürst meine Nähe, Mensch, weil ich sie dich spüren lasse." Die Stimme war kalt und unmenschlich und die Worte schienen mehr in seinem Kopf widerzuhallen als dass sie laut

ausgesprochen worden waren. Es klang, als versuche ein Wesen eine Sprache zu sprechen, die eigentlich nicht für seine Stimmbänder gemacht war. Sein Gegenüber machte einen weiteren Schritt auf ihn zu und Shiyaz konnte das Wesen genauer erkennen.

Die Kreatur, die ihm gegenüberstand war vom Körperbau einem Menschen sehr ähnlich, nur, dass sie etwa einen Kopf größer war als ein durchschnittlich großer Mann - und das, obwohl die Gestalt des Wesens leicht nach vorne gebeugt war. Der dürre Körper war größtenteils von einer dunkelblauen, vor Nässe triefenden Robe verborgen, die aus einem Material bestand, dass Shiyaz noch nie zuvor gesehen hatte. Es sah aus wie feine Seide, doch war es dick wie Leder und schien ein unheimliches Eigenleben zu haben. Jedenfalls glaubte Shiyaz zu sehen, dass sich das Material bewegte, obwohl sein Gegenüber vollkommen stillstand.

Oder irgendetwas *unter* der Robe befand sich in ständiger Bewegung, dachte er schaudernd.

Aus den Ärmeln der Robe lugten zwei knochige, vielgliedrige Hände hervor, zwischen deren vier dürren Fingern sich dünne Schwimmhäute spannten, und die in scharfen Krallen endeten. Die wenige Haut, die zu erkennen war, erschien ihm von gummiartiger Zähigkeit und war von dunkelgrüner bis brauner Farbe. Hier und da glaubte er Schuppen zu erkennen wie bei einem Fisch.

Das Gesicht war weitestgehend von einer Kapuze verborgen, doch was er sah, genügte ihm völlig. Unter dem Stoff lugten zwei gelbliche glotzende, starre Fischaugen hervor, die in tiefen, knochigen Augenhöhlen lagen. Das breite Froschmaul war mit messerscharfen Reißzähnen gespickt und am Hals waren scharfe, kiemenartige Einschnitte zu erkennen.

Es bestand kein Zweifel. Vor ihm stand ein leibhaftiger Ybb'lith.

Nur wenige Menschen hatten bisher das zweifelhafte Vergnügen gehabt, einem Mitglied jener Rasse gegenüber zu stehen, die den Menschen so fremd war, das ein friedliches Miteinander nicht möglich schien. Lediglich eine Art ungeschriebene Waffenruhe zwischen den beiden so verschiedenen Völkern verhinderte regelmäßige blutige Auseinandersetzungen.

In erster Linie war es die Angst der Menschen vor den unheiligen Kräften der Ybb'lith und ihrer finsteren Götter, die sie davon abhielt, die Gebiete im Osten des Meeres der Dämmerung zu erkunden oder gar zu erobern. Saranath war ein stummes Zeugnis der Macht der Ybb'lith und seit der Tragödie um die ehemals größte Metropole der Welt, hatte es nie wieder ein Mensch gewagt, Hand an einen Ybb'lith oder an eine ihrer Kultstätten zu legen. Zu groß war die Furcht, dass der Fluch von Saranath auch eine andere Hafenstadt am Meer der Dämmerung treffen konnte.

Doch Shiyaz fürchtete sich nicht vor dem Ybb'lith. Sein neuer Meister schützte ihn vor der Macht des Amphibienwesens. Dennoch gab es auch keinen Grund, sich mit den Bewohnern der feuchten Untiefen des Meeres anzulegen.

"Wer bist du?" fragte der Hauptmann in leicht versöhnlichem Tonfall, nachdem er eben ein wenig unwirsch und herausfordernd geklungen hatte. Die Gestalt antwortete nicht, kam aber ein Stück näher, so dass sie schließlich nur einen Schritt von ihm entfernt stand. Shiyaz nahm den Geruch von fauligem Morast wahr, der das Wesen umgab.

"Mein Name ist bedeutungslos, schon, weil du nicht vermagst ihn auszusprechen, Mensch." flüsterte die Gestalt, und wieder hatte er das Gefühl, dass die Stimme eher in seinem Kopf war als dass sie von dem Ybb'lith ausging. *"Doch ich will dir gerne sagen, was ich bin. Ich bin ein Priester des Schlangenhäuptigen, des Herrn von Saranath, dessen Namen*

zu hören und auszusprechen du unfähig und unwürdig bist.
Und ich bin hier, um dich zu warnen, Mensch."

"Mich warnen?" fragte Shiyaz erstaunt. "Wovor solltest du mich warnen wollen? Es gibt nichts, was ich in diesen Sümpfen zu fürchten hätte."

Als Antwort bekam er ein leises, boshaftes Lachen. Shiyaz schauderte unwillkürlich bei seinem Klang. Der Ybb'lith machte noch einen Schritt auf ihn zu und stand ihm nun direkt gegenüber. Der Blick der stechenden, gelben Fischaugen bohrte sich direkt in seine Augen und schienen durch ihn hindurch in die tiefsten, verborgenen Abgründe seiner Seele zu starren. Das Wesen verströmte den fauligen Geruch des Sumpfes, vermischt mit dem salzigen Aroma des Meeres.

"Du glaubst, dein jenseitiger Meister könnte dich hier schützen, Menschenwurm." flüsterte das Wesen böse. *"Doch du hast bereits erlebt, was ein kleiner Wink der Macht meines Herrn bewirken kann. Du hast an Dingen gerührt, die euch Menschen verboten sind und nur der Gnade des Schlangenhäuptigen verdankst du dein Leben. Dein Meister mag dich vor den gewöhnlichen Gefahren dieses Sumpfes schützen, doch weder mir noch meinem Herrn vermag er hier zu schaden. Dies ist das Reich der Tiefen Götter und ihr Wille ist hier Gesetz. Du hast den Gestank der Außenwelt in dieses Land getragen und mein Herr gibt dir Zeit bis zum erneuten Aufgang der Sonnenscheibe, sein Reich zu verlassen. "*

"Wenn du und dein Meister so mächtig seid, warum vernichtet ihr mich dann nicht einfach." erwiderte er trotzig. Er war nicht durch Tod und Wahnsinn gegangen, um sich jetzt von seinem Vorhaben abbringen zu lassen. Und seine neue Macht würde ihn auch gegen diesen Gegner schützen, dessen war er sich sicher.

"Du trägst den Atem des Schicksals an dir, Mensch. Nur deswegen lässt mein Herr dich am Leben. Auch wenn deine

Seele bereits von der Finsternis verdorben ist, so hast du noch eine Aufgabe zu erfüllen, bevor die Welt sich wandelt."

Shiyaz verstand nun gar nichts mehr. Welches Schicksal sollte er erfüllen? Und von welchem Wandel sprach der Ybb'lith?

"*Doch auch die Geduld eines Gottes hat Grenzen.*" fuhr der Priester fort. "*Verschwinde aus diesem Land und nimm die Dunkelheit mit, die dich beherrscht. Erfülle deine Aufgabe, bevor du dem Abgrund entgegen taumelst. Doch dem Tod, den du in dieses Land geführt hast, wirst du keine neuen Opfer darbringen.*"

"Ich werde mich weder von dir noch von sonst irgendjemandem davon abhalten lassen, mir die Maske zurück zu holen!" sagte der Hauptmann entschlossen, doch er vermochte eine Spur von Unsicherheit nicht aus seiner Stimme verbannen. Der Ybb'lith starrte ihn noch einige Sekunden schweigend an - Sekunden, die sich für Shiyaz zu einer Ewigkeit dehnten. Dann wandte sich das Wesen von ihm ab und schritt an ihm vorbei in Richtung Wasser. Shiyaz folgte der Bewegung und sah dem unheimlichen Wesen in der dunklen Robe unsicher nach.

"*Denk an meine Worte, Mensch.*" flüsterte es wieder in seinem Kopf, als der Ybb'lith das Ufer erreichte und langsam in die Fluten eintauchte. "*Ehe die Sonne wieder steigt, wirst du dieses Land verlassen haben. Ansonsten wirst du meinem Herrn Rechenschaft ablegen müssen. Und hüte dich, die Finsternis in deiner Seele im Reich des Schlangenhäuptigen erneut zu entfesseln. Der Tod wird hier nicht weiter ernten, solange mein Herr es nicht befiehlt.*"

Dann verschwand der Ybb'lith lautlos in den Fluten. Das Wasser schloss sich über seinem Körper wieder zu der ruhigen, gemächlich dahin plätschernden Oberfläche und es schien, als wäre der Unheimliche niemals da gewesen.

Sie brauchten etwa eine halbe Stunde, um die verfallene Ruine auf der anderen Seite des Sees zu erreichen.

Namuras hatte mit seiner Vermutung Recht gehabt, dass es sich bei dem Bauwerk wohl um ein ehemaliges Kastell handelte. Die verbliebenen Grundmauern waren von Schlingpflanzen und Sträuchern überwuchert, der Innenhof war jedoch größtenteils frei geblieben von der Vegetation des Sumpfes und bot somit einen halbwegs brauchbaren Rastplatz. Die meisten Gebäude waren in der Tat verfallen und alles, was nicht aus Stein erbaut worden war, war längst vermodert und verrottet. Lediglich der Wachturm, der aus massivem Steinquadern von beachtlicher Größe errichtet worden war, hatte die Jahrhunderte einigermaßen gut überstanden.

Kaum dass sie den Innenhof der Burgruine betreten hatten, schien eine schwere Last von den Männern zu fallen. Die Erleichterung, dem schaurigen Sumpf mit seinen schattenhaften Schrecken für eine Weile entkommen zu sein, war unübersehbar.

Die Matrosen errichteten unter Anleitung von Kapitän Rhadik ein provisorisches Lager, während Namuras sich von der Gruppe entfernte, um den Wachturm zu erkunden. Lares und Nayin gesellten sich zu den Matrosen, doch trotz der spürbaren Erleichterung waren die Männer noch immer sehr schweigsam und verschlossen, so dass Lares sich nach wenigen Minuten wieder aufraffte und ruhelos im Hof auf und ab ging.

Immer wieder blickte er zum Wachturm hinüber und überlegte, ob er dem *Shidar* nicht hinauf folgen sollte, auch wenn er den uralten steinernen Treppen weitaus weniger Vertrauen entgegenbrachte als Namuras es tat. Letztendlich überwand er jedoch sein Misstrauen und bedeutete Nayin, dass er ebenfalls hinaufgehen würde. Der Magier nickte ihm zustimmend zu, dann lehnte er sich wieder zurück und schloss die Augen. Nayin hatte sich zwar rein äußerlich mehr in der Gewalt als die meisten anderen Männer, doch er war vermutlich genauso erschöpft und mit der Situation überfordert wie sie alle.

Lares' Skrupel gegenüber der steinernen Treppe erwiesen sich tatsächlich als übertrieben. Die gemauerte Wendeltreppe war noch recht massiv und nur hier und da war eine Ecke oder ein Splitter aus dem Gestein herausgebrochen. Er überwand die etwa dreißig Meter binnen kürzester Zeit. Oben angekommen bot sich ihm ein überraschender Anblick.

Er hatte erwartet, dass Namuras an der Brüstung stehen würde, um einen Blick über das Land zu werfen. Stattdessen hockte der *Shidar* mit geschlossenen Augen im Schneidersitz vor ihm. In der Hand hielt er einen schwarzen Stein von der Größe einer Kinderfaust, der glattpoliert war und von einem sanften, matten Glanz umgeben war. Die Lippen des jungen Kriegers bewegten sich, doch es kamen keine Worte aus seinem Mund. Eine schwache, kaum wahrnehmbare Aura schien ihn einzuhüllen, denn die Luft um ihn herum flackerte. Seine Augenlider zuckten, als würde er träumen, doch sie blieben geschlossen.

Seltsamerweise fühlte sich Lares peinlich berührt, glaubte er doch, den *Shidar* bei einer sehr persönlichen Handlung zu beobachten, auch wenn er sich nicht im Geringsten erklären konnte, was dieser da tat.

So leise wie möglich begab er sich wieder hinunter auf die Wendeltreppe. Er wartete einige Minuten darauf, das Namuras ein Geräusch von sich geben würde, welches ihm deutlich machte, dass er sich zeigen konnte. Als sich jedoch nichts hören ließ, beschloss er selber, möglichst lautstark auf sich aufmerksam zu machen, um dem Krieger eine Chance zu geben, sein seltsames Treiben zu beenden. Mit übertrieben lautem Aufstampfen erklomm er erneut die letzten Stufen der Wendeltreppe, wobei er zusätzlich noch kurz und laut hustete.

Als er dieses Mal oben ankam, erhob sich der *Shidar* gerade vom Boden und verstaute etwas in der Innentasche seines

Mantels. Namuras sah auf, erblickte Lares und nickte ihm leicht lächelnd zu. Dann trat er mit zwei entschlossenen Schritten an die Brüstung. Lares stellte sich neben ihn und warf einen Blick auf das Land. Was er dort sah, war nicht gerade dazu angetan, ihm Mut zu machen.

Der neblige Dunst, der den ganzen Sumpf in ein kränkliches Wabern hüllte, war allgegenwärtig. Im Osten, von wo sie gekommen waren, glaubte Lares schwach die Konturen monumentaler Ruinen jenseits der Baumwipfel auszumachen. Obwohl er die verfluchte Stadt Saranath nur erahnen konnte, fuhr ihm ein eisiger Schauer über den Rücken. Ein kalter Atem wehte ihm von dort entgegen, wo der Tod zehntausendfach Einzug erhalten hatte.

Und keine der verlorenen Seelen hatte jemals Erlösung gefunden. Sie hausten in den Ruinen und in den Sümpfen, die sie umgaben. Niemand wusste, wie weit der Hauch Saranaths reichte, sobald die Sonne untergegangen war. Ebenso wenig gab es verlässliche Informationen über das, was nachts in diesen Wäldern vor sich ging. Es gab nur Wahnsinn und Tod.

Im Süden glaubte er eine schwache graue Linie zu erkennen: das Meer der Dämmerung, das in den Nebeln verschwand. Das unheimliche Gewässer lag friedlich und scheinbar harmlos vor ihm, doch Lares wusste nur zu genau, welch grausige Bedrohung von dort ausging. Er hatte nur einen Teil des titanischen Ungeheuers gesehen, doch das hatte ausgereicht, ihm wahrscheinlich noch für Monate Alpträume zu bescheren, vorausgesetzt er würde den Marsch durch die Sümpfe überleben. Der Blick nach Norden und nach Westen machte ihm dahingehend jedoch nur wenig Mut.

Die nähere Umgebung des Kastells unterschied sich vom Rest des scheinbar endlosen Sumpfes nur dadurch, dass nahezu überall zwischen den knorrigen Bäumen die Netze der Waldweber träge und schlaff im leichten Wind wehten. Der ganze Wald schien von einem einzigen großen Spinnennetz eingesponnen sein. Und soweit das Auge reichte war kein Ende in Sicht, weder von den Spinnennetzen noch vom Sumpf selbst. Lares Hoffnung, den Morast noch vor Sonnenuntergang verlassen zu können, schwand.

Namuras schien seine Gedanken in seinem Gesicht ablesen zu können.

"Ich fürchte, wir kommen um mindestens eine Nacht in diesem verfluchten Moor nicht herum." sagte er düster. "Und wir können auch nicht hierbleiben." fügte er hinzu. "Dieses Kastell ist nicht sicher."

"Wie kommst du darauf?" fragte Lares vorsichtig, wobei er an den seltsamen Anblick denken musste, der sich ihm eben geboten hatte.

"Ich habe so meine Methoden, um gewissen Dingen auf den Grund zu gehen." sagte Namuras. "Immerhin bin ich ein Magier. Und du brauchst auch nicht so zu tun, als hättest du nichts gesehen, mein junger Schüler." fuhr er lächelnd fort. "Ich habe deine Nähe gespürt, da hat es wenig genutzt, dass du für deine Verhältnisse sogar recht leise gewesen bist."

Lares fuhr zusammen wie ein kleiner Junge, den man mit der Hand im Bonbonglas erwischt hatte. Dann lächelte er schuldbewusst und kratzte sich verlegen am Kopf.

"Verzeih." sagte er schließlich kleinlaut. "Es ist immer noch ein wenig verwirrend, mit einem Magier durch die Welt zu reisen, der sich der Finsternis verschrieben hat und dabei trotzdem kein Unmensch ist."

Namuras lachte laut auf. "Ich nehme das jetzt mal als Kompliment." sagte er erheitert. "Aber du verwechselst da ganz nebenbei auch etwas." Lares sah ihn fragend an.

"Du verwechselst die Dunkelheit mit der Finsternis."

Lares' Gesichtsausdruck muss noch um einige Grade dümmlicher geworden sein, denn Namuras grinste plötzlich über das ganze Gesicht und sah dabei viel mehr wie ein Lausbub als ein gefährlicher Schattenkrieger aus.

"Es würde jetzt zu lange dauern, dir den feinen Unterschied in allen Einzelheiten zu erklären. Doch jetzt so viel: Die Dunkelheit ist ein Teil der Schöpfung, der natürliche Gegenpart zum Licht, so wie Tag und Nacht. Die Finsternis jedoch geht darüber hinaus. Sie duldet nichts neben sich, sie ist endgültig und ewig. Die Finsternis ist das Chaos, Anfang und Ende allen Seins und das genaue Gegenteil der Schöpfung. Wo Finsternis herrscht kann nichts Anderes existieren. Licht und Dunkelheit hingegen dulden einander."

"Ich glaube, dass erklärst du mir noch einmal, wenn wir hier raus sind." antwortete Lares verwirrt. "Bei einer guten Flasche Wein."

Namuras lächelte.

"Eigentlich ist es gar nicht so schwer zu verstehen, wenn man erst einmal begriffen hat, dass es…" Er stockte.

Lares sah alarmiert auf, seine rechte Hand wanderte beinahe unbewusst zum Griff seines Säbels. Der *Shidar* hatte ebenfalls die Hand an seinem Schwertgriff und sah sich gehetzt um. "Irgendetwas stimmt hier nicht." sagte er leise. "Etwas ist hier…" Langsam zog er sein Schwert aus dem Gurt und ging vorsichtig zur Wendeltreppe, den Blick in den Himmel gerichtet.

"Ich kann nichts sehen." sagte Lares, der ebenfalls die Umgebung nach etwas Verdächtigem absuchte. Doch alles was er sah, war der allgegenwärtige gelblich-grüne Nebel, der in trägen Schwaden an ihnen vorbei zog.

"Bist du sicher, dass…"

Ein gellender Schrei aus dem Innenhof des Kastells ließ sie beide zusammenfahren. Namuras fand natürlich als Erster seine Fassung wieder.

"Runter!" brüllte er, stürzte an Lares vorbei und spurtete in einem waghalsigen Tempo die Treppenstufen herunter. Lares hatte alle Mühe, ihm zu folgen und er stellte sich dabei weitaus ungeschickter an als der junge Krieger. Mehr taumelnd als laufend kam er schließlich unten im Innenhof an und was er dort sah, lies ihn erschrocken aufschreien.

Unmittelbar neben dem provisorischen Lager der Matrosen war das Mauerwerk des maroden Kastells zusammengebrochen und etwas Großes, Formloses von milchig weißer Farbe war an die Oberfläche gekrochen und über die Männer hergefallen.

Die meisten Matrosen hatten sich rechtzeitig in Sicherheit bringen können und standen nun mit gezückten Waffen einige Schritte von dem Scheusal entfernt und hielten das Ding auf Abstand. Für einen der Männer würde jedoch jede Hilfe zu spät kommen.

Der Matrose lag neben der neu entstandenen Öffnung und starrte mit ungläubigem Entsetzen auf den Stumpf, der einmal sein rechtes Bein gewesen war. Fast bis hinauf zur Hüfte war das Bein abgerissen worden, Blut spritzte im hohen Bogen aus der Wunde und besudelte das weiße Ungeheuer, dass sich langsam aus der Öffnung ins Freie schob.

Lares riss sein Schwert aus dem Gürtel und stürmte zu Namuras, der mittlerweile bei den anderen Männern angekommen war. Ein scheußlicher Gestank schlug ihm entgegen, als er neben dem *Shidar* stehen blieb. Würgend wich er ein, zwei Schritte vor dem Ding zurück, das er immer noch nicht genau erkennen konnte.

Es war eine Kreatur, die am ehesten einer Assel ähnelte, nur dass sie diese abscheuliche, beinahe durchsichtige, Färbung hatte und ungefähr so groß war wie ein sechsspänniges Fuhrwerk. Dort, wo Lares den Kopf vermutete, konnte er Beißwerkzeuge wie bei einem Hornkäfer erkennen. Dazwischen befand sich ein großes kreisrundes Maul, bestückt mit unzähligen dolchlangen Reißzähnen, an dessen Rand unzählige armlange und fingerdicke Fühler oder Tentakel ziellos hin und her zuckten. Augen oder andere Sinnesorgane konnte er nicht ausmachen.

"Was, bei allen Göttern, ist das?" fragte Lares entsetzt, den Blick starr auf das groteske Ungeheuer gerichtet, das langsam und zögerlich aus dem Boden gekrochen kam.

"Ein Grubenkriecher." antwortete Namuras ruhig. "In Ruinen wie dieser nichts Ungewöhnliches. Abgesehen von der Kleinigkeit, dass dieses Biest viel zu groß für seine Art ist."

"Und wie groß werden diese Viecher normalerweise?" wollte Lares wissen.

"So lang wie ein normaler Mensch." gab der Krieger zurück. "Wenn überhaupt."

"Großartig." antwortete Lares, immer noch gebannt auf den Grubenkriecher starrend. "Wieso greift es nicht an? Es könnte uns mühelos zermalmen."

In der Tat schien das hausgroße Ungetüm zu zögern. Anstatt sich auf die Männer zu stürzen, zuckte der augenlose Kopf hierhin und dorthin und schien immer wieder gegen ein unsichtbares Hindernis zu prallen. Fragend sah er den *Shidar* an und dieser schüttelte nur den Kopf.

"Das verstehe ich auch nicht." entgegnete Namuras. "Ich habe jedenfalls nichts damit zu tun. Aber wir sollten schnell hier verschwinden, bevor das Ding sich doch überlegt uns mit Haut und Haaren aufzufressen."

"Und was ist mit Salic?" fragte Rhadik, der unbemerkt neben sie getreten war. Der Kapitän der *Tirfalis* deutete auf den Matrosen, dessen Bein von den Zangen des Grubenkriechers abgetrennt worden war, als sich das Ungetüm seinen Weg aus der Dunkelheit heraus gebahnt hatte. Der Mann hatte inzwischen das Bewusstsein verloren, war vielleicht schon längst tot, denn noch immer sprudelte warmes Blut aus dem zerfetzten Stumpf und tränkte den Boden.

"Wir können ihn nicht retten." sagte Namuras bitter. "Dieses Ding wird uns alle vernichten, wenn wir nicht schleunigst zusehen, dass wir hier rauskommen."

"Wird es uns nicht ohnehin verfolgen?" gab Rhadik schroff zurück. "Wir können genauso gut kämpfen und sterben."

"Niemand stirbt hier, Kapitän." fuhr der *Shidar* ihn zornig an. "Was auch immer dieses Vieh zurückhält, wir sollten es ausnutzen. Und zwar jetzt sofort!"

"Das Feuer." sagte Lares plötzlich und deutete auf den Grubenkriecher. Etwa einen halben Meter von dem Ungeheuer entfernte befand sich das noch nicht einmal richtig entfachte Lagerfeuer, dass die Männer aufgeschichtet hatten. Ein paar kleine Flammen leckten an dem größtenteils morschen und feuchten Holz empor und wahrscheinlich würde das Feuer in wenigen Minuten schon wieder komplett erloschen sein. Und dennoch schien es das Ungeheuer aufzuhalten.

"Du hast Recht." antwortete Namuras ungläubig. "Es fürchtet das Feuer - oder vielmehr das Licht." Er wandte sich um und warf einen Blick in die Runde.

"Wo ist Nayin?" fragte er laut.

Anstelle einer Antwort loderte plötzlich ein helles Licht inmitten der Matrosen auf. Die Männer wichen erschrocken zur Seite und machten dem jungen Magier Platz, der beide Hände zum Himmel erhoben hatte. Zwischen seinen Fingern war ein glühendes Wabern erschienen. Die Augen des Zauberers waren geschlossen und seine Lippen formten murmelnd Silben in einer fremdartigen Sprache.

Das Leuchten über seinem Kopf formte sich zu einer Kugel, ein glühender Ball aus reinem Licht und knisternder Hitze, der immer größer und intensiver wurde. Dann riss Nayin mit einem Ruck die Arme nach vorne und schrie ein einzelnes, unverständliches Wort.

Die Feuerkugel löste sich aus seinen Fingern und jagte wie ein gleißender Komet auf den gigantischen Grubenkriecher zu. Noch während die Kugel flog, wuchs sie um das Doppelte an, gewann an Intensität und schlug mit der Wucht eines Artilleriegeschosses in dem aufgedunsenen Körper des weißen Riesenwurms ein. Das Monstrum stieß einen hohen, schrillen Schmerzenslaut aus, als die Flammen des Zaubers es einhüllten. Der Grubenkriecher begann zu toben, bäumte sich auf und kippte mit einem entsetzlichen, schrillen Kreischen, dass ihnen fast das Trommelfell zerriss, nach hinten gegen die Mauer des Kastells.

Das Gemäuer hatte der ungeheuren Wucht des aufprallenden Körpers nichts entgegen zu setzen. Mit einem tosenden Dröhnen brach sowohl die Außenmauer des Kastells als auch die Decke der unterirdischen Gewölbe, aus denen der Grubenkriecher hervorgekommen sein musste, in sich zusammen und riss den brennenden Riesenwurm zusammen mit mehreren Dutzend Tonnen Gestein zurück in die lichtlosen Tiefen.

In den folgenden zwei Stunden hatte Namuras die Männer mit erbarmungsloser Härte durch die Sümpfe getrieben.

Wie die Besessenen hatten sie sich durch die scheinbar endlosen Spinnennetze geschlagen, bis sie schließlich kurz vor Sonnenuntergang diesen Bereich des Sumpfes hinter sich gelassen hatten.

Zu Lares' Erleichterung waren die Erbauer der all umspannenden Netze ihnen ferngeblieben, wenngleich er immer wieder das schattenhafte Huschen vielbeiniger Gestalten aus den Augenwinkeln zu sehen geglaubt hatte. Er vermutete, dass die Riesenspinnen sie nur deshalb in Ruhe ließen, weil ihr Trupp zu groß für eine potentielle Beute war.

Der Wald war hier etwas dichter, gleichzeitig war der Untergrund fester und sicherer geworden. Es machte beinahe den Eindruck, als befänden sie sich in einem ganz normalen Wald und nicht in einem der wohl gefährlichsten Sumpfgebiete der bekannten Welt. Aber eben nur beinahe.

Immer noch begleitete sie der allgegenwärtige gelblich-grüne Nebel und abseits ihres Weges glaubte Lares regelmäßig das Blubbern und Platschen des Moores zu hören. Die Bäume hatten wenige bis gar keine Blätter und die Äste hingen trostlos herab.

Überhaupt glichen diese kränklichen Gewächse eher Spukgestalten aus bösen Märchen als normalen Bäumen. Lares hätte es längst nicht mehr gewundert, wenn sich in einem der Bäume plötzlich ein von Hass und Bosheit zerfressenes Gesicht gezeigt hätte oder wenn knorrige Äste nach ihnen gegriffen hätten. Dieser ganze Wald war ein einziger, nicht enden wollender Alptraum. Und im Westen verschwammen die letzten Hoffnung spendenden Strahlen der untergehenden Sonne im schaurigen Nebel.

Die Nacht brach herein.

Als der letzte Schimmer der Sonnenscheibe am Horizont verschwand, erreichten sie eine kleine Lichtung und Namuras befahl, ein Nachtlager zu errichten. Rasch wurde in der einsetzenden Dämmerung ein großer Vorrat an Feuerholz zusammengetragen, der für die komplette Nacht reichen musste. Unter keinen Umständen durfte das Feuer erlöschen.

Während die Matrosen wie die Besessenen mehr Feuerholz sammelten und in der Mitte der Lichtung ein großes Feuer entfachten, schritten Namuras und Nayin langsam vor sich hin murmelnd den Rand der Lichtung ab. Immer wieder hielt einer von ihnen an, kniete sich nieder und zeichnete mit einem abgebrochenen Ast Symbole in den Waldboden, mit denen Lares nicht das Geringste anfangen konnte.

Als das Feuer im Zentrum der Lichtung schließlich hell aufloderte, war es um sie herum endgültig Nacht geworden.

Die beiden Zauberer gesellten sich zu den anderen Männern ans Feuer.

"Was habt ihr da gemacht?" wollte Lares wissen.

"Schutzrunen." antwortete Nayin knapp. "Sie halten Geister und Untote von unserem Lager fern. Jedoch darf niemand die Lichtung bis zum Morgengrauen verlassen."

Namuras nickte zustimmend.

"Nayin hat Recht. Die Runen schützen uns vor den Geistern des Sumpfes und das Feuer hält wilde Tiere ab. Niemand entfernt sich außer Sichtweite vom Feuer, es bleiben immer mindestens drei Männer wach, während die anderen ausruhen."

"Wird der Schutz ausreichen?" fragte Lares skeptisch.

"Ich hoffe es doch." antwortete der *Shidar* düster. "Vor Wildtieren und Geistern dürften wir sicher sein. Vor allem anderen, was in diesem Sumpf lauert, mögen uns die Götter schützen."

Banges Schweigen senkte sich über die Lichtung. Niemand verspürte das Bedürfnis sich zu unterhalten. Zu groß waren die Schrecken des vergangenen Tages gewesen und jeder der Männer verarbeitete das Entsetzen auf seine Weise. Nach und nach fielen sie alle in einen unruhigen Schlaf, lediglich Namuras, Rhadik und Lares blieben noch wach, wobei auch sie kein Wort miteinander sprachen.

Die Nacht war sternenlos, dichte Wolken bedeckten den Himmel und nur ab und zu brach ein geisterhafter Strahl fahlen Mondlichts durch die Finsternis. Obwohl das Feuer sehr großzügig errichtet worden war und recht intensiv brannte, reichte der Lichtschein nur wenige Meter weit, teilweise nicht einmal bis an den Rand der Lichtung. Alles, was sich jenseits dieser imaginären Grenze befand, versank in abgrundtiefer Dunkelheit.

Immer wieder glaubte Lares, schattenhafte Gestalten zu erkennen, die sich stets knapp außerhalb des Feuerscheins bewegten, geisterhafte Kreaturen, die formlos darauf lauerten, dass das Feuer herunterbrannte. In den Tiefen des Waldes konnte er immer wieder das kurze Aufblitzen gelblicher Augenpaare erkennen und er hoffte inständig, dass es sich hierbei nur um wilde Tiere handelte, die misstrauisch zum Lager der Eindringlinge herüber spähten. Manchmal jedoch erschienen ihm die Augen zu weit in der Höhe aufzublitzen, als dass sie einem normalen Tier gehören konnte.

Ein sanfter, stetiger Wind wehte von Osten her grünliche Nebelschwaden zu ihnen herüber. Im Säuseln des Windes glaubte Lares das Flüstern und Raunen der Sumpfgeister zu hören. Aus weiter Ferne vernahm er kaum hörbare Schreie, die unmöglich von Tieren stammen konnten. Ab und zu mischte sich unter das Wispern der Nacht ein leises und unglaublich böses Kichern, doch Lares war nicht sicher, ob dieser Laut nicht einfach nur seiner Fantasie entsprungen war.

Und war es nun eine Sinnestäuschung oder konnte er weit entfernt im Osten tatsächlich einen grünlichen Schimmer zwischen den Bäumen erkennen, dort wo er die verfluchte Stadt Saranath vermutete?

Ängstlich rückte er näher an das Feuer heran, das ihm vermeintliche Sicherheit bot. Obwohl er nun fast so nahe an die brennenden Holzscheite herangerückt war, dass ihm die Schuhe hätten versengt werden können, kroch ihm eine eisige Kälte über den Rücken. Gebannt lauschte er auf die Geräusche der Nacht und starrte in die Dunkelheit hinaus.

Er hatte niemals wirklich Angst vor der Dunkelheit gehabt, gewissermaßen war sie in seiner Branche ja sogar ein Verbündeter. Doch diese Dunkelheit war anders, bedrohlicher, *böser.*

Ja, das war es. Die Nacht, die ihn umgab war nicht mehr Teil dieser Welt, nicht mehr Teil dieser Schöpfung, sondern etwas völlig Fremdes und Entsetzliches, dass weder Licht noch

Leben in seiner Nähe duldete.

Langsam schien er zu begreifen, was Namuras mit dem Unterschied zwischen Dunkelheit und Finsternis gemeint hatte. Beides beschrieb die Abwesenheit von Licht, doch während die Dunkelheit natürlich und ein Bestandteil der Welt war, war die Finsternis von einem unheiligen Eigenleben erfüllt, nur darauf aus, alles andere zu verschlingen.

Panik drohte, sich in ihm auszubreiten. Mit einem Mal erschien ihm das Feuer weniger hell als noch vor Sekunden, weniger wärmend als es eben noch gewesen war. Die Schwärze drang von allen Seiten auf sie ein, begann das Licht zu verschlingen. rotglühende Augen blitzten inmitten der wabernden Finsternis auf, ein tiefes Grollen drang aus den Abgründen des Chaos zu ihnen hervor und der Wind trug ein böses Flüstern zu ihm heran. *Deine Schuld, deine Schuld, deine Schuld, deine Schuld, deine Schuld!*

Als sich eine starke Hand auf seine Schulter legte, konnte er nur mit Mühe einen Schrei unterdrücken. Aber es half.

Die bösartige Kinderstimme verstummte und die Finsternis zog sich wieder an den Rand der Lichtung zurück. Auch die dämonisch leuchtenden Augen waren verschwunden; wahrscheinlich waren sie nie wirklich da gewesen. Der Einbrecher blickte auf und sah in Namuras' sorgenvolles Gesicht.

"Alles in Ordnung?" fragte der *Shidar* leise.

"Nein, nichts ist in Ordnung." gab Lares leise zischend zurück. "Dieser verfluchte Sumpf treibt mich in den Wahnsinn und diese Finsternis…"

Er sprach nicht weiter, aber Namuras verstand ihn auch so.

"Mir geht es nicht anders." sagte der junge Krieger. "Aber versuch ein wenig zu schlafen, ich werde wach bleiben."

"Hier werde ich bestimmt nicht schlafen." entgegnete Lares beinahe panisch. Er dachte mit Schaudern an die grausame

Kinderstimme, die ihn verfolgt hatte und er weigerte sich, sich auszumalen, welche Schrecken sein Unterbewusstsein für ihn bereithielt, wenn er in dieser unheimlichen Umgebung begann zu träumen. Nein, lieber saß er die ganze Nacht wach am Feuer, als dass er hier nur eine einzige Minute schlief.

Namuras nickte, als hätte er nichts Anderes erwartet. Dann erhob sich der Krieger, ging zu dem großen Haufen unbenutzten Feuerholzes und legte einige große Äste in die prasselnden Flammen des Lagerfeuers. Sofort loderte das Feuer ein wenig heller auf und schien die Dunkelheit einige Meter weiter zurück zu drängen.

Einer der Matrose erwachte murmelnd und blickte verstört in die zuckenden Flammen. Dann rieb er sich die Augen und sah zu ihnen herüber. Es schien, als hätte er Mühe, einen Traum abzuschütteln, denn er blinzelte einige Male und für einen kurzen Moment sah Lares panische Angst in seinen Augen aufflackern. Dann jedoch entspannte sich der Blick des Mannes wieder.

Dennoch warf Lares einen vorsichtigen Blick über die Schulter, dorthin, wo der Mann hingestarrt hatte. Doch dort war nichts - nichts außer der abgrundtiefen Finsternis, die sie umgab, die darauf lauerte, dass sie das Feuer vernachlässigten, dass sie einschliefen, um sich in ihre Träume zu schleichen und in den Wahnsinn zu treiben. *Deine Schuld.*

Hastig wandte er sich wieder dem Feuer zu. Nein, hier würde er definitiv nicht eine Sekunde schlafen. Selbst im wachen Zustand war es schon schwer, nicht den Verstand zu verlieren.

Der Matrose hatte sich mittlerweile erhoben und streckte sich. Dann begann er umständlich, den Gürtel an seiner Hose zu lockern und wandte sich von ihnen ab.

"Muss mal wohin" murmelte der Mann.

"Bleib im Feuerschein, Aljev" sagte Rhadik. "Wir gucken dir auch nichts weg." Der Matrose grinste breit.

"Als ob mich das stören würde." sagte er und stapfte einige Schritte davon, blieb aber für die Männer gut sichtbar im Licht der Flammen stehen. Lares wandte sich wieder dem *Shidar* zu. "Aber, wenn wir hier schon nicht zum Schlafen kommen, könntest du mir ein wenig von dir und von euch erzählen." begann er vorsichtig.

"Was willst du wissen?" fragte Namuras mit einem vielsagenden Seitenblick auf Rhadik, der diesen jedoch nicht bemerkte und schläfrig ins Feuer starrte. Lares verstand. Allzu intime Details aus dem Leben der *Shidai* und der Knochenjäger würde er jetzt nicht erfahren. Aber es gab genug andere Dinge, die er wissen wollte.

"Hmm…" machte er. "Erzähl mir von Sheyna, deiner Schwertschwester - oder wie du sie genannt hast."

"Schwertschwester ist richtig." gab Namuras lächelnd zurück. "Nun, wo fange ich da an." Der junge Krieger grübelte einen Moment, dann begann er zu erzählen.

"Sheyna und ich sind nicht wirklich miteinander verwandt, aber das weißt du ja schon. Wir sind beide als Kinder bei dem gleichen Lehrmeister ausgebildet worden, zusammen mit noch zwei anderen Schülern. Einer der beiden ist schon lange verstorben, der Andere verrichtet seit Jahren gewissenhaft seinen Dienst auf der Burg unseres Herrn. Sheyna und mich hat es gewissermaßen in den Außendienst verschlagen."

Namuras lächelte sanft und wieder einmal wunderte sich Lares darüber, dass dieser freundliche Junge, der kaum älter war als er selbst, gleichzeitig ein gnadenloser Killer sein konnte und dazu noch über eine ziemlich dunkle Form der Magie verfügte.

"Während ich sowohl in den Künsten des Schwertkampfes als auch in den Künsten der Magie ausgebildet wurde, beherrscht Sheyna lediglich den Säbeltanz. Ihr bezauberndes Wesen beschränkt sich allein auf ihre charmante Art. Hin und wieder so diplomatisch wie ein schlecht gelaunter Schwarzbär, aber durchaus liebenswert. Ich könnte da so einige amüsante Beispiele auf den Tisch bringen, aber das soll sie dir lieber selber erzählen, wenn wir in Nakesh sind."

Namuras begann zu grinsen, offensichtlich kam ihm gerade eine besonders erwähnenswerte Anekdote in den Sinn. Lares hakte jedoch nicht weiter nach, denn der Krieger erzählte bereits weiter. Aus dem Augenwinkel bemerkte Lares, dass der Matrose sein Geschäft beendet hatte und sich wieder ans Lagerfeuer gestellt hatte.

"Nun ja, wir haben wie gesagt beide beim gleichen Meister gelernt, aber da sie nicht über Magie verfügte, wurde sie intensiver im Schwertkampf ausgebildet. Sehr wahrscheinlich ist sie darin sogar besser als ich." gab Namuras offen zu.

"Habt ihr nie versucht, das herauszufinden?" fragte Lares.

"Lediglich in zahlreichen Trainingsduellen, niemals wirklich ernsthaft. Warum sollten wir auch?" gab der Krieger zurück. "Wir sind beide gut in dem, was wir tun und im Notfall können wir uns absolut auf den anderen verlassen. Wir verstehen uns blind. Es besteht somit kein Grund, den Besseren von uns beiden zu ermitteln." Namuras grinste. "Außerdem wäre der Kampf nicht fair. Ich wäre nicht ritterlich genug, um auf meine kleinen magischen Tricks zu verzichten. Wahrscheinlich würde ich gewinnen, aber es wäre ein Kampf mit ungleichen Waffen."

"Kein Ehrenkodex bei euch?" hakte Lares nach.

"Nicht in dem Sinne, wie es ihn dereinst bei den alten Ritterorden gab und auch heute zum Teil immer noch gibt. Der Tod unterscheidet nicht zwischen denen, die ehrenvoll gestorben sind und denen, die ein unehrenhaftes Ende gefunden haben. Wenn es notwendig ist, setze ich meine Magie im Kampf ein, denn letztendlich zählt nur das Ergebnis. Wie ich meinen Feind besiege, ist gleichgültig."

Er machte eine kurze Pause.

"Und deswegen wäre auch ein ernsthafter Zweikampf

zwischen mir und Sheyna ziemlich sinnlos. Ich würde Magie einsetzen um zu gewinnen und sie würde mir das dann eine Ewigkeit vorhalten - wozu also die Umstände machen?"

"Bisher hat euch diese Magie hier draußen recht wenig genützt." mischte sich Aljev in das Gespräch ein. Der Matrose stand immer noch am Feuer und starrte auf sie herab. Lares wollte zunächst etwas sagen, doch dann sah er, wie das Lächeln auf Namuras Gesicht zu einer eisigen Maske gefror. Und dann fiel es ihm auch auf. Die Stimme…

Mit einem gellenden Schrei sprang er auf, riss seinen Säbel aus dem Gürtel und wirbelte herum. Auch Namuras war längst aufgesprungen und hatte seine Waffe gezogen.

"Das hat aber gedauert." höhnte der Matrose, der gar nicht Aljev war.

"Während ihr zwei Waschweiber so nett geschwätzt habt, hätte ich euch mit Leichtigkeit ein halbes Dutzend Male umbringen können." sagte Shiyaz böse und machte einen Schritt auf sie zu.

Lares erkannte das wahnsinnige Flackern in den Augen des Hauptmanns und den grenzenlosen Hass, der in seinem Blick loderte. Er warf einen Blick vorbei an dem Sternengardisten und sah am Rande des Feuerscheins den leblosen Körper des Matrosen liegen. Keiner von ihnen hatte auch nur die geringste Kleinigkeit bemerkt.

Und hinter dem toten Matrosen, am Rande der Dunkelheit loderten zwei rotglühende Augen auf.

"Endlich ist es soweit." murmelte Shiyaz. Seine Stimme zitterte leicht und seine linke Hand zuckte unkontrolliert. Es schien, als wäre er besessen, nicht er selbst. Der Blick seiner dunklen Augen war gnadenlos und hatte jede Menschlichkeit verloren. Lares glaubte, in zwei schwarze Löcher zu starren.

"Die Maske gehört endlich mir. Nichts und niemand wird mich jetzt noch davon abhalten."

"Du bist ja wahnsinnig." entgegnete Namuras, der zwei, drei Schritte auf Abstand ging und sich so positionierte, dass er auch den toten Matrosen am Rand des Feuerscheins im Blickfeld hatte. Und mit ihm das feurige Augenpaar in der Finsternis, das sich bisher nicht bewegt hatte, sondern böse und lauernd zu ihnen herüber starrte.

"Ist dieses verfluchte Artefakt es wirklich wert gewesen, so viele Unschuldige in den Tod zu stürzen?"

"Was schert es dich, *Shidar*?" spie Shiyaz aus. "Du dienst selber dem Tod und mordest im Namen deines Herrn. Du hast drei meiner Männer umgebracht - und mich wolltest du auch töten."

"Ich war ziemlich sicher gewesen, ganze Arbeit geleistet zu haben." gab Namuras zurück, den Blick nicht vom Rand der Lichtung gerichtet. Anscheinend hielt er Shiyaz für den weniger gefährlichen Gegner. "Aber zu meinem Bedauern habe ich mich getäuscht."

Shiyaz schnaubte vor Wut, seine Linke zuckte nach vorne. Ein Strahl aus gebündelter Finsternis schoss aus seinen Fingerspitzen hervor und jagte auf Namuras zu.

Der *Shidar* riss die rechte Hand zur Abwehr hoch, ein glänzender Schimmer legte sich um seinen Arm und wehrte den Angriff ab. Die Wucht der magischen Attacke reichte jedoch aus, den Krieger einige Schritte zurücktaumeln zu lassen.

"Du hast keine Chance, du kleiner Narr!" zischte Shiyaz leise. "Gib mir die Maske und ich verschone den jämmerlichen Rest hier."

Er deutete mit einer Handbewegung auf Rhadik und die anderen Matrosen, die von dem Vorfall anscheinend völlig unberührt geblieben waren. Während der Kapitän teilnahmslos in die Flammen stierte, schliefen die anderen Männer trotz des Lärms einfach weiter.

"Was hast du mit ihnen gemacht?" fragte Lares. Der Sternengardist wandte sich mit einem abfälligen Lächeln zu ihm herum.

"Nichts, was du verstehen würdest, du stumpfsinnige Kröte." gab er zurück. "Für jemanden, der mir solch einen Ärger gemacht hat, bist du auffallend dämlich." Er lachte böse, dann wandte er sich wieder Namuras zu.

"Und nun gib mir die Maske. Sonst muss ich sie mir holen und in meinem Zorn werde ich euch alle umbringen, nicht nur dich und diesen dahergelaufenen Straßenköter." Er deutete bei diesen Worten auf Lares.

"Was willst du überhaupt damit?" fragte Namuras, augenscheinlich um Zeit zu gewinnen. "Die Magie der Maske ist zu komplex, um sie zu entschlüsseln, nicht einmal dein famoser Magiermogul wird das bewerkstelligen. Sie ist nutzlos für dich."

"Nur, weil ein armseliger Schattenmagier es nicht vermag, bedeutet das nicht, dass sie sich auch mir verschließen wird." höhnte Shiyaz. "Du hast mich an den Rand des Todes geschickt und ich bin mit Mächten zurückgekehrt, die du dir nicht einmal vorstellen kannst, *Shldar*. Und auch der Magiermogul von Amras wird sich meinen neuen Kräften beugen müssen."

"Das ist ja Wahnsinn." entgegnete Namuras, während er immer wieder den Blick zwischen Shiyaz und den dämonischen Augen wechselte. Lares sah ebenfalls zu der schattenhaften Gestalt herüber und glaubte, dass sie nähergekommen war. Jedenfalls erschienen ihm die Augen größer als noch vor wenigen Augenblicken.

"Du hast deine Seele dem Chaos geopfert, nur um an diese verfluchte Maske zu gelangen!"

"Was weißt du schon?" gab Shiyaz wütend zurück. "Ich habe den Abgrund gesehen. Ich bin da gewesen, ich war dem Tod so nahe wie niemand zuvor. Es gibt kein Paradies, kein gelobtes

Land, in das die Seelen der Menschen nach dem Tod eingehen. Alles nur Lügen der Priester. Der Tod ist ein Malstrom und an seinem Ende lauert das Chaos. Es verschlingt die Seelen und nichts bleibt vom Menschen mehr übrig. Ich bin dem Chaos entkommen, ich wurde erwählt, einem anderen Herrn zu dienen."

Zu aller Überraschung begann Namuras zu lachen. Lares blickte völlig entgeistert zu dem *Shidar* herüber. Hatte er den Verstand verloren? Doch so schnell das freudlose Lachen aus dem Krieger herausgebrochen war, so schnell verstummte es auch wieder.

"Du bist betrogen worden." sagte Namuras ruhig. "Was immer du gesehen hast, es war nicht der Tod."

"Woher willst du das wissen?" schnaubte Shiyaz verächtlich, doch Lares glaubte eine Spur von Unsicherheit in seiner Stimme zu hören.

"Bedenke, wem ich diene, mein Freund." antwortete der Krieger. "Ich kenne den Tod, ich habe ihm mehrmals ins Angesicht geschaut und mein Meister lehrte mich alles über die jenseitige Welt. Und glaube mir, er sprach niemals von einem Abgrund. Du wurdest getäuscht."

Namuras sah an dem Sternengardisten vorbei und blickte erwartungsvoll zu den rot glühenden Augen, die noch immer am Rande des Lichtscheins in der Finsternis lauerten, ohne sich großartig zu nähern.

"Du…" begehrte Shiyaz auf, dann stockte er. Für einen kurzen Moment verschwand der Zorn und der brodelnde Hass in seinen Augen und machte einem Ausdruck tiefer Verwirrung Platz. Er sah aus wie ein Mann, der im Begriff war, einen entsetzlichen Fehler zu realisieren. Die Hände des Sternengardisten begannen zu zittern und sein Blick begann zu flackern.

Vom Rande der Lichtung erscholl ein markerschütterndes

Grollen, das Lares das Blut in den Adern gefrieren ließ. Eine gestaltlose Furcht kroch in seine Seele, ein kalter jenseitiger Atem schien ihn einzuhüllen. Reine, instinktive Angst stieg in ihm auf, Panik drohte ihn zu übermannen und wie eine Welle aus Gestalt gewordener Finsternis über ihm zusammen zu schlagen.

Von allen Seiten drangen die Schatten auf ihn ein, die dämonischen Augen wuchsen und wuchsen, bis sie schließlich sein ganzes Blickfeld einnahmen und es nichts anderes mehr gab auf dieser Welt. Er war allein mit diesen entsetzlichen, brennenden Augen, die in seine Seele starrten und sie aussaugten wie ein Vampir.

Dann verstummte das Grollen und die Finsternis kroch wieder dorthin zurück, woher sie gekommen war, jederzeit bereit, wieder zuzuschlagen. Die gigantischen Augen waren verschwunden, doch die schattenhafte Gestalt am Rand der Lichtung war noch immer da. Er konnte sie spüren. Sie lauerte, wartete geduldig auf einen Moment der Unachtsamkeit.

Verwirrt blickte er sich um. Die Szenerie hatte sich nicht verändert. Namuras und Shiyaz standen sich immer noch am Feuer gegenüber, während der Rest der Männer schlief oder teilnahmslos ins Leere starrte.

Als Lares in Shiyaz' Gesicht blickte, erkannte er dennoch einen Unterschied. Die Unsicherheit im Blick des Sternengardisten war verschwunden und an ihre Stelle war wieder der alte Hass getreten, der nun noch deutlicher aus seinen Augen brannte.

"Du lügst!" brüllte der Hauptmann, seine Stimme hatte beinahe jede Menschlichkeit verloren. Mit einem abgehackten Schrei riss er beide Hände nach vorne und ballte sie zur Faust. Eine schwarze Kugel löste sich aus seinen Fingern und schleuderte den überrumpelten *Shidar* mehrere Meter durch die Luft und gegen einen Baum. Keuchend fiel der Krieger zu Boden. und befand sich plötzlich außerhalb des Schutzkreises.

Bevor Namuras auch nur den Versuch unternehmen konnte, sich wieder aufzurappeln, war Shiyaz über ihm und presste ihm die rechte Hand auf die Stirn. Der *Shidar* zuckte und stürzte wieder zu Boden.

"Du hast mich damals mit der Macht der Schatten niedergeworfen." flüsterte der Hauptmann der Sternengarde böse. "Nun spüre die unendlichen Kräfte der Finsternis am eigenen Leib, mein Freund."

Eine Vielzahl tiefschwarzer, schattenhafter Tentakel brach aus Shiyaz' Händen hervor und begannen den wehrlosen *Shidar* einzuhüllen. Als Namuras bemerkte, was der Sternengardist tat, begann er sich verzweifelt zu wehren, doch gegen den eisernen Griff des Hauptmanns war er machtlos. Nach nur wenigen Augenblicken war er fast vollständig von einem Kokon aus Dunkelheit eingesponnen.

Endlich löste sich Lares aus seiner Starre und stürzte mit gehobener Waffe auf Shiyaz zu. Er hoffte, der Sternengardist wäre zu sehr in seinen Kampf mit Namuras vertieft und würde ihn schlichtweg ignorieren.

Doch er täuschte sich. Kurz bevor er Shiyaz erreichte, wirbelte dieser herum und starrte ihn hasserfüllt an.

"Du wirst mich ebenso wenig aufhalten, Schwächling!" geiferte er. Seine Augen glänzten wahnsinnig. Eine kurze Handbewegung mit der Linken ließ Lares mitten in der Bewegung straucheln. Wie von einer unsichtbaren Faust getroffen, taumelte er an Namuras und Shiyaz vorbei - hinein in die Finsternis jenseits des Feuerscheins.

Sofort erwachte die Dunkelheit um ihn herum zum Leben. Tastende Hände griffen nach ihm, geisterhafte Fratzen tauchten aus dem Nichts vor ihm auf und verhöhnten ihn mit boshaftem Gelächter. Ein schauriges Flüstern drang an sein Ohr, während aus der Ferne das gequälte Weinen eines Kindes zu hören war.

Sieh, was du getan hast, großer Bruder. Dies ist alles nur deine

Schuld, weißt du? Du hast mich dem Abgrund geopfert. Mama und Papa sind auch hier, weißt du? Der Malstrom bekommt uns alle! Und es ist deine Schuld, Lares. Deine Schuld, deine Schuld, deine Schuld, deine Schuld!!!
Das Flüstern schwoll zu einem dröhnenden Chor, eine Kakophonie des Wahnsinns und des Entsetzens. Und als sich direkt vor ihm in der Dunkelheit zwei rotglühende Augen öffneten, begann er zu schreien - und alle Angst dieser Welt lag in diesem Schrei.

Nur am Rande vernahm Shiyaz das mädchenhafte Kreischen des Straßenköters, der ihm solche Scherereien eingebracht hatte. Der Diener, den ihm sein neuer Herr zu Seite gestellt hatte, würde sich des Bengels annehmen. Er selbst wollte sich nicht die Hände an ihm schmutzig machen. Es gab Wichtigeres zu erledigen.

Vor ihm lag, sich hilflos in seinem magischen Griff windend, der verhasste *Shidar*, der seine Pläne ein ums andere Mal durchkreuzt hatte. Der ihn beinahe umgebracht hätte.

Namuras machte kaum noch Anstalten, sich zu wehren, seine Kräfte erlahmten zusehends. Damals in Kylaria war er dem jungen Krieger noch unterlegen gewesen, doch jetzt und hier, geschützt durch die Macht seines Herrn, war er dem Knochenjäger weit überlegen. Niemand konnte sich seiner Macht widersetzen. Und wenn er erst einmal das Geheimnis der Maske entschlüsselt hatte...

Als er in die Innentasche von Namuras' Mantel griff und seine kalten Finger die Konturen der Maske ertasteten, drang ein letzter gellender Schrei aus dem Wald, gefolgt von einem tiefen und bedrohlich klingendem Grollen. Shiyaz kümmerte sich nicht darum. Hastig beförderte er die, in ein einfaches Leinentuch eingewickelte, Maske zutage und begann hastig, sie von dem Stoff zu befreien.

Das erste, was er spürte, als er die begehrte Maske unverhüllt in den Händen hielt, war Enttäuschung. Das Gebilde war weder sonderlich kunstfertig noch erschien ihm das Material besonders wertvoll. Mit viel Fantasie zeigte es einen bronzenen Drachenschädel, doch es hätte auch genauso gut ein Krokodil oder jede andere Echsenart darstellen können. Die grobe Kunstfertigkeit, so man es überhaupt derart bezeichnen konnte, glich am ehesten den Machwerken, die primitive Naturvölker in den dampfenden Dschungel Thalarions zustande brachten, und nicht einem machtvollen Artefakt, hinter dem die halbe Welt her war.

Fast schon glaubte er an eine Fälschung, eine billige Kopie, mit der Namuras ihn hatte hinters Licht führen wollen, doch dann spürte er die magischen Kräfte, die in dem unscheinbaren Artefakt schlummerten. Und was er spürte, lies ihn erschaudern. Er konnte lediglich die Schutzzauber wahrnehmen, die auf der Maske lagen und die eigentlichen Kräfte des Artefakts davor schützten, benutzt zu werden. Welche gewaltigen Zauber im Innern der Maske herrschten, vermochte er sich kaum vorstellen. Doch er würde es herausfinden. Es war an Zeit, dass er nach Amras zurückkehrte und dass sich dort Einiges änderte.

Langsam erhob er sich und blickte verächtlich auf den *Shidar* herunter, der nun mittlerweile komplett von wabernder Finsternis eingehüllt war. Zwar hatte er Namuras überrascht, doch hatte er insgeheim auf einen Kampf gehofft, der ihn mehr forderte. Seinen Gegner derart leicht besiegen zu können, enttäuschte ihn beinahe.

Aber eben nur beinahe, bedeutete dies nämlich auch, dass seine eigenen Kräfte um ein Vielfaches angewachsen waren seit ihrer letzten Begegnung. Er wusste zwar auch, dass seine neue Macht nicht aus ihm selbst kam, sondern nur geliehen war, doch dies war ihm zurzeit herzlich gleichgültig.

Er hatte seine Rache an Namuras bekommen und mit der Maske würde er dafür sorgen, dass sich der Wind im fernen Amras drehte. Die alte Ordnung würde wiederhergestellt werden, mit ihm an der Spitze eines neuen Magierreichs.

Ein letzter abfälliger Blick fiel auf die erschlafften Züge des *Shidar*, dann vollführte er eine komplizierte Geste mit der linken Hand und das Gesicht des jungen Kriegers verschwand wie der Rest seiner Gestalt hinter einem Schleier aus abgrundtiefer Finsternis.

"Du wirst den Tod erleiden, den du mir beibringen wolltest. Und dann wirst du erkennen müssen, das du es bist, der einer Lüge erlegen ist." flüsterte der Hauptmann. "Der Tod ist keine Gnade, mein Freund. Du wirst es sehen."

Ein massiver Schatten trat einige Meter hinter ihm an den Rand des Feuerscheins. Rotglühende Augen glommen in der Dunkelheit auf. Shiyaz spürte, dass der Dämon seine Aufgabe erledigt hatte. Noch lebte der Junge, doch der Wahnsinn würde ihn schon bald so fest umklammert haben, dass er in diesen Sümpfen elendig zugrunde gehen würde. Dann konnten die Tiere dieses verfluchten Landstrichs sich an seinem verrottenden Kadaver gütlich tun.

Der Hauptmann der Sternengarde wandte sich dem Lagerfeuer zu. Der Zauber, den er mit bemerkenswerter Leichtigkeit auf die Gruppe gelegt hatte, wirkte noch immer. Der Kapitän starrte mit leerem Blick in die zuckenden Flammen und der Rest der Männer schlief unruhig und ahnungslos.

Doch Shiyaz gedachte nicht, es dabei zu belassen. Zwar hatten diese Männer ihm nichts getan, doch es galt auch, seinem neuen Herrn gegenüber eine gewisse Dankbarkeit an den Tag zu legen. Ohne die Kräfte des jenseitigen Dämonenfürsten wäre er nicht mehr am Leben. Und auch die Maske hätte er ohne seinen neuen Herrn niemals an sich bringen können, dass wusste er. Und dafür wollte er sich erkenntlich zeigen.

Stumm deutete er auf die Männer am Lagerfeuer.

Labe dich an ihren Seelen und bringe sie deinem Gebieter als Opfer dar, dachte er. Als Antwort ertönte hinter ihm ein zufriedenes Knurren und der massive Schatten setzte sich in Bewegung. Shiyaz machte sich nicht die Mühe, dem Gemetzel zuzuschauen, dass nun folgen würde, sondern wandte sich mit einem zufriedenen Lächeln vom Lichtschein des Feuers ab und begab sich sicheren Schrittes nach Norden, hinein in die Dunkelheit, die er jedoch nicht zu fürchten brauchte.

Hinter ihm erscholl ein erschrockenes Brüllen, gefolgt von einem dröhnenden Schmerzensschrei.

Shiyaz wirbelte herum und sah gerade noch den massiven Körper des Dämons, wie er sich in einer gleißenden Kaskade hilflos hin und her wand. Dann zerbarst die leuchtende Sphäre, die das jenseitige Ungeheuer eingehüllt hatte und mit dem entsetzlichen Gebrüll eines Wesens, dass bis zum heutigen Tage keinen Schmerz gekannt hatte, verschwand die Gestalt des schattenhaften Dämons.

Die boshaften, rot leuchtenden Augen, die ihn anklagend und hasserfüllt anstarrten, war das letzte, was Shiyaz von seinem unheimlichen Diener sah.

"Was, bei allen…" entfuhr es dem Sternengardisten, doch weiter kam er nicht. Auf der anderen Seite der Lichtung trat eine weitere Gestalt in den Lichtschein des Lagerfeuers und Shiyaz erkannte die Umrisse des Ybb'lith Priesters, den er am liebsten in das Reich der Trugbilder verbannt hätte.

Mit einem zornigen Aufschrei schleuderte er dem unheimlichen Wesen eine geballte Ladung finsterer Energien entgegen, eben jene Kräfte, die Namuras mit einem Schlag kampfunfähig gemacht hatten.

Der Ybb'lith fing den Angriff mühelos ab und lies die Energien wirkungslos von sich abprallen. Shiyaz' Augen weiteten sich ungläubig und bevor er sich von seinem Schrecken erholen konnte, ging der Priester seinerseits zum Angriff über.

Flirrende Fäden knisternder Magie jagten auf ihn zu und Shiyaz versuchte instinktiv, sie abzuwehren. Doch anstatt auf ihn einzuprasseln und ihn zu verletzten, begannen die Fäden ihn einzuhüllen und zu umschlingen.

Zu spät erkannte Shiyaz die Natur des Bannzaubers, der ganz ähnlich dem war, den er auf den *Shidar* gelegt hatte. Ehe er sich versah, lag er ebenso hilflos am Boden wie Namuras auf der anderen Seite der Lichtung, mit dem Unterschied, dass er selber noch bei Bewusstsein war.

Langsam trat der Ybb'lith an ihn heran.

Ich hatte dich gewarnt, Menschenwurm! erscholl es in seinem Kopf. Die gelben Fischaugen des Priesters starrten ihn ausdruckslos an.

Dein jenseitiger Meister kann dich hier nicht schützen, weder vor mir noch vor dem Zorn meines Herrn. Und dennoch werde ich dich nicht töten. Verlass dieses Land, törichter Narr, und erfülle dein Schicksal, bevor du erneut am Abgrund stehst. Nur deswegen sollst du weiterleben.

Ohne sich dagegen wehren zu können, wurde er in die Luft gehoben und von einem gewaltigen arkanen Ausbruch in die Tiefen der Nacht hinausgeschleudert.

Kapitel 10: Ein neuer Meister

Magierreich Amras,
Monat Alathyia, Frühling im Jahr 1104 nach Ashibans Fall

Auf der Aussichtsplattform des Sternenturms von Amras stehend, betrachtete Menac Jadek, Magiermogul der Metropole im hohen Norden von Akranos, die Stadt, deren Herrscher er war. Jedenfalls hoffte er, dass er es noch war.

Zwei Tage waren erst vergangen, seit der Hohe Rat seinem Antrag zugestimmt hatte, doch in diesen zwei Tagen, in denen die Stadt und das Land Amras angefangen hatte, sich auf einen Krieg vorzubereiten, hatte sich das Antlitz der Stadt bereits grundlegend gewandelt.

Gewiss, die Gebäude und Straßen waren noch dieselben wie eh und je, doch eine spürbare Spannung lag über allem. Die eigentlichen Bewohner ließen sich nur noch sehr selten auf den Straßen blicken und überall gewahrte man die beeindruckenden Gestalten schwer gerüsteter Drachenkrieger. Mittlerweile war die Anzahl der Dak'harr fast auf Legionsstärke angewachsen und hatten damit eine Größe erreicht, mit der es ihnen ein Leichtes sein würde, Amras im Handstreich einzunehmen. Nicht selten hatte ihn diese düstere Vision in den vergangenen beiden Nächten aus dem Schlaf gerissen.

Was immer Goroth und die Flammenmeister zusammen mit den Zauberern des Rates getan hatten, es hatte den Durchgang nach Akenaur mehr als nur stabilisiert. Stündlich kamen mehrere Hundert neue Drachenkrieger durch das Portal.

Dennoch vertraute er auf seinen Herrn und Mentor, der ihm die Dak'harr zur Erfüllung seiner Pläne gesandt hatte. Und selbst wenn die Drachenkrieger aus der Vergangenheit versuchen würden, ihn zu hintergehen: der Erstgeborene würde seine schützende Hand über ihn und seine Stadt halten, dessen war er sich sicher. Der Drache würde ihm helfen, seine Ziele zu verwirklichen. Welche Pläne der Herrscher der Dak'harr nebenher hegte, war ihm relativ gleichgültig.

Die Geräusche von sich nähernden Schritten rissen ihn aus seinen Gedanken. Er blickte zu der schmalen Wendeltreppe, die hier hinauf auf die Plattform führte. In der Öffnung erschien zuerst der Kopf und kurz danach der Oberkörper eines Dak'harr, der in das dunkelrote glänzende Gewand eines Flammenmeisters gekleidet war.

"Meister Jadek" grollte das Drachenwesen. "Der ehrwürdige Heerführer wünscht Euch zu sehen."

Der Dak'harr sprach in einem Ton, für den er jeden seiner eigenen Untergebenen hätte auspeitschen lassen. Es klang so, als ob er einen besseren Hofbediensteten zu einer Besprechung riefe, und nicht, als spräche er mit dem Herrn dieser Stadt. Zu dem Ärger über die herablassende Art des Dak'harr gesellte sich wieder die Sorge, die Macht über Amras längst in die Hände eines Wesens gelegt zu haben, dass ihm im Grunde völlig fremd war. Und von dem er nicht viel mehr wusste, als dass ihn der Erstgeborene zu ihm gesandt hatte.

"Ich komme sofort." antwortete Jadek nach kurzem Zögern.

Der Drachenmensch bedachte ihn mit einem kurzen Nicken, drehte sich wieder herum und stieg die Treppe wieder hinab. Für einen Moment gab sich Jadek grinsend der kindischen Vorstellung hin, wie sich der kräftige Dak'harr mühsam die enge Treppe hinauf gequält hatte, nur um sie nach einem derart kurzen Wortwechsel ebenso mühsam wieder hinab steigen zu müssen. Die Konstruktion war eben nicht für drei Schritt große Kolosse mit den Körpermaßen eines ausgewachsenen Bären gemacht worden.

Die Vorstellung, dass der Dak'harr feststecken oder ins

Stolpern geraten könnte, um sich am Fuße der Treppe sämtliche Knochen zu brechen, vermochte Jadek jedoch nur ein paar Augenblicke aufmuntern, denn sogleich beschäftigte ihn der Gedanke, was Goroth von ihm wollen könnte.

Hastig schritt er zu einem kleinen Lesepult, auf dem er vorhin einige Dokumente abgelegt hatte, raffte die Papiere zusammen und machte sich auf den Weg nach unten. Den Stapel Pergamente drückte er auf halber Strecke einem unterwürfigen Adepten in die Hände und schärfte ihm ein, sie auf jeden Fall sachgemäß einzusortieren. Der Jüngling verneigte sich mehrere Male fast bis auf den Fußboden und machte sich eilig davon, sobald Jadek sich abgewandt hatte.

Als er den Turm verließ und auf die Straße trat, bestätigte sich der Eindruck, den er bereits von oben von der Stadt gehabt hatte. Abgesehen von patrouillierenden Drachenmenschen und einer Handvoll Fuhrwerke waren die Straßen weitestgehend leer.

Über der Stadt lag eine deutlich spürbare Anspannung und auch wenn sich die öffentlichen Stellen redlich mühten, die Dak'harr als Freunde und Verbündete des Reiches darzustellen, fürchteten sich die Menschen vor dem Volk aus der Vergangenheit. Die unrühmliche Geschichte, wie Menschen und Dak'harr einst Krieg gegeneinander geführt hatten, hatte schnell die Runde gemacht und viele fragten sich, wieso einstige Feinde plötzlich Verbündete sein sollten.

Unwillkürlich musste Jadek lächeln. Hätte er noch vor Jahresfrist eine Umfrage in der Stadt gestartet, so hätte wahrscheinlich kaum jemand von den Dak'harr und ihrer Geschichte gewusst. Jetzt wusste beinahe jeder Bescheid und viele wussten auch plötzlich Dinge, die den fachkundigsten Geschichtsschreiber in Erstaunen versetzt hätten. Die Gerüchte über Herkunft, Vergangenheit und Lebensart der Dak'harr waren so vielfältig wie die Sterne am Nachthimmel und ein

Gerücht war grotesker als das andere.

Sein Weg führte ihn vorbei an einer Kaserne der Sternengarde und an der Kathedrale der Zehn Götter. Die Priesterschaft hatte sich vehement gegen die Anwesenheit der Dak'harr gewehrt. Hätte er nicht kurzerhand die Stadt abriegeln lassen und die Tempel der Götter unter Bewachung gestellt, so wüsste wahrscheinlich schon halb Akranos um die Anwesenheit der Drachenmenschen. Doch die restlichen Menschenreiche sollten erst von den Dak'harr erfahren, wenn Lengan so gut wie gefallen war.

Jadek hatte nicht vor, den Krieg weiter in den Süden zu tragen, doch er fürchtete ein übereifriges Engagement der anderen Reiche, sollten sie über die Pläne Amras' Bescheid wissen, bevor das gesamte Heer des Drachen durch das Portal gekommen war. Und natürlich der Drache selbst.

Jadek bog von der großen Handelsstraße, die in Nord-Süd-Richtung durch die Stadt verlief, quer auf die Hauptstraße, an deren Ende er schon von weitem den Triumphbogen erkennen konnte, den man zu Ehren der Unabhängigkeit errichtet hatte. Schon bald würde er ein adäquates Gegenstück am anderen Ende der Straße bekommen.

Nach etwa dreihundert Schritt bog er wieder ab und steuerte direkt auf den großen Platz vor der Akademie zu. Hier begegnete er einem großen Trupp schwer gepanzerter Drachenmenschen, die mit erstaunlicher militärischer Disziplin über den Platz marschierten, angeführt von einem Flammenmeister. Es waren annähernd einhundert Bewaffnete, die er passieren lassen musste und die den Platz in Richtung Stadttor verließen.

Vermutlich machten sie sich auf den Weg in eines der improvisierten Lager außerhalb der Stadt, denn schon längst vermochte die Innenstadt die Massen an Neuankömmlingen nicht mehr aufzunehmen. Daher hatte Goroth befohlen, im

Sumpf Zeltstädte zu errichten, in denen er sein Heer unterbringen konnte, ohne den Bewohnern der Stadt zu sehr zu Leibe zu rücken.

Der Heerführer wusste um die Vorbehalte der Menschen und hauptsächlich seiner Voraussicht war es zu verdanken, dass es noch keinen ernsthaften Zwischenfall zwischen Menschen und Dak'harr gegeben hatte.

Und das alles in nur zwei Tagen, dachte er wieder.

Sein Weg führte ihn durch das große Hauptportal der Akademie und dann durch einen kleinen Seitengang direkt in die unteren Geschosse des Gebäudes, von denen aus er in die Katakomben kam, die sich unter der ganzen Stadt erstreckten. Dies war einer von mittlerweile acht geöffneten und reichlich genutzten Zugängen zu dem Labyrinth unter der Stadt.

Auf seinem Weg nach unten kamen ihm noch vereinzelt bewaffnete Dak'harr entgegen, aber der stetige Strom an Soldaten schien ein wenig abgeebbt zu sein. Auch das monotone Brummen und Dröhnen des Portals war leiser geworden.

Hoffentlich war nichts mit dem Durchgang geschehen, dachte er besorgt. Zu gut erinnerte er sich noch an den weiterhin ungeklärten Zwischenfall von vor einigen Tagen, als ein ohrenbetäubendes Gebrüll die ganze Stadt erschüttert hatte und in dessen Folge er dem Rest der Stadt die Wahrheit über die Ereignisse unter ihren Füßen preisgeben musste.

In der großen Halle angekommen, erlebte er eine kleine Überraschung.

Das Portal war nun vollständig errichtet. Es durchmaß den Raum in seiner ganzen Breite und stieß auch oben nahtlos an die Decke des alten Gewölbes. Zudem war der unheimlich wabernde Tunnel verschwunden und hatte einem gerade ausgerichteten Korridor Platz gemacht, dessen Wände bläulich schimmerten, ansonsten aber aussahen, als bestünden sie aus natürlichem Gestein. Jeder Blick auf das, was hinter der Wand lag, war nun versperrt.

Vor dem Portal standen, in einem Halbkreis aufgestellt, etwa zwei Dutzend Magier, wovon lediglich die Hälfte Menschen waren. Nebeneinander hielten die Flammenmeister und die Akademiemagier das Portal aufrecht. Jadek spürte die immensen Energien, die von den Zauberern in den bläulichen Korridor flossen.

Suchend sah er sich um und erblickte den riesenhaften Heerführer der Dak'harr etwas abseits des Portals in ein Gespräch mit einem Flammenmeister vertieft. Jedenfalls glaubte er, einen der Zauberer des Drachen vor sich zu haben, doch anstelle einer roten Robe, trug dieser Dak'harr ein dunkelblaues Gewand mit sonderbaren goldenen Stickereien. Mit raschen Schritten näherte sich der Magiermogul dem Heerführer.

"Ihr wünscht mich zu sprechen?" fragte er leicht abfällig, um seine Unsicherheit zu überspielen. Es gelang ihm nur mäßig, aber Goroth machte sich nicht die Mühe, darauf einzugehen. Der gigantische Drachenkrieger hielt in seinem Gespräch inne und wandte sich ihm zu. Etwas, das wohl eine Art Lächeln darstellen sollte, huschte über die schaurigen Züge des Riesen, wobei er sein beeindruckendes Raubtiergebiss zeigte.

"In der Tat, das wünsche ich." antwortete Goroth mit der bekannten Gewitterstimme. "Wobei ich Euch eigentlich nur jemandem vorstellen möchte, der mit Euch sprechen will, Meister Jadek."

Der Gigant machte einen Schritt zur Seite, wobei er seine Schwingen einklappte, um nicht die Decke zu berühren, und deutete mit seiner rechten Pranke auf den Flammenmeister. Dabei verbeugte er sich leicht vor der Gestalt.

Jadek sah zuerst den Heerführer, dann die Gestalt in der blauen Robe überrascht an. Sollte das etwa...? Ehe er jedoch weiter darüber nachdenken konnte, nahm die Gestalt die Kapuze ab.

Zum Vorschein kamen die Züge eines Drachenmenschen, doch sie wirkten ungleich edler und weiser als die der anderen Dak'harr. Seine Augen waren zugleich jung und unermesslich alt, seine Zähne waren nicht ganz so raubtierhaft wie die Goroths oder der anderen Krieger. Anstelle eines schwarzen oder dunkelbraunen Hörnerkamms, war sein kahler Schädel von einem silbernen und weitaus feineren Kranz geschmückt, der sich am Hinterkopf teilte und zu den Ohren rechts und links weiterführte. Es sah fast so aus, als trüge die Gestalt eine natürliche Krone aus Silber.

"Ich grüße Euch, Magiermogul." begann die Gestalt mit einer tiefen, aber überraschend sanft klingenden Stimme. Ihr fehlte das Grollen und Grummeln der anderen Dak'harr, das Animalische. Und während er sprach, begann die Luft um ihn herum zu flackern, als sei sie erfüllt von Magie. "Unser gemeinsamer Herr schickt mich, um eine Aufgabe von großer Wichtigkeit zu erledigen."

Gemeinsamer Herr?, dachte Jadek ein irritiert. Er hatte nur einen Herrn über sich und das war der Erstgeborene.

Plötzlich weiteten sich seine Augen vor Überraschung und Unglauben. Vor ihm stand der Drache, der Gesandte des Dunklen Gottes und Herrscher der Dak'harr.

Das Entsetzen muss ihm wohl ins Gesicht geschrieben gewesen sein, denn sein Gegenüber lachte plötzlich leise, aber nicht unfreundlich. Dann sprach er weiter.

"Ich fürchte, werter Mensch, ihr verwechselt mich. Jedenfalls deute ich euren Blick so."

Jadek war nun völlig durcheinander und blieb dementsprechend stumm, bevor er etwas völlig Falsches sagen konnte. Sein Gegenüber würde sich von selber zu erkennen geben.

"Ich bin auch nur ein Diener des Gottgesandten. Ich verbreite lediglich die Lehren des Drachen und der Großen Mutter. Ich bin der Hohepriester von Ghatanai, Stellvertreter des Gottgesandten. Mein Name ist Harasszal."

Irgendetwas in seinem Hinterkopf klang an, als er den Namen des Hohepriesters vernahm, doch Jadek vermochte es nicht einzuordnen. Insgeheim war er jedoch froh, nur einem weiteren Untertan des Drachen vor sich zu haben. Zum einen fürchtete er die Ankunft des Herrschers der Dak'harr und zum anderen wäre er auf dessen Erscheinen gerne vorbereitet. Dennoch deutete er gegenüber dem Hohepriester eine Verbeugung an.

"Eure Anwesenheit ehrt mich, Hohepriester." sagte er in einem demütigen Tonfall, der ihm allerdings nur sehr schwer über die Lippen kam. "Doch sagt mir, welche Aufgabe führt euch hierher? Seid ihr hier, um das Tor für seine Ankunft zu stärken?"

"Mitnichten, Meister Jadek." antwortete Harasszal. "Dies ist auch weiterhin die Aufgabe der Flammenmeister und eurer Zauberer. Und sie leisten gute Arbeit, das Portal ist sehr stark. Nur noch eine letzte Komponente fehlt, doch sie wurde bereits gefunden und ist auf dem Weg hierher. Meine Aufgabe ist ihre Sicherstellung." Die Stimme des Dak'harr hatte einen leicht lauernden Unterton angenommen, der Jadek nicht entgangen war.

"Wovon sprecht ihr, Harasszal?" fragte er vorsichtig.

"Nun, die Maske, die ihr so lange erfolglos suchtet, ist endlich von eurem Diener gefunden worden."

"Die Maske?" echote Jadek verwundert. "Aber was hat die Maske mit dem Tor zu tun? Sie ist Quell der Magie der Feuermagier von Kylaria. Ich ließ sie suchen, um die Zauberer aus einem möglichen Krieg fernzuhalten."

"Den Feuermagiern wirst du ihre Macht mit dem Diebstahl der Maske nicht nehmen können, Schattenmagier." lachte Harasszal. Der freundliche Ton war nun endgültig der

Abfälligkeit gewichen, die auch Goroth gelegentlich an den Tag legte, wenn er mit ihm sprach.

"Sie ist weitaus bedeutsamer, als du ahnst. Denn sie ist der Schlüssel, mit dem das Portal aufgestoßen wird."

Jadek war überrascht. Zwar hatte der Erstgeborene so etwas angedeutet, doch er hatte nicht unbedingt erwartet, dass er direkt dieses Portal gemeint hatte, dass nur wenige Schritte von ihm entfernt eine Verbindung zur Heimatwelt der Dak'harr herstellte. Die Pläne seines Herrn erschienen ihm mit jedem verstreichenden Tag verworrener. Aber wer war er, einen Gott verstehen zu wollen?

"Nur wenn auf beiden Seiten des Portals eine entsprechende Kraftquelle existiert, wird der Durchgang stabil genug, um nicht unter der magischen Präsenz des Drachen zu zerbrechen." fuhr der Hohepriester fort. "Auf der anderen Seite ist es der Drache selbst, der den Weg bereitet. Hier wird es die Maske sein."

"Aber wozu die Maske sicherstellen, wenn Shiyaz sie an sich gebracht hat?" wollte Jadek wissen. "Er wird sie ganz von selbst hierherbringen."

"Das wird er nicht." gab Harasszal zurück. "Der Hauptmann deiner Garde existiert nicht mehr, jedenfalls nicht so, wie du ihn in Kylaria zurückgelassen hast. Er hat einen Pakt mit der Finsternis geschlossen, der ihm zwar sein Leben gerettet hat, ihn aber der Verdammnis anheimfallen lassen wird - und dem Wahnsinn. Schon jetzt glaubt er, die Maske für seine Zwecke nutzen zu können."

"Shiyaz, ein Verräter?" fragte Jadek ungläubig. "Er würde es nicht wagen, mich zu hintergehen. Die Angst vor meinem Zorn ist viel zu groß. Jeder Sternengardist weiß genau, dass ihm bei Verrat die Verfolgung droht. Bis in die hintersten Winkel der bekannten Welt."

"Wie ich schon sagte, der Shiyaz, den du entsandtest, existiert nicht mehr." gab Harasszal ungeduldig zurück. "Er ist nur noch eine Puppe an den Fäden eines Dämons. Und meine Aufgabe ist es, ihm die Maske wieder abzunehmen, bevor er irgendwelchen Unsinn damit anstellt oder sie wieder in die Hände seiner Verfolger gelangt."

Jadek wollte etwas sagen, doch der Hohepriester schnitt ihm mit einer befehlenden Geste das Wort ab.

"Ich werde mich nun auf den Weg machen." sagte Harasszal. "In drei Tagen zur Mittagsstunde werde ich wieder zurück sein und ich erwarte, dass das Portal dann für *seine* Ankunft bereit ist."

Er wandte sich an Goroth, der das Gespräch bislang scheinbar unbeteiligt verfolgt hatte. Anscheinend war der Heerführer bereits in alle Details eingeweiht.

"Ich verlasse mich dabei auf Euch, Goroth."

"Ich werde weder Euch noch den Meister enttäuschen, Hohepriester." grollte der Drachenkrieger. Um seine Worte zu unterstreichen, breitete er seine mächtigen Schwingen aus und senkte sein Haupt ein wenig. "Ihr werdet zufrieden sein, das versichere ich."

"Ihr habt uns noch nie enttäuscht, Heerführer. Ich gehe davon aus, dass es so bleibt. Bereitet alles für seine Rückkehr vor und ihr werdet Jenen angehören, die ein neues Zeitalter einläuten werden. "

Mit diesen Worten wandte sich Harasszal grußlos von den beiden ungleichen Gestalten ab und verschwand in einem der Seitengänge, die tiefer in die Katakomben führten.

Zurück blieb ein über alle Maßen verunsicherter Magiermogul, dessen Befürchtung mittlerweile fast zur Gewissheit geworden war, dass er nicht mehr Herr dieser Stadt war. Nur zugegeben hätte er das niemals.

Sümpfe von Saranath,
Monat Alathyia, Frühling im Jahr 1104 nach Ashibans Fall

Er hatte geträumt.

Es war ein seltsamer Traum gewesen, denn er was sich stets des Umstands bewusst gewesen, dass er schlief. Und dennoch war er erschreckend gewesen, verstörend.

Sein Traum hatte Nayin nicht weit von der Lichtung inmitten des entsetzlichen Sumpfes entfernt, auf der sie sich zur Ruhe gelegt hatten - in der Hoffnung, dass die magischen Schutzrunen und Zauber die Schatten der Vergangenheit von ihnen fernhalten würden.

Einer nach dem Anderen waren sie alle in einen unruhigen Schlaf gesunken. Er selbst hatte versucht, wach zu bleiben und dem Gespräch von Namuras und seinem Freund Lares zu lauschen, aber die Erschöpfung hatte ihn alsbald in die Knie gezwungen und er war in einen traumlosen Schlaf gefallen. Vorerst…

Nach und nach hatten sich seltsame Bilder und Fragmente in sein Unterbewusstsein geschlichen. Es schien, als habe sein Geist seinen Körper verlassen und schwebte am Rande der Lichtung, auf die schlafenden und hockenden Gestalten aus einiger Höhe hinabblickend.

Doch was er sah, war verschwommen und undeutlich, keine der Personen konnte er zuordnen. Ihre Gesichter waren verschwommen und verzerrt gewesen. In einen der Männer war Bewegung gekommen, zwei weitere Gestalten rückten näher zusammen, schienen zu sprechen. Dann hatte er etwas am Waldrand gespürt, ein formloses, namenloses Etwas. Eisiger Schrecken war ihm in die Glieder gefahren, doch er hatte sich nicht rühren können, um den Männern eine Warnung zuzurufen. Außerdem wäre es unnötig gewesen, denn schließlich hatte er nur geträumt.

In seinem Traum entfernte er sich weiter von der Gruppe, sah nun das Flackern des Lagerfeuers nur noch undeutlich, ebenso wie die Gestalten, die sich in seinem Lichtschein aufhielten. Doch je undeutlicher die Szenerie am Lagerfeuer für ihn wurde, desto genauer hatte er plötzlich in weite Ferne sehen können. Sein Blick war weitergewandert, zurück in die Richtung aus der sie gekommen waren.

Es war ihm völlig unmöglich gewesen, diese Reise seines Unterbewusstseins zu verhindern, denn obwohl er gewusst hatte, dass er nur träumte, hatte er dennoch keinen Einfluss auf sein Handeln innerhalb des Traums gehabt.

Irgendetwas hatte seine Gedanken gelenkt und er hatte dabei nicht einmal Angst verspürt. Zum Einen war er neugierig gewesen, was diese fremde Präsenz ihm zeigen wollte und zum Anderen befand er sich ja schließlich in einem Traum. Was sollte dort schon Schlimmes geschehen, außer dass er wieder aufwachte?

Sein Blick schweifte weiter. Er sah abgestorbene Bäume, von denen träge Blätter und Lianen wie Spinnweben herabhingen und deren Äste wie kalte, tote Finger in die Nacht hinaus krallten. Er hatte den See gesehen, an dessen Ufer das zerfallene Kastell stand, wo sie beinahe dem heimtückischen Überfall des weißen Ungeheuers zum Opfer gefallen waren.

Später hatte er trotz der herrschenden Dunkelheit, die nur von einem bleichen, grünlichen Mondlicht hin und wieder erhellt wurde, das Leck geschlagene Schiff vor der Küste erspäht, mit dem sie hier angekommen waren. Auf die große Entfernung hatte die *Tirfalis* kaum beschädigt gewirkt, aber Nayin wusste schließlich um die Schäden, die der Frachter erlitten hatte.

Doch auch an dem Schiff war seine Reise nicht zu Ende gewesen. Sein Blick war weitergewandert und obwohl er sich immer noch über der hell erleuchteten Lichtung befand, hatte er schließlich die Ruinen von Saranath erblicken können.

Und er hatte gesehen, was sie bisher nur erahnt und gefürchtet hatten. Trotz der allgegenwärtigen Zerstörung und dem Verfall, dem die Stadt im Laufe der letzten tausend Jahre anheimgefallen war, war Saranath immer noch gewaltig und furchteinflößend gewesen.

Zerfallene Türme reckten sich wie drohende Mahnmale in den Nachthimmel, ehemals prächtige Paläste duckten sich in ihren Schatten. Die einstmals gepflasterten Straßen waren längst von Wurzeln und Pflanzen überwuchert worden und die meisten Häuser hatten nur noch aus den Grundmauern bestanden, auf denen sie errichtet worden waren. Und zwischen allen Gebäuden hatte ein unheimlicher, grünlicher Nebel gelegen wie ein kränklicher, abnormer Schleier. Obwohl eine stetige, faulige Brise vom Meer zur Stadt herüber geweht hatte, kroch der Nebel völlig willkürlich durch die Gassen und Ruinen, von der Windrichtung völlig unbeeindruckt.

Fast war es Nayin so erschienen, als besitze der Nebel ein Eigenleben und mehr als einmal hatte er geglaubt, Bewegungen in den grünlichen Schlieren und Schwaden wahrzunehmen.

Doch abgesehen von dem unheimlichen Nebel war die Stadt tot gewesen. Unheimlich und prachtvoll zugleich, aber dennoch tot und vergangen - eine Warnung an alle Sterblichen, die sich in ihrer Anmaßung mit Mächten angelegt hatten, die zu fremd und zu mächtig gewesen waren, als dass man ihnen hätte trotzen, geschweige denn sie verstehen können.

Saranath war dem Frevel zum Opfer gefallen, den seine Bewohner seinerzeit begangen hatten und es würde allen Sterblichen so ergehen, die es wagten, die Macht der alten Götter in den lichtlosen Tiefen des Meeres heraus zu fordern.

Es waren nicht Nayins Gedanken gewesen, denn er selbst verfügte gar nicht über dieses Wissen, dass ihm im Traum preisgegeben worden war. Irgendjemand oder irgendetwas lenkte ihn und genau dieses Etwas hatte ihn schließlich wieder zurück zur Lichtung gezwungen. Die Ruinen von Saranath und die darin verborgene Drohung an die Menschenwelt verblassten vor seinen Augen und er war zum Lagerfeuer zurückgekehrt.

Das Bild hatte sich verändert. Noch immer hatte er die Gestalten nur sehr undeutlich und verschwommen wahrnehmen können, doch es war Bewegung in das Szenario gekommen. Mehrere Männer hatten sich erhoben und schienen sich zu unterhalten. Nayin hatte gespürt, dass sich die Männer stritten, doch er konnte sie weder erkennen noch hatte er sie hören können.

Dann wurde seine Aufmerksamkeit von den Männern abgelenkt, denn am Waldrand flammten zwei glühend rote Augen auf, deren Bosheit ihm selbst im Traum erstarren ließen. Er hatte die schreckliche Gegenwart dieser Präsenz schon zuvor gespürt, doch der Wille der seinen Geist im Traum gelenkt hatte, hatte ihn fortgeweht zu den Ruinen der geisterhaften Metropole im Osten.

Nun aber waren seine Gedanken wieder auf der Lichtung gewesen und sein Blick hatte auf den entsetzlichen roten Augen gelegen, die voller kalter Grausamkeit auf die Männer am Lagerfeuer starrten. In die Gestalten war Bewegung gekommen, doch Nayins Traum hatte sich nun komplett auf das *Ding* am Waldrand fixiert und er war unfähig, seine Aufmerksamkeit auf etwas anderes zu lenken.

Dann hatten die Augen ihren Blick von den Männern abgelassen und ihn in seiner Traumgestalt böse und durchdringend angestarrt. Der Blick des Dings war ihm durch Mark und Bein gegangen und es hatte sich angefühlt, als starrten die Augen direkt in die finstersten Abgründe seiner Seele. Doch bevor er selbst innerhalb seines Traums in Panik geraten konnte, verblassten die schrecklichen Augen wieder. Und als sein Traum anfing, sich aufzulösen und sein Schlaf in tiefere, traumlose Gefilde abzugleiten begann, hatte er eine seltsam machtvolle, aber nicht bösartige, Stimme gehört.

"Du hast gesehen, Zauberer…"

Schließlich war Nayin irgendwann erwacht. Das Feuer war beinahe erloschen und am östlichen Himmel war längst eine blasse, schwächlich schimmernde Sonne aufgegangen, deren kränkliche Strahlen den allgegenwärtigen Nebel kaum zu durchdringen vermochten.

Er wunderte sich. Sie hatten abgesprochen, dass sie sich die Wache teilten und er hatte darauf bestanden, dass Namuras und Lares ihn wecken sollten, wenn ihre Wache beendet sei. Verwirrt blickte er sich um, konnte zunächst jedoch nichts Ungewöhnliches entdecken. Die anderen Männer schliefen noch, außer ihm war noch niemand erwacht.

Dann aber fiel ihm etwas Seltsames auf. Etwas abseits des Lagerfeuers lag ebenfalls ein Matrose, jedoch zu weit vom Feuer entfernt. Und er hatte eine seltsame Körperhaltung angenommen, die kaum bequem genug sein konnte, um schlafen zu können. Nayin schwante Übles und als er sich langsam und leise erhob, fiel ihm noch etwas auf.

Weder Lares noch Namuras befanden sich am Feuer.

Eisiger Schrecken durchfuhr ihn wie ein Blitz und ein schrecklicher Verdacht keimte in ihm auf. Was war in der Nacht geschehen? Wo waren seine Freunde? Gehetzt sah er sich um und als er hinter sich blickte, sah er Namuras.

Der *Shidar* lag am Rande der Lichtung, außerhalb des Schutzkreises, den sie um das Lager gezogen haben. Doch dieser Umstand war nicht das Schlimmste: Die Gestalt des jungen Kriegers war kaum noch zu erkennen, denn er war fast gänzlich von schwarzen Schleiern umschlossen, die ihn wie ein Bündel unzähliger feiner Fangarme einschnürten und ein abstoßendes Eigenleben zu besitzen schienen. Und über den Körper des Kriegers beugte sich eine dunkel gekleidete, schlanke Gestalt.

Nayin konnte nicht viel erkennen, denn die Person wandte ihm den Rücken zu, doch er sah sehr genau, dass die Gestalt sich an Namuras zu schaffen machte.

Sehr vorsichtig und leise erhob er sich von seinem Lager und begann, sich auf die gleiche Formel zu konzentrieren, mit der er schon die monströse Assel in dem Kastell vertrieben hatte.

"An deiner Stelle würde ich das nicht tun, junger Zauberer." sagte die Gestalt mit sanfter und überraschend hoher Stimme. "Ich spüre schon seit einiger Zeit, dass du wach bist und glaub mir, ich würde deinem Zauber ausweichen und du würdest Namuras verbrennen und nicht mich." Die Gestalt erhob sich langsam. "Und weder das Eine noch das Andere ist wirklich notwendig."

Sie wandte sich um und Nayin blickte in das hübsche Gesicht einer jungen Frau. Unter der Kapuze lugte glänzendes, schwarzes Haar hervor und tiefe, dunkle Augen blickten ihn neugierig und ohne jegliche Furcht an. Sie trug eine eng anliegende, dunkle Robe und an ihrer Seite erkannte Nayin nun ein armlanges, elegantes Schwert, dass der Waffe von Namuras sehr ähnlich war. Verwirrt brach er jeglichen Gedanken an seinen Zauber an und starrte die Frau verständnislos an.

"Wer seid Ihr?" brachte er schließlich eine halbwegs intelligente Frage hervor.

"Mein Name ist Sheyna, doch das wird dir wahrscheinlich nichts sagen, Zauberer." antwortete die Frau leicht lächelnd. Ein Lächeln, dass Nayin nervös und verlegen machte.

"Aber dir sei gesagt, dass ich kein Feind bin, im Gegenteil. Ich habe gestern den Hilferuf meines Schwertbruders vernommen und kam euch entgegen, um euch beizustehen."

Sie wandte sich wieder dem regungslosen Namuras zu.

"Doch wie es scheint, kam ich zu spät…" murmelte sie leise weiter.

Sheyna, dachte Nayin verwundert. Das war also Namuras' Kontakt in Nakesh, die *Shidaya*, von der er erzählt hatte. Und schon auf den ersten Blick musste er Namuras' Behauptung, sie sei bezaubernd, durchaus recht geben.

"Doch, Euer Name sagt mir etwas." gab er schließlich zurück und deutete auf Namuras. "Er hat auf unserer Überfahrt von Euch erzählt."

"Der alte Schwätzer…" entgegnete sie ihm schmunzelnd. "Ich möchte gar nicht wissen, was er alles ausgeplaudert hat."

"Nicht viel." entgegnete Nayin. "Er hat gesagt, wir sollten uns selbst ein Bild machen, denn es falle ihm schwer, Euch würdig zu beschreiben."

Kaum hatte er das ausgesprochen, verspürte er das dringende Bedürfnis, sich die Hand vor die Stirn zu schlagen und im Boden zu versinken. Doch entgegen seiner Befürchtungen lächelte Sheyna nur.

"Ja ja, immer noch der alte Charmeur, mein lieber Schwertbruder." Dann wurde sie wieder ernst und ihr Blick fiel sorgenvoll auf die Gestalt des *Shidar*.

"Was ist hier geschehen?" fragte sie nach einiger Weile. "Drüben im Wald habe ich noch jemanden gefunden, der noch schlimmer zugerichtet ist, als Namuras. Und den Rest der Männer bekommt man selbst mit Rütteln nicht wach. Es wundert mich, dass Ihr aufgewacht seid."

"Noch jemanden?" entfuhr es Nayin, den Rest ihrer Rede völlig ignorierend. "Lares?? Was ist mit ihm?"

"Beruhige dich, Zauberer" sagte Sheyna besänftigend. "Er ist in den besten Händen, zwei meiner Leute kümmern sich um ihn, unter anderem eine Heilkundige."

Sie bemerkte seinen Blick und beantwortete seine unausgesprochene Frage sofort.

"Natürlich marschiere ich nicht alleine bei Nacht durch eines der lebensfeindlichsten Gebiete nördlich von Baharna." sagte sie mit sanftem Spott.

"Vier Krieger, ein Heiler und eine Magierin begleiten mich. Sie erkunden die Umgebung, sollten aber in einer halben Stunde zurück sein." Sie sah ihn fragend an. "Also noch mal. Was ist hier geschehen? Ich erhalte einen geistigen Hilferuf meines Schwertbruders und als ich hier ankomme, finde ich eine Gruppe Männer in unnatürlichem Tiefschlaf, meinen Bruder von schwarzer Magie gefesselt, einen toten Matrosen und einen völlig verstörten und schrecklich zugerichteten Mann etwas abseits im Wald."

Sie machte eine kurze Pause und ihr Blick wurde durchdringend.

"Und einen Zauberer, der zwar von selber wach wird, aber von alledem anscheinend nichts mitbekommen hat."

Nayin sah ein wenig beschämt drein und es dauerte eine Weile, bis er antwortete.

"Ich denke, mit Letzterem habt Ihr Recht." gestand er kleinlaut. "Ich habe mich gestern Nacht zum Schlafen ans Feuer gelegt und bin erst jetzt wieder erwacht. Lares sollte mich wecken, sobald ich mit meiner Wache dran gewesen wäre, aber..." er stockte. "Wo ist er? Was ist mit ihm?" fragte er ängstlich.

Sheyna deutete auf den Waldrand.

"Er liegt dort drüben und wird gut versorgt." antwortete sie. "Keine Sorge, sobald wir euch nach Nakesh geschafft haben, wird man sich gut um ihn kümmern." Sie blickte kurz auf Namuras hinab, dann wieder zu ihm.

"Aber wenn Ihr mir schon nicht sagen könnt, was hier geschehen ist, könnt Ihr vielleicht mit etwas anderem helfen." sprach sie weiter. "Auch wenn ich selbst keine Magie beherrsche, bin ich doch in der Theorie magischer Dinge unterrichtet worden. Mir sind sämtliche Schutzzeichen und

Abwehrrunen bekannt, doch das hier…" Sie deutete auf eine Stelle einige Schritt neben dem leblosen Körper des Kriegers, "…das hier ist mir völlig fremd."

Das Gesagte machte Nayin neugierig und er gesellte sich mit einigen raschen Schritten zu ihr. Sein Blick folgte ihrer ausgestreckten Hand und er sah, was sie meinte.

Die Schutzrunen, die er und Namuras am vergangenen Abend um die Lichtung gelegt hatten, waren größtenteils aufgewühlt und zerstört worden. An ihre Stelle waren jedoch neue Runen getreten, die Nayin zutiefst verwirrten.

Obwohl er in magischen und antiken Schriften recht bewandert war, konnte er die seltsamen Symbole nicht zuordnen. Sie waren ihm völlig fremd und mit keiner ihm bekannten Schrift vergleichbar. Und, was noch viel verwirrender war: sie schienen sich seinem Blick zu entziehen.

Es war völlig unmöglich, eine bestimmte Rune länger als wenige Augenblicke zu betrachten, denn nach kurzer Zeit begann ihre Form sich leicht zu verändern oder zu verschwimmen. Er verwarf den Gedanken, sie abzuzeichnen, recht schnell wieder.

"Das ist… ungewöhnlich." sagte er stockend und sah Sheyna an. "Ich muss gestehen, ich kann damit auch nichts anfangen. Sie ähneln keiner mir bekannten Schrift oder Sprache."

Sheyna nickte, als hätte sie kaum etwas anderes erwartet.

"Dann kann vielleicht unser Meister sie entziffern. Fest steht jedenfalls, dass sie keinen feindlichen Zauber beinhalten. Sie haben euch geschützt, aber mich auch in diesen Kreis treten lassen. Wer oder was auch immer diese Runen angebracht hat, war euch wohl gesonnen."

Nayin lächelte gequält.

"Wohl gesonnen… in diesem Dreckssumpf… das ist nur sehr schwer vorstellbar."

"Für einen Gelehrten habt Ihr eine recht flegelhafte Sprache,

Herr Zauberer." sagte sie mit gutmütigem Spott und lächelte. "Aber Ihr könnt mir dennoch glauben. Ohne diese Runen wärt ihr alle heute Nacht in dieser Hölle umgekommen, schon alleine, weil eure eigenen Schutzzeichen zerstört wurden."

Sie sah sich misstrauisch um.

"Und ich wüsste immer noch gerne, was hier passiert ist. Aber ich fürchte, dass erfahre ich sowieso erst, wenn Namuras oder dein Freund wieder erwacht ist."

Ohne große Umschweife hatte die junge Frau von der Höflichkeitsfloskel zum vertraulichen 'Du' gewechselt, was Nayin aber nur Recht war.

Sie wandte sich dem Waldrand zu.

"Ich habe dich lange genug auf die Folter gespannt. Wir holen deinen Freund und dann sehen wir zu, dass wir hier wegkommen. Es werden noch mehr Leute hier eintreffen, die sich dann um die Matrosen kümmern werden, aber wir werden erwartet."

"Erwartet?" echote Nayin wenig intelligent. "Von wem erwartet?"

Sheyna lächelte wieder. "Na, von wem wohl? Der Meister wünscht euch kennen zu lernen."

Obwohl sie am frühen Morgen aufgebrochen waren, hatten sie angesichts ihrer traurigen Last beinahe bis zum Abend gebraucht, um den äußeren Rand des Sumpfgebietes zu erreichen.

Lares und Namuras lagen nebeneinander auf einer provisorischen Trage, die von einem Pferd gezogen wurde, dass normalerweise eher stolze Reiter auf seinem Rücken zu tragen pflegte. Die beiden Männer boten ein erschreckendes Bild. Namuras blickte starr und regungslos ins Nichts und war immer noch beinahe gänzlich in dunkle, geisterhafte Schattenstränge eingeschnürt - fast wie im Kokon einer riesigen Spinne. Weder die Magierin, die Sheyna begleitete, noch Nayin selber hatten auch nur ansatzweise etwas gegen dieses widerliche Netz aus schwarzer Magie ausrichten können.

Sheyna machte sich jedoch wenig Sorgen, sie vertraute in diesem Fall ganz auf die Zauberkräfte ihres Meisters. Und auch Nayin war sich sicher, dass der junge Krieger schon bald wieder auf den Beinen sein würde.

Um Lares stand es da schon schlechter. Sie hatten ihn schließlich aus dem Wald zur Lichtung gebracht und sein Anblick hatte Nayin entsetzt aufschreien lassen.

Die Kleider seines Freundes hingen ihm nur noch in zerrissenen Fetzen am Leib, sein Körper war übersät mit blutigen Schrammen und Abdrücken, die mächtige Krallen oder Klauen vermuten ließen. Doch diese Verletzungen waren nur äußerlich. Das Schlimmste waren die Augen gewesen.

Nayin hatte nur einen kurzen Blick auf die schreckgeweiteten Pupillen seines Freundes geworfen und sich dann schaudernd abgewandt. In Lares' flackernden Blick mischten sich Wahnsinn, Schmerz und namenloses Grauen.

Kurz hatte er versucht mittels einer Zauberformel in die Gedanken seines Freundes einzudringen, doch noch bevor er die Formel ganz beenden konnte, hatte ihn Sheyna auf einen warnenden Ausruf der Magierin hin weggezerrt.

Du willst nicht sehen, was er gesehen hat, hatte die Zauberin, deren Namen er noch nicht erfahren hatte, nur gemurmelt und an ihrem Blick erkannte er, dass *sie* sehr wohl gesehen hatte, wie es in Lares' Geist gerade aussah.

Zum einen war er ihr dankbar, dass sie ihn gewarnt hatte, doch zum anderen war er über alle Maßen besorgt um seinen Freund. Was, bei allen Göttern war in dieser Nacht vorgefallen, dass es den Geist des Mannes auf der Trage so sehr gefangen nahm? Und war die Magie des Meisters, von dem Sheyna gesprochen hatte, stark genug, Lares aus diesem schrecklichen Zustand zu befreien und seinen Geist von dem Entsetzen zu heilen?

Die Kriegerin hatte ihn dahingehend ermutigt, doch er hatte den Hauch von Zweifel gespürt, der in ihrer Stimme gelegen hatte. Schließlich wusste auch sie nicht, was geschehen war. Ihre Hoffnungen lagen auf Namuras und darauf, dass er so schnell wie möglich erwachte.

Kurz nachdem sich die Sonne hinter den Horizont zurückgezogen und der Nacht Platz gemacht hatte, kam die Hafenstadt Nakesh in Sichtweite. Die Luft war hier wieder klar und ungetrübt, den grünlichen Nebel des lebensfeindlichen Sumpfes hatten sie hinter sich zurück gelassen.

Vor ihnen öffnete sich eine sanfte, grüne Ebene aus wogenden Gräsern und Getreide, dass schon bald in voller Pracht stehen würde, um die erste von vielen Ernten des kommenden Jahres zu liefern. Die Wiesen und Felder erstreckten sich, soweit das Auge reichte und wurden nur vom Horizont und vom ruhig daliegenden Meer der Dämmerung begrenzt. Inmitten dieser dunkelgrünen Pracht lag, scheinbar klein und beschaulich, Nakesh.

Doch Nayin wusste, dass lediglich die große Entfernung von noch mindestens fünf Meilen diesen Eindruck erweckte. Nach Kylaria war Nakesh die zweitgrößte Stadt an dem zentral gelegenen Binnenmeer und galt als größter Umschlagplatz für Waren aus aller Herren Länder im nördlichen Akranos.

In der aufkommenden Dunkelheit und angesichts der Distanz konnte Nayin kaum Einzelheiten der Stadt ausmachen, die nun nach und nach von unzähligen Fackeln in ein flackerndes Licht getaucht wurde.

Nach den Schrecken des Meeres und des Sumpfes hatte der Anblick der friedlich daliegenden Stadt im Fackelschein eine ungemein beruhigende Wirkung auf den jungen Zauberer. Auch wenn er kein Freund großer Städte war, erleichterte ihn der

Anblick menschlicher Zivilisation. Hier würde er vorerst sicher sein vor den Schatten lichtloser Tiefen und vergessener Zeiten.

Sheyna trat an seine Seite und deutete mit einem Kopfnicken hinüber zur Stadt.

"In etwa zwei Stunden liegst du in einem Bett und kannst dich ausschlafen. Dort drüben führt ein Pfad zwischen den Feldern entlang, direkt hinunter zur Stadt."

Sie drehte sich um und blickte hinter sich, wo Lares und Namuras immer noch stumm und starr auf ihrer Trage lagen. Ein Anflug von Trauer und Schmerz huschte über ihr Gesicht, als sie ihren Schwertbruder betrachtete, doch der Ausdruck verschwand nur einen Wimpernschlag später wieder und machte dem ernsten, aber nicht unfreundlichen Blick Platz, den sie stets aufgelegt hatte.

"Man wird sich gut um sie kümmern." sagte sie, mehr zu sich selbst als zu Nayin. Dann wandte sie sich mit einer ruckartigen Drehung von dem Anblick der beiden Männer ab und sah wieder zur Stadt hinüber.

"Gehen wir!" sagte sie aufmunternd und lächelte schwach. "Es wird Zeit, dass wir diesen Sumpf endgültig hinter uns lassen."

Einige Meilen entfernt, als die Sonne längst untergegangen war und einen wolkenverhangene, sternlose Nacht sich ausgebreitet hatte, erwachte Shiyaz aus einem entsetzlichen Alptraum. Tiefschwarze Finsternis umgab ihn und für einen kurzen, schrecklichen Moment glaubte er, noch immer in seinem Alptraum gefangen zu sein.

Doch der entsetzliche Malstrom und das Heulen und Kreischen der verdammten Seelen waren verschwunden. Stattdessen konnte er die Silhouetten alter, knorriger Bäume erkennen und vernahm die Stimmen des Sumpfes. Knacken und Säuseln in den Bäumen, das Trappeln kleiner Füße auf Waldboden und in der Ferne ein seltsam unwirkliches Krachen im Unterholz. Immer noch unheimlich, aber längst nicht so Furcht einflößend wie die Nachtmahre, die ihn in diesen Sümpfen schon seit Tagen verfolgten, sobald er die Augen schloss. Außerdem gab es in diesem Gebiet des Sumpfes nichts, was ihm wirklich gefährlich werden konnte.

Mühsam setzte er sich auf und sofort begannen sämtliche Muskeln und Knochen wütend gegen die Bewegung zu protestieren. Shiyaz unterdrückte einen Schmerzlaut und kam wackelig auf die Beine.

Die Schmerzen verrieten ihm, dass er nicht freiwillig hierher gelangt war und dass er auch nicht geschlafen, sondern vielmehr bewusstlos im Sumpf gelegen hatte. Er versuchte sich zu erinnern, was in den letzten Stunden oder Tagen geschehen war, doch das Dröhnen in seinem Schädel verhinderte zunächst, dass er seine Gedanken vernünftig sortieren konnte. Erst nach und nach konnte er sich zusammenreimen, was ihm widerfahren war.

Der Kampf gegen den *Shidar* (der eigentlich gar kein richtiger Kampf gewesen war) hatte sich genauso abgespielt, wie er es geplant hatte. Namuras und seine tollpatschigen Gefährten hatten nicht den Hauch einer Chance gegen ihn gehabt und er hatte dem Krieger mühelos Maske wieder abnehmen können. Als er jedoch die wehrlosen Matrosen seinem Herrn als Opfer darbringen wollte, war er gestört worden.

Der Ybb'lith Priester hatte den Dämon verbannt und aus diesen Sphären gerissen. Danach hatte er mit einer überraschenden Leichtigkeit den Hauptmann der Sternengarde überwältigt und in die Nacht hinausgeschleudert. Seltsamerweise hatte er ihn nicht getötet und ihm nicht einmal die Maske wieder abgenommen.

Shiyaz schüttelte verwirrt den Kopf, was ihm sofort wieder einen stechenden Schmerz in seiner Stirn einbrachte. Zornig fasste er sich an den Kopf und nahm sich vor, in den nächsten Stunden hastige Bewegungen zu vermeiden. Außerdem brauchte er seinen Kopf zum Denken, denn es gab einige wichtige Fragen, die nach einer Antwort verlangten.

Die erste und wichtigste Frage davon war: Wo genau befand er sich eigentlich?

Da sich seine Augen allmählich an die Dunkelheit gewöhnt hatten, konnte er erkennen, dass er sich definitiv immer noch in den Sümpfen von Saranath aufhielt. Wahrscheinlich, so vermutete er, nicht einmal sonderlich weit von dem Kampfplatz entfernt.

Fast genauso wichtig wie die Frage, wo er sich befand, war die Frage, *wann* er sich befand. Wie viel Zeit war seit dem Kampf gegen den Ybb'lith vergangen? Es war dunkel, also könnte es durchaus sein, dass erst wenige Stunden vergangen waren. Genauso gut konnte er mehrere Tage bewusstlos im Sumpf gelegen haben.

Er lauschte in sich hinein, aber er verspürte weder Hunger noch Durst. Das verspürte er seit seinem Beinahe - Tod in Kylaria sowieso nur noch sehr selten, aber es war zumindest ein Indiz dafür, dass er nicht allzu lange hilflos im Sumpf gelegen hatte. Und wenn doch, dann hatte ihn wahrscheinlich die Macht seines neuen Herrn vor den Gefahren der Wildnis beschützt.

Dieser Gedanke führte Shiyaz gleich zur nächsten wichtigen Frage. Wo war sein Herr gewesen, als der Ybb'lith ihn angegriffen und besiegt hatte? Und das mit einer Leichtigkeit, die Shiyaz zutiefst verunsicherte.

Schon das zweite Mal hatten ihn seine neuen Fähigkeiten schmählich im Stich gelassen, seit er diese Sümpfe betreten hatte. Was hatte der Ybb'lith gesagt? Sein Meister hätte in diesem Land keine Macht? Es schien fast so.

Die Stimme seines Herrn hatte größtenteils geschwiegen, seit er nach seinem Fehlschlag auf See an Land gespült worden war. Und wenn selbst ein primitiver Wilder wie ein Ybb'lith sich seinen Kräften derart leicht widersetzen konnte, war er dann nicht vielleicht doch auf eine Lüge hereingefallen? Auch der *Shidar* hatte so etwas angedeutet. Man habe ihn verraten, um sein Seelenheil betrogen.

Seine Gedanken begannen sich im Kreis zu drehen und kehrten immer wieder zu der Szene zurück, als der unheimliche Priester seinen dämonischen Begleiter vernichtet hatte. Die Leichtigkeit, mit der er nahezu beiläufig eine jenseitige Kreatur ausgeschaltet hatte, überraschte ihn immer noch. Hatte er doch die falsche Seite gewählt? Wäre es vielleicht besser gewesen, doch in Kylaria sein Leben auszuhauchen, anstatt seine Seele an einen Dämon zu verkaufen?

Nein, dachte er schließlich. Er lebte und das war entscheidend. Für seine Niederlage in den Sümpfen musste es einen Grund geben, den er noch herausfinden musste. Wahrscheinlich war ihm ein Fehler unterlaufen oder der Kampf gegen Namuras hatte ihn doch mehr geschwächt, als er zunächst vermutet hatte. Außerdem hatte auch der Ybb'lith etwas von einer Bestimmung gefaselt. Seine eigentliche Mission war ja schließlich dennoch erfolgreich gewesen, er hatte dem *Shidar* die Maske abgenommen und in seinen Besitz gebracht.

Und dort sollte sie auch bleiben. Er hatte für dieses Artefakt beinahe sein Leben hingegeben und seine unsterbliche Seele an die Außenwelt verkauft. Die Maske würde ihm gehören. Keinem aufgeblasenen Magiermogul, der keine Ahnung von der wahren Natur dieses Kleinodes hatte. Die Maske war sein - auf ewig! Er würde ihre Geheimnisse entschlüsseln und mit ihrer Macht das Magierreich von Amras von Grund auf umkrempeln und neu gestalten. Die Garde würde wieder zu Ehren gelangen und die Zauberer der ganzen Welt würden in den Norden pilgern, um sich ihm anzuschließen. Ihm, dem Träger der goldenen Maske und dem Bewahrer allen geheimen

Wissens dieser Welt. Und wer sich ihm und seiner Macht widersetzte, sollte in den Staub getreten werden und müsste um Gnade winseln.

Von einem Hochgefühl ergriffen, tastete Shiyaz gedankenverloren in seine Manteltasche nach dem Artefakt - und erstarrte. Eisige Kälte kroch über seinen Rücken und Panik loderte in ihm auf.

Sie war weg! Die Maske war nicht mehr da!

Hastig wirbelte er herum, ließ sich auf die Knie fallen und tastete beinahe blind den Waldboden ab, den empörten Protest seines Körpers ignorierend. Der Schmerz in seinem Kopf explodierte förmlich und ihm war, als würde eine grelle Sonne vor seinen Augen aufflammen und ihn blenden, aber es war ihm gleich.

Panisch kroch er durch den Morast und suchte verzweifelt zwischen Gras und Matsch nach dem Artefakt. Es durfte nicht sein! Er hatte sie gerade in den Händen gehalten und so etwas Banales wie ein Sturz konnte ihn doch nicht um seinen Lohn bringen. Die Maske musste ihm beim Aufprall aus der Tasche gefallen sein, weit konnte sie nicht sein.

Aber er fand sie nicht.

Schließlich forderte sein geschundener Körper seinen Tribut und Shiyaz brach zusammen. Er stolperte, fiel der Länge nach hin und blieb völlig erschöpft mit dem Gesicht im Matsch liegen. Sein Puls raste und sein Atem ging rasselnd und pfeifend. Die Schmerzen in seinem Kopf waren unerträglich geworden und er konnte keinen klaren Gedanken mehr fassen. Die Welt um ihn herum verschwamm und er fiel in einen Dämmerzustand, der irgendwo zwischen Wachsein und Bewusstlosigkeit lag.

Es war immer noch dunkel, als sein Geist langsam wieder aus den Abgründen der totalen Erschöpfung empor kroch und er wie aus weiter Ferne eine fremde, aber nicht unangenehme

Stimme vernahm. Er verstand nicht, was sie sagte, aber sie schien ihm wohl gesonnen zu sein.

"Herr?" fragte er mit leiser, zittriger Stimme, die kaum mehr als ein Krächzen war.

"Mitnichten." antwortete der Unbekannte, nun deutlich näher und besser zu verstehen. "Steh auf, Mensch. Du siehst erbärmlich aus."

Bevor Shiyaz jedoch selber überhaupt nur einen Versuch unternehmen konnte, sich aufzurappeln, wurde er von einer unglaublich starken (und großen) Hand gepackt, einige Schritt weit über den Waldboden geschleift und an einen Baum gelehnt.

Es dauerte eine Weile, bis er die Augen öffnen konnte und sein Gesicht so weit vom Matsch gereinigt hatte, dass er sein Gegenüber erkennen konnte. Und als er sah, was er da vor sich hatte, erschrak er.

Etwa drei Meter entfernt saß eine Gestalt auf einem alten Baumstumpf, die sitzend noch größer war als ein aufrecht stehender Mann. Der Körper war der eines Menschen, aber das Gesicht war das eines Drachen, wenngleich die Gesichtszüge einen aristokratischen Einschlag hatten, der beinahe menschlich wirkte. Der kahle Schädel wurde von einem silbernen Hörnerkamm gekrönt, der aussah wie eine groteske Krone. Die ausdruckslosen Augen wirkten zugleich jung und unermesslich alt. In ihnen lag eine unglaubliche Macht, die Shiyaz selbst in seinem erschöpften Zustand frösteln ließ. Das Wesen war in eine dunkelblaue Robe gekleidet, die den Großteil des Körpers verdeckte. Lediglich der Kopf und die Klauenhände lugten aus dem Stoff hervor. Und in einer dieser Klauen hielt das Wesen die Maske!

Shiyaz wollte aufspringen, doch sein Körper versagte ihm den Dienst. Mit einem schmerzhaften Stöhnen sackte er wieder in sich zusammen.

Das Wesen lachte leise, als Shiyaz die Augen wieder öffnete.

"Wer wird denn gleich so stürmisch sein, Glatthaut? Dein Körper braucht Ruhe, der Kampf gegen den Ybb'lith hätte dich beinahe umgebracht." spottete der Drachenkopf.

"Wer… bist… du?" krächzte Shiyaz und hasste sich selbst für seinen armseligen Zustand. Am liebsten hätte er dem Ding da auf dem Baumstumpf die Maske sofort wieder aus der Hand gerissen und es dann zu Asche verbrannt. Aber in seiner jetzigen Verfassung könnte er es nicht einmal mit einem Kind aufnehmen.

"Wer ich bin?" wiederholte das Drachenwesen. Es schien einen Augenblick nachzudenken. "Mein Name ist Harasszal, auch wenn du damit nichts anfangen kannst, nehme ich an. Ich bin Hohepriester der Ghatanai und die rechte Hand des Drachen. Jenes Drachen, der schon bald dein ganzes Volk in den Staub treten wird, Mensch."

Shiyaz verstand gar nichts. Er hatte zwar eine vage Vermutung, wovon der Drachenmensch da sprach, aber das konnte eigentlich nur wirres Geschwätz sein.

"Du bist ein Dak'harr …" brachte er mühsam hervor. "Aber dein Volk… ist ausgelöscht worden." Shiyaz spürte, wie ihn ganz allmählich wieder jene Kraft durchströmte, die ihm schon öfter das Leben gerettet hatte. Er musste Zeit gewinnen, dann konnte er diesem Ding die Maske wieder abnehmen.

"Du überraschst mich, Shiyaz." antwortete Harasszal und seine Stimme klang tatsächlich ein wenig erstaunt. "So viel Bildung und historisches Halbwissen hätte ich einem dahergelaufenen Sternengardisten gar nicht zugetraut."

"Ich bin kein gewöhnlicher Gardist." antwortete Shiyaz trotzig und er stellte zufrieden fest, dass seine Kräfte nun spürbar zurückkamen. Der Schmerz aus seinem Körper war fast vollständig verflogen und auch seine magischen Kräfte begannen, sich wieder zu regen.

"Ich bin Hauptmann der Garde und ein Abgänger der alten Schule." Er richtete sich scheinbar mühsam wieder auf und klopfte sich den Dreck von der Kleidung. Harasszal sah ihm dabei interessiert, aber ohne Anzeichen von Angst, zu.

Du wirst dich noch wundern, Drachengesicht, dachte Shiyaz böse. Seine Magie flutete zurück in seinen Körper und in seinem Kopf vernahm er die flüsternde Stimme seines neuen Herrn.

"Oh, ich verstehe." gab Harasszal zurück. "Und ich entschuldige mich in aller Form für meine Unverschämtheit." Die Stimme des Drachenmenschen triefte vor Hohn. "Dennoch wird es Zeit für mich. Unsere Plauderei war überaus kurzweilig und ich danke dir recht herzlich dafür, dass du mir die Maske gebracht hast. Sie wird das Tor für euren Untergang öffnen." Der Dak'harr erhob sich und wedelte spöttisch mit dem Artefakt, dass er Shiyaz gestohlen hatte. Das war zu viel für den Sternengardisten.

Mit einem Wutschrei riss er die Hände nach vorne und entlud all seine magischen Kräfte in einem einzigen, gewaltigen Angriff.

Brodelnde Finsternis quoll aus seinen Händen hervor und sofort war der Drachenmensch von einer schwarzen Wolke eingehüllt. Zuckende Tentakel schlugen aus der Dunkelheit nach dem Körper des Dak'harr und binnen weniger Sekunden war von dem angeblichen Hohepriester nichts mehr zu sehen.

Shiyaz lächelte böse, machte einen Schritt nach vorne und schlug im nächsten Augenblick schreiend die Hände vors Gesicht.

Ein greller Blitz durchzuckte die Finsternis, durchbrach die Wolke aus wallender Schwärze und traf Shiyaz direkt in die Brust.

Noch während er wie ein gefällter Baum zu Boden ging, konnte er sehen, wie sich die Dunkelheit um den Dak'harr auflöste und die Gestalt des Drachenmenschen unversehrt wieder freigab.

"Netter Versuch." spottete Harasszal. "Aber du kannst mich nicht besiegen. Du nicht und auch nicht dein dämonischer Meister, dem du in die Fänge geraten bist. Du bist nicht mehr als ein erbärmlicher, sterblicher Wurm, der die Magie nicht einmal ansatzweise versteht, die er in sich trägt. Ich hingegen bin älter als dein ganzes jämmerliches Volk und hinter mir steht die Macht eines *richtigen* Gottes!"

Der Dak'harr trat direkt an ihn heran und blickte voller Verachtung auf ihn herab.

"Menschen…" spie er aus. "Ihr strebt nach Macht und Wissen und habt rein gar nichts von der Welt, der Magie und dem Kosmos verstanden. Euer Volk wird untergehen und Maden wie deinesgleichen werden die Schuld an seinem Untergang tragen."

Shiyaz wollte etwas erwidern, aber er konnte nicht. Sämtliche Kraft war aus ihm gewichen, er konnte nicht einmal mehr seine Finger bewegen. Er hatte alle Energie in diesen einen Angriff gelegt und hatte kläglich versagt. Wieder einmal…

"Und was dich angeht, Sternengardist." zischte der Dak'harr böse. "Geh und mach was dir beliebt. Ich werde dich nicht töten, denn du bist es nicht wert, dass ich mir die Finger an dir schmutzig mache. Meinetwegen folge weiter dem Weg deines Dämonenmeisters, folge weiter dem Pfad in die Verdammnis. Vielleicht bleibst du lange genug am Leben, um noch Zeuge des Untergangs deines eigenen Volkes zu werden."

Harasszal trat wieder einige Schritte von ihm zurück und blickte noch einen Moment voller Verachtung auf ihn herab. Dann wandte er sich ab und ging davon. Shiyaz musste hilflos mit ansehen, wie der Dak'harr mit seiner Maske verschwand. Nach wenigen Augenblicken war die massige Gestalt des Drachenmenschen in der Dunkelheit verschwunden.

Shiyaz wurde schwarz vor Augen und er versank für sehr lange Zeit in tiefe Bewusstlosigkeit, wo seine ganz persönlichen Alpträume bereits gierig auf ihn lauerten.

Nakesh, am Meer der Dämmerung,
Monat Alathyia, Frühling im Jahr 1104 nach Ashibans Fall

Nayin hatte geglaubt, dass er vor Sorge um seinen Freund Lares in dieser Nacht keinen Schlaf finden würde, doch er hatte sich getäuscht.

Schon auf dem Weg durch die hell erleuchteten und vom Lärm der Menschen erfüllten Straßen von Nakesh hatte die Müdigkeit mit aller Macht zugeschlagen. Es schien, als hätte er den Schrecken und die Furcht, die in den Sümpfen seine stetigen Begleiter gewesen waren, am Stadttor abgegeben wie ein schweres, erdrückendes Gepäckstück.

Von Nakesh selbst hatte er nicht viel mehr mitbekommen als dass der Einbruch der Dunkelheit die Einwohner der Stadt nicht davon abhielt, die Straßen zu bevölkern. Von überall her hatte er das Geschrei der Händler, die Geräusche verschiedenster Tiere und den Klang von Musik gehört. Genau wie seine Heimatstadt Kylaria war Nakesh auch bis weit in die frühen Morgenstunden von Trubel und Leben erfüllt. Kaum vorstellbar, dass nicht einmal eine Tagesreise entfernt die Welt der Menschen endete und das Reich der Geister und Fabelwesen begann, beherrscht von verfluchten Städten und gesichtslosen Ungeheuern aus den abgründigen Tiefen des Meeres der Dämmerung.

Doch diese fremde und lebensfeindliche Welt erschien Nayin bereits weit entfernt und unwirklich, kaum, dass er das Stadttor passiert hatte. Und mit jedem Schritt verblasste der namenlose

Schrecken von Saranath. Lediglich die leblosen Gestalten seines Freundes und des jungen Kriegers erinnerten ihn an die Gräuel der vergangenen zwei Tage.

Sheyna hatte die kleine Gruppe zielstrebig durch die Stadt geführt und es hatte nicht lange gedauert, bis sie ein großes, schlichtes Gebäude erreicht hatten, dass von einer drei Schritt hohen Mauer umgeben war und ein wenig abseits der anderen gut betuchten Wohnhäuser dieses Viertels in einem verwilderten, kleinen Park lag. Ohne angehalten zu werden, waren sie durch das Tor und über den gepflasterten Weg ins Haus gelangt und kaum hatte man Nayin ein Zimmer zugeteilt, hatte er den nahenden Schlaf gespürt.

Irgendwie war es ihm noch gelungen, seine doch arg in Mitleidenschaft geratene Kleidung zielsicher neben einen extra dafür bereit gestellten Hocker zu werfen, bevor die Müdigkeit ihn endgültig übermannen konnte. Er hatte die Decke noch nicht richtig über die Schultern gezogen, als er schon in einen tiefen und traumlosen Schlaf versank.

Als er wiedererwachte, stand die Sonne bereits hoch am Himmel und schien durch ein großes Fenster direkt auf sein Bett. Nayin streckte sich, rieb sich die Augen und vertrieb mit einem herzhaften Gähnen die letzte Müdigkeit aus seinem Körper. Sein suchender Blick fiel auf die Stelle, wo er gestern seine Sachen fallen gelassen hatte, doch zu seinem Erstaunen waren sie verschwunden.

Stattdessen lag ein sorgsam gefaltetes Bündel frischer und sauberer Kleidung auf dem Hocker. Eine einfache, dunkle Leinenhose, ein schlichtes weißes Stoffhemd, dazu ein paar feste Lederschuhe und schlichte Wollsocken.

Mit einem verwirrten Blick erhob er sich von seinem Lager und stellte kurze Zeit später zu seinem Erstaunen fest, dass die Klamotten beinahe perfekt passten. Lediglich die Schuhe waren ein wenig zu groß geraten, aber das machte ihm nichts aus. Es war lange her, dass er mal wirklich genau passende Schuhe getragen hatte.

Sein Blick suchte den Raum ab und neben einem großen Schrank und einem gemütlich aussehenden kleinen Sofa erblickte er zu seiner weiteren Verwunderung einen fast mannshohen Spiegel gegenüber des von Licht durchfluteten Fensters.

Hatten sie ihn versehentlich im besten Hotel der Stadt untergebracht? An einen derartigen Luxus konnte er sich aus seiner Unterkunft in dem Haus der Knochenjäger in Kylaria nicht erinnern.

Achselzuckend rückte er seine neue Garderobe zurecht und strich sich vor dem Spiegel mit den Händen durchs Haar, als es an der Tür klopfte. Erschrocken wirbelte er herum und entspannte sich gleich im nächsten Moment wieder.

Die Tür seines Zimmers war geöffnet worden und ein junger Mann in Nayins Alter hatte den Raum betreten. Er trug die übliche schlichte, dunkle Robe eines Knochenjägers, hatte halblange dunkelblonde Haare und einen kurzen, sauber gestutzten Kinnbart. Seine Züge umspielte ein freundliches Lächeln und seine blauen Augen schienen durch das herein strahlende Sonnenlicht regelrecht zu leuchten.

Nayin zwinkerte verwirrt und die Augen des jungen Mannes sahen wieder völlig normal aus, wenn auch immer noch von einer außergewöhnlichen Intensität.

"Verzeihung, wenn ich Euch störe, werter Magister, aber Sheyna lässt euch bitten, mit uns zusammen zu Mittag zu essen." Der Mann deutete eine leichte Verbeugung an und Nayin musste innerlich grinsen.

Magister, dachte er belustigt. Er war ein einfacher Novize der Zauberkunst, der wahrscheinlich gerade dabei war, seine Laufbahn zu ruinieren, indem er den Rest des Schuljahres schwänzte.

"Gerne doch." antwortete er und war erschrocken über den heiseren Ton seiner Stimme. Er hustete ein, zwei Mal lautstark und folgte dann dem Knochenjäger, der bereits wieder den Raum verlassen hatte und auf dem Flur wartete.

Während er Nayin durch die Gänge und Korridore des großen Anwesens führte, erzählte ihm der Knochenjäger mit angenehmer, tiefer Stimme einige Dinge über den hiesigen Orden, wobei Nayin dann auch erfuhr, dass hier ebenfalls eine Handvoll *Shidai* untergebracht waren.

Der junge Knochenjäger stellte sich ihm als Ashàr vor, beantwortete Nayins Nachfrage, ob der Name aus Thalarion komme, mit einem freundlichen und geheimnisvollen Lächeln, sagte aber nichts weiter.

Schließlich erreichten sie das Ende eines Korridors und traten durch eine offene, zweiflügelige Tür in eine Art Speisesaal. Der Raum war schlicht aber dennoch eindrucksvoll eingerichtet. Alle Möbel wirkten schwer und massiv, lediglich der vielarmige Kerzenleuchter, der von der hohen Decke herabhing, versprühte einen Hauch von Eleganz und Leichtlebigkeit. Beherrscht wurde der Speisesaal von einer langen Tafel, an der sicherlich zwei Dutzend Menschen Platz fanden.

Zu Nayins Erstaunen war die Tafel jedoch nicht gedeckt. Stattdessen war eine Sitzecke etwas abseits gemütlich hergerichtet. Der große, runde Tisch war mit Speisen aller Art reichlich beladen und drei kleine Sessel luden zum Hinsetzen ein. In einem der drei Sessel saß Sheyna, über einen Stapel Notizen vertieft.

Als Nayin zusammen mit Ashàr den Raum betrat, sah sie auf und auf ihr ernstes Gesicht stahl sich ein freundliches Lächeln, dass ihre Sorge jedoch nicht ganz kaschieren konnte.

"Ah, schön dich zu sehen." sagte Sheyna, erhob sich und kam auf ihn zu. "Ich hoffe, du konntest dich ein wenig erholen."

Sie warf einen prüfenden Blick auf seine Kleidung, was ihn ein wenig verlegen machte, auch wenn er sich selbst nicht recht erklären konnte, warum es das tat.

"Und wie ich sehe, passen die Sachen, die wir für dich ausgesucht haben" fuhr sie fort.

Sie machte eine einladende Geste auf den gedeckten Tisch. Ashàr folgte ihrer Aufforderung direkt und nahm sogleich Platz. Nayin zögerte kurz, zog sich dann aber auch einen Sessel heran und ließ sich nieder. Der Blick auf den gedeckten Tisch hatte seinen Appetit geweckt.

Wieder zögerte er, als er einen Blick auf die verlockenden Bratenscheiben warf, doch Sheyna nickte ihm aufmunternd zu. Ashàr hatte eindeutig weniger Hemmungen und hatte sich längst seinen Teller mit Fleisch, Gemüse und Kartoffeln gefüllt. Während Nayin also die Köstlichkeiten sondierte, begann der Knochenjäger bereits zu essen und schien seine beiden Tischgenossen völlig vergessen zu haben.

Für einen Moment fühlte sich Nayin bei dem Anblick an Namuras erinnert und lächelte kurz, bevor auch er sich endlich vom Essen nahm. Sheyna hatte ebenfalls angefangen, ihren Teller zu beladen und so verbrachten die Drei die folgenden zwanzig Minuten essend und schweigend, lediglich hin und wieder einige Belanglosigkeiten austauschend. Nachdem sie das zweite Mal nachgenommen hatte, schob Sheyna ihren Teller beiseite, lehnte sich in ihrem Sessel zurück und blickte Nayin neugierig an.

"Nun, nachdem wir uns gestärkt haben, sollten wir uns ein wenig unterhalten." begann sie freundlich. "Ich weiß immer noch nicht genau, was da draußen in den Sümpfen geschehen ist und leider kann mir weder Namuras noch dein Freund Lares diese Frage beantworten."

Beim Klang des Namens seines Freundes zuckte Nayin sichtlich zusammen und die gute Laune des Essens war mit einem Schlag verflogen. Sheyna schien das zu bemerken, denn sie hob sofort beruhigend die Hand.

"Keine Sorge, er befindet sich in guten Händen, man kümmert sich um ihn, genauso wie um Namuras. Ich bringe dich nachher noch zu ihm." Sie lächelte. "Aber zuerst muss ich wissen, was seit eurer Abreise aus Kylaria alles passiert ist. Ich erhielt Nachricht von meinem Schwertbruder, dass ihr unterwegs seid. Dann erreicht mich Tage später ein Hilferuf aus den Sümpfen von Saranath und ich finde eine Gruppe verstörter und schrecklich zugerichteter Männer, die von mir völlig fremdartigen Zauberrunen beschützt werden. Reichlich verwirrend, muss ich gestehen."

Nayin blickte kurz zu Ashàr, der nun ebenfalls seine Mahlzeit beendet hatte und sich Wasser aus einer kupferfarbenen Karaffe in einen Becher goss. Sheyna folgte seinem Blick und nickte ihm zu.

"Das geht in Ordnung, Ashàr ist ein guter Freund von Namuras und mir, er kann alles erfahren, was du zu erzählen hast."

Der Knochenjäger sah ihn an und lächelte ihm freundlich zu. Wieder schienen die Augen des jungen Mannes von innen heraus in diesem intensiven Blau zu leuchten. Eigentlich ein zutiefst verstörender Anblick, doch irgend weshalb wirkte der Blick aus diesen Augen ungemein beruhigend auf den Zauberer. Nayin holte tief Luft und begann schließlich zu erzählen.

Er begann damit, dass Lares ihm von seinem Einbruch und den Geschehnissen in dem Haus berichtet hatte. Er hatte seinem Freund empfohlen, die erbeutete Maske zu verstecken, bis Gras über die Sache gewachsen war. Das Nächste, woran er sich erinnerte, war Lares, der völlig aufgelöst und abgerissen in der Akademie aufgekreuzt war und ihm von der Entführung seines Bruders berichtet hatte.

Zuerst hatten sie auf eigene Faust versucht, etwas über die

Entführer und den geheimnisvollen Schattenkrieger Namuras in Erfahrung zu bringen, sich aber nicht allzu geschickt dabei angestellt. Gemeinsam mit dem *Shidar* hatten sie dann den Sternengardisten Shiyaz ausfindig gemacht, ihn gestellt und vermeintlich getötet.

Von Akilion jedoch war keine Spur zu entdecken gewesen und so hatte man beschlossen, dem letzten noch flüchtigen Sternengardisten per Schiff nach Nakesh zu folgen. Was dann auf See und in den Sümpfen von Saranath geschah, kam Nayin nur schwer und zögerlich über die Lippen, doch weder Sheyna noch Ashàr unterbrachen ihn auch nur ein einziges Mal und ließen ihn bis zum Ende erzählen, als er schließlich am gestrigen Morgen am Lagerfeuer aufgewacht war und Sheyna ihn getroffen hatte.

Als er geendet hatte, herrschte zunächst einige Minuten nachdenkliches Schweigen. Dann, zu Nayins Überraschung, ergriff Ashàr das Wort.

"Ich fürchte, die ganze Sache ist um einiges komplexer, als es zunächst aussieht." sagte er mit seiner sanften Stimme. "Shiyaz scheint seinen Auftrag ein wenig zu ernst genommen zu haben, anders kann man sich seine Verzweiflung nicht erklären, einen Pakt mit der Außenwelt zu schließen. Allerdings hätte Namuras sich auch genauer vergewissern müssen, dass dieser Sternengardist tatsächlich tot war."

Nayin blickte erstaunt zu Sheyna und wunderte sich, dass dieser junge Knochenjäger so respektlos über den *Shidar* reden durfte. Doch anstatt den Mann zurecht zu weisen, nickte die Kriegerin ihm ernst zu. Nayins Verwirrung wuchs, während Ashàr fortfuhr.

"Wenn dieses Artefakt tatsächlich so mächtig ist, wie Shiyaz behauptet und wie auch Namuras es angedeutet hat... und wenn der Sternengardist wirklich so verrückt ist, wie du erzählt hast,woran ich nicht zweifle, dann könnte er zu einer ernsthaften Gefahr werden, wenn er nicht rechtzeitig aufgehalten wird. Vor allem, wenn er diese Maske behält."

Ashàr blickte aus dem Fenster, dass nach Norden wies.

"Wobei ich vermute, dass sein Herr in Amras die weitaus größere Bedrohung darstellen dürfte." Er fuhr sich gedankenverloren mit der rechten Hand über den Kinnbart. "Irgendetwas geschieht dort oben im Norden und niemand vermag hinter den Schleier zu blicken, der um die Magiermetropole gelegt wurde. Ich fürchte, Jadek spielt mit irgendeinem Feuer, dass er nicht zu kontrollieren vermag, wenn es erst einmal entfesselt ist."

Nayin blickte den Knochenjäger mit wachsender Verwunderung an. Der Mann machte zwar einen intelligenten Eindruck, aber war er doch nur ein gewöhnlicher Diener im Dienste der *Shidai*. Oder war da doch mehr? Hatte er sich doch nicht getäuscht, als er die leuchtenden Augen des jungen Mannes zu sehen geglaubt hatte?

"Ich möchte nicht unhöflich erscheinen." sagte Nayin schließlich an Sheyna gewandt, "aber du sagtest, du würdest mich zu Lares bringen. Ich würde ihn gerne sehen." Nach kurzem Zögern fügte er hinzu. "Und du meintest, dass Euer Meister mich erwarten würde."

"Du hast Recht, ich habe dich lange genug auf die Folter gespannt. Und was den Meister angeht, so brauchst du dir keine Sorgen zu machen. Er ist längst über alles in Kenntnis gesetzt, was du eben erzählt hast."

"Aber… wie…" Nayin blickte sie verständnislos an.

Sein Blick muss Bände gesprochen haben, denn sie begann herzlich zu lachen. Auch Ashàr wandte sich wieder zu ihm um und lächelte breit. Dabei funkelten seine strahlend blauen Augen wie kleine Diamanten im Sonnenlicht. Und dann begriff Nayin.

"Du?" entfuhr es ihm, dann korrigierte er sich hastig und

stotternd. "Ich meine... Ihr... Ihr seid der Meister? Der..." er stockte.

"Sprich es ruhig aus, Nayin." antwortete Ashàr immer noch freundlich lächelnd, aber jetzt klang in seiner Stimme ein machtvoller Unterton nach, der den jungen Zauberer erschaudern lies.

"Der Nekromant. Und um deine Frage zu beantworten: Ja, der bin ich."

Er lachte leise.

"Du hast etwas anderes erwartet, nehme ich an."

"Ich... ich..." stammelte Nayin. "Ich dachte, Ihr seid..." Wieder verschlug es ihm die Sprache.

Er stand einer Legende gegenüber, dem Nekromanten, dem unsterblichen Befehlshaber über Legionen untoter Kreaturen, dessen uneinnehmbare Festung hoch oben in den Shinhar Bergen lag, im unzugänglichen Grenzgebiet zur endlosen Hatheg - Wüste. Er, der seit zahllosen Jahrhunderten die letzten Geheimnisse von Leben und Tod bewahrte - und er sah aus, als wäre er keinen Tag älter als fünfundzwanzig.

"Du hast wahrscheinlich einen vom Alter geplagten und von Weishcit erfüllten Greis erwartet, vermute ich." sagte Ashàr immer noch lächelnd. "Das denkt jeder und deswegen kann ich mich inmitten der Menschen so wunderbar frei bewegen, ohne Aufmerksamkeit zu erregen. Und warum sollte ich, der ich den Tod kenne und ihn besiegt habe, mir einen Körper wählen, der mir nur zur Last fallen würde?"

Nayin nickte stumm, obwohl er nicht wirklich etwas von dem verstand, was sein Gegenüber ihm erzählte. Die Erkenntnis, einer lebenden Legende, einem Mythos, gegenüber zu stehen, überwältigte ihn immer noch. Ashàr schien dies durchaus zu bemerken, denn er wechselte das Thema.

"Wir werden noch Zeit genug haben, uns über mich und die Geheimnisse des Lebens zu unterhalten, junger Zauberer."

sagte er freundlich. "Jetzt bringen wir dich aber erst einmal zu deinem Freund. Es wird kein schöner Anblick, aber du solltest nicht verzweifeln. Wir werden ihm helfen." Mit einem kurzen Seitenblick auf Sheyna fügte er hinzu "Ebenso wie Namuras."
Ashàr trat an ihn heran und klopfte ihm aufmunternd lächelnd auf die Schulter. Bei der Berührung erschauderte Nayin leicht, denn jetzt machte sich der Nekromant (Nayin tat sich immer noch schwer mit diesem Gedanken) nicht mehr die Mühe, seine enormen magischen Kräfte zu verbergen.
Sheyna hatte sich ebenfalls erhoben und nickte ihm aufmunternd zu. Dann folgte sie Ashàr, der bereits die Tür geöffnet und auf den Flur getreten war. Endlich löste sich auch Nayin aus seiner Erstarrung und ging den beiden ungleichen Gestalten hinterher.
Sie führten ihn ein Stockwerk höher in ein geräumiges Schlafzimmer, dass von Licht durchflutet und komplett mit hellen und sanften Farben dekoriert war. Wie Nayin recht schnell bemerkte, gab es außer dem Bett, einem Schrank und einem Tisch mit zwei Stühlen keine weiteren Möbelstücke. Diesem Umstand schenkte er jedoch nur am Rande Beachtung, denn seine ganze Aufmerksamkeit wurde von der Gestalt in Beschlag genommen, die beinahe regungslos auf dem Bett lag. Lediglich das Zucken einiger Gesichtsmuskeln und das Flackern der Augenlider zeugten davon, dass der Mann, der dort lag, ein lebender Mensch und keine leblose Puppe war.
Lares lag starr auf dem weißen Laken des großen Bettes, seine Augen waren an die Decke gerichtet, doch schienen sie ins Leere zu blicken. Sie hatten ihm die zerfetzten Kleider ausgezogen und ihn stattdessen in eine dunkelgraue, halbwegs bequem aussehende Kutte gekleidet. Auch seine Wunden waren allesamt versorgt worden und den Schmutz der Sümpfe hatten sie ebenfalls gründlich von seiner Haut gewaschen.
Das alles konnte jedoch nur schlecht vertuschen, in welch

schrecklichem Zustand sich sein Freund befand. Lange stand Nayin einfach nur da und sah Lares schweigend an, wobei er Mühe hatte, die Tränen zu unterdrücken. Sheyna und Ashàr standen in der Tür und betrachteten ihn, ebenfalls wortlos, scheinbar jeder seinen eigenen Gedanken nachhängend. Schließlich aber durchbrach die sanfte Stimme des Nekromanten die Stille.

"Ich will nichts beschönigen, Nayin. Es steht im Moment nicht gut um deinen Freund und es wird lange dauern, ihn aus dieser Katatonie zu befreien. Und ich werde deine Hilfe dafür brauchen."

Nayin wandte sich erstaunt um.

"Meine Hilfe?" echote er. Ashàr nickte.

"Ich verfüge möglicherweise über die Macht und die Möglichkeiten, den Dämon, der seinen Geist gefangen hält, zu verbannen, aber es braucht jemanden, der ihn aus dem Chaos, in dem er gefangen ist, wieder hinausführt. Und das kann nur jemand, der ihn gut kennt und dem er vertraut."

"Was muss ich tun?" fragte Nayin sofort. Wenn er seinem Freund irgendwie helfen konnte, so würde er es machen.

"Du wirst lernen müssen, junger Zauberer." antwortete der Nekromant. "Das Ritual ist sehr kompliziert und die Praktiken der Magie, die dazu notwendig sind, sind dir noch völlig unbekannt. Sowohl Namuras als auch ich selbst werden dich unterrichten müssen."

"Ihr meint…" Nayin stockte. Langsam dämmerte ihm, was für Konsequenzen das für ihn mit sich bringen würde.

"Ja, Nayin." antwortete Ashàr auf die unausgesprochene Frage des Zauberers. "Du wirst mein Schüler werden müssen und dem Pfad der Feuermagier den Rücken kehren, um deinen Freund zu retten." Der Totenbeschwörer machte eine kurze Pause, um ihm genügend Zeit zu geben, das Gehörte zu verarbeiten.

Nekromantie, dachte Nayin schaudernd. Er würde die Kunst der Schwarzen Magie und der Schatten lernen; lernen müssen. Ein Pfad der Magie, den er stets gemieden und gefürchtet hatte, weil dahinter der Abgrund der Dämonenmagie und des Chaos lauerte. Was gescha, wenn man sich der Finsternis verschrieb, hatte er leidvoll an Shiyaz sehen müssen.

Er blickte zu Sheyna, die seinen Blick jedoch mied und aus dem Fenster starrte. Er dachte an Namuras, ebenfalls ein Schüler des Nekromanten, der ihm nicht wie ein bösartiger Schwarzmagier vorgekommen war, auch wenn er seinen Feinden gegenüber kalt und gnadenlos gehandelt hatte.

Er sah in das Gesicht des Nekromanten, dessen Augen zugleich jung und unermesslich alt auf ihm ruhten. Und auch dort konnte er keine Anzeichen von Bosheit und Verschlagenheit entdecken. Vielleicht, so dachte er bei sich, war die schwarze Magie eine Philosophie wie jede andere Spielart der Magie und erst der Charakter des Zauberers machte sie bösartig. Wenn er die Formeln und Rituale erlernte, aber im Herzen nicht finster wurde, so konnte er seinen Freund retten, ohne selbst in Gefahr zu geraten.

Aber was, wenn es notwendig war, seine Seele so sehr in die Abgründe der Dunkelheit einzutauchen, um zu lernen? Er dachte wieder an Namuras - ein seit langem ausgebildeter Schattenmagier, aber kein Ungeheuer. Es war also möglich, seine Seele vor der Dunkelheit abzuschirmen und sich trotzdem der finsteren Magie zu bedienen.

Er warf einen letzten, langen Blick auf Lares, dessen starre Augen in die Unendlichkeit blickten und hinter dessen Stirn ein Dämon hauste, der Angst und Wahnsinn säte. Dieser Anblick gab den Ausschlag. Nayin wandte sich zu Ashàr um und beugte sein Haupt vor dem Totenbeschwörer.

"Ich unterwerfe mich Euren Lehren, Meister."

Epilog: Das Urteil

Der Tag hatte angenehm begonnen und mit fortschreitender Stunde war es zunehmend wärmer geworden. Die Sonne stand hoch am Himmel und keine Wolke trübte das strahlend blaue Firmament. Es war ein wunderschöner Frühlingstag.

Und nicht nur in Cathuria, dem großen Zentralreich von Akranos strahlte die Sonne, auch in Lengan und Thalarion war fast nirgendwo ein Wölkchen am Himmel zu beobachten. Die Meere waren ruhig, es blies ein leichter Wind aus Südosten und selbst das unheimliche Meer der Dämmerung lag still und friedlich, während sich die Sonne im sanften Wellengang widerspiegelte. Allerorts war man der Überzeugung, den bisher schönsten Tag des Jahres erleben zu dürfen.

Bis zur dreizehnten Stunde.

Urplötzlich erschütterte ein ohrenbetäubender Donner das Land. Geschirr schepperte und barst in den Schränken, Vasen fielen von Tischen und kunstvolle Glasfenster und Kuppeln zersplitterten unter dem Schall des Donners.

Aus dem Nichts türmten sich schwarze Wolken am Horizont auf und ein schneidender Wind fegte die unheimlichen Wolkenberge heran. Die Sonne verdunkelte sich und über allen großen Städten der Welt lag plötzlich eine bedrückende Finsternis.

Die Wolkengebilde, die man überall in ganz Akranos sehen konnte, wuchsen, blähten sich auf und formten sich schließlich zu einem Gebirge am Himmel. Aus den Bergen entwuchsen zwei Wolkentürme, die noch weiter emporragten und dahinter manifestierte etwas, das aussah wie eine riesige menschliche Gestalt - aus schwarzen Wolken geformt.

Von namenlosem Entsetzen gepackt, starrten die Menschen in den Städten hinauf zum Himmel. Niemand vermochte seinen

Blick von der unheimlichen Erscheinung abwenden, obwohl sie alle am liebsten schreiend davongelaufen wären.

Die Wolken formten sich weiter, bildeten neue Auswüchse und als das Spektakel am Himmel ein vorläufiges Ende genommen hatte, erblickten die Menschen das perfekte Abbild eines Gebirgszugs, aus dessen kahlen, toten Gipfeln zwei mächtige Türme herausragten. Eine gewaltige Mauer schien die beiden Türme zu verbinden und dahinter erhob sich eine Gestalt: menschenähnlich, nachtschwarz und mit rot leuchtenden Augen, aus denen unentwegt Blitze zuckten. In der rechten Hand hielt das Wesen etwas, dass aussah wie eine Waage.

Dann, als die Ersten unter den Gelehrten und Priestern zu erahnen begannen, was sie dort oben am Himmel sahen, ertönte die Stimme:

"Höre, Menschenvolk! Dies ist der Tag, an dem euer Urteil gesprochen wird!

Dreitausend Jahre hattet ihr Zeit, euch zu bewähren und euch als würdig zu erweisen, im Kampf gegen das Chaos von Außerhalb bestehen zu können. Doch anstatt dem Weg zu folgen, der euch vorgegeben war, huldigt ihr kleinlichen Göttern, die sich lieber um ihre eigenen Fehden scheren als um das Wohl der Schöpfung. Und genau wie sie, schert auch ihr euch nur um euch selbst. All eure Energie verwendet ihr darauf, euch gegenseitig auszulöschen oder jene zu beseitigen, die anders sind als ihr. Anstatt euch dem Chaos entgegen zu stellen, gewährt ihr ihm Eintritt in unsere Welt.

Dreitausend Jahre habe ich gewartet und mich geduldig Eurer angenommen, doch ihr wart blind und rücksichtslos. Wie Heuschrecken seid ihr über andere Völker hergefallen und ihr wart bereit, die ganze Welt in den Abgrund zu stürzen, nur um euren eigenen Vorteil zu erzwingen.

Eure Zeit ist abgelaufen!

Jene, die ihr dereinst vertrieben habt, werden wiederkehren

und euch dem Schicksal zuführen, dass ihr verdient habt. Dies sei nicht das Ende eurer Existenz, wohl aber das Ende eurer Herrschaft über diese Welt. Andere werden kommen, um die Welt zu schützen und gegen Jene von Außerhalb zu verteidigen. Ihr werdet nunmehr nur noch Vasallen sein.
Dies ist das Urteil des Erstgeborenen!"

Erneut kam ein starker Wind auf und das monströse Gebilde zerstob in unzählige Wolkenfetzen, die bald darauf wieder verschwunden waren.

Die Sonne erstrahlte von Neuem und wärmte das Land. Tiere und Pflanzen erfreuten sich alsbald wieder der labenden Wärme der Sonnenscheibe, doch in den Herzen der Menschen hatte sich eine eisige Kälte eingenistet, die kein Feuer der Welt erwärmen konnte: Angst.

Ende des ersten Teils

Nachwort des Autors

Die Liste der Danksagungen am Ende bedeutender und weniger bedeutender Geschichten ist meist endlos lang und fast ebenso oft endlos langweilig, denn für den Großteil der geschätzten Leser, die es bis über die Ziellinie geschafft haben, sind die Namen vollkommen fremd und nichtssagend. So wird es hier vermutlich auch sein, was mich jedoch nicht davon abhält, jedem Einzelnen hier zu danken, der mich in irgendeiner Form bei der Erschaffung dieses Buches unterstützt hat.

Zuerst möchte ich mich bei meiner Familie bedanken, die zwar an der Entstehung dieses Buchs nicht direkt beteiligt war, mich aber ansonsten in jeder Lebenslage unterstützt hat, so gut es ihr möglich war.

Da wäre vorneweg meine Mutter Doris, die nun schon seit 33 Jahren immer für mich da ist und ohne deren Unterstützung vieles in meinem Leben nicht möglich gewesen wäre. Ebenso wenig möchte ich hier meine Paten Bernhard und Margret unerwähnt lassen, die sowohl auf das Kind als auch auf den Erwachsenen Philipp Riedel immer ein Auge hatten, so oft sie eines entbehren konnten, um es mit Gandalfs Worten zu sagen.

Ein spezieller Dank gilt hier meinem Vater, der leider schon lange vor den ersten Stichpunkten dieses Buches viel zu früh verstorben ist. Du hast mich vermutlich mehr geprägt als jeder Andere in meinem Leben und der Satz "Ganz der Papa" ist für mich keine nervige Floskel, sondern das schönste Kompliment, das man mir machen kann. Ich hätte mir keinen besseren Vater wünschen können und auch nach fünfzehn Jahren schmerzt der Verlust immer noch. Vielleicht gibt es ja im Himmel eine Bibliothek. Du fehlst mir.

Neben der Familie gibt es natürlich auch noch Freunde und Bekannte, deren Unterstützung hier nicht unerwähnt bleiben darf.

Sebastian Möller, mit dem ich schon in Windeln die Fußböden unserer elterlichen Wohnzimmer in Angst und Schrecken versetzt habe und der sich seit Jahrzehnten all meine verrückten Ideen und all meine Sorgen mit einer Geduld anhört, die Ihresgleichen sucht. Zudem gebührt ihm das Kompliment, aus ein paar Bildfetzen und schwammigen Andeutungen meinerseits ein Cover zusammen gebastelt zu haben. Vielen Dank dafür!

Im gleichen Atemzug ist der Rest des „Narrenschiffs" zu nennen. Christian Horstkötter, Steve Umbach und Rafael Mariscal mitsamt ihrer Freundinnen, Frauen und Familien, bei denen ich immer ein offenes Ohr, eine Schulter zum Ausheulen, einen Platz zum Schlafen oder ein Bier gegen den Durst gefunden habe. Ich verneige mich vor der Flagge und bin stolz, ein Teil des Schiffs und ein Teil der Crew zu sein.

Last but not least ein ganz großes Dankeschön an Michaela Schewe, die mich aufgefangen hat, als es mir ziemlich mies ging und die mich letztendlich motiviert hat, das Buch doch endlich fertig zu schreiben. Es gibt Vieles, wofür ich Dir zu danken habe. Ohne Dich gäbe es dieses Nachwort und wahrscheinlich auch das ganze Buch nicht. Danke!

In Zeiten des Internets (Neuland) gibt es natürlich - und gerade für einen Zocker wie mich - auch viele Leute, die man über das World Wide Web kennen, schätzen und lieben gelernt hat und denen ich von Herzen dafür danke, dass sie Teil meines Lebens sind.

Zuallererst möchte ich hier eine Frau nennen, die es mir nicht leicht gemacht hat, Kontakt aufzunehmen und vor allem, ihn aufrecht zu erhalten. Mittlerweile hat sie (hoffentlich) begriffen, dass sie weder unwichtig noch lästig oder langweilig ist. Kennengelernt habe ich sie als Kayla, wenngleich das nur ihr World of Warcraft Nickname war. In Natura hört sie auf den schönen Namen Dèsireè Martin und gehört zu den wenigen Menschen, mit denen ich so ziemlich über alles reden kann, obwohl oder gerade weil wir uns noch nie persönlich getroffen haben. Danke dir, Padawan, dass du immer für mich da warst. Du bist was Besonderes und ohne deine Ideen wären viele meiner Charaktere in diesem Buch namenlos geblieben. An dieser Stelle auch das Versprechen, dass ich unsere gemeinsame Buchidee nicht vergessen habe. 2016 wird leider ein wenig knapp, aber ich gebe mir Mühe.

Natürlich sollen an dieser Stelle auch viele andere Leute nicht unerwähnt bleiben, mit denen ich viel Zeit verbringen durfte. Namentlich wären das:

Tilman Beier (großes B, kleine Eier) für die vielen "heute geh ich mal früher ins Bett" Teamspeak Abende, die meist bis morgens um 10 Uhr andauerten.

Franziska Enold (Mera Luna war selbst bei scheiß Wetter immer großartig)

Dennis Arlt (der beste und verpeilteste Schurke unter der Sonne bzw. in den Schatten)

Andre Richter (mehr Römms + mehr Römms = mächtiges Badabumm)

Sebastian Spindler (ich hatte nie einen besseren Lehrer in diesem Spiel)

Katrin Schürmann, für viele lustige Abende im Teamspeak, stets ein offenes Ohr und nicht zuletzt natürlich für das Lektorat der ganzen Geschichte. Ich verspreche, dass ich mir Mühe gebe, für zukünftige Werke an meiner das / dass Schwäche zu arbeiten!

Bevor das Palaver dann endlich beendet ist, möchte ich an dieser Stelle auch noch all jene Quellen der Inspiration und der Kreativität erwähnen, die mich in irgendeiner Form beeinflusst haben.

Zuvörderst wären da natürlich andere Autoren, deren Werke ich seit meiner frühen Jugend konsumiert, ja regelrecht verschlungen habe.

Stephen King, dessen Werk so umfassend und vielseitig ist, dass es kaum möglich ist, ein bestimmtes Buch hervor zu heben, aber es sei gesagt, dass ich sehr gerne der Stadt Derry einen Besuch abgestattet habe und dass es mir eine besondere Ehre war, mit Roland von Gilead den Dunklen Turm zu suchen. Oh Discordia !

Wolfgang Hohlbein, dessen Jugendromane mich als Kind gefesselt haben und der mit der Enwor Saga und dem Hexer von Salem zwei Welten erschaffen hat, die mich bis heute faszinieren.

Howard Philips Lovecraft, der mit dem Cthulhu Mythos etwas kreiert hat, dass in der Literatur seinesgleichen sucht. Wer sich mit dem Werk des Meisters ein wenig auskennt, wird viele kleine Andeutungen in Akranos wieder gefunden haben.

Diese Drei möchte ich besonders hervor heben, will aber andere nicht außen vor lassen: JRR Tolkien, Markus Heitz, Ulrich Kiesow, Robert Jordan, Tad Williams und natürlich Michael Ende.

Ein vielleicht etwas ungewöhnlicher Dank gilt den Spieleschmieden, die mich mit ihren virtuellen Welten sowohl inspiriert als auch vom schnöden Alltag abgelenkt haben. Vorneweg natürlich Blizzard, die mit Azeroth und Sanktuario wunderbare Universen geschaffen haben. Aber auch Spiele wie SpellForce, Might and Magic oder Gothic waren immer wieder schöne Rückzugsorte.

Zum Schluss möchte ich noch ein paar Bands und Musiker aufzählen, deren Kunst mich während der langen Stunden des Schreibens stets begleitet hat: Blind Guardian (now you all know the Bards and their Songs), Dimmu Borgir, Nightwish (sometimes a Dream turns into a Dream), Cradle of Filth, Deathstars, Caladan Brood, Gallowbraid, Amon Amarth, Rammstein, Wintersun, Two Steps from Hell und John Williams. Danke für tolle Melodien, bombastischen Sound, infernalischen Lärm und wunderbare Texte.

Damit wäre dann wohl alles gesagt und jedem gedankt. Sollte ich doch jemanden vergessen haben, möge er oder sie dies bitte verzeihen.

Ich bedanke mich für die Aufmerksamkeit, die der Leser diesem Buch geschenkt hat und hoffe, dass es ein wenig Freude bereitet hat. Vielleicht treffe ich den Ein oder Anderen ja bald in Akranos wieder. Der Krieg hat schließlich gerade erst begonnen und unsere Helden stehen erst am Anfang einer langen und gefahrvollen Reise.

Möge Unathea, die Schutzpatronin der Abenteurer und der Reisenden, ihre wachenden Augen stets auf sie gerichtet haben und möge Alathyia über ihre Träume wachen.

Philipp Riedel
Verl, der 18. April 2016

Glossar

Dieses Glossar (mit der freundlichen Hilfe meiner Lektorin zusammengestellt) dient der Orientierung und dem besseren Einstieg in die Welt Akranos.

Die Lektüre mag manche Verständnisfragen klären und manche Gegebenheiten besser beleuchten, doch es kann auch sein, dass sie einige Dinge vorweg nimmt, die im Laufe der Geschichte auftauchen und erläutert werden. Daher würde ich zugunsten der Spannung davon abraten, das Glossar vor der eigentlichen Geschichte allzu aufmerksam zu studieren und empfehlen, es tatsächlich nur als Nachschlagewerk zu gebrauchen.

Auch wird der geneigte Leser nicht jeden einzelnen Namen oder jede einzelne Örtlichkeit hier wiederfinden. Das würde vermutlich den Rahmen sprengen. Daher wurden hier nur wichtige Dinge zusammengefasst. Den Statisten dieser Geschichte ist der Zutritt hier leider verwehrt. Sie mögen mir diese Beleidigung vergeben.

Philipp Riedel

Personen

Kylaria:

Lares Tanith   junger Einbrecher und Schmuggler
Akilion Tanith   Lares' kleiner Bruder
Nayin Dargatil   Novize der Zauberschule des arkanen Feuers
Namuras   Schattenkrieger vom Orden der *Shidai* im
Dienste des Nekromanten von Shinhar
Sheyna   Schwertschwester von Namuras
Ashàr   mysteriöser Knochenjäger in Nakesh und
enger Vertrauter von Namuras und Sheyna
Darsil Rhadik   Kapitän der „Tirfalis"

Amras:

Menac Jadek   Schattenmagier, Magiermogul von Amras,
Vasall des Erstgeborenen Gottes
Shiyaz   Hauptmann der Sternengarde
Naoth Arkosh   Erzmagier von Amras und größter politischer
Gegenspieler von Menac Jadek
Talamar Lammath   Zwillingsherrscher der Sathari,
Darath der Schatten, berüchtigster Attentäter des Kontinents
Laîra Tua-Rendaar   Zwillingsherrscherin der Sathari,
Darath der Klingen, Gefährtin von Talamar
Goroth   geflügelter General der Dak'harr
Fahdan   magiebegabter, hochrangiger
Flammenmeister der Dak'harr, auch „Gestaltwandler" genannt
Harasszal   Hohepriester der Großen Mutter und Rechte
Hand des Gottgesandten
der „Drache"   der letzte Gottgesandte, Herrscher der
Dak'harr und Schüler des Erstgeborenen

Die Götter von Akranos

Die zehn Götter

Beim Pantheon der Zehn handelt es sich um die Hauptgottheiten von Akranos, die von den Menschen und den Haghad angebetet werden. Ihre Priester verfügen über spirituelle Fähigkeiten und verfügen über große Macht und Einfluss in den Königreichen der Menschen. Die Zehn Götter und ihre Attribute im Einzelnen sind:

Nodens   der Sonnengott, Hüter von Gesetz und Ordnung, Herrscher über das Pantheon der Zehn

Nasht   der Kriegsgott, Herr des Kampfes und der Schmiedekunst, Anführer der himmlischen Heerscharen

Skai   der Gott des Wissens, der Magie und der Wissenschaften, Hüter der letzten Geheimnisse

Malkor   der Gott des Todes und des Schlafes, Wächter über das Totenreich und die Paradiese der Zehn Himmel

Mataya   die Liebesgöttin, Herrin der Lust, der Lebensfreude und der Extase

Nitoq   der Gott der Händler und Handwerker, Schutzpatron der Diebe, Schmuggler und Betrüger

Alathyia   die Wächterin der Träume, Königin der Traumwelt Inay'nîl und Hüterin des Silbernen Turms

Anayasuth   die Göttin der Heilung von Körper und Geist, Behüterin der Schwachen und Unschuldigen

Unathea   die Meeresgöttin, Schutzpatronin aller Seefahrer und Abenteurer, Wächterin der vier Jahreszeiten

Iyamis   die Junge Göttin, Herrin der Schönheit und der Erneuerung, Behüterin der nächsten Generation

Neben den Zehn Göttern gibt es in Akranos auch andere Gottheiten, die womöglich den Zehn an Macht und Stärke gleichkommen, aber deren Zahl an Anhängern und Einfluss in der Menschenwelt weitaus geringer als die des Pantheons. Einige von ihnen befinden sich zudem im Konflikt mit den Zehn Göttern.

Der Erstgeborene der Dunkle Gott, Herr des Zwielichts, der von Allvater als Erster von allen Göttern erschaffen wurde, um die Dunkelheit des Universums zu erforschen. Nach Jahrtausenden gezeichnet und gemartert aus den Schatten zurück gekehrt, wurde er von den Zehn aus dem Kreis der Götter verstoßen und ließ sich im ewig dämmrigen Norden von Akranos nieder.

Die Große Mutter Fruchtbarkeitsgöttin der Dak'harr, die sich aus der Vielzahl an Gottheiten im Vierten Zeitalter hervor gehoben hat und zur einzig wahren Göttin dieser Rasse aufgestiegen ist. Sie repräsentiert die Schöpfung, die Geburt und das Leben.

Tsatoth der Schlangenhäuptige, Gottheit der amphibischen Ybb'lith und Höchster der „Tiefen Wesen", einer gottgleichen Rasse uralter Kreaturen, die in den lichtlosen Tiefen des Ozeans über die Ybb'lith herrschen. Tsatoth ist der einzige den Menschen bekannte Vertreter dieser fremden Rasse und niemand weiß, wie viele Tiefe Wesen es überhaupt gibt.

Die Länder von Akranos

Cathuria   das große Zentralreich von Akranos. Im Osten dicht besiedelt, herrschen im Westen riesige Wälder und erhabene Bergketten vor. Das Volk von Cathuria ist ein buntes Gemisch, von den hellhäutigen Menschen des Nordens bis hin zu den dunkelhäutigen Männern und Frauen in den Städten am Nebelmeer. Durch den ewigen Konflikt mit der Toten Insel ist die Gesellschaft Cathurias sehr militärisch geprägt. Das Land beherbergt mit seiner Hauptstadt Kylaria die größte Metropole der bekannten Welt und verfügt über das mit Abstand größte stehende Heer des gesamten Kontinents. Der alles beherrschende Senat hat die schwere Aufgabe, sowohl den Süden des Reiches vor der Toten Insel zu schützen als auch die Angriffe der Skarut Barbaren im Norden abzuwehren.

Lengan   Im Nordosten des Kontinents gelegen wird Lengan oftmals auch als das „altehrwürdige Land" bezeichnet, denn hier waren schon Hochkulturen angesiedelt, als weder Mensch noch Dak'harr seinen Fuß auf diesen Boden gesetzt hatte. Heute gehört Lengan den robusten und bodenständigen Menschen des Nordens, doch seine schier endlosen Ebenen und die Monumente längst vergangener Epochen zeugen von dem unermesslichen Alter des Landes. Die größten Städte findet man am Schattenwasser, dem großen Fluss, der das Land speist und es zur Kornkammer von Akranos macht, die Hauptstadt Tarildan erhebt sich inmitten der nördlichen Ebenen und obwohl sie zu den drei großen Metropolen der Welt gehört, scheint sie sich in der Weite des Landes zu verlieren.

Thalarion   Der Reichtum und die Pracht des südlichen Großreiches sind Stoff zahlloser Geschichten, Mythen und Legenden. Viele davon entsprechen jedoch durchaus der

Wahrheit, denn keines der anderen Länder ist derart reich gesegnet mit Bodenschätzen und Rohstoffen. Das warme Klima ermöglicht mehrere Ernten im Jahr und der weltweite Handel, der gerüchteweise sogar über die Grenzen von Akranos hinaus geht, lässt die großen Küstenstädte in Glanz und Größe erstrahlen. Von den Shinhar Bergen im Norden bis hin zum dampfenden Dschungel im Süden pflegen die dunkelhäutigen Menschen einen pompösen, aber archaischen Baustil, der in Akranos einzigartig ist. Die Hauptstadt Bakurin ist an Schönheit und Pracht unerreicht und vermag sich sogar mit den großen Städten längst vergangener Äonen messen.

Amras Der Stadtstaat Amras ist das jüngste und kleinste Reich von Akranos. Vor nicht einmal 100 Jahren spaltete sich die Magiermetropole am Totenwasser von Lengan ab, um unabhängig von den restlichen Gilden und der royalen Aufsicht forschen zu können. Amras selbst ist eine der ältesten Städte der Welt und wurde auf einem besonders starken magischen Knotenpunkt errichtet, was den Zaubern und Ritualen der Magier ungeahnte Macht verleiht. Die Stadt wird kontrolliert vom Hohen Rat der Zauberer, dem ihr Herrscher, der Magiermogul, vorsteht. Das kleine Reich umfasst lediglich die Stadt selbst und das unwirtliche Umland im Radius von zwei Tagesreisen, doch durch die besondere Lage und große Zahl an Zauberern, verfügt Amras über genügend Schlagkraft, um Lengan von einer gewalttätigen Wiedereingliederung abzuhalten.

Tassiath einst Zentrum und Ursprung der von Legenden umrankten Zivilisation der Großen Alten, wurde das Land im Nordwesten zum Brennpunkt der schrecklichsten Katastrophe, die Akranos je heimgesucht hat. Nach den Verwüstungen des Thronfolgekriegs und der Entfesselung des

Schatteninfernos versank das Land in Chaos und Anarchie und wurde von einer sagenhaften Hochkultur in ein dunkles Zeitalter ohne jeglichen Fortschritt und ohne jegliche Wissenschaft zurück geschleudert. Noch heute ist Tassiath von dieser Primitivität gezeichnet. Vom Rest der Welt fast vollständig isoliert, wird das Land von einer gnadenlosen Kaste beherrscht, die jede Form der Technik verdammt und verboten hat und nicht einmal so einfache Errungenschaften wie Mühlräder duldet. Die Hauptstadt Durgan Gebayr am Fuße des K'dath gleicht daher eher einem riesigen Dorf als einer richtigen Stadt.

Therias das kleine Inselreich im äußersten Westen von Akranos wird von einem wagemutigen Völkchen von Seefahrern bewohnt, die mit den großen Reichen Thalarion, Cathuria und sogar Lengan regen Handel mit exotischen Waren betreiben und sich dafür immer wieder in die Nähe der Toten Insel begeben müssen. Beherrscht wird Therias von einem Handelsrat, bestehend aus den erfolgreichsten Kapitänen und Kaufleuten, die aus ihrer Mitte einen König erheben. Da Therias ein Seefahrerstaat ist, findet sich hier eine bunte Mischung aller akranischen Völker, die allesamt ihre kulturellen Wurzeln einfließen lassen und dadurch eine Vielfalt erzeugen, die in Akranos ihresgleichen sucht. Besonders deutlich wird dies in der Hauptstadt Therisian, in der mehr als ein Dutzend Baustile sich zu einem bunten Chaos vereinen.

Die freien Inseln Von den meisten anderen Reichen werden die freien Inseln als Ansammlung von Piratennestern betrachtet und ganz unrecht haben sie damit nicht. Das Inselreich ganz im Süden des Kontinents besteht größtenteils aus Dschungel. An den Küsten der Insel findet man etwa ein Dutzend größerer Städte, von denen viele ursprünglich nicht mehr als

Anlegestellen gewesen waren. Die „Freien" legen die Begrifflichkeit des Handels tatsächlich sehr großzügig aus, vermeiden allerdings jedoch einen offenen Konflikt mit den großen Seefahrernationen wie Therias oder Thalarion. Dem herrschenden Barkhidan, der einem Flottenadmiral recht nahe kommt, gelingt es immer wieder, die Großreiche zu besänftigen. Was ihm jedoch nicht gelingt, ist, die leise gemurmelten Gerüchte, die Freien Insel betrieben Handel mit Baharna, zum Schweigen zu bringen.

Baharna   Vor Ashibans Herrschaft war Baharna eine wunderschöne Insel im Nebelmeer, eine große Nation, die es mit Thalarion aufnehmen konnte, doch der Weltenschänder verwandelte die Insel in den schrecklichsten Ort der bekannten Welt. Menschen und Tiere verdarben, verfielen der Finsternis, und das Land selbst wurde von den Schrecken der Außenwelt verzerrt und entstellt. Heute herrscht hier Ashibans Erbe, der Dämonenkaiser über ein Reich, das zurecht „Tote Insel" genannt wird. Unaussprechliche Kreaturen wandeln in den Schatten Baharnas und die Menschen sind durch Ashibans entsetzlichen Fluch an die Insel gebunden, um eines Tages seinen Willen – die Unterwerfung der Menschenwelt – zu erfüllen. Mehr als eintausend Jahre herrscht die Dunkelheit nun schon über Baharna und die Zehn Götter haben auf der Toten Insel längst all ihre Macht verloren. Die Hauptstadt Dylaàth kann es an Größe beinahe mit Bakurin aufnehmen, ist aber von solch abstoßender Trostlosigkeit, dass sie dem Großen Abgrund näher scheint als der Schöpfung Allvaters.

Die Völker von Akranos

Diese Auflistung umfasst nur die kulturschaffenden Völker und Rassen des fünften Zeitalters. Vergangene Kulturen oder primitive Lebensformen, die in einfachsten sozialen Gemeinschaften zusammenleben, werden an dieser Stelle nicht aufgeführt.

Menschen   Die Menschen haben zu Beginn des fünften Zeitalters die Welt Akranos in Besitz genommen und beherrschen sie nun von den eisigen Ebenen des Nordens bis zu den südlichen Inseln des Nebelmeeres. Hautfarbe und Statur haben sich im Laufe der Jahrtausende den jeweiligen Gegebenheiten angepasst, doch ihnen allen ist ihre gemeinsame Herkunft noch immer anzusehen, denn obwohl der Mensch Akranos beherrscht, gehört er nicht zu den Ureinwohnern.

Rantazil   Die Rantazil sind eines der drei geschuppten Völker, die von dem namenlosen amphibischen Urvolk des zweiten Zeitalters abstammen. Sie überragen einen Menschen um mindestens einen Kopf und ähneln aufrecht gehenden Schildkröten, wobei sie allerdings einen beidseitigen Panzer besitzen, der nicht dazu geeignet ist, sich wie eine Schildkröte darin zu verbergen. Sie sind behäbig und friedfertig, aber von enormer Kraft und ihre ausdruckslosen Froschaugen wirken auf viele Menschen einschüchternd. Die meisten Rantazil leben an der cathurianischen Westküste, doch es gibt in nahezu jeder großen Hafenstadt eigene kleine Viertel, die diesen gutmütigen Amphibien als Unterkunft dienen. Viele von ihnen verdingen sich in den Menschenstädten als Leibwächter oder Lastenträger, doch trotz ihrer Verbundenheit zum Meer findet man keinen einzigen Rantazil, der einen klobigen Fuß auf ein Schiff setzen würde.

Haghad   Das kleinwüchsige Volk, dass in grauer Vorzeit von jenseits der Hatheg Wüste nach Akranos kam, steht in dem Ruf, die besten und erfolgreichsten Händler des Kontinents hervor zu bringen. Einstmals besaßen sie eine eigene Nation im heutigen Lengan, doch heutzutage leben sie überall in Akranos verstreut in den Städten der Menschen und werden von allen anderen Völkern mit einer Mischung aus Respekt und Vorsicht behandelt. Über den Grund ihrer einstigen Wanderung durch die große Wüste schweigen sich die Haghad jedoch standhaft aus.

Ybb'lith   Ebenfalls vom amphibischen Urvolk abstammend, sind die Ybb'lith das fremdartigste Volk von Akranos. Sie leben fast ausschließlich in den lichtlosen Tiefen der Ozeane und des Meeres der Dämmerung. Ihre Gestalt ist humanoid, doch der Kopf scheint eine Verschmelzung von Fisch, Frosch und Eidechse zu sein. Sie sind den Menschen feindlich gesonnen, wahren aber einen fragilen Frieden, indem sie den Menschen aus dem Weg gehen.

Laqhua   Einstmals waren die Laqhua Menschen aus Lengan und Tassiath, doch sie alle wurden durch das Grauen des *Schatteninfernos* entstellt und verseucht. Von den anderen Menschen verstoßen, suchten sie gemeinsam den Tod und wurden vom Erstgeborenen gerettet und auserwählt. Der Dunkle Gott führte sie in das Land zwischen Totenmauer und Säulen des Nordens, wo sie ihm zu Ehren nun ihr eigenes düsteres Reich errichtet haben und einem unheimlichen Todeskult huldigen.

Alben   Drei Jahrhunderte nach dem *Schatteninferno* landete an der Westküste Cathurias eine riesige Flotte der Alben und bat um Zuflucht in Akranos. Sie flohen vor einem

Krieg, der ihre Heimat verwüstete und boten den Menschen als Gegenleistung für ein Stück Land ihre Hilfe bei der Bekämpfung der Folgen des Infernos. Die Menschen nahmen das Angebot dankend an und das hochgewachsene, edel anmutende Volk erwählte sich ein geschütztes Tal in den Säulen des Nordens, wo sie ihre Festung Galanduir errichteten. Die Alben sind vollendete Meister diverser Handwerkskünste, gleichzeitig aber auch beeindruckende Krieger und Zauberer. Die meiste Zeit verhalten sich die „Eisigen", wie man sie aufgrund der Wahl ihrer neuen Heimat oftmals nennt, neutral. Lediglich im Kampf gegen Ashiban stellten sie sich auf die Seite der Menschen und entschieden das Kriegsglück dadurch zugunsten der freien Völker.

Sonstiges

Währung

Ooth	Goldmünze, höchste Währungseinheit
Bukan	Silbermünze, 10 Bukan = 1 Ooth
Terul	Kupfermünze, 10 Terul = 1 Bukan

Zeitrechnung

Der Nullpunkt der akranischen Zeitrechnung im fünften Zeitalter ist der Sturz des ersten Dämonenkaisers Ashiban. Die Zeitrechnung bezeichnet historische Ereignisse mit 'vor oder nach Ashibans Fall'.

Ein Jahr besteht aus 10 Mondzyklen zu je 40 Tagen. Die Zyklen sind den Göttern der Menschen gewidmet. Ein neues Jahr beginnt stets mit dem Zyklus der Göttin Iyamis und endet mit dem Zyklus des Totengottes Malkor

Reihenfolge:

Iyamis – Nasht – Alathyia – Skai – Anayasuth – Nodens – Mataya – Nitoq – Unathea – Malkor

Iyamis bezeichnet somit den ersten Frühlingsmonat und mit dem letzten Tag des Malkor endet offiziell der Winter.